Künstlerin Zoe kennt sich aus mit der Suche nach Lebenssinn. Vor ein paar Jahren ist sie den Jakobsweg gegangen – und denkt gern an diese Erfahrung. Überraschend meldet sich ihre Freundin Camille aus Frankreich. Sie möchte unbedingt, dass Zoe zu ihr kommt und gemeinsam mit ihr auf den Franziskus-Weg aufbricht, bis nach Rom. Spontan sagt Zoe ja, denn es gibt eine alte Schuld, die Zoe gegenüber ihrer Freundin abtragen will

Bald stellt sich heraus, dass eine ganze Gruppe gemeinsam aufbrechen wird Richtung Italien. Camille, durch Krankheit geschwächt, wird von ihrem Mann Gilbert begleitet, der sich weniger auf spirituelle denn auf kulinarische Entdeckungen freut und die regionale Küche von der Provence bis in die Toskana genießen will. Zoe trifft auf Martin, den englischen Ingenieur, dem sie damals auf dem Jakobsweg begegnet ist. Beide spüren die große Anziehungskraft für einander, die sie elektrisiert, aber auch verunsichert.

Zusammen mit weiteren Weggenossen wandern die vier über steile Pfade, picknicken in Olivenhainen und suchen bei Regengüssen Schutz unter alten Eichen. Sie streiten sich, sie helfen einander und alle müssen sich fragen, was in hrem Leben wirklich Bedeutung hat. Viele Wege führen nach Rom – und nicht nur Zoe und Martin gibt es dabei überraschende Wendungen.

Ein Roman übers Aufbrechen und Ankommen und die Hoffnung auf Glück - für alle, die »Zum Glück gibt es Umwege« mochten

Bestseller-Autor *Graeme Simsion* (»Das Rosie-Projekt«) und seine Frau, Psychologin und Autorin *Anne Buist*, haben »Schritt für Schritt zum Glück« gemeinsam geschrieben, jeder aus seiner Perspektive, wie bei ihrem Jakobsweg-Roman »Zum Glück gibt es Umwege«. Beide kennen den Franziskusweg aus eigener Wandererfahrung.

Graeme Simsion & Anne Buist

Schritt für Schritt zum Glück

Ein Pilger-Roman

Aus dem australischen Englisch
von Annette Hahn

FISCHER Taschenbuch

MIX
Papier | Fördert gute Waldnutzung
FSC® C014496

Erschienen bei FISCHER Taschenbuch
Frankfurt am Main, April 2024

Die Originalausgabe erschien 2021 unter dem Titel »Two Steps Onward«
im Verlag Text Publishing Company, Melbourne, Australien.

Satz: Pinkuin Satz und Datentechnik, Berlin
Druck und Bindung: GGP Media GmbH, Pößneck
ISBN 978-3-596-70674-7

Schritt für Schritt
zum Glück

N
Vézelay
Athez
Broye
Savianges
Taizé
Cluny
Sainte Cécile
Tramayes
Beaujeu
Genf
Villefranche-sur-Saône
Lagnieu
Pérouges
Ars
Lyon
Saint-Maurice-de-Rotherens
Le Rivier d'Allemont
Frankreich
0km
50km
Offizielle Route des Chemin d'Assise
Zoe, Martin und die Gruppe auf dem Chemin d'Assise

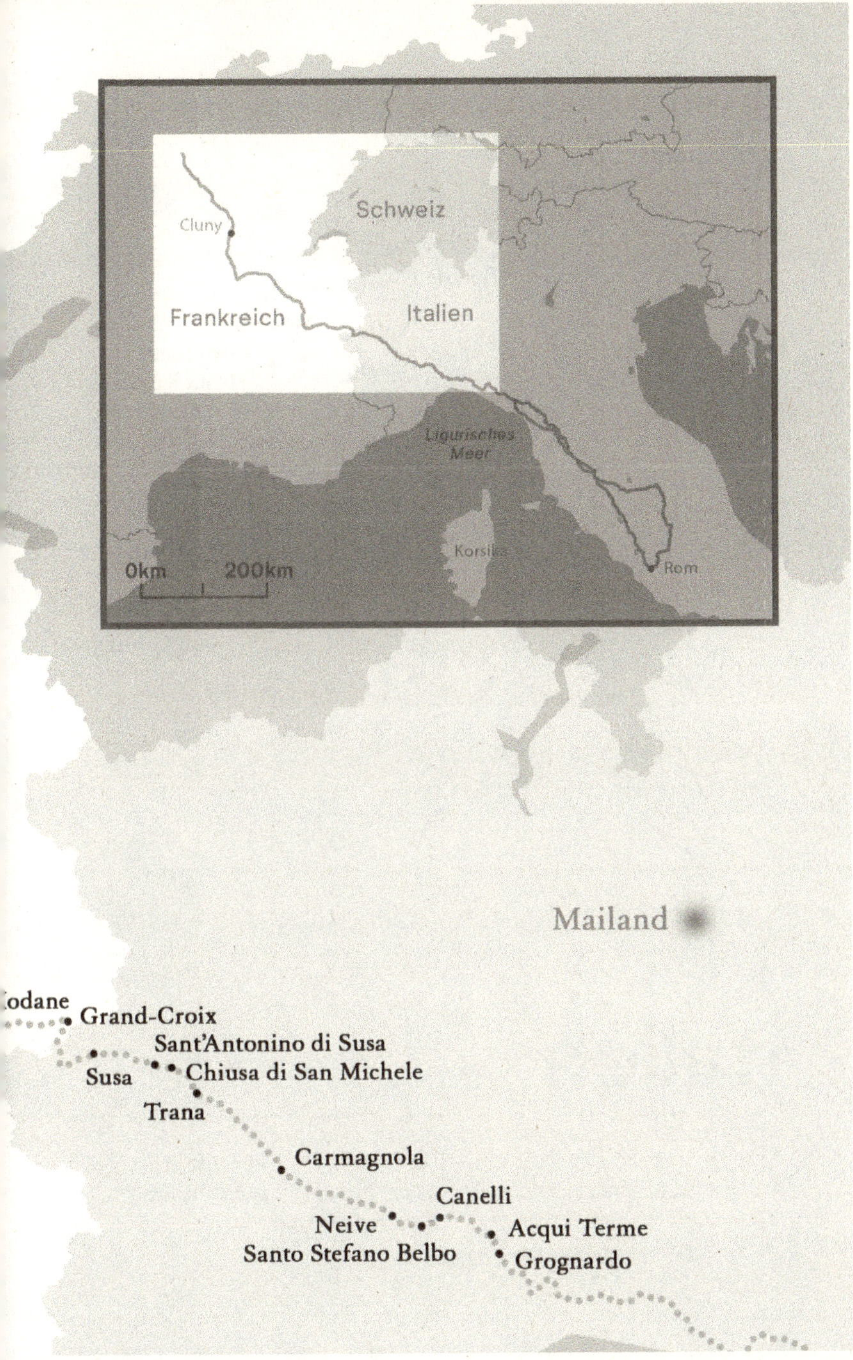

Schweiz
Cluny
Frankreich
Italien
Ligurisches Meer
Korsika
0km
200km
Rom
Mailand
odane
Grand-Croix
Sant'Antonino di Susa
Susa
Chiusa di San Michele
Trana
Carmagnola
Canelli
Neive
Acqui Terme
Santo Stefano Belbo
Grognardo

N
Grognardo
Passo Bocchetta
Tiglieto
Passo Della Scoffera
Pratomollo
Passo del Bocco
Bergugliara
Genua
Aulla
Monzone
Gorfigliano
Sarzana
Isola Santa
Vergemoli
Massa
Pietrasanta
Borgo a Mozzan
Petrognano
Camaiore
Lucca
Vione
San Miniato Basso
Ligurisches Meer
Gambassi Terme
San Gimignano
Strove
Sovicill
San
Italien
0km
50km
Zoe, Martin und die Gruppe auf dem Chemin d'Assise
Zoe, Martin und die Gruppe auf der Via Francigena
Offizielle Route des Chemin d'Assise
Offizielle Route des Via di Francesco

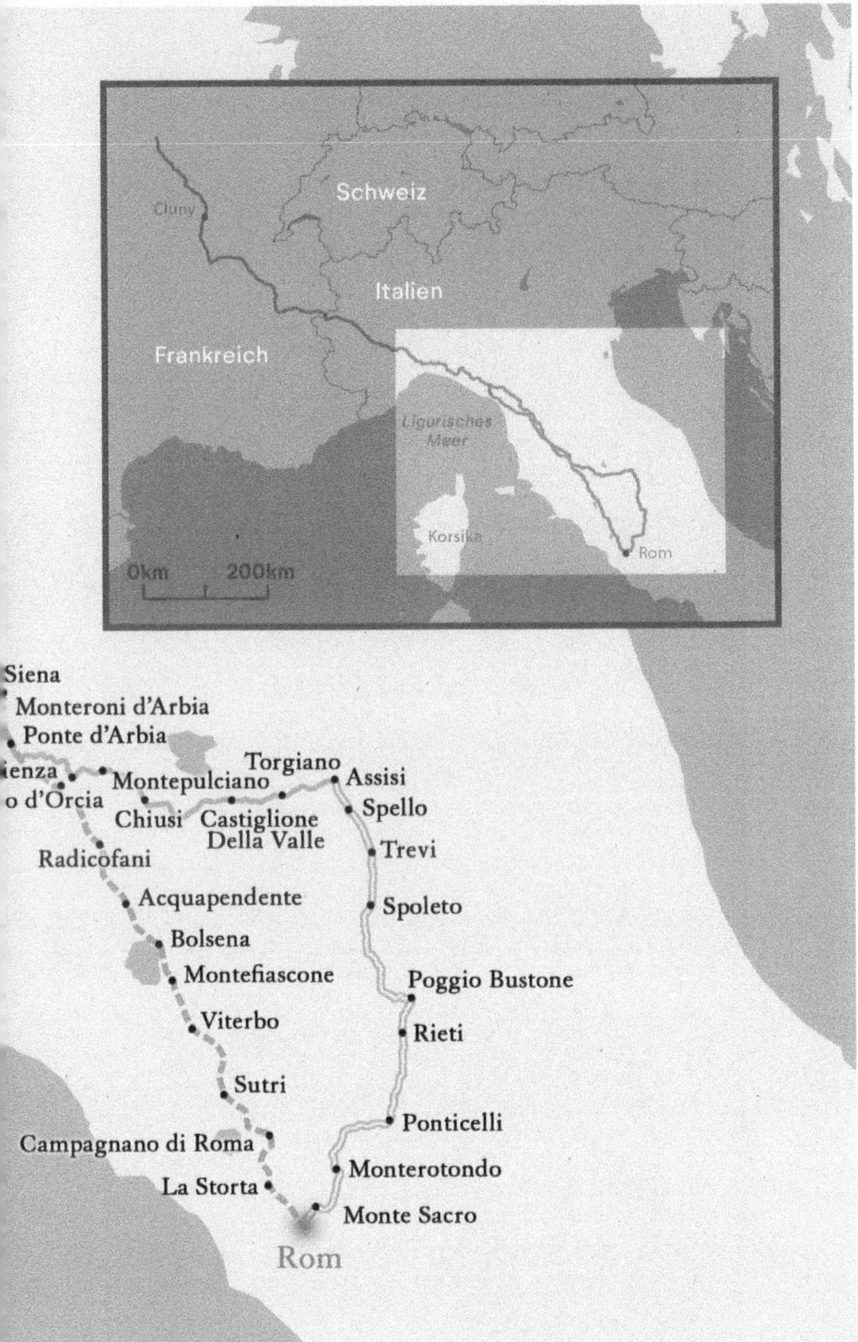

Schweiz
Cluny
Italien
Frankreich
Ligurisches Meer
Korsika
Rom
0km
200km
Siena
Monteroni d'Arbia
Ponte d'Arbia
ienza
o d'Orcia
Montepulciano
Torgiano
Assisi
Chiusi
Castiglione Della Valle
Spello
Radicofani
Trevi
Acquapendente
Spoleto
Bolsena
Montefiascone
Poggio Bustone
Viterbo
Rieti
Sutri
Ponticelli
Campagnano di Roma
Monterotondo
La Storta
Monte Sacro
Rom

1

Zoe

In meiner Hosentasche meldete sich per Vibrationsalarm das Schicksal.

Der Typ, der den Teambildungsworkshop für das Flüchtlingsheim leitete, in dem ich ehrenamtlich arbeitete, reihte gerade ein Klischee an das andere: Altruismus ohne Empathie ist wie ein Schiff ohne Ruder … Auch eine Reise von tausend Meilen beginnt mit dem ersten Schritt … Letzteres hatte ich am eigenen Leib erfahren. Aber wann war es so kompliziert geworden, Menschen zu helfen?

In Gedanken war ich schon bei der Hausaufgabe, die er uns gestellt hatte. *Überlegen Sie sich drei Ereignisse, die Ihr Leben nachhaltig beeinflusst haben.* Ich war auf nur zwei gekommen.

Das erste fiel in meine College-Zeit: Ich hatte meiner Zimmerkollegin Camille bei einer Abtreibung geholfen, was zu einem Roadtrip von Saint Louis nach Los Angeles geführt hatte, zum Bruch mit meiner strenggläubigen Mutter und zu der Geisteshaltung, die mich zu dem gebracht hatte, wo und wer ich jetzt war.

Das zweite Ereignis war der tödliche Autounfall meines Ehemanns Keith. Meine Suche nach Antworten und nach Heilung hatte mich spontan in den Osten Frankreichs geführt – also zu Camille nach Cluny – und dort zu besagtem ersten Schritt, der zu einer Zwölfhundert-Meilen-Wanderung von Camilles Haustür bis an die Westküste Spaniens werden sollte, auf dem historischen *Camino de Santiago de Compostela* – dem Jakobsweg. Die Pilgerreise hatte mich stärker gemacht: stark genug zu entscheiden, dass mir meine Karriere wichtiger war, als mit Martin – dem Ingenieur, in den ich mich unterwegs verliebt hatte – nach England zu gehen.

Und nun saß ich drei Jahre später im Konferenzzimmer eines Hotels in San Francisco, umgeben von negativer Energie, während draußen im Hafen die Sonnenstrahlen über weiße Schaumkronen tanzten. Ich zog mein Handy aus der Tasche: eine E-Mail von einem Gilbert Morvan mit .fr-Endung im Absender. Tarnten Internetbetrüger sich jetzt schon als Franzosen?

Dann fiel es mir ein: Das war Camilles Ex-Mann. Ich entsperrte mein Telefon, und das Schicksal nahm seinen Lauf.

Camille pilgert auf dem Assisiweg nach Rom, um den Papst zu sehen.

Was war das denn? Gilbert war Camilles *Ex*. Sie hatten sich kurz nach meiner Pilgerreise getrennt.

Und sie will den *Papst* sehen? Camille war zwar katholisch, doch im College hatte sich ihre Frömmigkeit darin erschöpft, mal eben zum Beichten zu gehen, um gleich wieder sündigen zu können. Und das auf immer gleiche Weise: Ihr gefielen Männer nun mal. Aus heutiger Sicht würde ich sagen, sie war im Zwiespalt. Damals hielt ich sie einfach für scheinheilig. Nicht weil sie herumvögelte, sondern weil sie überhaupt in die Kirche ging.

Noch dazu ist der Franziskusweg ein *Wander*weg. Es gibt

nur zwei Fernwanderwege, die durch Cluny führen, der andere ist der *Camino de Santiago*. Für den hatte Camille mich packen sehen und war allein schon bei der Vorstellung ausgeflippt, drei Monate ohne Make-up aushalten zu müssen. Sie stand auf Designermode-Schnäppchen, sexy Dessous und Parfüm von Chanel. Nicht auf Merino-Unterwäsche, Sport-BHs und Seifenstückchen, die man von Hostel zu Hostel bei sich trägt. Zu Fuß bis nach Rom marschieren sah ich sie auf keinen Fall!

Wie es aussah, lag ich damit sogar richtig, aber auf schlimmstmögliche Weise:

Camille hat Multiple Sklerose. Ohne Unterstützung schafft sie es nicht. Wir sind wieder zusammen. Am Freitag geht es los.

Mit anderen Worten: Versuch gar nicht erst, es uns auszureden. Freitag war überübermorgen. Und wie es aussah, unternahm Camille ihre Pilgerreise aus dem traditionellsten aller Gründe: Hoffnung auf Heilung.

Mein Nachbar stupste mich. Der Kursleiter starrte mich und mein Handy an. »Worte reichen oft nicht aus …«

Ich stand auf und ging zur Tür.

»Zoe? Alles in Ordnung?«, wollte der Kursleiter wissen.

»Ja, ich bin dabei, den Worten Taten folgen zu lassen.«

Den Rest der E-Mail las ich auf der Straße; das meiste waren praxisbezogene Fragen. *Wie weit schafft man es an einem Tag? Haben die Hostels Klimaanlage? Wie kleiden Frauen sich am Abend?*

Ich hatte von Leuten gehört, die im Rollstuhl auf den Fahrradrouten pilgerten. Prompt hatte ich Camille, typisch französisch in Stilettos, vor Augen, die von Gilbert an einer staubigen Schnellstraße entlanggeschoben wurde, während die Lastwagen an ihnen vorbeibrausten.

Da kam mir eine Idee: Vielleicht könnte ich den Karren organisieren, den Martin von Cluny nach Santiago gezogen hatte – das Ding war fürs Militär zu einer geländegängigen Krankentrage weiterentwickelt worden. Es wäre besser, wenn Camille den Straßenverkehr meiden und lieber Wanderwege nehmen würde.

Zu Martin hatte ich seit drei Jahren keinen Kontakt mehr. Meine damalige Entscheidung, meinem Traum zu folgen und in San Francisco als Zeichnerin zu arbeiten, hatte er als Zurückweisung empfunden – und ich schätze, das war es auch. Ich hatte mir eingeredet, er sei nur eine Urlaubsaffäre gewesen. Es war dann doch schwerer gewesen, ihn loszulassen, als ich gedacht hatte, aber der *Camino* ist nun mal nicht das wahre Leben.

Als ich damals zu Camille nach Frankreich geflogen war, hatte ich sie achtundzwanzig Jahre nicht mehr gesehen. Und der eine Tag bei ihr in Cluny hatte gereicht, dass ich nach Spanien flüchtete. Wir waren emotional wie spirituell sehr verschieden, und im College hatte sie mich wahnsinnig gemacht. Bis sie mich um Hilfe bat.

Seit diesem Ereignis sind wir auf untrennbare Weise verbunden – auch wenn sie sich manchmal ein ganzes Jahr nicht meldet oder ich mir die Namen ihrer Freunde nicht merken kann. Eine solche Verbundenheit spüre ich zu sonst niemandem.

Ich brauchte keine Meditation oder göttliche Weisung, die mir eingaben, was ich schon wusste: Ich würde Camille begleiten.

Noch bevor ich zu Hause ankam, hatte ich den Redakteur der Reisen-Redaktion vom *San Francisco Chronicle* angerufen, um ihm eine Serie aus Cartoons und Geschichten vom Assisiweg anzubieten, und als Antwort ein »Vielleicht« bekommen. Ein Freund aus meiner Flüchtlingsorganisation kannte jemanden, der vorübergehend eine Wohnung brauchte. Das Universum spielte mir in die Karten.

Auch das Timing passte. Meine politischen Cartoons schafften es immer seltener bis zur Veröffentlichung – man merkte wohl, dass ich die Menschen, die ich zeichnete, nicht besonders mochte. Wann immer ich etwas für eine meiner Töchter tat, bekam ich Ärger mit der anderen. Und von der ehrenamtlichen Arbeit hatte ich eigentlich auch genug.

Blieb nur noch, Martin zu informieren. Ich leitete ihm Gilberts E-Mail weiter, schrieb, ich werde mit Camille nach Rom gehen und wisse natürlich, dass das jetzt überfallartig komme, aber wenn er vielleicht mit seinem Karren ... Dann stürzte ich mich in die Internetrecherche, um ein günstiges Flugticket nach Frankreich zu ergattern.

Während ich gerade Angebote verglich, kam Martins Antwort. Eine so lange Reise quasi ohne jede Vorwarnung sei für ihn nicht drin. Er habe Sarah – seiner Tochter – bereits gemeinsame Zeit versprochen. Ich konnte direkt seine Stimme hören. Reserviert in jeder Hinsicht. Und der Subtext: *Zwei Tage vorher sagst du Bescheid? Du wartest doch geradezu darauf, dass ich dich enttäusche.* Doch der Grund war derselbe wie vor drei Jahren: Sarah hatte ihr Leben offenbar immer noch nicht im Griff. Normalerweise brauchen Studierende die Eltern nicht mehr ständig um sich.

Allerdings gab es für den Karren eine weitere Option. Ich war auf Facebook mit Bernhard befreundet, dem jungen

Mann, der beim Design geholfen und das Ding an die deutsche Marine vermarktet hatte. Oder irgendetwas in der Art. Ich schrieb ihn an, worauf er umgehend antwortete.

Ich bring das Ding persönlich vorbei; schick mir die Adresse.

Kein »Ich freu mich darauf, dich wiederzusehen« - aber so war Bernhard nun mal nicht.

Den billigsten Flug gab es bei der KLM. Wenn ich morgen startete, könnte ich beim Zwischenstopp in Amsterdam noch ins Stedelijk Museum für moderne Kunst, das ich schon immer einmal hatte sehen wollen.

Folglich blieben mir zwölf Stunden, um alles Nötige zu organisieren. Zwei davon verbrachte ich mit der Suche nach einem Geschenk für Camille und eine im Outdoor-Shop. Dort wusste ich genau, was ich wollte: praktische, leichte und schnell trocknende Sachen - zwei T-Shirts, zwei Thermopullis, eine Fleecejacke, eine Regenjacke, eine Zip-off-Trekkinghose. Die leichtesten Wanderschuhe – pfeif auf Knöchelschutz. Drei Paar Socken. Außerdem einen neuen Rucksack und noch mehr Geschenke für Camille und Gilbert.

Als ich am nächsten Morgen in den Bus zum Flughafen stieg, war ich überrascht, wie leicht und befreit ich mich auf einmal fühlte. Warum hatte ich das nicht längst einmal gemacht?

Ich war auf dem Weg, eine mir seit dreißig Jahren ans Herz gewachsene Freundin zu besuchen, eine Seelenfreundin, und erneut einen *Camino* zu gehen, was mir die Chance bot, die beste Zeit meines Erwachsenenlebens zu wiederholen – noch dazu in *Italien*. Kirchen voller Kunst; Mauern, die Schlachten und Seuchen und das Beste und Schlechteste der Weltgeschichte gesehen hatten; und nicht zu vergessen:

Linguine mit Artischocken. Das alles lag vor mir. Ich war aufgedreht und konnte nicht schlafen, weder im Flugzeug noch in den Zügen und Bussen, die mich von Amsterdam über Lyon und Mâcon nach Cluny brachten. Ich hoffte, meine Freude über das alles mit Camille teilen zu können und dass es ihr helfen würde, mit ihrer Krankheit klarzukommen.

Cluny sah anders aus, als ich es in Erinnerung hatte. Anstelle winterlicher Grautöne präsentierten sich ein vor Autos und Touristen bunt wimmelnder Hauptplatz, jede Menge Leute auf Restaurant-Terrassen und Kaskaden von Blumen, die über Fassaden und aus Blumenkästen rankten. Die uralten Mauern der Abtei, die bei meinem ersten Besuch so düster gewirkt hatten, waren zum Leben erwacht.

Ich machte mich auf den Weg zu Camilles Haus und erkannte den Hügel wieder, auf dem ich Martin vor drei Jahren das erste Mal gesehen hatte. Halbwegs rechnete ich damit, dass er wieder dort herumlief und seinen Karren hinter sich herzog. Aber da waren nur Bäume und die Friedhofsmauer.

Im Weitergehen setzte ich mich mit Jetlag-vernebeltem Hirn zum ersten Mal damit auseinander, dass ich gleich Camille begegnen würde, meiner impulsiven Freundin, die nun mit einer Krankheit geschlagen und in ihrer Verzweiflung fromm geworden war. Ich musste den Rucksack absetzen, um Taschentücher zu suchen, und setzte mich schniefend unter einen Baum.

Es war besser, dass Martin nicht mitkam. Es gab auch so genug, mit dem ich klarkommen musste.

2

Martin

Für meine Antwort auf Zoes E-Mail musste ich nicht großartig überlegen. Ich hatte Sarah schon zugesagt, die aus Edinburgh kommen wollte, um die zweite Hälfte ihrer Semesterferien bei mir in Sheffield zu verbringen. Es sollte so etwas wie einen Durchbruch für uns darstellen.

Julia, meine Ex, hatte keine Zeit verloren, mir Karrierecoaching, Psychotherapie und Elterntraining aufzuhalsen, und schien davon auszugehen, dass ich bei allem versagte. Sie fürchtete, Sarah sei drauf und dran, magersüchtig zu werden, und stehe kurz davor, ihren so hart erkämpften Medizinstudienplatz zu verlieren, der von positiven Berichten ihrer Psychologen abhing.

Als ich vor drei Jahren den *Camino* gegangen war, hatte sie eine Überdosis Schlaftabletten genommen, was Julia als »Hilferuf« interpretierte. Ich hatte Sarah beim Wort genommen, als sie darauf bestand, ich solle nicht nach Hause kommen – ein Fehler, für den ich immer noch bezahlte.

Zoes Anfrage – samt Einladung – war genau in dem Moment eingetrudelt, als ich meinen PC zur Nacht herunterfahren wollte. Nun konnte ich nicht mehr schlafen. Ich las die Mail erneut und widmete mich zunächst dem praktischen Teil. Die Ingenieurs-Hochschule in Cluny, wo ich den

Karren entwickelt hatte, besaß einen Prototyp; ich hatte die britische Armee gebeten, ihn als Ansichtsexemplar dorthin zu schicken. Ich schrieb der Hochschule eine E-Mail mit der Bitte, mir den Karren auszuleihen, und eine weitere an Zoes Freund Gilbert, um seine Adresse zu erfragen.

Danach hatte ich Zeit, mir das Hirn zu zermartern, was ich tun würde, wenn ich nicht für eine Zwanzigjährige verantwortlich wäre, die unter normalen Umständen studieren, feiern oder ihren eigenen *Camino* gehen würde, anstatt die Beziehung zu ihrem Vater kitten zu müssen.

Vor drei Jahren war die Antwort klar gewesen, so klar, dass ich damals nach San Francisco flog, um Zoe genau zu dem einzuladen, was sie mir jetzt vorschlug. Nach meiner Rückkehr aus Santiago war ich sicher gewesen, dass, selbst wenn sie nicht den Assisiweg mit mir ginge, wir doch einen Weg finden würden, um zusammen zu sein. Dann hatte sie den Stecker gezogen. Was mich ziemlich deprimierte. Um ehrlich zu sein – und das war ich dem später angeheuerten Psychotherapeuten gegenüber dann auch –, hatte es mich geradezu am Boden zerstört. Und nun hatte sie offenbar entschieden, dass sie mich wiedersehen wollte, und ich war derjenige, der nein sagte. Was für ein Karma!

Am nächsten Morgen kam eine Nachricht von Sarah.

Überlege, nicht zu kommen. Wäre für dich okay, oder?

Keiner von uns telefonierte gern, aber manchmal war es der einzige Weg.

»Was ist los?«

»Nichts. Ich will nur nicht in Sheffield festhängen.«

»Du hättest zu deiner Mutter fahren können.«

»Hätte ich tatsächlich gern gemacht, aber die ist verreist und lässt mich dort nicht allein wohnen. Was ein bisschen albern ist, wenn man bedenkt, dass ich schon zwei Jahre allein in Edinburgh lebe.«

»Allerdings haben wir eine Abmachung getroffen. Ich habe mich auf die Zeit mit dir gefreut.«

»Was wollen wir denn machen? Die ganze Zeit in Sheffield? Ist ja nun nicht gerade Paris.«

Ich sollte immer der Fels in der Brandung sein. Verlässlich, beständig, *da*. Das Problem war nur, dass Sarah bei aller emotionalen Instabilität einen äußerst wachen Intellekt besaß, den sie vorzugsweise für irgendwelche Spielchen nutzte. Wir spielten also zwanzig Minuten lang Fels und Brandung, bis meine Frustration überhandnahm.

»Hör zu, ich habe die Gelegenheit ausgeschlagen, eine Wandertour durch Frankreich …«

»Mit Zoe?«

Verdammt nochmal! »Warum sollte ich mit Zoe wandern?«

»Also: ja.«

»Also: nein. Ich habe ihr abgesagt. Okay?«

»Nein, nicht okay. Ich will nicht diejenige sein, die dir einen Urlaub mit deiner Freundin verdirbt, nur damit wir den ganzen Tag in Sheffield sitzen und uns langweilen.«

»Ich dachte, du musst lernen. Aber egal: Auch wenn du nicht herkommst, würde ich trotzdem nicht nach Frankreich fahren.«

»Ich komme nicht. Also bleibst du ganz umsonst zu Hause.«

Ich stellte mir vor, wie ich meinem Therapeuten erklärte, dass ich, wenn Sarah definitiv nicht käme, tatsächlich nach Frankreich fahren könnte. Ich ahnte, dass er die Logik nicht gleichermaßen überzeugend fände wie ich.

Kaum eine Stunde später schrieb Sarah erneut.

Tut mir leid, dass ich so mies drauf war. Läuft gerade nicht so toll bei mir. Wie wäre es, wenn ich nach Frankreich mitkäme? Gewinn für alle Seiten.

Was willst du in Frankreich?

Aber hallo? Frankreich statt Sheffield?

Ich überlegte den ganzen Nachmittag, und je länger ich darüber nachdachte, desto besser gefiel es mir. Der *Camino de Santiago* hatte mich verändert, wie er bekanntermaßen jeden veränderte; vielleicht wäre für Sarah so ein Pilgerweg genau der richtige Impuls. Sie und ich würden auf jeden Fall gemeinsame Zeit verbringen. Und wenn – falls – Zoe wieder Teil meines Lebens würde, wäre es nicht schlecht, wenn Sarah sie kennenlernte.

Vierundzwanzig Stunden später stand ich am TGV-Bahnhof Mâcon-Loché, zwei Stunden von Paris und eine Dreiviertelstunde von Camilles Haus in Cluny entfernt. Sarah wollte direkt aus Edinburgh einfliegen.

Ich hatte vereinbart, dass mich Jim abholte, der amerikanische Immobilienmakler, mit dem ich während meiner Lehrtätigkeit an der Ingenieurs-Hochschule zusammengewohnt hatte. Ich entdeckte seinen Wagen in der Kurzparkzone, warf meinen Rucksack auf den Rücksitz und stieg ein.

Jim wirkte unverändert. »Lass mich raten: Du hast dein ganzes Geld verschenkt und bist hier, um neu anzufangen.«

»Das war beim letzten Mal.«

»Früheres Verhalten ist der beste Ratgeber für zukünftiges Verhalten. Paar verkauft Haus, weil es zu groß ist, und dann …«

Ich schilderte die Situation und erfuhr, dass er Camille persönlich kannte – was er mir voraushatte.

»Als ich damals mit deiner Zoe zum Abendessen verabredet war, hatte das bei Camille stattgefunden. Sie war gerade dabei, sich von ihrem Mann zu trennen. Camille, nicht Zoe.«

In seiner Stimme schwang ein gewisser Unterton mit. »Und du standest schon in den Startlöchern? Früheres Verhalten ist der beste Ratgeber …«

Jim lachte. »Nein, die war mir zu abgedreht. Mitten im Gespräch fällt ihr ein, dass sie ihre Einkäufe im Laden vergessen hat. Biegt links ab und merkt erst später, dass sie nach rechts wollte. Cluny ist nicht gerade die Medina von Fes.«

»Weißt du, dass sie jetzt im Rollstuhl sitzt? Multiple Sklerose.«

»Scheiße. Und ich dachte, ich hätte sie vor ein paar Wochen beim Kaffee mit ihrem Ex gesehen.«

Jim fuhr zur Hochschule, wo mein Karren auf mich wartete – immer noch originalverpackt.

»Du hast das Ding doch an die britische Armee verkauft, oder?«, meinte Jim. »Wenn die ihn genommen haben, müsstest du ihn doch an jedes andere Militär dieser Welt verkaufen können. Außer dem amerikanischen, natürlich.«

»Theoretisch ja. Genau das hat der Deutsche auch gedacht, der die Idee hatte, das Ding für den Krankentransport umzubauen, und wir machten einen Deal. Was ich bislang gekriegt habe, sind dreiunddreißig Komma drei Prozent von nichts.« Und achtzehn Monate Gejammer, das Design sei schuld, und dann hatte er amateurhafte »Verbesserungsvorschläge«. Bernhard und ich konnten einfach nicht miteinander, und als er schließlich das Handtuch warf, war ich unendlich erleichtert, ihn los zu sein.

Jim brachte mich samt Karren zu Camille, die etwa einen Kilometer außerhalb der Stadt wohnte. »Zwei Gästezimmer. Drei Schlafzimmer. Im Schlafzimmer bewacht ein halb lebensgroßer Jesus das Ehebett. Geräumige altmodische Küche. Ausgebauter Dachboden. Vor zwei Jahren wollte sie mal was Kleineres. Die Treppen sind jedenfalls nicht behindertengerecht. Finde raus, was sie vorhat, und wir sind quitt.«

Eine zierliche – *petite* – Frau um die fünfundvierzig öffnete die Tür, vermutlich Camilles Pflegerin. »Sind Camille oder Gilbert da?«, fragte ich auf Französisch.

»Ah, du bist Martin!«, rief sie auf Englisch mit starkem französischem Akzent, küsste mich auf beide Wangen und verkündete: »Ich bin Camille. Komm rein. Gilbert ist zum Flughafen gefahren, um deine Tochter abzuholen. Sie wollte ein Taxi nehmen – ein Taxi von Lyon nach Cluny! Verrückt.«

Meine Entschuldigung in Sarahs Namen musste warten, denn – zack! – war Camille schon in die Küche verschwunden, wo sie jedoch augenblicklich wieder umdrehte und zur Eingangstür zurückkehrte, an der ich noch stand. Sie war schätzungsweise so groß wie Zoe, knapp eins siebzig, trug enge weiße Jeans, ein hellblaues T-Shirt und blau-weiße High Heels. In denen sie problemlos herumspazierte.

»Ich sagte: Komm rein. Was ist das?« Sie deutete auf den Karton, in dem der Krankenkarren war, mit dem ich sie morgen hatte herumkutschieren wollen.

»Das ist ein Karren …«

»Ach, natürlich. Ich vergaß. Du bist ja der englische Karrenkerl. Als Zoe damals erzählte, sie hätte sich in einen Mann mit einem Karren verliebt, wusste ich sofort, dass du das warst, weil jeder in Cluny deinen verrückten Karren kannte und niemand sonst mit so was den *Chemin* gelaufen wäre. Aber jetzt willst du sicher erst einmal was trinken – Bier?«

»Ein Bier wäre phantastisch, aber vorher würde ich gern noch duschen.« Und überlegen, wie wir das mit der Multiplen Sklerose klären.

»Natürlich, deine *chambre* ist oben. Gehörte mal meinem Jungen, der leider nicht mehr bei uns ist. Sein Name steht an der Tür.«

»Wie heißt … hieß … er?«

»Bastien.«

Sie machte keine Anstalten, mich zu begleiten, also stieg ich mit meinem Rucksack allein nach oben. Im Zimmer stand ein ziemlich schmales Bett, und es gab glücklicherweise keine besonderen Andenken an den verstorbenen Bewohner.

Ich war froh, vor Zoe da zu sein; ein wenig Zeit zum Nachdenken konnte ich gut gebrauchen. Mir war nicht klar, ob sie unsere Beziehung wieder aufleben lassen wollte. Unabhängig davon verordnete ich mir das Mantra »Immer langsam«.

Ich zog mich aus und ging ins angrenzende Badezimmer – wo Zoe gerade aus der Dusche kam.

»Scheiße!« Sie sah sich um, vermutlich nach einem Handtuch, stürzte an mir vorbei ins Gästezimmer, wo auch keins auf dem Bett lag, und fing dann an zu lachen. »Ich dachte, du kommst nicht.«

»Ich habe dir eine E-Mail geschrieben.«

Sie trug das Haar kürzer, ansonsten sah sie genauso aus wie die Frau, von der ich mich vor drei Jahren am Flughafen von San Francisco verabschiedet hatte. Wobei sie damals etwas anhatte.

»Kriege ich einen Kuss?«, fragte sie.

So viel zu »Immer langsam«. Das war eine doch recht klare Botschaft, und ich ging spontan darauf ein. In dem Moment flog die Tür auf, und Camille kam ins Zimmer.

»Ich hatte ganz vergessen zu sagen, dass Zoe schon hier ist. Aber wie ich sehe, hast du sie ja gefunden.«

Camille und Zoe waren seit ewigen Zeiten befreundet; ich war hier der prüde Engländer. Als wären wir zwei Teenager, die von einem Elternteil überrascht wurden.

Korrigiere: Eltern im Plural.

»Camille? Du hast die hier vergessen.« Ein älterer Mann, nicht besonders groß und übergewichtig, einen Stapel Handtücher im Arm, kam ins Zimmer. Als er Zoe und mich sah, fuhr er zurück. Ich brauchte ein paar Sekunden, bis ich kapierte: Das war Gilbert, der Ehemann. Allerdings kam er mir vage bekannt vor. Und er war *zum Flughafen gefahren, um Sarah abzuholen.*

Just in diesem Moment kam meine Tochter die Treppe hoch, guckte ins Zimmer, nahm die Szene in sich auf, wandte sich zum Gehen und stieß mit einem großen blonden Mann in Lederjacke zusammen.

Was um alles in der Welt machte Bernhard denn hier?

3

Zoe

Als ich mit Anziehen fertig war, musste ich immer noch grinsen. Die Überraschung hatte mir einen Energieschub verpasst. Martins Gesichtsausdruck, als wir erwischt wurden, war so herrlich britisch – so typisch *er* –, dass ich komplett vergaß, beschämt zu sein. Und schließlich waren wir alle erwachsen – kein Thema also.

Ich gesellte mich zu den anderen ins Wohnzimmer und merkte sofort, dass es wohl doch ein Thema war. Bernhards Freundin wirkte verspannt. Groß, schmal, durchdringender Blick aus braunen Augen, krauses schwarzes Haar im Pferdeschwanz, weite Jeans und T-Shirt. Zu ernst.

Dann stellte Martin sie vor. Sie war nicht Bernhards Freundin. Allerdings hatte Martin nie erwähnt, dass Julia oder Sarah dunkelhäutig waren. Ich hatte keine Ahnung, was und wie viel er ihr von uns erzählt hatte. Vielleicht dachte sie, wir stünden ständig in Kontakt und das hier sei eines unserer regelmäßigen Treffen.

Sarah folgte Camille in die Küche. Flucht. Ich wusste immer noch nicht, was mit Camilles Krankheit war. Martin schien Fragen zu haben und zog mich in den Flur.

»Was zum Teufel macht Bernhard denn hier?«

Ich erklärte es.

»Er bringt seinen Karren vorbei? Das ist alles? Bist du sicher?«

Besagter junger Mann spazierte gerade – mit Gilbert parlierend – an uns vorbei. Er hatte in den drei Jahren zugelegt, was ihm recht gut stand. Gilbert war ebenfalls fülliger geworden, was nicht so vorteilhaft war, aber er hatte mich bei der Begrüßung herzlich umarmt und wirkte aufgeräumt und munter. Martin folgte den beiden nach draußen, und ich ging in die Küche.

Sarah schnitt Gemüse, Camille holte Zutaten aus dem Kühlschrank. Durch ihren kurzen, fransigen Haarschnitt wirkte sie jünger als bei unserer letzten Begegnung. Sie spürte meine Anwesenheit, ohne sich zu mir umzudrehen.

»Hilfst du mir, das Huhn zuzubereiten?«

»Camille … Ich bin Vegetarierin, erinnerst du dich?«

Sie drehte sich um. In der Hand hielt sie einen großen toten Vogel, mit Kopf. »Weißes Fleisch. Tatsächlich kein Hühnchen, sondern ein Kapaun, ein kastrierter Hahn. In Amerika ist das nicht erlaubt wegen der Chemie.«

»Vegetarisch bedeutet: überhaupt kein Fleisch.« Im letzten Jahr hatte ich sogar vegan gelebt, aber darauf wollte ich nicht weiter eingehen.

»Ich esse auch nicht viel Fleisch«, sagte Sarah. »Aber hey, heute gibt es einen speziellen Anlass.«

Ich ging nach draußen. In der Auffahrt standen zwei halb zusammengebaute Karren, an denen Bernhard und Martin wie die Kontrahenten in einer Reality-Show herumschraubten. Neben ihnen parkte ein Motorrad mit Beiwagen; damit musste Bernhard aus Stuttgart angereist sein.

Bernhard war fertig und stellte sich neben Martin.

»Das ist die alte Version, richtig?«

»Die mit der originalen Radaufhängung. Die Armee …«

»Die britische Armee.« Bernhard deutete auf das einzelne Rad seines Karrens. »Das hier ist stabiler. Es kann zweihundertfünfzig Kilo tragen.«

»Was dir nichts nützt, wenn du das Gewicht nicht den Berg hochkriegst. Beim Entwickeln geht es immer um Kompromisse …«

Jungs und ihr Spielzeug. Hätte ich gern zu Sarah gesagt, die dazugekommen war, aber ich musste erst einmal die Lage klären. Die junge Frau hatte einen Selbstmordversuch hinter sich. Brauchte sie ihren Vater immer noch, damit er auf sie aufpasste? Ich ging wieder in die Küche.

»Kann ich was helfen?«, fragte ich Camille, die Kartoffeln schälte. »Tut mir leid wegen des Hühnchens, aber …«

Sie zeigte auf einen Handrührer. »Schau mal, ob du die … die …«

»Rührstäbe?«

»Genau, die Rührstäbe reinkriegst. Ich glaube, da gibt es ein Problem.«

»Wusstest du, dass Martin und Sarah kommen?« Die beiden Rührstäbe rasteten ohne jeden Widerstand ein.

»Natürlich. Er hat Gilbert eine E-Mail geschrieben. Sie gehen den Anfang mit. Drei Wochen, glaube ich. Hat er dir das nicht gesagt?«

»Ich habe meine Mails noch nicht gelesen.« Ich hatte für Europa eine neue SIM-Karte besorgt, sie aber noch nicht eingesetzt. Ein Teil von mir hätte das Handy gern zurückgelassen, so wie bei meinem ersten *Camino*, aber die praktischen Aspekte überwogen.

Camille redete mit dem Herd. »Du und ich. Wieder auf großer Reise.«

»Wie … Geht es dir gut?«

Sie drehte sich um. »Du hältst mich für verrückt, oder?«

»Ich glaube, jeder, der einen *Camino* – einen *Chemin* – geht, muss mindestens ein bisschen verrückt sein.« *Oder naiv,* hätte ich hinzufügen können – denn das war ich beim ersten Mal definitiv gewesen.

»Früher hätte ich so etwas nie in Erwägung gezogen. Den Papst – ja. Das Wandern – nein. Aber nachdem du …«

»Dir ist schon klar, dass das richtig, richtig hart wird, oder? Und lang?«

»Wie das Leben, meinst du? Obwohl das in meinem Fall ja nun nicht so lang wird, wie ich immer dachte.« Sie hielt kurz inne. Dann: »Es sei denn, Gott hat mit mir Erbarmen.«

Sie war also tatsächlich krank. Die Ärzte mussten es festgestellt haben, bevor sich ernsthafte Symptome zeigten. Das war schon mal gut.

Das Abendessen wurde zum Festmahl, das mit Beaujolais und frischgebackenen Käsewindbeuteln begann. Toll, wenn man Käse aß. Ich beschloss, es zu tun. Es war schon immer der Käse gewesen, der mir das vegane Leben schwergemacht hatte.

»Océane studiert jetzt in Paris«, erzählte Camille. »Sie lebt bei ihrem Vater.«

»Und Bastien wohnt bei seiner Mutter«, ergänzte Gilbert. »Das war traurig, aber letztlich für alle das Beste.«

»Ach herrje«, Martin stöhnte und schüttelte den Kopf. Er benahm sich seltsam. Und irgendwie hatte ich vergessen, dass Bastien ja Gilberts Sohn war und nicht Camilles.

Gilbert schloss die Lücken. »Als Camille und ich uns damals trennten, wollte er bei seiner Mutter leben. Marianne ging es zu der Zeit nicht so gut«, er tippte sich an den Kopf, was wohl auf instabile psychische Gesundheit hinweisen sollte, »aber jetzt geht es ihr besser.« Er sah zu Camille. »Relativ.«

»Bastien war ein Geschenk Gottes«, sagte Camille. Jetzt fiel es mir wieder ein: Sie hatte Probleme gehabt, von Océanes Vater erneut schwanger zu werden. Nach einer Fehlgeburt und einer künstlichen Befruchtung hatten wir Briefkontakt gehabt und sogar telefoniert. Bastien war dann ein »Glücksfall« gewesen, aber ich hatte nicht registriert, dass er quasi als Bonus mit der neuen Partnerschaft gekommen war.

»Seit drei Monaten sind wir wieder zusammen«, fuhr Gilbert fort und legte eine Hand auf Camilles Schulter. »Als Camille mir von der Diagnose erzählte, habe ich sie zu den Ärzten begleitet. Die Krankheit war der Grund für all unsere Probleme.«

Wie froh war Camille wirklich, dass ihr Ex zurückkehrte, anstatt sich erst recht aus dem Staub zu machen? Aber irgendjemand musste auch die Kernfrage stellen.

»Also, du hast Multiple Sklerose, richtig?«, fragte ich nach. »Entschuldige, aber ich dachte, du …« Camille wartete, dass ich den Satz beendete. »… könntest nicht mehr richtig laufen.«

»Das ist ein Stereotyp«, erklärte Sarah, die Medizinstudentin – wobei sie zwei Jahre nach ihrem Highschool-Abschluss genau genommen erst im allgemeinen Vorstudium sein konnte. Und für den Fall, dass jemand das Wort »Stereotyp« nicht verstand, fügte sie hinzu: »Also dass man bei dieser Krankheit immer nur an die typischen Symptome und den typischen Verlauf denkt.«

Ich sah Martin an. Ich konnte immer noch nicht erkennen, was er dachte. Daran musste ich arbeiten.

Camille winkte ab. »Es hat schon vor langer Zeit begonnen. Ich bin mal auf einem Auge blind gewesen. Aber nicht sehr lange, deshalb habe ich mir keine Sorgen gemacht.«

Ich konnte sehen, dass Gilbert zögerte. »Bei Camille zeigt sich die Krankheit … auf besondere Weise. Nicht so sehr körperlich.«

»Hin und wieder beeinträchtigt sie eher die kognitiven Funktionen – das Denkvermögen – als die motorischen«, erklärte unsere angehende Medizinstudentin und beförderte sich damit sowohl zur Neurologin als auch zur Grundschullehrerin. »Zunächst«, ergänzte sie.

»Ja«, bestätigte Gilbert. »Camille vergisst manche Sachen.«

»Unwichtige Sachen«, sagte Camille.

»Und manchmal ist sie etwas taktlos; ihr solltet also nicht beleidigt sein. Und außerdem …«

»Außerdem ist es unhöflich, beim Essen über Krankheiten zu sprechen«, sagte Camille.

»Dann brauchen wir also keinen der beiden Karren?«, hakte Martin nach. »Weder den guten noch den weniger guten?«

Bevor Bernhard anfangen konnte zu streiten, sagte Camille: »Ihr habt die für *mich* mitgebracht?« Sie lachte. »Also, im Moment brauche ich so etwas nicht. Am Ende wird bei mir natürlich alles kaputt sein.«

Eine unangenehme Stille kam auf, die Martin unterbrach, indem er Bernhard für den nächsten Morgen Hilfe beim Einpacken seines Karrens anbot.

»Der kann hierbleiben. Ich gehe doch mit.«

»Wieso?«, wollte Martin wissen.

»Wieso nicht? Ich habe gerade nichts Besseres vor.«

Sarah offenbar auch nicht. Musste sie denn nicht studieren? Meine Mädchen hätten keine zehn Pferde zum Wandern mit mir und einer Bande von Erwachsenen gebracht.

»Die alte Truppe ist wieder vereint.« Bernhard grinste.

Gilbert bot an, Wein nachzuschenken, und Martin leerte sein Glas, um Platz zu schaffen. Diesmal wusste ich, was er dachte – und empfand selbst genau das Gegenteil: Ich hatte Bernhard schon vor langer Zeit lieb gewonnen, und wenn er Martin nervte, war das nur ein Ausgleich dafür, dass Sarah mich nervte.

Camille servierte den riesigen Vogel.

»Die Haut sieht megaknusprig aus«, sagte Sarah. »Danke für den Kochkurs.«

Gilbert holte ein üppiges Kartoffelgratin mit viel Käse und Sahne. Er raunte Camille etwas zu, woraufhin sie in die Küche sauste und anschließend verkündete, die Bohnen kämen etwas später. Sie musste vergessen haben, sie aufzusetzen. Hatte das etwas zu bedeuten? Wenn *ich* ein Essen für sechs Leute hätte kochen wollen, hätte ich sicher auch etwas vermurkst.

Ich nahm mir etwas Brot. Ganz leichtes Weißbrot. Meine Ballaststoffe würde ich mir anderweitig holen müssen.

Auf den Hauptgang folgten eine Käseplatte, die Gilbert ausführlich erläuterte, und ein *clafoutis aux mirabelles*, ein Mirabellenauflauf, allerdings mit Schafskäse. Camille als Köchin kannte ich noch gar nicht. Na gut, vor drei Jahren hatte sie was mit Kaninchen gemacht, also … Im College war sie jedenfalls Fan von Instantnudeln und Essen to go gewesen.

Irgendwann kamen wir endlich dazu, über das zu reden, weshalb wir eigentlich hier waren. Zum Glück hatte Gilbert bereits einige Recherchen angestellt. Als ich damals zum *Camino de Santiago* aufbrach, wusste ich nichts außer *Folge den Jakobsmuscheln* und *Ruh dich aus, wenn du müde bist*.

Er holte einen Ausdruck von der Anrichte. »Der Assisiweg, benannt nach dem heiligen Franz von Assisi. Dreiundsechzig Tage von Cluny nach Assisi. Danach vierzehn Tage von Assisi nach Rom auf der *Via di Francesco*, dem Franziskusweg. Insgesamt also siebenundsiebzig Tage und eintausendsechshundert Kilometer. Schwierigkeitsgrad: einfach bis anspruchsvoll.«

Eintausend Meilen.

Martin nahm das Blatt entgegen. »Ein ehrgeiziger Zeitplan.«

Gilbert wirkte überrascht. »So wird es empfohlen.«

»Weil sie davon ausgehen, dass du von Anfang bis Ende unverändert fit bist.«

»Es dauert so lange, wie es dauert. Und natürlich erwarten wir nicht, dass ihr alle uns bis zum Ende begleitet.«

Ich wollte gerade versprechen, dass ich das tun würde, hielt dann aber inne. Das konnte warten. »Wie schwer ist dein Rucksack, Camille?« Ich rechnete damit, Kosmetika, kniehohe Stiefel und ein Abendkleid rausschmeißen zu müssen.

»Sechs Komma zwei Kilo«, antwortete Gilbert.

»Zehn Pfund«, verkündete Sarah für den Fall, dass ich nicht umrechnen konnte. Na, das würde ja nervig werden.

Ich lief in mein Zimmer – unser Zimmer – und kehrte mit den Seidenschlafsäcken und Campinghandtüchern zurück, die ich für die beiden gekauft hatte. »Die hier werdet ihr brauchen.«

Gilbert schüttelte den Kopf. »Danke, Zoe, aber so was haben wir schon.«

»Im Organisieren ist er gut«, kommentierte Camille.

»Besser als ich«, sagte Martin. »Ich wollte in Cluny ein Handtuch und einen Schlafsack für Sarah kaufen, aber …«

»Hier, bitte.« Ich gab Sarah die Sachen, die sie verlegen akzeptierte.

»Und das hier braucht niemand?« Bernhard deutete auf den verbliebenen Schlafsack und das Handtuch. »Die sind nämlich viel besser als meine.«

Er konnte die Sachen haben, ich war ihm sowieso noch etwas schuldig.

»Für die ersten zwei Nächte habe ich schon eine Unterkunft reserviert«, fuhr Gilbert fort. »Aber nicht für Bernhard, der für mich ganz überraschend dazugekommen ist. Er ist natürlich eine willkommene Überraschung.«

»Kein Problem«, sagte Bernhard. »Ich kann mir etwas organisieren.« Darin war Bernhard gut. Und kam immer günstig dabei weg.

»Wir brauchen noch ein Zimmer für mich und eins für Sarah«, sagte Martin, ohne mich anzusehen.

»Schon reserviert«, sagte Gilbert.

Ich war davon ausgegangen, dass Martin und ich uns zusammen ein Zimmer nehmen würden – und fortsetzten, was wir einmal begonnen hatten. Doch seine Tochter warf mir einen kritischen Blick zu. Es war drei Jahre her. Und ich hatte ihm einen Korb gegeben.

»Und ein Zimmer für mich, nehme ich an«, sagte ich.

Martin sah mich an. Wieder auf diese undurchschaubare

Art. »Und heute werde ich wohl auf dem Dachboden schlafen«, sagte er. Während ich mich noch wunderte, woher er wusste, dass es einen Dachboden gab, fügte er zu Camille gewandt hinzu: »Ich habe einen Schlafsack. So richtig altmodisch und schwer.«

4

Martin

Nachdem wir – zur Zufriedenheit des einzig qualifizierten Ingenieurs vor Ort – geklärt hatten, welcher Karren der bessere war, ließen wir beide zurück. Wie die Pilger von früher gingen wir von unserer Unterkunft direkt zu unserem Startpunkt: Cluny *centre ville.* Doch anders als die Urwanderer waren vier von uns bereits von weither angereist – Sheffield, Edinburgh, Stuttgart, San Francisco –, und das per Transportmittel, die die antiken Pilger sich nicht einmal hätten vorstellen können. Und wir vier hatten uns noch vor wenigen Tagen nicht vorstellen können, überhaupt herzukommen.

Nun, da ich mehr über Camilles Krankheit wusste, achtete ich auf Zeichen, die auf den von Gilbert angekündigten Unterstützungsbedarf hinwiesen. Ihrer beider Gepäck hatte er nach einer Empfehlungsliste zusammengestellt, aber Zoe fiel auf, dass Kühlschrank und Obstschale noch geleert werden mussten. Und hatte Camille tatsächlich »vergessen«, dass sie mein Zimmer vorher an Zoe vergeben hatte? Oder war sie davon ausgegangen, dass wir ohnehin das Bett teilen würden? Zoe konnte es ihr nicht vorgeschlagen haben, denn sie hatte nicht gewusst, dass ich kommen würde – nachdem Camille auch vergessen hatte, ihr das zu erzählen. Aber hatte

Zoe sich derart klar zu ihren Gefühlen für mich geäußert, dass Camille die Zuteilung der Zimmer nicht weiter hinterfragt hatte?

Was Sarah betraf, die uns – beinahe – in flagranti erwischt hatte, so hatte ich ihren Blick als »Lass uns nie wieder darüber reden« interpretiert. Damit konnte ich leben.

An diesem Tag trug sie kurze Hosen, die zu eng aussahen, als dass sie aus einem Outdoorladen stammen konnten. Ich hoffte, Bernhard würde sie nicht anbaggern, obwohl ich ziemlich sicher war, dass sie jeden solcherlei gearteten Versuch ignorieren würde: Er war wohl kaum ihr Typ. Allerdings fiel mir auf, dass sie seit unserer letzten Begegnung sichtbar abgenommen hatte. Vielleicht war an Julias Befürchtung hinsichtlich der Magersucht etwas dran.

In Cluny machten wir halt, um beim Vertreter der Organisation »Freunde des Camino« unsere Pilgerausweise abzuholen: Jules Chevalier hielt in demselben Café Hof, das ihm auch damals als Ausgabestelle gedient hatte, als Zoe und ich nach Spanien aufgebrochen waren. Er sah kaum verändert aus: etwa im selben Alter wie Gilbert, aber weniger *bourgeois*, eher ein bisschen verlottert.

Ich freute mich, Sarah das Ausweisritual erklären zu können. Selbst für einen eingerosteten Atheisten wie mich hatte der *Camino* eine spirituelle Komponente, und Monsieur Chevalier war daran gelegen, dass niemand losging, ohne sich dessen bewusst zu sein.

Er sprach zunächst allein mit Zoe, während wir übrigen an einem anderen Tisch Kaffee tranken. Dann reichte Zoe den Staffelstab an mich weiter, und Monsieur Chevalier kam direkt zur Sache.

»Sie machen einen schweren Fehler. Dem Weg nach Rom

fehlt die Tradition der *Chemins* nach Santiago de Compostela.«

»Leider weilt der Papst nicht in Santiago«, wies ich auf das Offensichtliche hin.

Bevor ich es weiter ausführen konnte, winkte er ab. »Das verstehe ich, und ich sage das nur Ihnen: Sie hätten Ihre Freunde überzeugen sollen, den traditionellen Weg zu gehen. Da es aber nun mal so ist, wie es ist, sollten Sie sich darum kümmern, dass alle das richtige Schuhwerk tragen und sich so verhalten, dass sie den Weg sicher zurücklegen. Sie haben die Erfahrung.« Die hatten Zoe und Bernhard ebenfalls, doch ich schwieg.

Er nippte an seinem Kaffee. Gleich käme der Segen.

»Die Menschen gehen aus den unterschiedlichsten Gründen auf Pilgerreise, und alle werden auf irgendeine Art verändert. Diejenigen, die ein weiteres Mal losziehen, suchen mehr. Wenn Sie mit der richtigen Einstellung gehen, werden Sie es finden, auch auf dem Assisiweg.« Dramatische Pause. »Der *Chemin* wird Sie befreien. Und jetzt schicken Sie mir den jungen Mann. Und bestellen mir noch einen Kaffee.«

Bis Monsieur Chevalier uns alle mit Rat und Segen versorgt hatte, verging eine volle Stunde, so konnte ich kurz verschwinden und Brot und Salami für unser Mittagessen besorgen. Als Camille, seine letzte Kandidatin, wieder an unseren Tisch kam, schnappte Bernhard sich seinen Rucksack mit einem Blick, der sagte: *Können wir jetzt endlich mal los?*

»Aber haben wir nicht etwas vergessen?«, hakte ich nach. »Weshalb sind wir denn überhaupt hergekommen?«

»Ach so«, meinte Zoe. »Monsieur Chevalier hat mir zu Anfang gleich gesagt, dass er für den Assisiweg keine Pilgerpässe ausstellt. Das macht eine andere Organisation. In Sainte Cécile.« Nach einem Blick in die Runde fügte sie schnell hinzu: »Das liegt auf dem Weg.«

Vermutlich hätte Monsieur Chevalier argumentiert, der Assisiweg sei weniger geschichtsträchtig als sein bekannterer Bruder, aber nach Rom sind die Menschen schon gepilgert, noch ehe Santiago zum Ziel wurde. Was die Authentizität betraf, folgte keiner der Wege – bis auf wenige Etappen – den antiken Pfaden, und zwar aus dem rein praktischen Grund, dass sie zu Autostraßen und Bahnstrecken geworden waren. Der Bezug zu Franz von Assisi rührte daher, dass er als sehr naturverbunden galt – Wanderungen oder Reisen von ihm waren nicht dokumentiert.

Tatsächlich sind hinter Cluny der erste Abschnitt des Assisiwegs und der *Camino de Santiago* identisch, so dass Zoe, Bernhard und ich zunächst auf vertrautem Terrain wanderten.

Wir verließen die befestigte Straße, und der Wanderweg war einigermaßen breit, aber es wäre unpraktisch gewesen, als Gruppe nebeneinanderher zu laufen und uns zu unterhalten, also teilten wir uns in Pärchen auf. Ich wäre gern mit Zoe gegangen, wollte aber nicht, dass Sarah dachte, sie sei nur als Mittel zum Zweck dabei.

Wie das so oft der Fall ist, wenn man sich viel Zeit für schwierige Themen nimmt, machten auch wir diesbezüglich keine Fortschritte. Sarah zeigte sich jedoch höflich interessiert, als ich von meinem ersten *Camino* erzählte. Ich zeigte ihr die Jakobsmuscheln, die an den Laternenpfählen und Bäumen neben dem Assisizeichen zu sehen waren, das wiederum aus einem großen T (beziehungsweise dem griechischen

Buchstaben *Tau*) auf orangefarbenem Grund mit einer stilisierten Taube bestand, die entweder nach links, nach rechts oder geradeaus flog, je nachdem, wohin der Weg führte.

»Was ist bequemer – Rucksack oder Karren?«, wollte sie wissen.

»Wenn ich die Frage am ersten Tag ehrlich beantwortet hätte, wäre ich damit gar nicht erst losgezogen.«

»Und hättest all das Schöne nicht erlebt. Einschließlich Zoe.«

»Was hat Monsieur Chevalier zu dir gesagt?«

»Ach, irgendwas … Wusstest du, dass er den *Camino* schon neun Mal gegangen ist? Und seine Frau … ungefähr dreißig Mal?«

»Ja, komisch, wie Menschen wieder und wieder dasselbe machen können«, antwortete ich.

»Wenn ich Chirurgin wäre, würde ich die gleiche OP auch immer wieder durchführen.«

»Hast du vor, Chirurgin zu werden?«

»Immer wieder dieselben Sachen zu machen, ist eigentlich nicht das, was ich im Leben will. Warum gehst du nicht mit Zoe?«

Kurz nach Mittag erreichten wir das zehn Kilometer von Cluny entfernte Sainte Cécile.

»Ich habe uns etwas zum Mittagessen reserviert«, sagte Gilbert. »Ein exzellentes Restaurant.«

Zoe und ich tauschten Blicke. Ich sah uns schon um drei Uhr nachmittags noch sitzen, während Gilbert Cognac zu den Petits Fours bestellte.

»Dann bin ich jetzt mal der Spielverderber«, sagte ich. »Ich habe beim ersten *Camino* ein paarmal Mittagessen mit zwei Gängen probiert und es nachmittags immer bitter bereut. Außerdem haben wir Obst und Salami.«

Man konnte Gilbert ansehen, wie er mit sich rang, ob er protestieren sollte. Meine Erfahrung verlieh mir einen Vorsprung, auch wenn es in diesem Fall eine erfundene Erfahrung war. Schließlich nickte er.

»Mein Arzt würde zustimmen. Weniger Mittagessen, mehr Wandern.«

Camille schlüpfte in die Kirche, um eine Kerze anzuzünden, ging anschließend in einer Tankstelle zur Toilette, dann machten wir uns wieder auf den Weg.

Zu der Adresse, die Zoe für die Pilgerausweise bekommen hatte, waren es noch ein paar Kilometer. Eine nette Bäuerin gab sie ohne weitere Ratschläge aus, dafür allerdings mit einer guten Tasse Kaffee, den ihr halbwüchsiger Sohn gekocht hatte.

Nachdem wir wieder aufgebrochen waren, hörten wir etwa eine Viertelstunde später hinter uns ein Moped knattern. Es war der Kaffee kochende Junge, der uns erst überholte, dann mit aufspritzendem Kies einscherte und anhielt.

»*Tampons!*«, rief er. »Ihr vergesst die *tampons.*«

Ich bekam mit, dass Sarah verstört zu Zoe und Camille sah. Sie hätte im Französischunterricht besser aufpassen sollen, denn der Junge zog einen Stempel – *tampon* – aus der Tasche und versah unsere noch jungfräulichen Pilgerpässe mit dem *Tau*-Symbol und trug Ort und Datum ein.

Auf der zweiten Etappe nach Tramayes ging ich mit Zoe. Der Weg war derselbe wie beim letzten Mal, aber sonst war alles anders: Zoe neben mir, ein Rucksack, der mehr Bewegungsfreiheit bot als der Karren, die Jahreszeit. Der August in Frankreich war *heiß*. Käppi, Sonnenbrille und Shorts ersetzten die Fleecejacken, Mützen und Handschuhe, die wir im Winter getragen hatten.

Und seltsam: Beim ersten Mal hatte ich schnell einen Blick für die Jakobsmuscheln bekommen, das *Tau* mit der Taube jedoch kaum registriert. Nun sah ich es überall.

Während die anderen vorausmarschierten, blieb Zoe stehen und holte etwas aus der oberen Tasche ihres Rucksacks. »Ich weiß, du glaubst nicht an solche Sachen, aber …«

Sie hielt mir ein kleines hölzernes *Tau* entgegen, das sie bei unserer Passdame gekauft haben musste. Es hing an einer Schnur, und ich ließ es mir um den Hals binden. Ihr eigenes hatte sie schon an ihrer Kette mit dem Taubenanhänger befestigt. Die war mir am Vortag bereits aufgefallen, weil es das einzige Schmuckstück gewesen war, das sie getragen hatte.

»Welchen weisen Ratschlag hat der Monsieur dir denn diesmal mit auf den Weg gegeben?«, wollte ich wissen.

»Er sagte, der *Chemin* werde mich befreien … Warum lachst du?«

»Mir hat er dasselbe prophezeit. Und ich muss gestehen, dass ich mir eigentlich genau das Gegenteil erhoffe.«

»Ich wusste überhaupt nicht, dass du kommst. Erst als du in mein Badezimmer geplatzt bist …«

»In *unser* Badezimmer – wenn es nach *deiner* Freundin gegangen wäre.«

»Habe ich mich etwa beschwert?«

»Darf ich das als erneute Einladung verstehen?«

»Jetzt ist ja niemand da, der uns dazwischenfunken kann.«

5

Zoe

»Und? Gute Entscheidung oder schlechte?«, fragte Martin nach einem zärtlichen, aber verhältnismäßig kurzen Kuss, der mir signalisierte, dass er sich noch nicht im Klaren war, wie es mit uns weitergehen würde. Damit waren wir zu zweit.

»Das war für mich keine Frage. Camille hat mich gebraucht. Es ist schön hier. Und es ist toll, dich dabeizuhaben.«

»Ich meinte deine Entscheidung vor drei Jahren.«

Er sagte nichts mehr und wartete auf meine Antwort.

Wir wanderten durch einen dichtbelaubten Wald, der immer wieder von breiten Lichtungen mit Wildblumenwiesen durchbrochen wurde. Da wir nahe dem Hügelkamm marschierten, war der Pfad eben und einfach, und wir hatten rechts und links schöne Ausblicke auf Täler und Höhen. Die einzigen Geräusche waren das Zwitschern der Vögel von oben und Martins klickende Wanderstöcke am Boden.

Ich wollte keine Spielchen spielen. Das Universum hatte mir – uns – aus dem Nichts eine zweite Chance gegeben, aber es blieb nicht viel Zeit, bevor Martin wieder nach England zurückmusste.

»Das mit den Cartoons hat sich nicht so gut entwickelt, wie ich gehofft hatte«, begann ich. »Finanziell geht es mir gut – das ist noch mal eine andere Geschichte –, aber irgendetwas fehlt.«

»Wann hast du das erkannt?«

»Spielt das eine Rolle? Ich habe nichts unternommen, und es ist sinnlos, über Dinge zu reden, die nicht passiert sind. Wie ist es bei dir?«

»Wie du schon sagst: Die Vergangenheit kann man nicht ändern. Aber es hat mich ganz schön mitgenommen. Ich dachte, zwischen uns wäre etwas gewesen.«

»Meinst du, ich war zu feige, es dir offen zu sagen?«

Schweigen.

»Martin, als du wieder ins Flugzeug gestiegen bist, wolltest du, dass ich zu dir nach London komme – entschuldige, nach Sheffield. Oder? Das war es, weshalb du eigentlich bei mir warst, ja?«

»Mehr oder weniger. Ich wollte nicht nur eine Pilgerfreundin.«

»Tessa hat damals bei mir übernachtet.«

»Wie könnte ich das je vergessen?«

»Tja, das passiert eben, wenn man unangemeldet aufkreuzt.« Es war ein bisschen so gewesen wie in den Schlafsälen auf dem *Camino*.

»Und sie hat es dir ausgeredet?«

»Im Gegenteil. Sie sagte: ›Mom, du vertraust doch immer deiner Intuition. Geh, wohin dein Herz dich trägt – nicht zu fassen, dass die Taube, die ich dir geschenkt habe, das Symbol für den Assisiweg ist …‹, und ich fing an, mich zu sträuben. Ich wollte selbst bestimmen, was mit mir passiert, anstatt Botschaften des Universums zu entziffern …«

Martin lachte. »Dagegen lässt sich schwer argumentieren, abgesehen vom Ergebnis. Und das war alles?«

»Nein.« Besser, alles gleich offen anzusprechen. »Du konntest wegen Sarah nicht bei mir in San Francisco leben. Das habe ich verstanden – verstehe ich auch jetzt –, aber für mich war die Ausgangslage dadurch eine völlig andere. In meinem Leben hättest du an erster Stelle gestanden, ich in deinem aber nur an zweiter. Das klingt jetzt bestimmt egoistisch.«

»Keineswegs. Wenn *deine* Töchter dich gebraucht hätten …«

»Haben sie aber nicht.«

Wir taten das, was ich mir geschworen hatte, nicht zu tun: die Entscheidung neu zu verhandeln. Damit hatte ich genug einsame Nächte verbracht und war oft kurz davor gewesen, ihn anzurufen.

»Aber du bist drüber hinweggekommen, oder?«, fragte ich. »Hast du inzwischen jemanden kennengelernt?«

»Ach, ein paar Schauspielerinnen, eine Bestsellerautorin, eine dänische Prinzessin … Nichts Besonderes.«

»Wow, und was lief fa…?« Er lachte. Ich revanchierte mich. »Aber du konntest nicht aufhören, an mich zu denken.«

»Das stimmt allerdings.«

Es bestand tatsächlich die Chance, dass ich mich wieder in ihn verliebte. Aber ich würde weder sein noch mein Leben vollkommen umkrempeln, ehe ich nicht ganz sicher war.

»Meine Töchter haben mir bei einer Dating-App ein Profil erstellt. Ich habe ihnen das Foto gegeben, das du bei unserer Ankunft in Santiago von mir gemacht hattest. Weil darin so viel positive Energie steckte.«

»Und dann hast du eine Million Nachrichten bekommen?«

»Ganz genau.«

»Ich meinte das ernst.«

»Ich hätte ein Foto ohne Rucksack nehmen sollen. Viele Wanderer wollten auf dem *Appalachian Trail* ihren Schlafsack mit mir teilen. Ich meine, der *Camino* war toll, aber das waren so Hardcore-Typen. Trockenei-und-rohe-Nudeln-Burschen. Und Unterwäsche wechseln überflüssig …«

»Und das war's?«

In drei Jahren? »Hey. Ich hab's dir erzählt. Ich habe Männer kennengelernt. Niemand Besonderen. Wie läuft es mit dir und Julia?«

»Uns beiden liegt am Herzen, dass es Sarah gut geht. Wir haben gelernt, darüber zu sprechen, ohne uns Sachen an den Kopf zu werfen.« Er lächelte. »Willst du ein Foto sehen?«

Er nahm sein Handy, öffnete eine Website, und da war sie: eine ältere, markantere Version von Sarah mit einem Leg-dich-nicht-mit-mir-an-Blick. Ich schätze, aus genau diesem Grund hatte er das Foto gewählt: um mir zu zeigen, womit er es zu tun hatte – oder womit er fertig wurde. Unter dem Bild stand »Hauptrednerin, *Lean-In*-Konferenz«. Wenn Sarah bei feministischen Themen ebenso redegewandt war wie ihre Mutter, würde es interessant werden zu sehen, wie sie mit Camille zurechtkam.

»Was macht sie?«

»Personalwesen. Aber sie lebt ihr eigenes Leben. Ich bin immer noch Single, und jetzt gehe ich mit dir wieder einen *Camino*. Erinnerst du dich an unsere letzte Nacht in San Francisco?«

»M-hm. Und ich habe auch nicht vergessen, was wir gesagt haben. Aber wir haben uns nicht versprochen, dass wir drei Jahre später, ohne jeden Kontakt, noch dasselbe empfinden würden.« Es wäre zu schmerzhaft gewesen, den Kontakt zu halten – und war daher einfacher gewesen, alles abzubrechen.

»Nein, aber …«

»Wir haben wie viele Tage?«, fragte ich.

»Drei Wochen. Sonst stehe ich ohne Job da.«

»Gib mir ein paar Tage, um darüber nachzudenken. Und dir auch.«

Wir liefen wieder eine Weile schweigend nebeneinander her. Dann fragte ich: »Hat der *Camino* dich wirklich verändert?«

»Ich finde, ja. Ich nehme meine Umgebung bewusster wahr … also: unmittelbarer. Pflanzen … Jahreszeiten … was um mich herum passiert. Und ich denke mehr über mich nach. Was eventuell an einer Frau aus Kalifornien liegt, die ich auf dem Weg getroffen habe. Was ist mit dir?«

»Ich versuche vor allem, genügsamer und praktischer zu leben. Ich kaufe nicht mehr so viel Zeug – meine Freunde halten mich schon für eine Entrümpelungsexpertin.«

»Und die wichtigste Lektion?«

»Immer langsam. *Ein Tag nach dem anderen.* Ich sollte mir das zu Herzen nehmen. *Wir* sollten uns das zu Herzen nehmen.«

Martin lachte. »Ich bin schon gespannt, was Camille für sich mitnimmt. Meinen die beiden das wirklich ernst?«

»Ich habe noch nicht richtig mit ihr gesprochen, aber glaub mir: Ein Wandervogel war sie nie.«

»Wenn sie etwas so Untypisches tut, ist das vielleicht der beste Beweis, dass sie es ernst meint.«

»Im College hat sie mal mit Gewichtheben angefangen, weil jemand meinte, sie würde dadurch hübschere Arme bekommen, und dann hat jemand anders gesagt, sie sähe damit weniger weiblich aus, also hat sie wieder aufgehört. Sie ist sehr impulsiv.«

»Muss ja lustig gewesen sein als ihre Mitbewohnerin.«

»Wenn ich an sie und das College denke, geht es eigentlich immer nur um unseren Roadtrip. Neun Tage, die die Welt veränderten. Unsere zumindest.«

»Also, was meinst du: Fahren sie per Taxi nach Rom, oder geben sie auf und kehren wieder um?«

»Es würde mich schon wundern, wenn sie drei Tage durchhalten. Aber ich glaube, Gilbert will irgendwas beweisen. Bisher haben die Männer Camille immer enttäuscht, aber wie es aussieht, bekommt er eine zweite Chance.«

»Er also auch, hm?«

Es dauerte etwas, bis ich begriff, was er meinte.

Wir waren die ganze Zeit bergauf gegangen, aber selbst nach vier Stunden fühlte ich mich noch prima.

»Das hat mir gefehlt«, sagte ich. Und dann, weil es stimmte: »Das war damals die schönste Zeit meines Lebens.«

Martin blieb stehen und sah mich an. »Es hatte einen Grund, weshalb ich nach San Francisco geflogen bin.«

Das letzte Stück nach Tramayes verlief über asphaltierte Straße, und wir trödelten ein wenig, damit Camille und Gilbert uns einholten. Gilbert wirkte erschöpft, Camille schien okay. Ein entgegenkommendes Auto verlangsamte, und der Fahrer rief uns *»Courage«* zu.

Das erinnerte mich an meinen ersten *Camino*: die Zurufe *»Bon courage«* oder nur *»Courage«* und später in Spanien *»Buen Camino«*. Der französische Ausdruck gefiel mir. Natürlich hatte ich es zuerst als das englische Wort *courage* für Mut gedeutet, aber es bedeutete »Viel Glück« und kam von dem französischen Wort *cœur* – Herz. Camille würde alles drei brauchen – Herz, Glück und Courage.

Nach einigen hundert Metern kamen wir an einen Wegweiser, an dem sich die beiden Pilgerpfade teilten – unsere Taube schickte uns direkt ins Dorf, und die Jakobsmuschel wies einen Umweg über die Kirche.

»Der *Camino* bezieht jede Kirche ein, die einigermaßen in der Nähe liegt«, erklärte ich Camille und Gilbert.

»Dann nehme ich den Muschel-Umweg. Um eine Kerze anzuzünden«, sagte Camille.

Martin und ich sahen uns an. »Wie viele Kirchen gibt es wohl von hier bis Rom?«, dachte er laut.

6

Martin

Um halb acht war ich geduscht, rasiert und umgezogen, hatte meine E-Mails und Textnachrichten gelesen und mir auf der Website des Assisiwegs den nächsten Streckenabschnitt angeschaut. Zoe hatte anscheinend auch genug zu tun gefunden, da sie keinen Bedarf verspürte, bei mir anzuklopfen.

Unser Gespräch hatte mir Gewissheit gegeben, dass sie offen dafür war, unsere Beziehung wieder aufleben zu lassen. Ich war ihr da schon einen Schritt voraus: In dem Moment, als ich sie bei Camille gesehen hatte, wusste ich, dass es die richtige Entscheidung gewesen war, zu kommen. Es hatte durchaus einen Grund gehabt, weshalb ich mich nie bei Elite-Partner angemeldet und es auch nach drei Jahren Therapie und Selbstreflexion nicht geschafft hatte, sie aus dem Kopf zu kriegen.

Jetzt saßen wir auf der Terrasse eines kleinen Hotels in Tramayes – *wir*, das waren Sarah, Zoe, Bernhard und ich. Camille und Gilbert waren nirgends zu entdecken.

»Wie lange sollen wir warten?«, wollte Sarah wissen. »Ich komme um vor Hunger.«

»Wir sollten bestellen«, meinte Bernhard. »In Frankreich dauert das mit dem Service sowieso immer lange.«

»Jemand sollte nachsehen.« Sarah starrte Zoe an.

»Und am besten nicht anklopfen«, sagte Bernhard. »Dann kriegst du vielleicht deine Revanche.«

Zoe stand auf und kehrte wenige Minuten später mit den beiden zurück, die aussahen, als wären sie gerade aufgewacht.

Der Hotelbesitzer – der mir hier bei meinem ersten Weg Kaffee serviert hatte – erschien und umarmte Gilbert.

»Haben wir nur eine Vegetarierin?«, fragte Gilbert und deutete auf Zoe.

»Fleisch ist im Prinzip okay«, sagte Sarah, »aber nicht … na ja, kein ganzes Steak.«

»Also zwei Vegetarierinnen«, sagte Gilbert. Sarah lächelte. Gut reagiert.

»Wir haben noch nicht nach den Speisekarten gefragt«, sagte Zoe.

Gilbert winkte ab. »Alles schon organisiert.«

»Gilbert ist Weinhändler«, erklärte Camille. »In Cluny.« Ah, daher kannte ich ihn also. Er nahm diese Einführung als Stichwort, um uns über die Weine aufzuklären, die wir trinken würden.

»Bei Beaujolais kriegt man für sein Geld das Beste der Welt.« Womit er natürlich Frankreich meinte.

Ich schätzte Gilbert auf etwa sechzig. Sein Englisch hatte noch mehr Akzent als Camilles, war aber mindestens so gut wie mein Französisch. Ein Weinhändler aus Cluny redete bestimmt oft mit Touristen. An diesem Tag hatte er sich gut gehalten, aber am nächsten Tag würde es laut Wegbeschreibung (bergig) und Wettervorhersage (dreißig Grad Celsius) deutlich anstrengender werden.

Wir bekamen unser Essen: Foie gras *à la maison* und Steak für die Fleischesser, Omelette und Salat mit Ziegenkäse für die Vegetarier. Dazu für alle Pommes frites. Die wenigen anderen Gäste schienen eher Händler als Wanderer zu sein.

Mit dem Gratisglas *eau-de-vie* in der Hand (»Ethanol« laut Sarah, die den Obstbrand fast ausspuckte) hatte ich das Bedürfnis nach einer versöhnenden Geste Bernhard gegenüber.

»Und? Hast du einen guten Platz für dein Zelt gefunden?«

»Nicht nötig. Ich schlafe bei Sarah.«

Nun war es an mir, den eben genippten Schluck fast auszuspucken. Aber es hätte mich nicht überraschen sollen: Damals hatte Bernhard den ganzen Weg von Stuttgart bis Santiago von großzügigen Frauen profitiert, die dem jungen Pilger Bett und Mahlzeit geboten hatten und, wie er damals angedeutet hatte, manchmal sogar mehr als das.

»Das ist schon in Ordnung«, schaltete sich nun Sarah ein. »Genauso wie in einem Schlafsaal.«

»Zahlst du denn die Hälfte?«, wollte ich von Bernhard wissen, aber als Zoe dezent eine Hand auf mein Bein legte, winkte ich ab. Das konnten wir später klären. Das und andere Dinge: Gilbert stand nämlich am Tresen und war dabei, die Rechnung zu begleichen.

Als Sarah zur Toilette ging, nahm Bernhard die Gelegenheit wahr, sich auf seine Weise erkenntlich zu zeigen. »Danke, dass du so vernünftig bist. Für eine zweite Person ist der Aufpreis nur gering. Und wegen Sarah brauchst du dir keine Sorgen zu machen. Ich finde sie nicht attraktiv.«

Dann musste er wohl meinen Gesichtsausdruck gedeutet haben – oder Zoes.

»Ich meinte das nicht beleidigend. Ihr wisst doch, dass ich mehr auf ältere Frauen stehe.« Er lächelte Zoe vielsagend an, leerte Sarahs Obstbrand und ging nach oben.

»Verdammt«, knurrte ich, und Zoe lachte. »Bitte sag, dass du nicht mit ihm geschlafen hast.«

Sie lachte wieder. »Wäre ich interessiert gewesen, hätte er bestimmt nicht nein gesagt. Aber er wollte dich doch nur hochnehmen.«

»Mistkerl.«

»Aber jetzt, wo er ein bisschen älter ist, könnte ich es mir glatt überl…«

»Hör bloß auf!«

»Mal im Ernst: Er hat recht. Wir haben auf dem *Camino* in gemischten Schlafsälen geschlafen. Warum nicht Geld sparen? Und außerdem …«

»Ja?«

»Wir werden drei Wochen miteinander verbringen. Versuch einfach, dich nicht über ihn zu ärgern.«

Zoe stand auf, und ich wollte mit ihr nach oben gehen, doch in diesem Moment kam Sarah wieder herunter.

»Dad, hast du mal eine Minute?«

Aus einer Minute wurden dreißig, in denen nicht viel besprochen wurde, außer dass es ihr gut gehe, der *Chemin* in mancherlei Hinsicht genau so sei, wie sie es erwartet habe, und in anderer nicht. Plus ein paar Fragen zu Bernhard.

Bevor sie auf ihr Zimmer ging – ihres und Bernhards –, zog sie ein Päckchen aus der Hosentasche. »Jeder hat so was – ich fand, du solltest auch eins haben.« Es war ein kleines hölzernes *Tau* am Band.

Zoe schlief bestimmt schon.

7

Zoe

Ich fand schlecht in den Schlaf. Es hatte mich in den Fingern gejuckt, die Ruinen der Bauernhäuser zu zeichnen, an denen wir vorbeigekommen waren, doch es gelang mir nicht, die Familiengeschichten einzufangen, die ich hinter den rostenden Maschinen und zerbrochenen Fensterscheiben gespürt hatte. Der Auftrag für den *Chronicle* lautete, Mitpilgernde zu zeichnen, und ich wartete gespannt darauf, welche zu treffen.

Für den Fall, dass Martin mich besuchen wollte, wenn er mit Sarah fertig wäre, blieb ich noch eine ganze Weile wach. Aber wahrscheinlich hätte es mich nicht überraschen sollen, dass er nicht kam – vor dem Essen hatte er sich ja auch schon in seinem Zimmer verschanzt.

Als ich am nächsten Morgen runterging, saßen Sarah, Bernhard und Martin beim Frühstück.

»Was ist mit Camille und Gilbert?«, fragte ich.

Martin schüttelte den Kopf, und ich kehrte um und hämmerte gegen ihre Tür. »Lasst euch nicht allzu viel Zeit – es wird heiß heute.«

Es dauerte eine halbe Stunde, bis sie auftauchten, eine weitere halbe Stunde, bis sie gefrühstückt hatten, und noch eine, bis sie startklar waren. Sarah und Bernhard waren schon losgegangen und hatten mit ihren Handys gewinkt, als Martin ihnen eine Wegbeschreibung geben wollte.

»Neunzehn Kilometer«, verkündete er, als wir endlich aufbrachen. »Genauso viel wie gestern, aber mit mehr Steigung. Wir sollten es langsam angehen.«

Nur zwölf Meilen. Bei meinem ersten *Camino* hatte ich im Schnitt sechzehn geschafft. Aber wenn man zu früh zu viel machte, bezahlte man mit Muskelkater, Blasen und wunden Füßen.

Obwohl ich noch nicht ganz fit war, wusste ich, dass ich es schaffen würde. Camille dagegen wanderte zum ersten Mal in ihrem Leben, und Gilbert sah aus, als hätte er sich schon lange nicht mehr ausgiebig bewegt. Allerdings fiel mir ein, dass ich zwar viele Pilger erlebt hatte, die ihr Tempo reduzieren und manchmal auch eine Weile pausieren mussten, jedoch selten welche, die aufgegeben hatten.

Ich rieb mich großzügig mit Sonnencreme ein und entfernte die unteren Teile meiner Hosenbeine, auch wenn es im Moment noch kühl war. Und nicht gerade frische Landluft: Überall standen Kühe.

Der Weg führte uns durch ruhige, kühle Nadelwälder. Das *Tau* mit der nach rechts oder links flatternden Taube erwartete uns an jeder Gabelung und leitete uns Richtung Südosten, während der *Camino de Santiago* nach Südwesten verlief. Als der Weg schmaler wurde, ging ich voran und dachte, wenn Camille mit mir reden wollte, könnte sie jetzt gut zu mir vorstoßen. Es dauerte nur wenige Minuten.

»Du hast gesagt, du bist nach Santiago *gegangen*. Ich dachte an einen Spazierweg. Das hier …«, sie machte eine Handbewegung, »ist ein Weg über Stock und Stein. Und durch Dreck. Das ist ein *Gewaltmarsch*.«

Mit ihren Wandershorts und dem Funktionsshirt, in dem sie irgendwie sexy aussah, wirkte sie dennoch munter.

»Besser, als neben der Autobahn voller LKWs herzulatschen.«

»Aber es gibt doch Tankstellen, oder?«

»Tankstellen?«

»Ich muss aufs Klo.«

Auf dem *Camino de Santiago* war es einfach gewesen, abseits des Wanderpfads ein verstecktes Plätzchen zu finden. Und ich war allein unterwegs gewesen. Hier kam es einer öffentlichen Kundgebung gleich, wenn man mal in die Büsche verschwinden wollte. Und vielleicht hatte ich mich damals auch verantwortungslos verhalten. Mittlerweile hatte ich von Wanderwegen in Südamerika gehört, auf denen man wegen der vielen Exkremente kaum noch laufen wollte.

»Auf der Facebook-Seite des *Camino* steht übrigens, man solle Beutel mitnehmen«, sagte ich. »Wie für Hunde. Und am Ende des Tages wirft man sie weg.«

»*Mon dieu.* Was, wenn die im Rucksack platzen?«

Wir kicherten immer noch, als wir Sarah und Bernhard einholten, die aus einer Hecke reife Brombeeren naschten.

»Was ist denn so lustig?«, wollte Bernhard wissen.

»Ich glaube, ich muss nach Indien«, sagte Camille.

»Wieso das denn?«, fragte Sarah.

»Zoe sagt, eine Toilette gibt's nur am Ende des Ganges … Ich muss pinkeln.«

Sarah lachte. »Nach Beaujeu ist es zu weit, um bis dahin anzuhalten. Such dir einen Busch, wir schieben Wache.«

Es war wirklich weit bis nach Beaujeu – und kein Spaziergang. Außerdem war es heiß geworden. Camille und ich blieben zusammen. Sie schien gut klarzukommen, aber ich legte trotzdem alle dreißig Minuten eine Pause ein. Als ihr das Wasser ausging, drängte ich sie, von meinem zu trinken, was eine weitere Pinkelpause nötig machte.

»Was soll ich jetzt tun?«, fragte Camille.

»Dasselbe wie vorhin – und ich pass auf«, sagte ich.

Sie sah mich verständnislos an. »Aber vorhin war eine Tankstelle.«

»Du meinst gestern?«

»Nein, heute. Sarah und ich sind zusammen hingegangen.« Das stimmte nicht. Und gestern war sie mit Gilbert gegangen.

Ich erklärte die Option, sich in die Büsche zu schlagen – was sie zwei Stunden zuvor getan hatte.

Während sie hinter einem Baum hockte, kamen Bernhard und Sarah wieder dazu, und ich erzählte ihnen von der Unstimmigkeit.

»Konfabulation«, sagte Sarah. »Ihr Gehirn erfindet etwas, um eine Gedächtnislücke zu füllen.«

Für den Rest des Weges blieben wir zu viert und ließen uns dann, verschwitzt und erschöpft, wie wir waren, auf die Stühle der ersten Bar sinken, die wir sahen. *Sirops* für Camille, Sarah und mich, Bier für Bernhard. Mir ging es überraschend gut: Mein neuer Rucksack, der auf Camilles metrischer Waage fünf Kilo angezeigt hatte – und das mit allen Schlechtwetterklamotten –, war bequemer als alle, die ich vorher gehabt hatte.

Ich hatte sogar noch genug Energie, meinen Skizzenblock zu zücken. In fortdauernder Ermangelung anderer Wanderer begnügte ich mich mit Straßenansichten.

Als Martin und Gilbert kamen, waren wir schon bei

der zweiten Getränkerunde. Aus Martins Blick konnte ich schließen, dass es schwer gewesen war, Gilbert herzubringen.

Er signalisierte dem Kellner, zwei weitere Bier zu bringen. Gilbert küsste Camille auf die Stirn. »Sie ist grandios, nicht wahr?« Dann überkam ihn die berüchtigte Tagesend-Erschöpfung, die ich oft bei anderen gesehen und auch selbst erlebt hatte: Er ließ sich auf einen Stuhl sinken und starrte abwesend in die Luft. Ich ging davon aus, dass er eine Weile weder etwas sagen noch sein Bier trinken würde.

»Wie weit müssen wir morgen laufen?«, fragte Camille.

»Das besprechen wir beim Essen«, erwiderte Martin.

»Das Restaurant heute Abend hat ein ausgezeichnetes Preis-Leistungs-Verhältnis.« Nach ein paar Stunden Ruhe war Gilbert wieder munter und führte uns ins Dorfzentrum.

»Du scheinst ja alles bis ins Kleinste organisiert zu haben«, sagte ich.

»Gilbert hat vor allem den Auftrag, zu organisieren, dass ich den Papst sehe«, sagte Camille.

»Aber nur, wenn er vom Balkon winkt, oder?«, hakte ich bei Gilbert nach, während Camille mit Bernhard vorausging.

Gilbert schüttelte den Kopf. »Camille glaubt, er gibt ihr eine Privataudienz. Ich habe ihm geschrieben … dem Papst.«

»Oh, tatsächlich?«

»Und eine sehr höfliche Antwort erhalten. Der Papst wünscht uns *bon courage*, aber … er ist sehr beschäftigt. Natürlich. Ich kann ihr das nur nicht sagen.«

Wir hatten einen Tisch an der Straße, und binnen einer halben Stunde waren alle anderen Tische, drinnen wie draußen, voll besetzt. Als die Weinkarte kam, konnte ich eine gewisse Anspannung in der Gruppe spüren. Ich schätze, ich war mittendrin. Und Gilbert außen vor.

»Beaujolais für alle?«, fragte er und bestellte zwei Flaschen. »*Moulin-à-Vent*. Der König der Beaujolais.« Ich spähte auf der Karte nach dem Preis. Eines Königs würdig. Und ich wollte höchstens ein Glas.

Die Preise fürs Essen waren akzeptabel, und dennoch war das alles weit entfernt von einem Drei-Gänge-Pilgermenü mit einer Karaffe Hauswein für acht Euro. Ich war davon ausgegangen, mir diesmal keine Sorgen um Geld machen zu müssen.

»Ich habe mir überlegt, dass wir unsere Unterkunft auch für die weitere Reise vorausplanen sollten«, sagte Martin.

»Ein Tag nach dem anderen«, setzte Bernhard dagegen. »Das ist doch der Geist einer Pilgerreise.«

»Genau«, murmelte ich. Einer Pilgerreise und keiner Gourmet-Tour.

»Jeder macht es auf seine Art, ist das nicht der Grundgedanke? Es gibt kein Falsch und kein Richtig?« Sarah sah Martin an. Sie schien darauf erpicht zu sein, die Kluft, die sie zwischen ihn und mich gerissen hatte, weiter zu vertiefen.

Martin ließ nicht locker. »Das letzte Mal hatte ich auch im Voraus gebucht. Und das sogar, obwohl ich allein war.«

»Es ist bestimmt unmöglich, kostenlose Unterkunft zu finden«, sagte Bernhard, »vor allem für sechs Leute, die offenkundig nicht arm sind. Ich glaube nicht, dass es auf diesem *Camino* Menschen gibt, die Pilger umsonst bei sich aufnehmen.«

»Tatsächlich gibt es sie doch«, erwiderte Martin. »In fast

jedem Dorf hier. Aber ich kann mir gut vorstellen, dass Bernhard recht hat, was die Anzahl betrifft.«

»Ich reserviere gern auch weiterhin für alle«, bot Gilbert an.

»Danke«, sagte Martin, »aber dann sollten wir uns auf realistische Strecken einigen. Vielleicht möchten die, die zum zweiten Mal dabei sind, ihre Erfahrungen beisteuern?« Er deutete mit der Hand in die Runde, wie ein Lehrer, und ich schmunzelte, als mir einfiel, dass er ja genau das war.

Alle Veteranen, einschließlich Sarah mit ihrer zweitägigen Erfahrung, hatten Empfehlungen parat: frühe Starts, Unterkünfte nah am Weg, nach Möglichkeit Selbstverpflegung.

»Ist notiert«, sagte Martin. »Lasst uns im Moment auf jeden Fall noch unter fünfundzwanzig Kilometer pro Tag bleiben. Und vielleicht kann Gilbert für morgen eine etwas einfachere Unterkunft buchen.«

Das Essen wurde serviert: Burger, mit vegetarischen Varianten für Sarah und mich, Pommes frites für alle und Ente für unsere Franzosen. Und eine dritte Flasche Wein.

»Vielleicht auch weniger Alkohol«, ergänzte Martin die Liste.

Gilbert runzelte die Stirn. »Wein ist gut für die Verdauung. Und fürs Herz.« Er bat um die Rechnung. »Das geht auf mich.«

Martin und ich protestierten gleichzeitig. »Auf keinen Fall.«

Doch Gilbert winkte ab. »Heute Abend möchte ich mich bei euch allen bedanken. Dass ihr gekommen seid. Dass ihr Camille unterstützt.« Er tätschelte ihre Hand, die sie jedoch wegzog.

Der Wein mochte zu viel gewesen sein, aber er machte

uns die halbe Meile zurück zu unserem Bed and Breakfast ein wenig beschwingter. Noch dazu schliefen wir im dritten Stock. Ohne Aufzug. Auf dem letzten Treppenabsatz zögerten wir ein wenig unbeholfen. Martins Zimmer lag in die eine Richtung, meins in die andere. Vor ein paar Tagen erst hatten wir uns einander in die Arme geworfen. Meine Sehnsucht war geblieben, wenn nicht sogar stärker geworden.

Dann: »Dad, kann ich dich mal eben kurz sprechen?«

Martin hatte keine Ahnung.

8

Martin

Ich wusste genau, was Sarah da machte. Ich wusste nur nicht, wieso: Wollte sie testen, ob sie mir wichtig war, oder wollte sie Zoe und mich auseinanderbringen?

Ich würde das irgendwie in den Griff bekommen müssen. Sarahs – glücklicherweise identischen – *Tau*-Anhänger hatte ich in meinem Rucksack verstaut. Jetzt trug ich einen auf dem Buckel und einen um den Hals.

Am nächsten Morgen wollte ich unbedingt mit Zoe zusammen losgehen. Während ich im Frühstücksraum meine Wasserflasche auffüllte, teilte Gilbert mir mit, er habe meinen Vorschlag berücksichtigt, einen leichten Tag einzulegen, und ein *chambre d'hôtes* – also ein *B&B* – gebucht, das auf der Hälfte unseres ursprünglich angedachten Ziels lag.

Dann fragte er: »Und du gehst nur drei Wochen mit?«

»Ich muss zurück zu meiner Arbeit. Und Sarah zur Uni.«

»Besteht die Aussicht, dass Zoe mit dir kommt?«

»Sie hat vor, den ganzen Weg nach Rom zu gehen.«

Gilbert nickte. »Falls sich das ändert, sag mir Bescheid.«

»Na klar. Gibt es einen bestimmten Grund?«

»Ja. Camille ist es ungemein wichtig, dass Zoe dabei ist.«

Vielleicht hätte ich Gilbert bitten sollen, es näher zu erläutern, aber was er sagte, passte zu diesem ominösen Blutsschwesternbund. Wenn Zoe in drei Wochen tatsächlich mit mir mitkommen wollte, würden wir das dann klären.

Wir ließen Camille ausschlafen und brachen vor ihr und Gilbert auf. Der Anstieg hinter Beaujeu war anstrengend, und ich war froh, einen Rucksack zu tragen, anstatt einen Karren ziehen zu müssen. Ich ging ein paar Schritte hinter Zoe und beobachtete, wie sie sich geschickt ihren Weg bahnte. Obwohl heute eine kurze Strecke geplant war, würden uns drei oder vier Stunden zum Reden bleiben – aber so sehr ich mir auch wünschte, dass unsere Beziehung sich intensivierte, wollte ich Zoe auch nicht drängen.

Wir erreichten den Hügelkamm auf einem Schieferweg, und Zoe blieb stehen, um einen Schluck Wasser zu trinken.

»Ich glaube, ich möchte eine Weile allein laufen«, sagte sie.

»Ist alles in Ordnung?«

»Ich fühle mich einfach ein bisschen … bedrängt.«

»Bedrängt? Aber hier ist doch niemand.«

»Also gut. Unter Druck.«

Ich würde heute wohl keine Antworten mehr bekommen.

Der Weg war angenehm und führte durch Rebzeilen mit schweren Früchten. Kurz vor Mittag, also bevor es richtig heiß wurde, erreichte ich ganz gemütlich unsere Unterkunft. Zoe, Sarah und Bernhard lagen ausgestreckt auf dem Rasen davor und tippten in ihre Handys.

»Die machen erst um vier auf«, rief Sarah, »aber das WLAN ist ohne Passwort.«

Um Zoe nicht zu bedrängen, suchte ich mir ein eigenes Plätzchen und schaute schon mal nach dem nächsten Streckenabschnitt. Wie es aussah, könnten Sarah und ich es bis zur italienischen Grenze schaffen, bevor wir wieder zurückmussten. Das wäre eine runde Sache.

Um drei wurde ich unruhig und ging den Weg zurück, um nach Camille und Gilbert Ausschau zu halten. Nach etwa zwei Kilometern sah ich sie am Wegrand sitzen, wo sie sich ein Baguette teilten.

»Wir sind spät losgekommen«, sagte Gilbert. »Und die Unterkunft macht sowieso erst um vier Uhr auf.«

Ich hätte vom letzten Mal noch wissen müssen, dass französische *B&Bs* selten vor dem späten Nachmittag öffneten. Damals, im Winter, war ich einfach später losgegangen und länger gelaufen, also war das kein Problem gewesen.

Nach dem Einchecken verbrachten Gilbert und ich etwa eine Stunde mit der weiteren Planung. Zum Abendessen gab es Linsen mit Würstchen für die Fleischesser und Linsen ohne Würstchen für Zoe. Ich vermutete, dass alles zusammen in einem Topf gekocht worden war. Ihr Viertel Wein rührte Zoe nicht an, aber ich ließ es nicht verkommen.

Später auf meinem Zimmer hätte es sein können, dass ich ein schwaches Klopfen hörte, aber ich schaute nicht weiter nach. Ich war mit dem Reparieren einer kaputten Jalousie beschäftigt und hätte mich bedrängt gefühlt.

Beim Frühstück legte Zoe ihre Hand auf meine. »Tut mir leid wegen gestern. Wahrscheinlich nur ein Stimmungstief oder so etwas.«

»Schon gut.« Ich war froh, dass sie das Problem bei sich sah.

»Hey, du könntest dich auch entschuldigen. Du warst beim Abendessen nicht gerade freundlich.«

»Ich hatte etwas zu erledigen.«

Es regnete, und wir warteten auf einen trockenen Abschnitt, bevor wir in den üblichen Pärchen zum zweiten der beiden kürzeren Tage aufbrachen. Der Weg führte durch Kiefernwälder und weitere Weinberge; Gilbert wies darauf hin, dass wir durch genau die Trauben wanderten, aus denen der Beaujolais gemacht wurde, den wir getrunken hatten.

Danach kam Zoe gleich zur Sache. »Wie geht es Sarah denn? Ihr scheint ja eine Menge bereden zu müssen.«

»Wir mussten die Sache mit dem geteilten Zimmer klären. Du hattest recht. Wenn es ein anderer gewesen wäre als ausgerechnet Bernhard …«

»Bernhard ist nicht der Einzige, der auf sein Geld achten muss.«

»Gilbert und ich haben darüber gesprochen. Und haben es geklärt. Aber du hattest nach Sarah gefragt. Die Scheidung macht ihr immer noch zu schaffen. Ich glaube nicht, dass es gegen dich persönlich ist.«

»Glaubst du nicht, soso. Sie ist einundzwanzig, oder?«

»Nein, gerade erst zwanzig.« Dann wurde mir klar, weshalb sie Sarah älter geschätzt hatte. »Alkohol darf man hier ab achtzehn trinken. Bier und Wein ab sechzehn.«

»Ich war mit zwanzig verheiratet und schwanger.«

»Sarah wohnt seit zwei Jahren nicht mehr zu Hause.«

»Es klingt aber, als hätte sie sich immer noch nicht von ihren Eltern gelöst.«

»Mein Therapeut meint, das tun die meisten von uns nicht. Was ist mit dir und deiner Mutter?«

Sie sah mich schräg von der Seite an. »Du hast einen *Therapeuten*?«

»Ich habe eine Kalifornierin kennengelernt, die meinte, ich hätte ein gewisses Defizit bei der Selbstreflexion, und da dachte ich, ich erhöhe mal meine Chancen. Du weißt schon … für den Fall, dass wir zusammenkommen.« Das war näher an der Wahrheit als alles, was ich mir die ganze Zeit selbst eingestanden hatte.

»Was ist mit deinen Töchtern?« Zoes Verhältnis zu ihnen schien mir das Gegenteil der angespannten Beziehung zu sein, die ich zu Sarah hatte.

»Unser Verhältnis ist ziemlich angespannt. Die Versicherung meinte, Keith habe Selbstmord begangen, und wollte nicht zahlen, also beschloss Lauren, dagegen anzugehen. So ist sie – versucht immer, sich zu beweisen. Ich habe gesagt, wenn sie gewinnt, können sie und Tessa das Geld behalten.«

»Übertreibst du es da nicht ein bisschen mit der Unabhängigkeit?«

»Das fand Tessa auch. Als das Geld kam, bestand sie darauf, dass ein Teil davon in eine Eigentumswohnung für mich fließt.«

»Das finde ich sehr anständig von ihr. Und die richtige Maßnahme. Ich nehme mal an, Keith hätte …«

»Lauren hatte ihren ursprünglichen Anteil für ein neues Haus eingeplant, also war sie erst einmal dagegen, so dass sie am Ende als die Böse rüberkam, wofür sie Tessa die Schuld gibt. Muss ich weiterreden?«

»Nur wenn du möchtest. Aber mit dir sollten sie doch kein Problem haben.«

»Ich habe ständig Angst, dass ich etwas sage, das von einer der beiden als Munition gegen die andere benutzt wird.«

»Du hättest nach Sheffield kommen sollen.«

»Nicht!«

Ich schwieg, nahm aber ihre Hand und hielt sie fest, bis

der Weg schmaler wurde und uns hintereinanderzwang. Der Regen, der uns seit dem Aufbruch gedroht hatte, blieb aus.

Das *gîte* lag direkt am Weg – ein umgebautes Bauernhaus mit zwei Türmchen, malerischem Talblick und üppigem Garten voll Blumen, Kräutern und Gemüse. Ich zeigte Zoe das Schild über der Tür: *Le Nid de la Palombe – Chambres d'Hôtes, Restaurant Bio*: Das Taubennest – *B&B* mit Bioverpflegung. Gilbert hatte gut gewählt.

Bernhard und Sarah kamen auch gerade an. Die Besitzerin, eine ältere Dame, eilte uns mit den Schlüsseln entgegen.

»Zwei Einzelbetten?«

Bernhard nickte und nahm einen Schlüssel.

Sie wandte sich an mich. »Monsieur Eden? Doppelbett?«

Ich blickte kurz zu Zoe, lächelte und nickte.

9

Zoe

»Du hast mich überzeugt. Zimmer zu teilen, ist sinnvoll«, meinte Martin grinsend.

Das war es in der Tat. Nach zwei Tagen mit kürzeren Strecken ging es mir in jeder Hinsicht besser. Auch war dieses *gîte* etwas Besonderes. Vielleicht lag es an dem Schild, auf dem auf Englisch und Französisch stand: *Bitte keine Handys zum Schutz der Gesundheit vor Radiowellen.* Dieser Ort summte nur so vor positiver Energie.

Bernhard und Sarah waren schon nach oben gegangen, und wir wollten gerade folgen, als die Besitzerin, Angélique, mit einem frischgebackenen Kuchen aus der Küche kam. Er duftete nach Äpfeln und Zimt und glänzte vor Butter.

»Bitte entschuldigen«, sagte sie in gebrochenem Englisch, »aber ist mit Eier. Und Butter. Ist das ein Problem?«

»Ist das denn oft ein Problem?«, fragte Martin auf Französisch zurück.

»Leider ja. Die Vorbesitzer waren sehr strikt, und einige Gäste erwarten, dass alles so ist wie früher. Kein Fleisch, keine Eier, wir sollen Englisch, Deutsch und Holländisch parlieren, und dann gibt es diese blöde Regel mit den Handys.«

Angélique und ihr Mann Emeric hatten das Haus als Altersprojekt gekauft und damit eine Art Residenzprogramm für Schriftsteller und Musiker geerbt, die auf gesunde Ernährung und nachhaltiges Leben achteten.

Zum Kuchen gab es ein Glas Weißwein. Gilbert und Bernhard kamen dazu, etwas später auch Sarah – in kurzer Hose, T-Shirt und Wanderhalbschuhen. Sie warf nur einen kurzen Blick in die Runde – und verschwand wieder.

Zu unserem Zimmer in einem der Türme oben führte eine enge Wendeltreppe. Durch schmale Fenster sahen wir den Abendhimmel.

»Erst duschen?«, fragte ich, aber schon küssten wir uns. Martin zu spüren und seinen Geruch wahrzunehmen, erinnerte mich sofort an die Intimität, die ich so sehr vermisst hatte. Er schmeckte nach Apfelkuchen und Wein, und nach unserer anfänglichen Begierde wurden die Küsse langsamer und zärtlicher, und sein Bart kitzelte mich, als er mir die Bluse aufknöpfte und mich auch dort küsste. Es war zu lange her gewesen, und da wir vor drei Jahren auch nur relativ wenige Tage – und Nächte – zusammen verbracht hatten, waren wir einander immer noch recht fremd, näherten uns zaghaft und zögernd. Die Befangenheit jedoch, die zumindest ich beim allerersten Mal verspürt hatte, war verschwunden.

Bis zum Abendessen hatten wir mindestens zwei Stunden Zeit, unser erneutes Zusammenfinden zu genießen. Und das zu den schönsten Klängen klassischer Musik. Zuerst dachte ich, ich würde es mir nur einbilden. Dann wurde mir klar, dass die Musik aus dem Zimmer unter uns kam. Martin flüsterte »Mozart«, während sich zu dem Cello ein weiteres gesellte und dann noch eines. Der Boden vibrierte vor Musik, und ich ließ mich ganz auf die Magie der Instrumente ein, die in verschiedenster Weise gestrichen und gezupft wurden.

Bis jemand gegen die Tür donnerte. Verdammt! Ich hatte gedacht, nur Babys stören beim Sex. Eine Zwanzigjährige war schlimmer.

»Ignorier es einfach«, sagte Martin.

Das nächste Mal krachte es deutlich lauter, und das Zimmer war schlagartig hell erleuchtet.

Wir mussten beide lachen. »Schöne Grüße vom Universum«, sagte Martin.

Beim Abendessen konnten wir das Gewitter durch ein breites Fenster weiter beobachten: Blitze zuckten über den Himmel, und der Hagel prasselte manchmal so laut, dass wir einander nicht verstehen konnten. Nur wenige Stunden vorher waren wir da draußen gewesen; unser täglicher Kontakt mit der Natur machte das Erlebnis umso eindrücklicher.

Die Mahlzeit war komplett vegetarisch, die Kräuter und das meiste Gemüse stammten aus dem eigenen Garten. Nach einer Weile kamen auch die Cellisten nach unten – eine Meisterklasse aus England –, und Martin verwickelte sie in ein Gespräch über Kreativität. Brian schien so etwas wie ihr Sprecher zu sein.

»Wir kommen jedes Jahr für eine Woche her. Diesmal ist es allerdings ein bisschen knifflig. Die neuen Besitzer sind nette Leute, sprechen aber nur wenig Englisch, und einer von uns ist Veganer. Außerdem hat er ein Problem mit Funkwellen. Dies hier war der einzige Ort, wo … Ich meine, es gibt solche Häuser auch in England, aber wir haben uns extra dieses ausgesucht, weil nun mal alles passte.«

»Ich hoffe, er sieht das hier nicht«, sagte Martin später, als er einen Router reparierte, der anscheinend nicht funktioniert hatte. Ich beobachtete ihn dabei, wie er ein Problem löste, anstatt sich darüber zu beschweren, und auf diese Weise positives Karma verbreitete. Ein Teil davon zu sein, fühlte sich gut an. Und es fiel schwer, nicht wonnig zu grinsen, als Martin und ich nach oben ins Bett gingen – zusammen.

10

Martin

Ich ging vor Zoe zum Frühstück, teils, um ihr nach all der Nähe ein bisschen Raum zu geben, und teils, um Sarah nicht zu sehr unter die Nase zu reiben, dass wir miteinander schliefen. Die Sorge hätte ich mir jedoch sparen können: Es saßen nur die Engländer am Tisch. Als Sarah und Bernhard kurz darauf die Treppe herunterkamen, brachte Emeric gerade Kaffee und einen großen Korb Croissants.

»Warst du gerade laufen?«, fragte ich Sarah.

»Du meinst gestern? Vor dem Essen? Danach hast du mich doch immer gesehen.«

»Du warst gestern noch laufen, nachdem du den ganzen Tag gewandert bist?«

»Das war doch nur eine kurze Strecke … Moment, bitte …« Sie fasste Emeric, der gerade gehen wollte, am Arm.

»Kräutertee, richtig?«, sagte er.

»Ja, bitte. Und könnte ich ein Müsli mit Früchten und Naturjoghurt haben? Bitte?«

Ich übersetzte es für Emeric.

Und Zoe, die gerade dazugekommen war, fügte auf Französisch hinzu: »Das wäre wunderbar. Für mich auch, bitte.«

»Wir haben Joghurt mit Beeren. Kein Müsli, tut mir leid.«

»Ich meinte *einfachen, ungesüßten Naturjoghurt.*«

»Tut mir leid.«

»Fertiger Fruchtjoghurt ist voller Zucker. Wie können Sie keinen Naturjoghurt haben? Ich meine: vegetarisches Essen, biodynamischer Wein, *Radiowellen* …«

Ich war nicht sicher, ob Emeric alles verstand, aber Sarahs Tonfall machte ihr Anliegen überdeutlich.

Zoe versuchte zu schlichten. »Stimmt, wo ich herkomme, gehört so was auch zusammen. Aber dafür war das Essen gestern das Beste, das ich bisher auf dem *Chemin* hatte …«

»Ich rede nicht vom Abendessen«, sagte Sarah. »Ich rede vom Frühstück. Jeden Morgen. Müsli ist so ungefähr das Billigste überhaupt … Ich meine: Haferflocken! Jede Menge Leute essen das. Wie schwer kann es sein, ein paar Haferflocken auf den Tisch zu stellen? Was nehmen die hier fürs Zimmer?«

Du meine Güte!

Bernhard – ausgerechnet *Bernhard* – ging dazwischen. »In Deutschland würde man wohl einfach nur Salami kriegen. Aber meine Freundin trainiert für den Marathon …«

Mit »Freundin« hatte er den Bogen offensichtlich überspannt. Sarah stand auf und – mangels einer Müslischale zum Über-den-Kopf-Kippen – stürmte wortlos nach oben.

»Viel Glück beim Ausbügeln«, sagte Zoe zu Bernhard und lachte. »Aber ich verstehe, was sie meint. Mal im Ernst: Weißbrot und Croissants? Und das soll gesund sein?«

»Wir werden uns entschuldigen, bevor wir gehen«, sagte Bernhard.

Ich klopfte ihm auf die Schulter, als ich aufstand. »Danke.«

In der zweiten Tageshälfte begann es zu nieseln, und ich nutzte den Vorwand, ihren Regenschutz überprüfen zu wollen, um mit Sarah zu sprechen.

»Du willst sicher mit mir über heute Morgen reden.«

»Nicht als dein Vater. Du bist für dich selbst verantwortlich, aber in einer Gruppe bekommt jeder zu spüren, wenn es Streit gibt, innerhalb oder außerhalb.«

»Wir haben uns beim Abschied entschuldigt. Ich verstehe ja, dass das hier eine andere Kultur ist und die Besitzer neu sind. Aber wenn die Leute keine Rückmeldung bekommen, wird sich nie etwas ändern.«

»Da gebe ich dir recht. Hast du Bernhard verziehen?«

»Dass er mich als seine Freundin bezeichnet hat? Hach ja, er ist einfach ein Klotz.«

»Und was ist mit dem Marathon?«

»Ich wollte mich zum Iron Man anmelden, aber das Training vertrug sich nicht mit meinem Studium. Also konzentriere ich mich aufs Laufen. Vielleicht fange ich wieder an, wenn …« Sie hielt inne, als wollte sie irgendetwas lieber zurückhalten.

Am Ende brach ich unser Schweigen. »Und wie läuft es? Das Training?«

»Ich bin bei fast neunzig Minuten für den Halbmarathon, und man rechnet grob das Doppelte plus zehn Minuten.«

»Du bist schneller, als ich jemals war.«

»Tja … stimmt.«

»Hast du deiner Mutter davon erzählt?«

»Ich wollte sie überraschen.«

»Dann sag ihr, dass du jetzt mehr Sport treibst oder so etwas. Sie macht sich Sorgen, dass du nicht ordentlich isst.«

»Tue ich auch nicht. Fünfzehn Meilen nach Croissants

mit Marmelade. Aber eigentlich willst du wissen, was ich von Zoe halte, stimmt's?«

»Eigentlich nicht. Ich will wissen, ob es dir gut geht, und wenn nicht, ob wir dir irgendwie helfen können.«

»Dir entgeht kein Problem. Ich habe gesehen, dass du den Wasserhahn repariert hast.«

Ich hatte eine kleine Werkzeugtasche eingepackt, weil ich vorhatte, mich in privaten Unterkünften mit Reparaturarbeiten zu revanchieren. Kleinere Klempnerarbeiten, kaputte Lampen … Dinge, die mir das Gefühl gaben, der Welt, durch die ich hindurchwanderte, etwas zurückzugeben. Emeric hatte keine Ahnung, wie man einen Router einrichtete oder einen tropfenden Wasserhahn reparierte. Ich fragte mich, wie lange Angélique und Emeric wohl durchhalten würden.

»Zoe ist in Ordnung. Mum würde ›ein bisschen hippiemäßig‹ sagen, aber hey, sie ist eben Kalifornierin. Wie läuft es mit euch?«

»Wie läuft es mit dir und Bernhard?«

»Ich habe es dir doch gesagt: Er ist ein Klotz.«

Das Wandern ist längeren Gesprächspausen durchaus zuträglich. Wir waren etwa hundert Meter weiter, als sie hinzufügte: »Hat er etwas über mich gesagt?«

In Villefranche-sur-Saône, nördlich von Lyon und etwa zweihundertfünfzig Kilometer von der italienischen Grenze entfernt, nahmen Zoe und ich wieder ein gemeinsames Zimmer. Die größere Stadt bot uns für das Abendessen viele Möglichkeiten, und wir fanden ein marokkanisches Restaurant, das mehr Gemüse auftischte, als Zoe und Sarah verdrücken konnten. Gilberts großzügiges Angebot der

Kostenteilung wurde angenommen: Die Rechnung für das Essen teilten wir durch sechs, den Wein bezahlte er allein, wodurch er seiner Leidenschaft frönen konnte, ohne dass wir sie unterstützten.

Ich genoss Essen und Trinken, schlief mit der Frau, die seit langer Zeit die Einzige war, zu der ich eine Verbindung spürte, hielt mich fit und machte anscheinend auch mit Sarah Fortschritte. Ich konnte mich also nicht beschweren.

11

Zoe

Allmählich bekamen die Tage einen Rhythmus. Martin, neuerdings mit Bart und auch mit sichtbar längeren Haaren, trieb uns morgens zusammen wie so ein knuffiger englischer Hütehund. Und nachdem wir uns abends mit einem Glas Wein oder Bier gestärkt hatten, suchte er Dinge zum Reparieren. Wenn ich mal ein Foto schickte, antworteten Freunde zu Hause mit dem Herz-Emoji.

Am Stadtrand von Villefranche-sur-Saône überquerten wir auf einer Hängebrücke die Saône und liefen an Maisfeldern vorbei und Feldern voller Sonnenblumen, deren Köpfe so schwer waren, dass sie sich nicht mehr der Sonne entgegenrecken konnten.

Ich hatte gedacht, Camille und Gilbert würden keine drei Tage durchhalten, aber hier waren sie, an Tag sechs, und wanderten immer weiter. Gilbert ging langsam und kam manchmal erst eine Stunde nach Bernhard und Sarah an – manchmal mit Martin, häufiger mit Camille –, aber er hielt durch.

»Es läuft gut mit uns«, sagte Martin wie beiläufig, obwohl er aufmerksam auf meine Reaktion achtete.

»Als wären die drei Jahre dazwischen nie gewesen.«

»Ein guter Test, so viel Zeit miteinander zu verbringen …«

»Auf dem *Chemin* funktioniert so was.«

Eine Viertelstunde später wagte er einen neuen Vorstoß.

»Was sagt dein Gefühl: Würdest du es in Sheffield mal probieren?«

»Würdest *du* es mal in San Francisco probieren?«

»Komm und versuch es zumindest. Dann sehen wir weiter.«

Ich spürte ein aufgeregtes Kribbeln im Bauch. Vielleicht würde es funktionieren. Die Dinge hatten sich geändert.

Jedoch waren alle Änderungen bei mir passiert. Jetzt, drei Jahre später, stand dasselbe unausgesprochene Problem im Raum: hübsch und schlank und nach allem, was ich gesehen hatte, eine normale Zwanzigjährige mit vielleicht etwas zu starker Bindung an ihren Vater. Was möglicherweise auf Gegenseitigkeit beruhte.

Am späten Vormittag erwischte ich Sarah allein.

»Wie gefällt dir das Laufen?« Sie ging schnell; vielleicht hatte sie das Tempo absichtlich angezogen.

»Gut.«

»Ich wollte nur sagen … Es tut mir leid, wenn dies nicht der Urlaub ist, den du dir für dich und deinen Vater vorgestellt hast.«

»Er hat mir gesagt, dass du dabei sein würdest.«

»Wie läuft es mit deinem Vorstudium?«

»Wir haben in England kein Vorstudium, wir fangen gleich mit Medizin an.«

»Oh, das wusste ich nicht. Findest du es so besser?«

»Ich habe keinen Vergleich.« Ihr Ton vermittelte: *Nun sag schon, was du sagen willst.*

»Hör zu, ich finde es toll, dass Martin ein so gutes Verhältnis zu seiner Tochter hat. Ich habe auch zwei Töchter. Und ich habe sie nie daran gehindert, ihren Vater zu besuchen.«

»Bitte?«

»Ich meine, ich weiß, dass ihr euch gut versteht …«

»Hat er das gesagt?«

»Das brauchte er nicht.« Das war besser. Sarah taute ein winziges bisschen auf – bevor sie wieder vereiste.

»Ist schon gut«, meinte sie. »Ich komme euch nicht in die Quere.«

Sie ging noch schneller, und ich verlangsamte und wartete darauf, dass Camille mich einholte.

»Ich glaube, sie mag mich nicht«, sagte ich.

»Natürlich nicht – sie will ihren Vater beschützen. Aber es ist genug Zeit. Bis du *Martiiien* heiratest«, fügte sie mit übertrieben französischem Akzent hinzu, »wird sie so weit sein, dass sie dich anfleht, deine Brautjungfer sein zu dürfen.«

Sie lachte. »Sie ist jung. Und viel mehr an Bernhard interessiert. Aber Bernhard gibt den Coolen. Wenn ich jünger wäre … Dabei ist das bei Bernhard ja noch nicht mal nötig. Wie läuft es mit dir und Martin?«

»Ganz okay.«

»Okay? Er ist nur noch zwei Wochen dabei, oder nicht? Und dann?«

»Ich weiß nicht, ob ich in England leben kann. Wahrscheinlich bin ich deswegen so unsicher.«

»Natürlich. In England ist das Wetter schlecht – und das Essen noch schlimmer. Warst du mal da?«

»Nein, aber …«

Camille winkte ab. »Wenn er dich liebt, wird er sowieso tun, was du willst.«

»Auch wenn das bedeuten würde, dass er seine Tochter im Stich lässt?«

»Sie ist eine erwachsene Frau. Sie hat ihr eigenes Leben.«

Wenn es nur so wäre!

Camille deutete auf ein Schild. »Wir sind in Ars. Hier ist der Sarkophag des heiligen Jean-Marie. Sein Körper verwest nicht. Ein Wunder.«

Es war so etwas wie ein katholisches Mekka – auch wenn das wohl die falsche Bezeichnung war –, und uns wurde klar, dass Camille tatsächlich jede Kirche und jedes Kreuz auf diesem Weg mitnehmen wollte. Was man auf einem Pilgerweg wohl auch tun sollte.

Wir besichtigten die Basilika – doch von der kunstvollen Schönheit und der Geschichte schien Camille weniger beeindruckt als ich. Sie blieb eine Weile vor einer Statue des heiligen Jean-Marie stehen, berührte kurz seine Hand und zahlte dann ihren Euro, um eine Kerze anzuzünden.

»Sprichst du jedes Mal dasselbe Gebet?«

Camille schüttelte den Kopf. »Ich zünde jeden Tag eine Kerze für jemanden an, gegen den ich mich versündigt habe.«

Eine Sünde pro Tag. Irgendwie ergab das wohl Sinn. Mehr, als für eine Wunderheilung zu beten.

Camille nahm meine Hand. »Komm, zünde auch eine an, Zoe.«

Sie warf eine weitere Münze ein und reichte mir eine Kerze.

»Du musst nicht an Gott glauben, nur an Reue. Und Sühne. Meine Kerze heute war für Bastiens Mutter. Ich habe versucht, ihren Sohn von ihr fernzuhalten. Aus Liebe zwar, aber …«

Es war das erste Mal, dass ich eine echte Verbindung zu Camille spürte. Ich zündete meine Kerze an.

»Die ist für Keith«, sagte ich.

»Fühlst du dich immer noch schuldig an seinem Selbstmord?«

»Nein, darüber bin ich hinweg …« Das war eines der Ergebnisse meines ersten *Camino*.

»Und trotzdem zündest du eine Kerze an.«

Ich nickte. Und zum allerersten Mal überhaupt hielt ich mich nicht daran fest, dass der Gerichtsmediziner und die Versicherungsgesellschaft nicht hatten beweisen können, dass sein Tod kein Unfall gewesen war.

Hinter Ars kamen noch mehr Maisfelder, und auf der Suche nach unserem *B&B*, das abseits des Pilgerwegs lag, hatten wir uns plötzlich verlaufen.

»Der Weg führt hier entlang«, sagte Bernhard mit Blick auf sein Handy. Auf der einen Seite wuchs der Mais bis hoch über unsere Köpfe, auf der anderen lag ein frischgepflügtes Feld mit riesigen Erdbrocken.

Der Graben dazwischen, den Bernhards App offenbar als Weg auswies, war mit Brombeerbüschen zugewachsen und voller sperriger Äste.

»Es sind nur dreihundert Meter.«

»Und wenn wir außen herum gehen?«, fragte Camille.

»Zwei Kilometer.«

Camille zögerte keine Sekunde.

Hinterher zog Gilbert ein Fläschchen Desinfektionsmittel aus dem Rucksack, und Sarah spielte Krankenschwester und besprühte damit unsere kleinen Schnittwunden.

»Wenn wir nach Pérouges kommen, habe ich eine Überraschung für euch«, sagte Camille, während sie Ratatouille zubereitete – unser erstes selbstgekochtes Essen. »Eine hübsche alte Stadt. Der Musketierfilm ist dort gedreht worden.«

Bernhard überprüfte es auf seinem Handy. »Der wurde aber zum größten Teil in Australien gedreht.«

Camille winkte ab. »Ich meine die *französische* Version.«

»Wenn wir die Stadt besichtigen wollen, sollten wir morgen sehr früh starten«, sagte Martin. »Es wird heiß werden, und der Weg ist ein bisschen länger, als uns lieb ist.«

»Wie weit?«, wollte Camille wissen.

»Alles auf ziemlich ebenem Terrain – aber fast dreißig Kilometer. Ich fürchte, wir haben keine andere Wahl.«

12

Martin

Gilbert und ich hatten eine Entscheidung treffen müssen.

Bis Pérouges, der nächsten Zwischenstation laut Wegbeschreibung der Assisi-Gesellschaft, waren es zweiunddreißig Kilometer. Der einzig mögliche Zwischenstopp war Saint André de Corcy, das in neun Kilometern Entfernung lag. Wir würden einen Tag verlieren und am folgenden trotzdem noch dreiundzwanzig Kilometer gehen müssen.

Bisher waren wir alle gut zurechtgekommen – von den Kratzern und Schnittwunden nach Bernhards idiotischer Abkürzung einmal abgesehen. Bernhard, Zoe und ich waren schon längere Strecken gelaufen, und unserer Marathonanwärterin würde eine lange Strecke auch kein Problem bereiten.

Nach einiger Überlegung war Gilbert dafür. »Am Ende wird Camille sich freuen, so viel geschafft zu haben.«

»Gut, aber dann starten wir bei Sonnenaufgang.«

»Darüber wird Camille sich eher nicht freuen.«

»Sie wird sich noch weniger freuen, wenn sie bei sengender Hitze wandern muss.«

Ein langer Wandertag ist ein bisschen wie eine Ehe, oder zumindest wie meine Ehe mit Julia. Man startet voller Energie, verfällt in einen gewissen Trott, bei dem die Zeit schnell vergeht, wenn man den Weg genießt, aber das letzte Stück ist nur noch anstrengend, und man sehnt das Ende herbei. Allerdings gibt es ein paar Tricks, um die Sache angenehmer zu gestalten.

Als die anderen morgens um halb sieben in die Küche kamen, hatte ich schon Kaffee aufgesetzt.

»Frühstück?«, fragte Sarah.

»Lass uns erst einmal fünf Kilometer gehen.«

Den Sonnenaufgang zu beobachten, ist eine Freude, mit der wir jeden Tag beginnen könnten, wenn wir uns früher aufraffen würden. Irgendwann würde der Genuss vielleicht nachlassen, aber heute, frisch und munter nach dem starken Kaffee, spürte ich, dass das Ereignis die allgemeine Stimmung hob. Der Weg war einfach, und wir wanderten eine gute Stunde in den üblichen Paarungen durch tiefgrünes, waldiges Gebiet, wo das Gras nur am Wegrand ein bisschen vertrocknet war. Auf einmal stellte Bernhard seinen Rucksack ab und setzte sich auf einen Baumstamm.

»Fünf Kilometer. Zeit fürs Frühstück.«

Ich hatte noch einen Kilometer dranschmuggeln wollen, aber es war ein hübsches Plätzchen. Ich holte sechs Pfirsiche aus meinem Rucksack und eine Tüte, die ich Sarah gab.

Sie musste lächeln, auch wenn sie vielleicht die Reservierte hatte spielen wollen. »Müsli. Wo hast du das denn her?«

»Da war ein großes Glas voll.«

»Du hättest mehr abfüllen sollen.

»Das hätte gegen den Geist des Pilgerns verstoßen.« Ich griff erneut in meinen Rucksack und präsentierte eine größere Tüte. »Ich habe fünf Euro dagelassen. Aber tragen darfst du.«

»Es war leider zu früh für Croissants«, sagte Camille. Das war das Problem, wenn man losging, bevor der Besitzer beim Bäcker gewesen war.

»Bis zum nächsten Bäcker sind es nur noch vier Kilometer, und da kommen sie frisch aus dem Ofen.«

Meine Motivationstrickkiste brachte uns recht weit, wobei Camille in Saint André, wo wir genüsslich frische Croissants und warme Rosinenbrötchen knabberten, doch schon auf die Möglichkeit der Übernachtung hinwies. Mit immer höher steigender Sonne war uns dann bald wie den verblühten Sonnenblumen zumute. Selbst Bernhard und Sarah wirkten dankbar, wenn ich alle zwei Kilometer vorschlug, eine Rast einzulegen.

Dazu kamen die unvermeidlichen Stopps, damit Camille eine Kerze anzünden konnte. Zoe begleitete sie mittlerweile jedes Mal. »So kriege ich mehr spirituelle Verbindung zu ihr.«

An langen Tagen spürt man, wie der Körper in Erwartung des Endes herunterfährt. Um 15 Uhr erreichten wir den Ortsrand von Pérouges, und Bernhard verkündete, dass sowohl die Dreißig-Kilometer- als auch die Dreißig-Grad-Marke überschritten worden waren.

Sarah hatte unsere Unterkunft in das Navi ihres Handys eingegeben, und der Weg führte direkt durch das mittelalterliche Zentrum voller Touristen und Andenkenläden.

»Nur noch knapp über eine Meile«, sagte sie.

Gilbert deutete auf einen freien Tisch in einem der gut besuchten Lokale, und ohne eine Antwort abzuwarten, ließ er sich dort nieder. Sechs Bier.

»Es ist toll hier«, sagte Zoe, und das stimmte. Eine mittelalterliche Stadtmauer umgab den hübschen Ort auf einem

Hügel – dessen Höhe wir deutlich in den Knochen spürten.

Camille telefonierte. Rief sie sich etwa ein Taxi? Wir hatten den Ortskern erreicht, also würde sie nach den üblichen Gepflogenheiten nicht schummeln.

Dem glücklichen Grinsen in Sarahs und Bernhards Gesichtern nach hatte Gilbert genau das Richtige bestellt. Camilles Bestellung hingegen war weniger erfreulich. Ich hatte kaum mein Glas geleert, als eine stämmige, mittelalte Frau zu uns an den Tisch trat und uns fragend musterte.

»Diese vier hier«, sagte Camille auf Französisch. Und zu uns: »Ich habe euch eine Stadtführung organisiert. Sehr interessante Geschichte. Gilbert und ich kennen sie schon, also treffen wir uns dann in unserer Unterkunft.«

Gilbert hob die Hand. Zwei weitere Bier.

Pérouges ist nicht besonders groß, aber voll von Kopfsteinpflaster und Geschichte. Unsere Führerin ließ keine historische Anekdote unerwähnt – und das in feinstem Französisch.

In ihrem eher radebrechenden Französisch versuchte Zoe, die gute Frau zu einem früheren Ende zu bewegen, doch die wollte nichts davon hören. Sie schleifte uns zwei schreckliche Stunden lang durch den Ort, und im Anschluss mussten wir noch zur Unterkunft. Zweiunddreißig Kilometer plus bestimmt noch mal drei als Zugabe.

Das Hotel lag im Vorort Meximieux. Gilbert hatte an der Rezeption die Nachricht hinterlassen, wir sollten uns um halb acht genau dort treffen.

Ich lag nackt auf dem Bett, als Zoe aus der Dusche kam.

»Denk nicht mal dran«, sagte sie.

Ausnahmsweise tat ich das auch nicht.

Gilbert und Camille erwarteten uns mit strahlendem Lächeln.

»Tolle Leistung«, sagte Gilbert. »Und wir haben uns schon wieder erholt.«

»War die Stadtführung interessant?«, fragte Camille nach. Wollte sie uns veräppeln?

Gilbert deutete zur Tür. »Das Restaurant liegt im Zentrum, aber das sind ja nur drei Kilometer.« Als Zoe nach Luft schnappte, begann er zu grinsen. Sie wollten uns definitiv hochnehmen.

Das Restaurant lag nebenan, hatte einen Holzkohlengrill und war einfach grandios – wie einfaches Essen und Trinken nun mal sind, wenn man sich von harter Anstrengung erholt hat.

»Eine Woche hätten wir geschafft«, sagte Bernhard. »Das mal zehn, und wir sind in Rom.«

Sarah und ich hatten jetzt ein Drittel unseres Weges erreicht.

»Wartet«, meinte Camille, »ich möchte etwas sagen. Ihr habt mir nicht alles gesagt. Ich wusste nicht, dass ich Felsen erklimmen muss. Oder in den Wald pinkeln. Oder zweiunddreißig Kilometer am Stück gehen.«

»Das kann ich gut nachvollziehen«, sagte Zoe. »Wie Gilbert schon sagte: Eine Woche ist eine tolle Leistung. Wir sind an die hundert Meilen gelaufen …«

»Einhundertzweiunddreißig Kilometer«, korrigierte Bernhard, »also nur dreiundachtzig Meilen.«

»Die meisten Menschen unternehmen in ihrem ganzen Leben keine so lange Wanderung«, fuhr Zoe fort. »Wenn du also meinst, wir sollten hier abbrechen …«

Camille gab sich entsetzt. »Natürlich nicht. Ich gehe bis

nach Rom. Und vielleicht organisiere ich im nächsten Dorf wieder so eine Tour für euch …« Sie beobachtete unsere Reaktion. »Es sei denn, ihr versprecht mir, dass wir keine dreißig Kilometer mehr am Stück gehen.«

13

Zoe

Der Weg von Pérouges nach Lagnieu war wiederum recht flach, aber deutlich kürzer als am Tag zuvor. Allerdings war es auch wieder heiß, und die Feldwege boten wenig Schatten. Martin ging mit Sarah voran, Camille sammelte Pilze. »Für dich, Zoe. Fleisch für Vegetarier, oder?«

»Ja, aber ich will am Ende keine Totentrompeten oder so etwas essen.«

»Totentrompeten schmecken exzellent. Der Name ist irreführend. Aber die gibt es hier nicht, hier ist zu viel Sonne. Ich sammle nur Pilze, die gut schmecken. Und auch nicht den, der tödlich wirkt, wenn man dazu Alkohol trinkt. Es sei denn, ich beschließe, Gilbert umzubringen.«

Gilbert lächelte. »Es wäre keine schlechte Art zu sterben. Ein Glas Wein und gutes Essen. Weitaus mehr Sorgen macht mir der Anstieg.« Im Osten zeigten sich erstmalig die Alpen mit ihren zerklüfteten Gipfeln am Horizont. Dagegen waren die Hügel, die wir bisher erklommen hatten, geradezu zwergenhaft gewesen.

»Du solltest dich nur um dich selbst sorgen«, erwiderte Camille.

»Camille findet, ich hätte zu Hause auf sie warten sollen.«

»Aber du wärst doch bestimmt nicht allein losgegangen, Camille. Oder?«

Sie zuckte die Achseln. »Ich wusste, du würdest mich begleiten.«

Der Ort Lagnieu lag eineinhalb Meilen vor unserem *gîte*, und Camille wollte dort Zutaten für das Abendessen einkaufen. Nachdem wir wie üblich jede eine Kerze angezündet hatten – Camille schien sich zu freuen, dass ich sie begleitete, auch wenn sie nie viel sagte –, gab sie mir den Beutel mit den Pilzen und zeigte auf die Apotheke. »Geh und frag, ob die dich umbringen. Geh.«

Der Apotheker schien sich kein bisschen zu wundern, dass ich mit Pilzen ankam, und rief eine ältere Frau aus dem Hinterzimmer, die den gesamten Beutelinhalt auf die Theke kippte, ihn etwa eine Minute lang inspizierte und dann lächelte.

»Guten Appetit.«

14

Martin

Während Sarah und Camille zum Supermarkt gingen, gönnten Gilbert und ich uns ein Vorab-Feierabendbierchen. Und noch bevor beide Frauen mit Einkäufen beladen zurückkehrten, hatten sich auch Zoe und Bernhard zu uns gesellt.

»Du meine Güte, wer soll die denn gleich tragen?«

Statt einer Antwort packten Bernhard und Sarah jeweils eine Tüte in ihre Rucksäcke. Die übrigen zwei nahm Bernhard in beide Hände und marschierte los. Der Weg war eben, lag jedoch in der prallen Sonne, und als ich einen halben Kilometer vor dem Ziel nach einer der Einkaufstüten griff, zögerte er nur kurz, bevor er mir beide reichte.

Wir waren alle ganz schön fertig, doch am schlimmsten schien es wieder einmal Gilbert zu gehen. Auf unsere Unterkunft, ein altes Steinhaus mit sonnigem Terrassentisch, warfen die ersten Ausläufer der Alpen schon ihre Schatten. Gilbert stand eine Weile nur da und starrte auf die Felsen.

»Ruh dich aus, und ich sehe zu, dass ich für morgen alles regle«, sagte ich. Wir hatten bislang vergeblich versucht, per Telefon ein *chambre d'hôtes* zu erreichen, eine privat geführte Pension. Bisher war es so gewesen, dass, *wenn* wir erst einmal eine solche Unterkunft erwischten, es dort auch freie

Zimmer gab, selbst im August, dem Monat, in dem bekanntermaßen ganz Frankreich Sommerferien hatte. Oft waren wir sogar die einzigen Gäste.

»Wir nähern uns dem Saisonende«, hatte Gilbert erklärt. Wie lang war die Saison? Für Pilger gab es nur eine kurze Zeitspanne, in der die vor uns liegenden Bergpfade schneefrei zu begehen waren. Aber viele Unterkünfte hatten im August geschlossen, selbst Restaurants, die damit doch sicherlich die umsatzstärkste Zeit verpassten.

»So ist es«, bestätigte Gilbert, als ich darauf hinwies. »Als Lokalbesitzer willst du von Touristen aber auch nicht überrannt werden. Und du hast genauso ein Recht auf Urlaub wie alle anderen.«

Als Zoe und ich in die Gemeinschaftsküche hinuntergingen, sahen wir, dass Camille meine Tochter als Vize-Chefköchin engagiert hatte. Gilbert rief uns nach draußen, und so aßen wir dort bei Sonnenuntergang unsere Vorspeise – Brot mit Aufschnitt, Schinken, Rohkost und Oliven – und tranken dazu weißen Landwein.

Als es kühler wurde, setzten wir uns hinein. Sarah verteilte Teller, und Camille kam mit einem großen Kochtopf: dunkle Soße, gemischte Pilze und … Fleischstücke.

Zoe machte ein langes Gesicht. »Ach, Fleisch …?«

»Ach, Mist, Mist, Mist«, sagte Sarah. »Ich habe nur gedacht, dass ich unbedingt Eisen brauche, und dann … Tut mir echt leid.«

Zoe wollte aufstehen, doch Camille war schon unterwegs zum Herd und holte einen zweiten Topf. »Grüne Puy-Linsen mit Pilzen.« Sie und Sarah lachten, und Zoe blieb nichts anderes übrig, als mitzulachen.

»Ein Hoch auf unser Küchenteam«, lobte Gilbert mit Nachdruck.

»Und ich kann weitere gute Nachrichten beisteuern«, verkündete ich, denn ich hatte endlich das *chambre d'hôtes* erreicht. »Morgen Abend können wir wieder selbst kochen, aber der einzige Laden im Dorf ist anscheinend ein Naturkostladen mit Obst und Gemüse, also sollten die Fleischesser sich heute gut bedienen.«

Zoe hob ihr Glas: »Großes Lob auch für den Mann, der unsere Einkaufstüten geschleppt hat!«

Während wir auf Bernhard anstießen, musterte Camille den jungen Mann, als sähe sie ihn zum ersten Mal. »Wie ist das noch mal mit dir: Du hast keinen Job?«

Das hatte ich ihn auch schon fragen wollen. Als wir uns vor drei Jahren kennenlernten, stand er gerade zwischen Schulabschluss und Ingenieursstudium.

»Ich habe mein Studium abgeschlossen. In Betriebswirtschaft.«

»Nicht Ingenieurswesen?«, fragte ich nach.

»Ingenieure leisten die Arbeit, verdienen aber kein Geld. Das solltest du von unserem Karrendesign noch wissen. Geschäftsleute schlachten die Ingenieursarbeit aus und sind die, die reich werden. Also habe ich beschlossen, Unternehmer zu werden.«

»Aber?«

»Das Studium war Zeitverschwendung. Ich war zwar Jahrgangsbester, doch das hat nichts zu bedeuten. Im Grunde bringen sie dir bei ... wie man ein zahmer Bürohengst wird.«

»Und wie geht es jetzt für dich weiter?«

Bernhard zuckte die Achseln.

»Vielleicht doch noch Ingenieurswesen?« Wir hatten unsere Differenzen gehabt, aber als ehemaliger Fachlehrer konnte ich nicht leugnen, dass er sehr begabt war.

Er zuckte wieder die Achseln.

Ich wollte weiterfragen, aber Sarah unterbrach: »Camille und ich haben *Tarte Tatin* gemacht.«

Irgendwie tat Bernhard mir leid – er hatte keine Ahnung, wie es in Zukunft mit ihm weitergehen sollte. Und bei dem Gedanken, dass meine voll auf ihr Medizinstudium fokussierte Tochter für jemanden wie ihn nur wenig Zeit erübrigen könnte, hätte ich im Grunde keinerlei Genugtuung empfinden sollen.

15

Zoe

Bernhard war so viel weiter als Sarah. Es war anzunehmen, dass sie einen guten Schulabschluss gemacht und Julia ihr zum Medizinstudium geraten beziehungsweise sie dazu gedrängt hatte. Bernhard besaß die Reife, einen Fehler einzugestehen und sich Zeit zum Nachdenken zu nehmen, anstatt sich gleich in etwas Neues zu stürzen.

Außerdem hatte er ein Gespür für die Bedürfnisse anderer. Am nächsten Morgen beim Frühstück versorgte er Sarah – und mich – mit einer Müslimischung aus Haferflocken und getrockneten Früchten und Nüssen ohne Zuckerzusatz. Ich konnte es gut gebrauchen, denn wie sich herausstellte, verkaufte der angekündigte Naturkostladen nur »Naturerträge« der örtlichen Landwirte: Käse, Pökelfleisch und Eiscreme, aber weder Obst noch Gemüse.

Sarah hingegen tat rein gar nichts für meinen inneren Frieden. Selbst nach meiner morgendlichen Yoga-Meditation zog sich mein Magen schon bei ihrem bloßen Anblick zusammen.

In den kommenden zwei Wochen würden wir mit langen Aufstiegen die Alpen durchwandern, und manche Berge wären höher als auf dem berüchtigten Pyrenäen-Abschnitt nach Santiago. Martin informierte uns über die offizielle Einstufung des *Chemin de Facteur* – des Postwegs: steil, gefährlich, nur für erfahrene und schwindelfreie Wanderer und nur bei absehbar gutem Wetter.

Dann hatte es früher bei schlechtem Wetter wohl keine Post gegeben. Heute bestand eine Alternative: die Busfahrt durch einen Tunnel – was für mich vollkommen okay gewesen wäre.

Offenbar nicht für Camille. »Wenn Zoe Höhenangst hat, kann sie gern den Bus nehmen. Aber wir sind auf einer Pilgerreise, auf der es Herausforderungen zu bestehen gilt.« Ein paar Tage früher hatte sie noch ganz anders geklungen.

Wir brachen in der Morgendämmerung auf. Einer der schroffen Gipfel glänzte bei Sonnenaufgang so hell, dass er aussah wie von Schnee bedeckt. Nach einem Aufstieg von fünfhundert Metern erreichten wir Saint Pancrasse, wo gerade ein Café öffnete. Wir setzten uns für eine halbe Stunde hinein und genossen den Bergblick, bis der Wind die Wolken davorwehte.

»Das war jetzt gar nicht so schwierig«, sagte Camille.

»Trink noch einen Kaffee«, sagte Martin. »Der schwierigste Teil kommt erst.«

Der Postweg begann eine Meile später, war aber kein Aufstieg, sondern ein siebenhundert Meter langer Abstieg. Wer Stöcke hatte, packte sie aus. Martin ging sowieso mit Stöcken und passte von nun an besonders gut auf.

Wir gingen den schmalen, steilen und steinigen Pfad im Gänsemarsch, Martin hinter und Camille vor mir, hatten bald erste atemberaubende Ausblicke vor uns – und unvermittelt eine steile Abbruchkante. Camille verlor vor Schreck die Balance und taumelte zur Felswand auf der sicheren Seite, an der sie sich festklammerte.

Sofort kniete Sarah sich neben sie und scheuchte uns weg. Martin schoss ein paar Fotos über den Rand, aber seine Einladung, dort zu posieren, lehnte ich ab – ich konnte es Camille gut nachempfinden.

Ein paar Minuten später erhob Sarah sich wieder. »Camille und ich warten ein bisschen, dann gehen wir zurück und nehmen den Bus.«

»Ich komme mit«, sagte ich.

»Wir kommen *alle* mit«, sagte Martin.

Bernhard näherte sich den beiden Frauen.

»Nein«, sagte Camille. »Wenn Sarah mitkommt, reicht mir das.«

Ich sah, dass Martin protestieren wollte, doch Sarah starrte ihn an. »Alles gut, Dad.«

Martin nahm sie beiseite, und die zwei besprachen sich kurz. Dann verkündete er: »Das geht in Ordnung«, und deutete nach vorn.

Ich hatte nie das Gefühl gehabt, einen Anführer zu brauchen – auf dieser Reise waren wir alle gleichberechtigt. Jedoch war Martin derjenige, der jeden Tag im Voraus plante, der immer wusste, wo wir waren, und der nun, da wir eine erste größere Krise hatten, still den Platz des Vermittlers eingenommen hatte. Und wie es aussah, wollte keiner protestieren.

»Wir gehen mit einer Geschwindigkeit von einem halben Stundenkilometer«, sagte Bernhard, als wir unseren Weg fortsetzten. »Langsamer als bergauf.«

Nach etwa vierzig Minuten hielt Martin an. Er holte drei Pfirsiche aus dem Rucksack, blickte zurück und lächelte.

Camille und Sarah kamen uns nach. Sie waren immer noch weit entfernt, aber wir sahen, dass Sarah vorausging und das untere Ende eines von Camilles Stöcken als stützende Verbindung zwischen ihnen festhielt.

Als sie uns eingeholt hatten, ließ Camille den Stock los. »Ich bin zwar schwindelfrei, hatte aber ein Weilchen Probleme mit dem Gleichgewicht.« Zum Weitergehen nahm sie den Stock wieder in die Hand.

Nach dem anstrengenden Abstieg folgten weitere Tiefschläge: langer Weg durch die Hitze, Umweg um eine größere Stadt und Fünfhundert-Meter-Aufstieg bei dreiunddreißig Grad Hitze. Bernhards Fitnessuhr zeigte am Ende zweiunddreißig Kilometer an, und Camille beschwerte sich mit keinem Wort. Sie hatte ihre Herausforderung bewältigt. Ohne mich.

Und das war nun *ein Tag* in den Alpen gewesen. Jede weitere Teilstrecke brachte neue Herausforderungen und weitere atemberaubende Blicke auf Berglandschaft. Zahllose Gipfel, so weit das Auge reichte, Wälder und dunkle Seen hinter jeder Biegung. Die zweite Woche unserer Tour ging in die dritte über.

Am ersten Abend übernachteten wir in einem kleinen Skiort, in dem alle Lokale geschlossen und wir in einem riesigen Hotelkomplex außerhalb der Saison die einzigen Gäste waren. Wir mussten also fast zwei Meilen wandern, um an einer Campingstation etwas zu essen aufzutreiben – was für mich, wie üblich, eine Kombination aus Kartoffeln und Käse bedeutete. Schmackhaft, gewiss, aber allmählich hatte ich einigermaßen genug von *Tartiflette* ohne den Speck.

In Le Rivier d'Allemont erwischten wir am nächsten

Abend das monatliche Dorffest mit Volksmusik und exotischen – namentlich südwestfranzösischen – Gerichten. Und trafen zum ersten Mal auf andere Pilger: zwei Franzosen mittleren Alters, möglicherweise ein Pärchen.

Bei der lauten Musik, dem allgemeinen Stimmengewirr und meinem eingeschränkten Französisch verstand ich nicht viel mehr als: »Wir sind in Vézelay gestartet, und heute ist unser letzter Abend.« Nicht sehr inspirierend für einen Cartoon plus Geschichte, aber bisher die einzige Vorlage.

Später konnte ich nicht schlafen und verzog mich irgendwann mit einer Decke, Skizzenblock und Stiften auf unseren winzigen Balkon, der zur mittlerweile menschenleeren Hauptstraße hinausging. Zeichnen half mir oft beim Nachdenken, aber die Skizzen der beiden wollten mir nicht gelingen. Auch Camille konnte ich nicht einfangen – jedes Mal war irgendetwas falsch.

Schließlich – um mich zu beruhigen – zeichnete ich die anderen Teilnehmer unserer Gruppe: Gilbert, rotwangig, mit einem Glas Wein in der Hand; Martin mit Werkzeug unterm Kinn, am Gürtel und hinter dem Ohr, wie er einen Stuhl reparierte; und Sarah und Bernhard, die Instant-Nudeln schlürften.

16

Martin

Vor einer Million Jahren, in einem Schloss in Grosbois, hatte ich das erste Mal eine Zeichnung von Zoe gesehen, die sie dem Besitzer dagelassen hatte, und war tief beeindruckt gewesen, wie sie den Charakter des Mannes eingefangen hatte. Ihre Cartoons zeigten dieselbe Qualität, und ich fragte mich, ob sie beim Zeichnen mehr sah, als ihr überhaupt bewusst war.

Wir kamen vom Pizzaessen in dem einzigen Lokal der Dreitausend-Seelen-Gemeinde Modane, das nicht wegen des Wochentags, des Monats oder der Launenhaftigkeit des Besitzers geschlossen war. Drei Tagesmärsche von hier lag die italienische Grenze, die für mich das Ende der Tour bedeutete. Zoe hatte sich zum Schlafen zusammengerollt und ihren Skizzenblock neben dem Bett liegen lassen. Ich schlug ihn auf und sah einen Entwurf, auf dem Bernhard und Sarah zusammen Nudeln aßen. Meinem amateurhaften Blick nach war Zoe noch besser geworden. Und was mir im wahren Leben entgangen war, sprang mich aus ihrer Zeichnung geradezu an.

Ich tat mein Bestes, um meinen spontanen Ärger zu unterdrücken. Sarah war erwachsen. Allerdings war sie instabil und sensibel – oder war es zumindest gewesen. Die

Überdosis Schlaftabletten hatte sie damals nach dem Abbruch einer Beziehung zu einem älteren Mann genommen, der sie nur ausgenutzt hatte. Das Zimmer fühlte sich auf einmal zu klein zum Nachdenken an, und so fiel mir mitten in der Nacht nichts Besseres ein als … draußen herumzuwandern.

Bernhard war ein Versager, ein Aussteiger, jemand, der unverfroren seine Wirkung auf Frauen ausnutzte. Nun gut, um fair zu bleiben: Seine Don-Juan-Nummer hatte er vor drei Jahren durchgezogen. Abgesehen von dem missratenen Umweg durchs Gestrüpp hatte er diesmal noch nichts Wesentliches falsch gemacht. Wenn ich den Kerl allein nach seiner Interaktion mit Sarah beurteilen würde, müsste ich ihn sogar als stabilisierenden Einfluss begrüßen.

Diese Reise war vorgeblich dazu gedacht gewesen, dass ich Zeit mit Sarah verbrachte, was ich vernachlässigt hatte, um mir Klarheit über meine Beziehung zu Zoe zu verschaffen. Unsere gemeinsame Zeit näherte sich dem Ende, und mehr als der vage Ausblick, dass sie mich in Sheffield besuchen käme, wenn sie Camille nach Rom gebracht hätte, war nicht dabei herausgekommen.

Sarah hatte, aus verständlichen Gründen, Bernhards und zuletzt auch Camilles Gesellschaft meiner vorgezogen. Aber wenn sie hier, direkt vor meinen Augen, eine Beziehung begonnen hatte, ohne es auch nur mit einem Wort zu erwähnen, fand zwischen uns noch weniger Kommunikation statt als vorher. Ich beschloss, gleich am Morgen mit ihr zu reden, und ging ein klein wenig ruhiger wieder zu Bett.

Doch dann war sie es, die mich zuerst ansprach. Ich packte gerade meinen Rucksack mit der Ausbeute eines Bioladenbesuchs mit Zoe – der eigentlich zu keiner Zeit zu rechtfertigen war, aber noch weniger, wenn es am Zielort einen Lebensmittelladen gab.

»Zoe, könnte ich eben ein paar Minuten mit meinem Dad sprechen?«

Zoe ging schon mal los, und Sarah wartete, bis sie außer Hörweite war.

»Du wirst darüber nicht besonders glücklich sein.«

»Lass mich raten: Du und Bernhard …«

»Richtig. Wir ziehen es durch.«

Sie merkte wohl, dass ich Probleme hatte, ihre Aussage einzuordnen, und fügte hinzu: »Ich gehe mit bis Rom. Um Camille zu helfen.«

»Und mit Bernhard abzuhängen.«

»Kein Kommentar.«

»Warte mal: Musst du nicht zurück an die Uni?«

»Ich habe doch gesagt, dass du nicht glücklich sein wirst.«

»Du gibst aber nicht dein Studium auf?« Das war im Grunde keine Frage, sondern eine Anweisung.

»Das habe ich schon. Ende des letzten Semesters. Mein Zimmer auch. Seither mache ich Couchsurfing. Ist ziemlich beschissen, aber …«

»Um Himmels willen, Sarah! Warum hast du uns das nicht gesagt?«

Sie musste nicht antworten. Von der Scham einmal abgesehen: Julia und ich zahlten ihr Unterstützung, aber natürlich unter der Bedingung, dass sie studierte, und nicht, dass sie arbeitslos war. Und orientierungslos. Wie ein gewisser Jemand, dessen Namen ich nicht nennen musste.

»Erzähl mir alles.«

»Ich bin ein Jahr beurlaubt. Dann brauche ich das Gutachten eines Psychologen, um weitermachen zu können.«

»Was ist passiert?« Meine Gefühle hatten sich um hundertachtzig Grad gedreht. Sarah hatte irgendeine Krise durchlebt und sich nicht getraut, uns etwas zu erzählen – weder als es passierte noch jetzt, in den fast drei Wochen, die sie und ich unterwegs waren. Bernhard hatte sie mit Sicherheit davon erzählt. Und in diesem Moment überkam mich die Angst, die alle Eltern haben: *Bitte keine Drogen.*

»De facto ging es um Drogen.«

»Mist. Sarah!«

»Ich konnte mich nicht konzentrieren und dachte, ich hätte vielleicht ADHS. Also habe ich mir Ritalin besorgt …«

»Speed!«

»Es wird bei ADHS eingesetzt.«

»Warum hast du dir dann kein Rezept besorgt?«

»Das hätte ich natürlich tun sollen, aber ich wollte es ja nur fürs Examen und dachte nicht, dass ich …«

»Dass du erwischt wirst.«

»Verpetzt von jemandem, der dachte, dann hätte er eine Konkurrentin weniger.«

»Was sagt dein Psychologe dazu?«

»Er war froh, dass ich durch diese Wanderfahrt eine Auszeit bekomme. Er findet, ich würde mich zu sehr ins Studium stürzen, wäre zu ehrgeizig et cetera et cetera.« Sie lachte. »Das sollte er mal Mum erzählen!«

Die nächste Viertelstunde gingen wir schweigend nebeneinander her.

»Er hatte recht. Mein Psychologe. Das Wandern tut mir gut. Es macht zwar mein Marathontraining zunichte, aber mir geht es deutlich besser. Und es ist schön, Camille zu helfen. Sie hat mehr Probleme, als sie zugibt – sie sagt, sie hat keine körperlichen Symptome, aber sie vertraut ihrem

Gleichgewichtssinn nicht mehr. Das kommt und geht, genau wie diese kognitiven Aussetzer.«

»Kennst du dich mit MS aus?«

»Ein bisschen. Ich hatte schon mal darüber gelesen und jetzt noch mehr. Online.«

»Wer bezahlt, wenn du weitergehst?«

»Du, hatte ich gehofft. Aber wenn nicht, weiß Bernhard, wie man praktisch umsonst durchkommt. Er ist viel schlauer, als du denkst.«

»Ich habe nie bezweifelt, dass er schlau ist.«

»Und wir sind kein Liebespaar oder so etwas. Wir sind Freunde.«

»Ich denke heute Abend mal darüber nach.«

»Dad, manchmal muss man einfach tun, was einen glücklich macht. Das ist das erste Mal seit Ewigkeiten, dass ich glücklich bin.«

Die *épicerie* in Bramans war – natürlich – donnerstagnachmittags geschlossen, also wurden Zoes Biozutaten, die Camille kunstvoll streckte, doch noch gebraucht.

Gut gegen die alpine Kälte vermummt, saßen wir in der Dämmerung vor unserer Gemeinschaftsunterkunft, einem voll ausgestatteten Zelt. Ich hielt Zoes Hand und überlegte, wie ich Sarah dabei unterstützen könnte, das zu tun, was sie glücklich machte, ohne sie wie ein Kind zu behandeln, aber auch ohne dass sie vergaß, wie schnell eine glückliche Situation wieder umschlagen konnte. Damit fertigzuwerden, hatte ihr in der Vergangenheit Probleme bereitet.

Ich hatte Zoe von Sarahs Auszeit erzählt, nicht jedoch von ihrem Wunsch, weiterzugehen. Wenn sie dabeibleiben wollte, könnte sie es den anderen ebenso gut selbst mitteilen.

Ich schlief ein, während mir noch durch den Kopf ging, was Sarah auch gesagt hatte: Manchmal muss man einfach tun, was einen glücklich macht.

17

Zoe

Ich weiß nicht, ob es an Martins Stimmung lag, nachdem Sarah die Bombe hatte platzen lassen, dass sie nicht mehr studierte, oder daran, dass mir nur noch zwei Tage mit ihm blieben oder dass ich erschöpft war. Vielleicht lag es auch nur am kalten Wind, aber ich hatte keine Lust aufzustehen und spielte sogar mit dem Gedanken, ein Taxi zu nehmen. Wir hatten nicht darüber gesprochen, was nach unserem Abschied passieren, wie es in Zukunft mit uns weitergehen würde.

Martin vertrieb mein Selbstmitleid mit einer heißen Schokolade und machte dann für alle Kaffee. Ich zog meine sämtlichen Sachen für kaltes Wetter an: Thermo-Unterwäsche, Pullover, Fleecejacke und einen schwarzen Schal, der auch als Mütze und Gesichtsschutz fungieren konnte.

Martin lachte. »Du siehst aus, als wolltest du die Arktis durchqueren.«

»Ich muss mich warm halten.«

Doch dafür sorgte dann das Gehen – und Klettern.

Während wir auf Hannibals Spuren wanderten – und uns wunderten, wie er über diese schmalen Pfade Elefanten gebracht hatte –, musste ich meinen Schal bald ablegen.

»Hast du heute Morgen mit Sarah gesprochen?«, erkundigte ich mich. Sie war das beständige Problem, sozusagen unser eigener Elefant, der immer mitging.

Martin schüttelte den Kopf. Wahrscheinlich dachte er, dass er dazu auf der Rückfahrt nach England noch ausreichend Zeit hätte.

»Vielleicht ist sie einfach nicht bereit«, spekulierte ich. »Ich meine, sie ist jung. Ein Jahr Auszeit könnte ihr helfen, sich Klarheit zu verschaffen, ehe sie wieder ans College zurückgeht.«

»Oder sie lässt sich ziellos treiben wie Bernhard. Sie hat so hart dafür gearbeitet, diesen Studienplatz zu bekommen.«

»Medizin ist schon eine große Sache. Da sollte sie sich absolut sicher sein, dass das ihr Weg ist.«

Aber Martin hörte gar nicht richtig zu. »Wahrscheinlich ist sie mitgekommen … damit wir genügend Freiraum um uns haben, wenn sie es mir sagt.«

»Jetzt kannst du nicht viel tun. Sie ist erwachsen.« Mahnung an mich selbst: Sag nicht, dass Sarah wie eine neunmalkluge Nervensäge rüberkommt.

»Die Scheidung hat nicht gerade geholfen.«

»Vielleicht willst du sie zu sehr beschützen, weil du dich deshalb schuldig fühlst.«

»Sie wohnt doch schon allein.«

»Ja, aber du zahlst. Martin, sie ist clever und wickelt dich geschickt um den Finger. Und das macht sie eher zu einer neunmalklugen Nervensäge« – verdammt! – »als zu einer guten Ärztin oder Journalistin oder Dichterin. Aber immerhin zu einer Frau, die selbst Verantwortung für ihr Leben übernimmt.«

Vielleicht suchte ich Streit – vielleicht er?

Während der Morgendunst um die Gipfel schwebte, dachte ich an alles, das ich in den letzten drei Wochen genossen hatte. Die Herausforderungen, die Verbundenheit, das Wiedererlangen körperlicher Fitness und Achtsamkeit, ganz im Hier und Jetzt zu sein. Und in Martins Nähe. Ich wollte das nicht in negativer Stimmung ausklingen lassen.

»Es tut mir leid …«

»Nein, mir tut es leid«, sagte Martin. Wir blieben stehen, und er küsste mich zärtlich. »Ich habe Sarah mitgeschleppt, ohne zu überlegen, wie blöd das für euch beide sein würde.«

»Nicht blöd.« Ich drückte ihm die behandschuhte Hand. »Nur schwierig. Und es ist ja nicht so, dass meine Töchter – na, zumindest Lauren – *nicht* schwierig gewesen wären. Ich meinte das mit der Nervensäge nicht so. Aber sie kann ganz schön einschüchternd sein, weißt du?«

»Da solltest du Julia mal kennenlernen.« Wir lachten und gingen deutlich beschwingter weiter.

Auf dem Gipfel erwartete uns … kein Mensch, sondern ein Ding – eine hölzerne Kabine in Größe einer Telefonzelle. Und sie hatte nicht nur genau diese Größe: Auf dem Balken über der offenen Seite stand sogar *Téléphone*, obwohl keines darin zu sehen war. Martin holte sein Handy raus.

»Hier hat man Empfang«, teilte er mit und betrat den Mini-Unterstand. »Ich glaube, das ist der Sinn dahinter.«

Ich folgte ihm. Da wir beide unsere Rucksäcke aufhatten, war es ein bisschen … kuschelig – richtig kuschelig sogar.

»Eine Telefonzelle mitten im Nichts«, versuchte ich, dem Moment mit einer Art Überschrift das passende Gewicht zu verleihen. Vermutlich einer der letzten Momente mit Martin.

»Nicht im Nichts.« Martin zwängte sich herum, damit er in dieselbe Richtung sah wie ich. »Da ist Frankreich.« Dann drehte er uns beide in die andere Richtung. »Und da vorn liegt Italien.«

Zerklüftete kahle Gipfel, unter uns ein eisblauer See, Täler und Höhen, so weit das Auge reichte. *Italienische* Täler und Höhen. Wann immer ich mir vorgestellt hatte, nach Italien zu reisen, hatte ich mich am Flughafen von Rom gesehen. Die italienische Grenze zu Fuß zu überqueren, war vollkommen unwirklich.

»Es ist wunderschön«, sagte ich und beobachtete die Atemwolke, die aus meinem Mund strömte.

»Und genau hier kannst du jemanden anrufen und davon erzählen.«

Ich befreite meinen Arm und sah auf die Uhr. »Lauren wird gerade aufstehen. Tessa schläft noch.« Ich hielt kurz inne. »Ich muss sie auch nicht anrufen.«

»Sarah muss ich auch nicht anrufen.«

Da war niemand auf der Welt, den ich brauchte. Oder der mich brauchte, außer vielleicht Camille. Und Martin hatte nur seine Tochter, die loszulassen ich ihm gerade empfahl.

»Ich hatte es dir schon einmal gesagt, und es stimmt immer noch«, sagte Martin. »Ich liebe dich. Ich will mit dir zusammen sein.«

Nun sah ich Martins Atem durch die Luft schweben – meinen eigenen hielt ich an.

Durch die Rucksäcke eng aneinandergedrückt, küssten wir uns. Bedächtig. Lang. Und zärtlich. Wir küssten uns auf eine Weise, die vermittelte, dass alle Probleme mit einer schwierigen Tochter überwunden werden konnten, eine transatlantische Beziehung funktionieren würde und selbst ein Leben in Sheffield möglich wäre. Dass das, was wir füreinander empfanden, real war – und wert, dafür zu kämpfen.

Und obwohl ich keine Ahnung hatte, wie das alles zu bewerkstelligen wäre, hörte ich auf mein Herz. »Ich liebe dich auch.«

18

Martin

Der Wind frischte auf, und während Zoe ein Foto vom Gipfel machte, wartete ich im Schutz des Telefonhäuschens und ließ ihre Worte auf mich wirken. Dann verriet ich die soeben bekundete Erkenntnis, nahm mein Handy und telefonierte.

Da wir es zu eilig hatten, dem bedrohlich schlechter werdenden Wetter zu entkommen, verliefen wir uns beim Abstieg; die Hinweise schienen nicht der schriftlichen Wegbeschreibung zu entsprechen, und meine grobe Schätzung schickte uns in die falsche Richtung. Allerdings kamen wir über diesen Umweg an einem Unterschlupf für Höhlenkletterer vorbei, in dem es Kaffee und heiße Suppe gab. Das letzte Wegstück führte uns an einigen Seen vorbei nach Grand-Croix – unser letzter Stopp in Frankreich.

Mit Alkohol hielt Sarah sich im Allgemeinen sehr zurück, aber als wir zwei uns nach dem Essen zusammensetzten und ich einen Chartreuse trank, bestellte sie sich ein Bier. Wir wollten besprechen, wie es nach der italienischen Grenze weitergehen sollte.

»Mal ganz unabhängig vom weiteren Verlauf: Du bist drei Wochen lang fast fünfhundert Kilometer marschiert. Ich glaube, so etwas machen noch weniger Leute, als einen Marathon zu laufen.«

»Das kann Mum gern auf ihre Angeberliste schreiben. Trotzdem liegen noch tausend vor uns.«

»Du willst es also immer noch durchziehen?«

»Genau das habe ich gesagt. Ja.«

»Von Bernhard einmal abgesehen: Meinst du, dass du deine Zeit damit am besten nutzt? Ich meine, als Medizinerin … Zoe meinte, Camille hofft auf ein Wunder.«

»Ärzte haben nicht auf alles eine Antwort.« Sie lachte. »Das ist es, was Camille sagt. Und wenn sie fest daran glaubt, kann es durchaus Wirkung zeigen. Und es ist das, was sie tun will, oder? Mit der Zeit, die ihr bleibt … mit *ihrer* Zeit.«

Am nächsten Morgen brachen wir in den üblichen Paarungen Richtung Italien auf und hatten wiederum wunderbare Bergblicke, allerdings mussten wir bis zur Grenze auf einer Straße ohne Fußweg laufen. Als unsere Gruppe dort wieder vereint war, machten wir Fotos. Gilbert schien auf unsere Leistung besonders stolz zu sein.

»Aus dem Burgund ins Piemont«, sagte unser Mann der Weine. »Das Burgund ist die beste Weinregion der Welt, aber nicht die ganze Welt kann Burgunderwein trinken. Weine aus Norditalien gelten ebenfalls als exzellent … Ich bin gespannt. Und ich habe die Alpen bezwungen.« Er klopfte sich ein paarmal auf die Brust, um seine Leistung zu bekräftigen.

Nur wenige Kilometer weiter war deutlich zu spüren, dass wir uns in einem anderen Land befanden, was nicht nur an der neuen Sprache lag. Schon das erste Dorf mit seinen alten Häusern, gewundenen Straßen und Holzpflöcken zur Wegmarkierung war Welten von den modernen Skiorten auf der französischen Seite entfernt.

»Ich bin in Italien«, stellte Zoe lächelnd fest. »Bist du schon mal hier gewesen?«

»In Rom und in der Toskana. Das ist das Schöne, wenn man in England lebt: Es ist nur ein Katzensprung.«

»Ich glaube, es geht um die innere Einstellung. Wenn ich nach England ziehen würde, dann würde ich wahrscheinlich alles …«

»… mit anderen Augen sehen?«, beendete ich ihren Satz.

»Irgendwie so, ja.«

»Ein bisschen, wie sich zu verlieben, oder? Da fühlt sich auf einmal alles anders an.« Es war eine etwas unbeholfene Überleitung, aber Zoe drückte meine Hand.

»Hast du eure Fahrkarten eigentlich schon gebucht?«, fragte Zoe, während sie im Waschsalon von Susa versuchte, die Anleitung zu entschlüsseln. »Hm. Ich glaube, diese Waschmaschine ist für Tiere.«

Eure Fahrkarten, Plural.

Sarah wollte ihre Entscheidung, dass sie weitergehen würde, beim Abendessen verkünden, und im Moment wollte ich ihre Pläne aus dem, was ich zu sagen hatte, gern noch ausklammern.

»Nein«, sagte ich. »Ich genieße diese Reise sehr. Vor allem die letzten zwei Tage. Ich habe mir überlegt, dass ich weitergehe. Bis zum Ende.«

»Bis nach Rom?«

»Wenn es dir recht ist.«

Auf dem Weg zurück ins Hotel, Hand in Hand, sahen wir, dass die Berge, die wir gerade überquert hatten, mit Schnee bedeckt waren.

19

Zoe

Als Gilbert uns zum Restaurant brachte, war ich immer noch dabei zu verarbeiten, was Martin mir gerade eröffnet hatte. Unser Gourmet hatte den Mann an der Rezeption eine gefühlte Ewigkeit lang ausgefragt, welches Lokal wohl das authentischste Essen servierte. Aber heute war mir egal, ob es einen Michelin-Stern hatte oder nicht. Oder *fünf* Sterne!

Ich war zum ersten Mal in Italien; ich war dreihundert Meilen gewandert und fühlte mich stark genug, auch die noch vor uns liegenden siebenhundert zu gehen; und der Mann, den ich liebte, hatte sich gerade entschieden, lieber bei mir zu bleiben, als mit seiner Tochter nach England zurückzukehren. Sarah war das kniffligste Thema zwischen uns, und ich hatte das Gefühl, dass von nun an alles einfacher werden würde.

Uns blieben nun etwa acht Wochen, um zu überlegen, wie es mit uns weitergehen könnte, ohne dass Sarah Stress machen würde. Dieser Moment in der Telefonzelle, als mir bewusst wurde, dass ich niemanden brauchte – und abgesehen von Camille auch niemand mich –, war befreiend gewesen. Vielleicht hatte mich das Pilgern ja schon befreit. Es fühlte sich ohnehin so an, als wäre ich schon ewig unterwegs. Ich hatte kein bisschen Heimweh. Ich war ganz im Hier und Jetzt.

Ein gar nicht mal so kleiner Fluss, in dem das Wasser mit graublauen und weißen Schaumkronen über runde Steine sprudelte, floss mitten durch Susa hindurch und teilte den Ort quasi in zwei Hälften. Das Restaurant lag auf der anderen Seite, nur ein kurzes Stück vom Hotel entfernt. Es waren schon ein paar Familien zu Gast, die sich fröhlich unterhielten. An den Wänden hingen Töpfe und Pfannen sowie Löffel in allen Formen und Größen, vom Teelöffel bis hin zu einer riesigen Kelle. Es passte zu meiner Vorstellung von Italien – und zu meiner Stimmung.

»Ich muss noch was mit dir besprechen«, raunte Martin mir zu, als wir uns setzten.

»Du hast doch nicht etwa deine Meinung geändert?«

»Nein. Aber du solltest wissen, dass Sarah …«

In diesem Moment wurden wir von der Wirtin unterbrochen, einer Frau Mitte vierzig mit etwa Gilberts Körperbau, die offenkundig französisch sprach und sich sofort angeregt mit ihm unterhielt.

»Ihr Freund weiß so viel über Wein«, verkündete sie nach ein paar Minuten auf Englisch. Als hätten wir das noch nicht gemerkt!

Gilbert erging sich in einem halbherzigen Versuch der Bescheidenheit. »Wein ist mein Geschäft. Aber italienischer Wein … da besitze ich nur ein wenig angelesenes Wissen. Ein Experte bin ich nur für Burgunder.«

»In diesem Fall, *Monsieur*, habe ich die perfekte Empfehlung.« Kurzerhand führte die Wirtin Gilbert in den Keller. Wir übrigen standen auf und beobachteten durch ein großes

Fenster im Treppenhaus, wie sie an den Weinregalen vorbeischlenderten.

»Sie flirtet mit ihm«, sagte ich zu Camille.

»Bestimmt merkt er das gar nicht.«

»Meinst du?«

»Ich weiß es. Ich wünschte, er würde auch flirten.«

»Ach ja?«

»Er ist zu … insuliert.«

»Isoliert?«

»Sag ich doch.«

Als Gilbert zurückkehrte, bestätigte er Camilles Verdacht, indem er ganz sachlich erklärte: »Wir werden Wein aus der Nebbiolo-Traube trinken, also keine der sechs ›edlen‹ Rebensorten …«

»Die bestimmt alle aus Frankreich stammen, habe ich recht?«, sagte Martin.

»Nein, Riesling kommt aus Deutschland.« Gilbert lächelte Bernhard zu, merkte aber genauso wenig, dass Martin ihn nur aufzog, wie er das Flirten der Wirtin bemerkt hatte.

»Diese Weine werden völlig anders schmecken als Bordeaux oder Burgunder. Und auch anders als Weine aus dem Süden Italiens. Wir fangen mit einem Barbaresco an …«

»O ja, wir werden für alles offen sein«, sagte Martin augenzwinkernd. »Wir schaffen das.«

Das Essen war hervorragend. Im Haut-Savoie, also vor der Grenze, war es zuletzt sehr vorhersehbar geworden – Kartoffel-Käse-Auflauf konnte ich erst einmal nicht mehr sehen. Martin bestellte Oktopus, Rehfleisch und Pasta mit Wildsoße; ich nahm Pasta mit Artischocken und einen Salat aus Mais, Ei und Tomaten. Es war das beste Restaurantessen, das ich bisher auf dem Weg serviert bekommen hatte.

Gilbert war von keinem der Weine besonders begeistert, auch wenn der Kellner den zweiten mit viel Brimborium dekantiert hatte.

»Lasst uns anstoßen«, sagte er vor dem zweiten Gang, »auf alle, die Camille und mich über die Alpen gebracht haben.«

»Auf uns alle, dass wir es geschafft haben«, ergänzte Martin.

»Und traurigerweise auch auf diejenigen, die uns leider nun verlassen werden«, sagte Gilbert.

Martin räusperte sich. »Ich möchte euch etwas mitteilen. Ich werde weitergehen. Wenn das allen recht ist.« Er sah mich an und drückte meine Hand. Ich musste blinzeln, um die Tränen zurückzuhalten. Um lieber nicht allzu deutlich zu zeigen, *wie* glücklich ich war ... Sarah saß daneben.

Gilbert begann zu strahlen. Er setzte sein Glas ab, nahm Martin in den Arm, und auch in seinen Augen glänzten Tränen. »Mein Freund, das sind ja wundervolle Neuigkeiten – natürlich ist es uns recht.«

Camille sah mich an. War sie enttäuscht? Vielleicht war sie davon ausgegangen, mich nicht mehr mit Martin teilen zu müssen. Aber wenn ich mir jetzt vorstellte, wie es ohne die anderen geworden wäre, war ich froh, dass unsere Gruppe nicht zu klein wurde. Ohne die Chance auf einen Puffereffekt durch andere Pilger, wie ich es auf dem *Camino de Santiago* erlebt hatte, galt hier die Devise: Je größer, desto besser.

»Ich habe auch was anzukündigen«, meldete sich Sarah zu Wort. Sie sah erst zu Bernhard, dann zu Camille, und Martin drückte meine Hand auf einmal ganz fest. »Bernhard und ich wollen auch mit euch bis nach Rom gehen. Wenn das okay ist.« Martins Gesichtsausdruck verriet: »Ich wollte es dir sagen.« *Tja.*

Camille stand auf und umarmte Sarah.

Wenn ich jetzt wieder Tränen in den Augen hatte, dann hatte es einen anderen Grund.

20

Martin

Auf dem Weg zur Unterkunft stellte Sarah zwei gute, wenn auch unbequeme Fragen: Warum ich weiterlaufen wolle – und ob ich nicht zurück zu meiner Arbeit müsse.

Auf dem Zimmer stellte Zoe die Fragen erneut, und ich gab ihr die bestmögliche Antwort: »Es ist kompliziert, und ich habe zu viel getrunken, um vernünftig darüber zu reden.«

Auch Zoe hatte mehr als üblich getrunken, aber es hatte den gegenteiligen Effekt: Sie wollte die Antworten sofort. »Das kann ja nun nicht so lange dauern.«

»Zweite Frage zuerst. Ich habe um Beurlaubung gebeten. Vom Berg aus neulich. Jetzt liegt es am Dekan und an der Personalabteilung, ob sie gewährt wird.«

»Ach du Scheiße! Du riskierst hier deinen Job? Wie …«

»Wie hoch stehen die Chancen, dass das durchgeht, meinst du? Und was tue ich, wenn nicht? Und wie leicht oder schwer ist es für einen Akademiker Mitte fünfzig mit nur drei Jahren Berufserfahrung, in seinem neuen Feld einen neuen Job zu kriegen? Ich sagte doch, es ist kompliziert.«

»Und was ist mit dem Grund, weshalb du weitergehst? Du hast mich glauben lassen, dass du es wegen mir machst …

weil du mit mir zusammen sein willst. Und jetzt erfahre ich, dass es nur um Sarah geht.«

»Vergiss nicht die dritte Möglichkeit: weil ich die Sache zu Ende durchziehen will. Und wie so oft spielen alle drei Gründe eine Rolle. Wir können morgen darüber reden, was wir nicht tun könnten, wenn ich mit dem Zug nach Hause fahren würde.«

»In welchem Fall es diese Frage nicht gäbe.«

»Wäre dir das lieber gewesen?«

»Nein, aber …«

»Dann lass uns schlafen. Es sei denn …«

»Gute Nacht.«

Zum Frühstück gab es nicht nur Obst und diverse Müslimischungen, sondern auch die besten Croissants, die ich je gegessen hatte – und das in *Italien*. Gilbert schimpfte, ich sei ein Banause: »Die sind mit Marmelade gefüllt!« Genau, mit Aprikose – *albicocca*. Ich versuchte, mir das Wort zu merken, in der Hoffnung, es wieder zu brauchen.

»Auch der Kaffee ist nicht schlecht.« Der Espresso schmeckte deutlich besser als das Gebräu aus den Cafetieren der französischen *B&Bs*. In Erwartung Zoes weiterer Fragen bestellte ich noch einen doppelten.

Es war ein spektakulär strahlender Sommertag, und wir starteten auf einer ruhigen Straße, die von Gärten voller Tomaten, Paprika, Birnen, Äpfel, Tamarillos und Feigen gesäumt war.

Während wir uns durch ein Gewirr von Gassen zwischen den Häusern eines mittelgroßen Dorfes lavierten, unterbrach Zoe meine Anweisungen.

»Wenn du den Blick mal eine Minute lang vom Handy

nehmen könntest …« Ich hatte die heutige Route heruntergeladen, allerdings auf Französisch, und übersetzte sie gerade in Schritt-für-Schritt-Angaben.

»Geh mir einfach nach«, sagte sie und zeigte auf ein Taubenzeichen. »Die sehe ich hier die ganze Zeit.«

»Das soll wahrscheinlich ein Test sein«, meinte ich. »Eine Metapher zum Thema Vertrauen oder so etwas.«

»Manchmal sind Metaphern gut. Manchmal ist es besser, einfach zu sagen, was man meint.«

»Willst du, dass ich eindeutiger bin? Konkreter?«

»Ich dachte eher an offenherziger, mitteilsamer. Ohne den Leuten mitten beim Essen Überraschungen vor den Latz zu knallen.« Sie hielt inne und schien zu überlegen, ob sie weiter sticheln oder versöhnlicher sein sollte. Meine lebenslange Beziehungserfahrung sagte mir, sie würde weiter sticheln.

»Wir haben uns beide verändert«, fuhr sie dann fort. »Im Ernst jetzt. Ich hätte nie gedacht, dass du eine Therapie machen würdest.«

»Oder Meditation?«

»Du meditierst?«

Ich nickte, und sie fuhr fort: »Vielleicht merkst du es nicht, aber ich habe mich auch verändert. Ich meine, seit ich vom *Camino* zurück bin, versuche ich, praktisch zu denken und zu handeln.«

»Vielleicht können wir uns ja in der Mitte treffen.«

»Vielleicht haben wir das schon. Aber das bedeutet auch, dass ich wissen will, was genau mit dir los ist, damit ich für mich Entscheidungen treffen kann, anstatt nur abzuwarten, was passiert.«

»Es tut mir leid, ich hätte dir früher von Sarah erzählen sollen. Aber was genau los ist, ist Folgendes: Wenn ich keine Beurlaubung kriege, bin ich arbeitslos. Das könnte neue Türen öffnen – oder auch nicht. Aber ich hätte meinen Job nicht riskiert, wenn ich nicht den Wunsch gehabt hätte, mit dir zusammen zu sein. Beantwortet das deine zwei Fragen?«

»Also gut …« Sie ging eine Weile schweigend weiter, dann drehte sie sich um und küsste mich. »Ich habe doch gesagt, dass es ganz einfache Fragen sind.«

Und es stimmte, was ich geantwortet hatte. Ohne Zoe hätte ich meine Karriere nicht aufs Spiel gesetzt und wäre auch nicht mit Sarah und Bernhard weitergegangen. Ob Camille es bis nach Rom schaffte oder nicht, hing mit ziemlicher Sicherheit nicht von mir ab.

»Falls du weitergehst …«, sagte Zoe.

»Kein ›falls‹, Zoe: Ich *gehe* weiter.«

»Vielleicht könntest du dich dann ein bisschen mehr anstrengen, an deiner Beziehung zu Bernhard zu arbeiten. Es könnte die Sache mit Sarah erleichtern. Du willst doch nicht, dass sie das Gefühl haben, wir lehnen sie ab.«

»Ich habe mit Bernhard kein Problem. Manchmal geht mir sein Gehabe auf den Geist, aber dann muss ich mir nur ins Gedächtnis rufen, dass er noch nicht erwachsen ist – und ein bisschen orientierungslos. Mein Problem ist, dass ich fürchte, Sarah könnte es genauso ergehen. Ich will nicht, dass er sie zu sich runterzieht.«

»Viel Glück, wenn du denkst, du könntest die beiden auseinanderbringen.«

»So naiv bin ich nicht. Aber ich wäre auch nicht böse, wenn es passiert.«

Am Abend war Gilbert überraschend gut in Form. Ich glaube nicht, dass ein Fitnesstrainer versprechen würde, einen unsportlichen Menschen binnen drei Wochen fit zu bekommen, aber wir kamen alle besser zurecht als am Anfang. Und nach den schwierigen Tagen der Alpenüberquerung war der Weg durch flaches Gelände fast langweilig.

Gilbert hatte mehr zu kämpfen gehabt als wir anderen, war jedoch immer guter Laune geblieben. Dafür bedankte ich mich bei ihm, und das nicht zum ersten Mal. Wir saßen auf der Terrasse unseres *B&Bs* und tranken schon mal einen Wein als Aperitif.

»Bei meinem Alter und meiner Gesundheit ist es gut, dass ich etwas schaffe, das ich für unmöglich gehalten habe.« Er schwenkte sein Weinglas, aber eher nachdenklich als prüfend. »Du weißt ja, Camille und ich waren getrennt, bevor ihre Krankheit diagnostiziert wurde. Es war schwierig zwischen uns geworden, und ich hatte mich entschieden zu gehen. Aber ich war nicht sicher, ob das richtig gewesen war … oder ehrenhaft. Die Diagnose erklärte dann alles. Es war meine Pflicht, zurückzukehren und sie zu unterstützen, und ich beschwere mich nicht. Jetzt habe ich ein klares Ziel.«

»Dass Camille Hilfe braucht, hat deinem Leben einen Sinn gegeben?«

»Genau.«

Hätte ich Bernhard, Sarah und Zoe gefragt, warum sie den Weg gehen, hätten ihre Antworten allesamt mit Camille zu tun gehabt. Vielleicht hätten sie, genau wie Gilbert, angegeben, Camilles Krankheit hätte eine Leerstelle in ihrem Leben gefüllt. Es erschien mir ein wenig skurril.

Gilbert und ich wandten uns unserer täglichen Aufgabe zu, für in drei Tagen eine Übernachtungsmöglichkeit zu suchen. Auf meinem letzten *Camino* war ich mit diesem Ansatz gut bedient gewesen: Es lag weit genug in der Zukunft, dass wir für den Fall, dass wir nichts fanden, die davorliegenden Etappen noch anpassen und umbuchen konnten, aber nicht so weit, dass wir zu viel absagen mussten, wenn unsere Pläne sich änderten. Nicht wenige *B&Bs* waren mittlerweile auf Online-Buchungsportalen registriert, womit unsere mangelnden Italienischkenntnisse nicht so sehr ins Gewicht fielen.

Für den Fall, dass wir dennoch Italienisch sprechen müssten, hatte Gilbert die wichtigsten Fragen so formuliert, dass sie nur mit *si* oder *no* beantwortet werden konnten. Allerdings spielten unsere Vermieter das Spiel nicht immer mit: Heute waren wir erheblich weiter vom Zentrum von Sant'Antonino di Susa entfernt, als wir gewollt hatten. Weder er noch ich waren erpicht darauf, den anderen sagen zu müssen, dass wir zum und vom Abendessen insgesamt drei Kilometer würden laufen müssen. Und dass wir morgen beim Weiterwandern wieder am Lokal vorbeikommen würden.

»Wir werden sagen, dass es keine andere Möglichkeit gab«, meinte Gilbert.

»Dann können wir nur hoffen, dass neben dem Restaurant keine *albergo* Zimmer offeriert.«

Er lachte. »Wenn sie guten Wein haben, werden wir den Rückweg gar nicht mitbekommen. Allerdings habe ich da mittlerweile meine Zweifel.«

21

Zoe

»Warum geht jemand freiwillig nach Trana?« Der Wirt unseres *B&Bs* wunderte sich, dass seine Übernachtungsgäste einen Ort besuchten, der rein gar nichts zu bieten hatte.

Bei Langstreckenwanderungen war es nun mal so, dass man an Orten landete, die normale Touristen nicht weiter beachteten. Und man lernte die Gegend dazwischen kennen: Der Wanderweg nach Trana war wunderschön. Nach einem sanften Beginn durchs Tal erreichten wir einen schmalen, steinigen Pfad, der sich über sechshundert Höhenmeter durch die Walnusshaine von Chiusa di San Michele schlängelte. Hinweistafeln erklärten, dass im dreizehnten Jahrhundert die Bewohner den Mönchen zwölf Hühner pro Jahr geben mussten, um die Walnüsse ernten zu dürfen.

Jetzt waren es Ausflügler, die Reisegesellschaften dafür bezahlten – oben am Kloster streiften ganze Busladungen durch die Anlage. Doch der Aufstieg hatte sich gelohnt: Das Kloster war beeindruckend gut erhalten und der Panoramablick von dort oben atemberaubend. Und am Kiosk gab es Eiscreme.

Es würde ein langer Tag werden, und ich beschloss, das nächste Stück mit Camille zu wandern. Ich hatte vorgehabt, nach Martins Abreise mehr Zeit mit ihr zu verbringen – jetzt würde ich meine Zeit aufteilen müssen. Sie wäre auch mit mir allein nach Rom gewandert, hatte sie gesagt, und trotzdem fühlte ich mich von ihr gerade weiter entfernt als noch vor dieser Reise, als wir einen ganzen Ozean zwischen uns gehabt hatten.

Ich setzte mich zu ihr auf einen Felsvorsprung, von dem aus sie auf die Häuser von Chiusa hinunterblickte. Es dauerte eine Weile, bis sie mit mir sprach.

»Die Berge sind nicht einfach für mich. Selbst jetzt nicht, nachdem wir die Alpen schon bewältigt haben.«

»Aber du kannst es schaffen. Fühlst du dich nicht schon stärker als am Anfang? Bei mir ist das jedenfalls so.«

»Ich fühle mich unbesiegbar.«

»Wirklich? Das finde ich toll!«

»Früher … Ich hätte nie gedacht, dass ich so etwas schaffe.«

»Was hat sich geändert?«

»Du kennst die Antwort. Ich habe Multiple Sklerose.«

Ich schluckte. Und wartete.

»Sie haben mich durchleuchtet, und es waren weiße Flecken in meinem Gehirn, die da nicht sein sollten.« Camille zuckte die Achseln. »Deshalb bin ich immer müde gewesen und habe Dinge vergessen.«

»Müde?«

»Jetzt nicht mehr so sehr. Die Tabletten helfen. Vielleicht auch das Gehen.«

»Das ist toll.«

»Aber sie werden mich nicht heilen. Irgendwann werde ich Martins Karren brauchen.«

»Ja … aber das kann noch Jahre dauern, oder?«

»Die Krankheit ist nicht vorhersehbar. Manchmal tut sich eine ganze Weile gar nichts, dann wird es plötzlich schlimmer. Ich gehe jetzt, weil ich es noch kann.«

Ich nahm sie einmal fest in die Arme. Auch, um mich selbst zu trösten.

»Ich gehe den Pilgerweg, um für meine Sünden zu büßen.«

»Deshalb zündest du auch die Kerzen an, oder?«

»Die sind für meine kleinen Sünden.« Ich sah plötzlich etwas in ihrem Gesicht, und mir wurde angst. Konnte es sein, dass diese Wanderung mit dem zu tun hatte, was vor einem Vierteljahrhundert passiert war? Der Gedanke hatte schon einmal an mir genagt. Ich war nicht sicher, ob ich die Antwort darauf hören wollte.

»Du gehst doch nicht … Das hier ist doch nicht, um Vergebung für die Abtreibung damals zu bekommen, oder? Denn …« Ich merkte, dass ich mich echauffierte, und brach ab.

Camille sah wieder auf Chiusa und den Wald, der unter uns lag, dann drückte sie meine Hand. »Nein, das ist es nicht.«

»Warum dann, Camille? Du willst eintausend Meilen gehen. So religiös warst du doch früher nicht.«

»Woher willst du das wissen? Und was ist mit dir? Wie viele Meilen bist du gegangen, um deine Schuld am Selbstmord eines Mannes zu sühnen?«

Ich zuckte zusammen.

»Du bist damals zu mir gekommen«, sagte Camille. »Warum?«

Ich rückte ein wenig von ihr ab. Der knubbelige Stein war unbequem. Worauf wollte sie hinaus? »Wir sind immer füreinander da gewesen. Wenn du mir das Geld für den *Camino* nicht geliehen hättest …«

Camille winkte ab. »Ich hatte ein schlechtes Gewissen, weil ich dich damals in meinen Schlamassel mit hineingezogen habe.«

Ich legte ihr eine Hand auf den Arm. »Es wurde nur deshalb ein Schlamassel für mich, weil ich es meiner Mutter gesagt habe. Mein Fehler. Und das habe ich auf meinem ersten *Camino* abgehakt.«

»Dann ging es bei deinem *Camino* nicht nur ums Verlieben?«

»Es ging darum, mir selbst wegen Keith zu vergeben. Und wegen meiner Mutter. Und mein eigenes Ich wiederzufinden. Das Ich, das dich damals nach Los Angeles gebracht hat.«

Camille lehnte sich zurück und sah mich aufmerksam an. »Und nun bist du wieder auf dem Weg.«

Beinahe hätte ich »Ja, deinetwegen« gesagt, aber etwas in ihrem Blick ließ mich innehalten. Etwas Schmerzvolles.

»Mein Pfarrer sagt, ich soll für meine Sünden um Vergebung bitten«, sagte Camille. »Und mein Arzt sagt, ich soll mich bewegen. Dieser Pilgerweg vereint beides. Und die Krankheit bringt mich dazu, darüber nachzudenken, was wirklich zählt.«

Sie stand auf und ging zum Wanderweg zurück, der sich um den Berg schlängelte. Ich blieb sitzen und spürte Erleichterung, dass es bei Camilles Pilgerreise nicht um die Abtreibung und die Vorwürfe meiner Mutter ging, der ich bei unserem Zwischenstopp auf dem Weg zurück nach Saint Louis dummerweise den Zweck unserer Reise verraten hatte.

Ich hatte von Kulturen gelesen, in denen man, wenn man

das Leben eines anderen Menschen rettete, auf immer für dessen Leben verantwortlich blieb. Vielleicht ging es mir mit Camille auch so. Aber sie war meiner Frage ausgewichen, welches Vergehen eine Privataudienz beim Papst erforderlich machte – für das sie eintausend Meilen zu Fuß zurücklegen wollte.

22

Martin

Es war erneut ein angenehmer Tag zum Laufen, unter blauem italienischem Himmel und mit dem gelegentlichen Zuruf »*Buon cammino*«. Auf diesem Weg mochten Pilger selten sein, aber sie wurden erkannt.

Wir erreichten Trana, ein hübsches Städtchen am Ufer eines Flusses, geschützt zwischen die umgebenden Hügel gebettet, und wurden noch am Ortseingang von einer Frau mittleren Alters angesprochen, die uns eine Unterkunft anbot – für alle sechs. Offenbar war sie das örtliche Begrüßungskomitee für Pilgernde und hatte sich extra mit Blick auf die Straße bereitgehalten, um die am Nachmittag erwarteten Ankömmlinge abzufangen. Hätten wir nicht schon etwas gebucht gehabt, wäre ich sehr versucht gewesen, ihr Angebot anzunehmen: Zoe und ich vermissten den Kontakt zu anderen Pilgern, und in einer »echten« Pilgerunterkunft abzusteigen, hätte uns vielleicht das Gefühl von Pilgergemeinschaft vermittelt.

»Trana ist ja wirklich nett«, sagte Zoe und klang aus irgendeinem Grund überrascht.

»Kommen denn viele Pilger her?«, erkundigte ich mich bei der Frau und erhielt die erwartete Antwort.

»In der Hauptsaison sind es ein oder zwei pro Woche,

manchmal einzeln, manchmal Pärchen. In der Nebensaison halte ich nicht nach ihnen Ausschau, aber gelegentlich ruft jemand an.«

»Wie kommt man denn in der Nebensaison über die Berge?«, wollte Gilbert wissen.

»Gar nicht. Sie gehen dann nur Etappen und starten möglicherweise erst in Susa, gleich an der Grenze.«

Sie führte uns in einen kleinen Anbau an der Kirche, wo sie pflichtgemäß unsere Pilgerpässe abstempelte. Camille und Zoe zündeten Kerzen an.

»Wo ist unsere Unterkunft?«, fragte Sarah. Ich gab ihr den Namen unseres Hotels, den sie in ihre Navigations-App eintippte. »Wer als Erster da ist!«, forderte sie Bernhard heraus.

Die zwei liefen los, was durch die Rucksäcke ein wenig unrund aussah, und verschwanden über eine wacklige Fußgängerbrücke um die Ecke, bevor ich weitere Erklärungen abgeben konnte.

»Dann haben wir es ja gleich geschafft«, sagte Zoe zu Camille, und Gilbert und ich tauschten Blicke.

»Noch ein oder zwei Meilen«, sagte ich.

»Was?«

»Wir wollten für morgen ein bisschen Vorsprung schaffen.« Wir hatten auf die Empfehlung unseres letzten Gastgebers reagiert. »Es liegt auf dem Weg – mehr oder weniger – und ist angeblich sehr viel hübscher als alles hier direkt in Trana.«

Eine Stunde später kamen wir an und stellten fest, dass die Unterkunft einsam an einer Hauptstraße lag und eher für Wanderarbeiter gedacht war als für Pilger. Gilbert fiel auf, dass die Inhaberin denselben Nachnamen trug wie unser vormaliger Gastgeber, und wir erfuhren, dass sie seine Schwägerin war.

Aber es gab ein Restaurant und immerhin einen Swimmingpool, der ausschlaggebend für unsere Entscheidung gewesen war. In bester Laune schlug Gilbert vor, dass wir uns zum Aperitif dort treffen sollten.

Bei herrlichem Wetter bestellte er eine Flasche italienischen Weißwein, aber ansonsten entsprach nichts dem Bild »Drinks am Pool in Norditalien«, wie man es sich gern vorgestellt hätte. Der Pool lag einsam und verlassen, und wir mussten uns Stühle aus dem Lokal holen, um überhaupt sitzen zu können.

Sarah und Bernhard kamen dazu, beide in kurzen Hosen. Sie hatten Zeit gehabt, sich zu regenerieren, aber Bernhard humpelte ein wenig.

»Dad! Das waren noch mal vier Komma drei Kilometer! Du hast gesagt, wir würden in Trana übernachten …«

»Und wie lange habt ihr gebraucht, bis ihr gemerkt habt, dass es weiter ist?«

»Etwa dreißig Sekunden.«

»Dann hättet ihr ja wieder gehen können. Aber das seid ihr anscheinend nicht.«

Tatsächlich war ich ein bisschen stolz. Sarah mochte in ihrem Leben gerade etwas haltlos sein, aber sie hatte ausreichend Motivation gehabt, um vier Kilometer mit Rucksack zu rennen.

»Wer hat gewonnen?«, wollte ich wissen.

Bernhard zeigte auf Sarah, und ich war doppelt stolz.

Dann legte er sich bäuchlings auf den kleinen Flecken Gras neben dem Pool, und Sarah machte sich daran, ihm die Waden zu massieren. Und die Oberschenkel.

Ich sah zu Zoe. »Das ist dein Gebiet, oder?« Sie hatte sich ihren ersten *Camino* durch Massagen müder Wanderer finanziert.

»Willst du, dass ich Bernhard massiere?«

»Na ja, vielleicht wenn er verletzt ist – eine Muskelzerrung oder so ...«

23

Zoe

Als Martin und ich das erste Mal zusammenkamen – in Spanien, Martin mit Bandage um sein verletztes Knie –, hatte ich Bedenken gehabt, weil ich nicht mehr wie zwanzig aussah. Trotz aller Gewichtung der inneren Schönheit hatte ich mich dennoch nicht von der gesellschaftlichen Botschaft frei machen können, eine Frau über vierzig sei unsichtbar. Doch nach der anfänglichen Nervosität hatte ich akzeptiert, dass wir *beide* nicht mehr zwanzig waren und reif genug, die Wesensqualitäten des anderen wertzuschätzen.

Als Martin mich in San Francisco besuchen kam, hatte ich schon eine Weile keinen Partner mehr gehabt, und mit Keith war es in den Jahren davor nicht besonders gut gelaufen. Damals hatte meine neu entfachte Lust mich spüren lassen, was ich alles vermisst hatte: nicht nur die körperlichen Freuden von Intimität, sondern auch Vertrauen und das tiefe Empfinden, dass alles gut war. Nachdem wir hier wieder angefangen hatten, uns ein Zimmer zu teilen, war es mir wieder so ergangen.

Aber nun, da wir beide gelernt hatten, wie was funktionierte, verfielen wir in eine Routine; vielleicht weil wir am Ende des Tages zu erschöpft waren, um offen für Neues zu sein. Ich begann mich zu fragen, ob uns die Behutsamkeit, die wir jetzt walten ließen, sowie auch die Ungewissheit, ob wir eine gemeinsame Zukunft hätten, daran hinderten, eine noch tiefere Intimität zu erleben. Oder mehr Spaß zu haben.

Zum Glück war ich mit einer Expertin unterwegs, oder zumindest mit einer sehr erfahrenen Frau. Ich wollte nicht, dass es so klang, als sei ich selbst betroffen – oder dass sie sofort merkte, worum es ging.

»Was ist das Lustigste, woran du dich aus dem College erinnerst?«, fragte ich Camille.

Sie blieb unvermittelt stehen, starrte eine Weile vor sich hin und ging dann weiter. »Ich habe versucht, meine Gedanken zu sammeln«, erklärte sie. »Manchmal hilft gehen, manchmal ist es besser, stehen zu bleiben. In diesem Fall: keines von beidem. Nichts, woran ich mich aus der College-Zeit erinnere, war lustig.«

»Also ich muss immer daran denken, dass wir dachten, nur weil du Französin bist, wüsstest du alles über Männer … und was sie gern mögen … und …«

Camille begann zu lachen. »Das College war nicht lustig, aber das hier ist komisch. Erst kommt Sarah, und dann willst du Ratschläge. Was, wenn ich euch mit meinen kruden Gedanken auf abstruse Ideen bringe? Nachher verletzt du Martin noch, oder dich selbst! Aber warum fragst du mich? Wenn du wissen willst, was Männer mögen, solltest du Männer fragen.«

Bevor ich antworten konnte, ergänzte sie: »Ich mache natürlich Spaß. Zuallererst solltest du dir klarmachen, was *du* magst.«

Danach hielt sie eine Lehrstunde, die mich gedanklich zu Stellen führte, über die ich nie nachgedacht hatte und an die ich auch nie wieder denken wollte. Am Ende lachte ich leicht verlegen. »Gilbert kann sich glücklich schätzen.«

»Gilbert? *Horreur*. Wenn ich solche Sachen mit ihm machen würde, käme er nur auf falsche Ideen.«

Es war ein langer Tag gewesen, und wir gingen wie üblich früh zu Bett. Martin wollte das Licht ausmachen.

Ich legte meine Hand auf seinen nackten Brustkorb. Fest. »Lass das Licht an.«

Er zog die Augenbrauen hoch, widersetzte sich aber in keiner Weise, als ich die Domina in mir losließ.

Die größte Herausforderung, wenn man jemanden gut kennt, ist vermutlich, nicht zu kichern. Doch unabhängig von der Rolle, die ich spielte, genoss Martin, was ich *tat*.

Im richtigen Moment nutzte ich aus, dass ich keine Nagelfeile eingesteckt hatte, und fuhr mit den Fingernägeln einmal quer über seinen Rücken. Allerdings unterschätzte ich dabei wohl meine Kraft, denn Martin stieß einen gellenden Schrei aus.

Von beiden Seiten klopfte es gegen die Wände.

»Schon gut, ich bin nur ausgerutscht«, rief Martin, bevor wir uns beide vor Lachen ausschütteten.

24

Martin

»Da gibt es aber ein Restaurant.«

Eine bessere Antwort hatte ich nicht parat, während wir durch dichten Verkehr zu einem weiteren »etwas abgelegenen« Hotel marschierten – das enttäuschende Ende eines ansonsten schönen Tages, der uns an unzähligen wogenden Kornfeldern vorbeigeführt hatte.

Im Prinzip sollte man einen markierten Pilgerweg ohne Landkarte gehen können, was allerdings eine romantische Vorstellung ist, vor allem für den *Camino de Santiago*, der über ganz Europa verteilt etliche Zuführwege hat. *Finde eine Jakobsmuschel an einem Laternenpfahl in Stuttgart oder Sarajewo oder Stockholm und folge ihr bis nach Santiago?* In Wirklichkeit, und ganz besonders auf dem Assisiweg, sind die Markierungen entweder im Übermaß vorhanden – oder unzureichend bis geradezu irreführend. Einmal vermutete ich sogar, dass irgendein Witzbold einige Schilder bewusst in die falsche Richtung gedreht hatte.

Durch die modernen Navigationsgeräte bestand für Landkarten aus Papier kaum noch eine Rechtfertigung. Bernhards App wies den kürzesten Weg ungeachtet der Wegbeschaffenheit – weshalb wir uns das eine Mal durch dichtes Gestrüpp hatten kämpfen müssen. Viel besser war die Kombination aus zwei Apps (Bernhard und Sarah), instinktivem Orientierungssinn (Zoe) und gutem Urteilsvermögen (ich), um die Streckenabschnitte ohne ausschweifende Umwege, kaum begehbare Abkürzungen oder Verirrungen zu bewältigen.

Es war eine Weile her, seit wir das letzte *Tau* gesehen und die Navigation eingeschaltet hatten, um zu unserer Unterkunft zu gelangen. Ich hoffte, dass wir am nächsten Morgen irgendeine Querverbindung zum *Chemin* finden und nicht würden zurücklaufen müssen.

Das Restaurant des Hotels war geschlossen. Dauerhaft. Die nächstgelegene Alternative lag zwei Kilometer zurück auf dem Weg, den wir gekommen waren. Regen setzte ein. Dem wir nur durch ein Taxi hätten ausweichen können. Doch das wollte niemand vorschlagen: Mittlerweile hatten wir fast einen Monat lang in keinem Auto mehr gesessen.

Die Pizzeria hätte in leerem Zustand sicher spartanisch gewirkt, doch sie war voll und laut, und wir hatten Glück, dass wir noch einen Tisch bekamen. Es gab ein großes Buffet mit Antipasti aus allerlei Gemüsen und verschiedenen Hauptgerichten für zwölf Euro pro Kopf, einschließlich Wein. Natürlich wollte Gilbert einen besseren Wein und verlangte nach der Weinkarte.

Mit den italienischen Weinen hatte er immer noch seine liebe Not, und ich freute mich, als er das Getränkebudget erhöhte, um etwas für seinen Geschmack Passendes zu finden. Ich war bei weitem kein Kenner, aber dennoch, als Brite, daran gewöhnt, nicht regionale Weine zu trinken.

Man einigte sich auf eine Flasche Barolo – die nicht in der Karte stand –, und die anschließende Zeremonie der Flaschenöffnung wirkte in dieser *All-you-can-eat*-Bude reichlich deplatziert. Gilbert probierte und nickte, aber während der Kellner uns anderen einschenkte, sagte sein Gesicht eher »enttäuschend«.

»Vierzig Euro …«, meinte er kopfschüttelnd. Uff! Wenn er die unvermeidliche zweite Flasche bestellte, würde er mehr für den Wein ausgeben als wir alle zusammen fürs Essen.

Camille hob ihr Glas, schwenkte es, schnupperte, schlürfte einen kleinen Schluck und behielt ihn eine Weile im Mund, bevor sie ihn hinunterschluckte. Es wirkte so professionell, dass ich fast damit rechnete, dass sie ihn wieder ausspuckte.

»Das ist ein exzellenter Wein. Wir haben mittlerweile viele dieser Art getrunken, und es ist kein französischer, aber er schmeckt interessant und gut strukturiert. Gilberts Vorbehalte sind kindisch.«

»Italien macht die besten italienischen Weine der Welt«, versuchte ich zu scherzen, wurde aber geflissentlich ignoriert.

Aber der kindische Weinhändler widersprach nicht. Er wiederholte eins zu eins Camilles Probierritual – das er ein oder zwei Minuten zuvor auch genauso durchgeführt hatte. »Du hast recht«, sagte er dann. »Ich glaube, allmählich fange ich an, die Struktur zu verstehen.« Er blickte in die Runde. »Ist sie nicht erstaunlich? Ihr Geschmackssinn ist besser als meiner.«

Es war ein schöner Moment und wäre es auch geblieben, hätte Camille nicht fünf Minuten später gefragt: »Wie findest du eigentlich den Wein, Gilbert?«

25

Zoe

Ich schielte zu Gilbert, um zu sehen, wie er mit Camilles Gedächtnisausfall zurechtkam.

»Hast du vergessen, was ich gerade über den Wein gesagt habe?«, meinte er.

»Über diesen Wein?« Sie blickte in die Runde. »Wer kann sich schon an alles erinnern, was der eigene Ehemann sagt?« Weil sie wohl spürte, was wir alle dachten, versuchte sie, das Thema zu wechseln: »Apropos: Wer kann sich an alle Unterkünfte erinnern, in denen wir übernachtet haben?«

Ich mit Sicherheit nicht. Nach einer Weile verschwammen die Tage: Ich erinnerte mich an Hotels und Landschaften und Ereignisse, aber ohne meinen Skizzenblock wäre es schwer, sie den richtigen Orten und Zeiten zuzuordnen. Von meinem vorigen *Camino* wusste ich, dass das passierte, und hatte es als natürlichen Vorgang betrachtet … dass man quasi eins mit dem Pilgerweg wurde. Es war eben eine andere Art, etwas wahrzunehmen, eher holistisch.

Martin empfand es als frustrierend – als würde er Teile seines Lebens verlieren – und verlieh jedem einzelnen Tag einen Titel. »Der Tag mit dem Felsaufstieg«, »Der Tag der Telefonzelle«, »Der Tag mit Zoes Fingernägeln«.

»Ich glaube, Martin kann sich an alle erinnern«, sagte ich

in der Hoffnung, er würde den letzten Titel für sich behalten.

»Normalerweise kann das Gehirn nur etwa sieben Ereignisse gleichzeitig festhalten«, sagte Bernhard.

Camille nickte eifrig, als sei sie dadurch mit ihrer Erinnerungslücke zu Gilberts Weinkommentar davongekommen.

Martin lächelte. »Soll das eine Herausforderung sein?«

»Dad, du nervst.«

»Die erste Nacht ... Na ja, an die erinnern wir uns natürlich alle, weil es die erste Nacht war; da hat Gilbert uns in das Hotel seiner Bekannten in Tramayes eingeladen. Zweite Nacht: Beaujeu, der Abend mit dem König der Beaujolais. Dritte ...«

»Wir glauben dir«, sagte ich. »Und welche war die schönste Unterkunft?«

»Die, wo der Besitzer selbst gewandert ist. Mit der Kapelle. In Saint-Maurice-de-Rotherens.«

»Ausgerechnet du erwählst eine mit Kapelle?«, fragte ich nach, doch ich kannte den Grund.

»Die hatte etwas vom Geist des *Camino de Santiago*. Fühlte sich wie ein Hostel an. Die meisten anderen Unterkünfte waren ja nicht speziell für Pilger.«

»Du und Gilbert habt sie gebucht.«

»Ich überlasse das in Zukunft gerne dir, wenn du möchtest. Aber es gibt nicht viel Auswahl.«

»Ich weiß. Aber das Haus lag oben am Hügel, weißt du noch? Das perfekte Hostel würde direkt am Weg liegen.«

»Du hast nach dem bisher schönsten gefragt, nicht nach dem perfekten. Und was wäre deine Wahl?«

Ich wollte schon das Bio-*gîte* nennen, in dem uns die Cellisten ein Ständchen gebracht hatten, als wir schließlich und endlich ein Zimmer teilten – und vieles mehr. Aber das war die Unterkunft gewesen, in der Sarah beim Frühstück wegen des nicht vorhandenen Naturjoghurts ausgerastet war. Besser, daran nicht mehr zu erinnern – oder sie darauf zu bringen, warum die Nacht dort für mich etwas Besonderes gewesen war. »Ich mochte dieses *château*, in dem wir nach dem Postweg untergekommen sind«, antwortete ich also. Der Besitzer hatte uns wunderbares Essen gekocht und von der Geschichte des Schlösschens erzählt – es war das Hochzeitsgeschenk eines Ritters an seinen Knappen gewesen.

»Wo wir im Zelt schlafen mussten, weil es nur zwei Zimmer gab«, ergänzte Sarah.

»Und was war *deine* liebste Unterkunft?«, wollte Martin von ihr wissen.

»Ich glaube, das war die in Frankreich, in der wir die Pilze gekocht haben.«

»Wo ihr in diesem Anbau übernachtet habt?«

Wurde Sarah etwa rot? Es sah fast so aus, als hätte sie denselben Grund, sich gern an diese Nacht zu erinnern, wie ich bei der Bio-Unterkunft.

Bernhard bestätigte meinen Verdacht, indem er umgehend ablenkte. »Das perfekte Hostel haben wir noch nicht gesehen, weil es wahrscheinlich gar nicht existiert. Aber das sollte es. Günstig, Gemeinschaftsschlafräume, einfaches Essen, eine Küche mit Vorräten an Nudeln, Reis, Öl, Dosentomaten und Müsli. Solche Sachen sind nicht teuer – die kann man also gut bereitstellen.«

»Und eine Espressomaschine«, ergänzte Martin.

»Mit Milchaufschäumer«, sagte ich.

»Ein Pool, mit Wasser«, sagte Sarah. Ich konnte nicht einschätzen, ob es ein Witz sein sollte.

»Gemüse- und Kräutergarten«, sagte Camille.

»Wenn ihr das perfekte Hostel wollt«, sagte Bernhard, »dann müsst ihr selbst eines eröffnen. Martin könnte der *bricoleur* sein – der Hausmeister.«

»Auf gar keinen Fall. Als Designer: ja, gern, aber dann gehe ich wieder. Da könnte ich meine Erfahrung einbringen, was Pilger brauchen.«

»Und ich könnte die Köchin sein«, sagte Camille.

Ich dachte an den Streit zwischen Sarah und den Besitzern des Öko-*gîte*. »Ich habe mal eine Zeitlang in einem vegetarischen Restaurant gearbeitet«, sagte ich. »Wenn man es jeden Tag macht, ist es ganz schön hart.«

Camille wollte etwas erwidern, hielt dann aber inne. Sie überlegte. »Du denkst also, ich könnte das nicht?«, fragte sie dann.

»Nein, das meinte ich nicht. Es ist nur so, dass es eben harte Arbeit ist, und …«

»Du denkst, ich würde ständig was vergessen.«

Verdammt. Wie hatte ich mich nur in diese Situation manövrieren können?

»Camille ist eine hervorragende Köchin«, sagte Sarah.

26

Martin

Uns wurde erspart zu verfolgen, wie Zoe, Camille und Sarah sich weiter in ihren Schlamassel hineinritten, da plötzlich eine Frau an unseren Tisch trat, die ich auf Mitte, Ende sechzig schätzte. Sie wirkte durchaus vom Leben gezeichnet und war ganz offenkundig auch eine Wanderin. Nach über zweieinhalbtausend Kilometern auf *Caminos* hatte ich dafür einen sechsten Sinn – wobei ihre Funktionshose und die Fleecejacke durchaus ein Hinweis gewesen sein mochten. Sie hielt eine Flasche in der Hand.

»Entschuldigung, aber ich habe gehört, dass Sie Englisch sprechen, und würde gern diesen Wein mit Ihnen teilen.«

Wir erfuhren, dass sie Grietje hieß (ausgesprochen etwa *Gräitche*), Belgierin war und allein von Brüssel nach Rom wanderte. Sie war am Beginn des Assisiwegs bei Vézelay gestartet und ein wenig schneller unterwegs gewesen als wir, um in den Alpen dem Schnee zu entgehen. Aber seit sie in Italien war, rang sie mit der Verständigung.

»Ich spreche nur Flämisch, Französisch und ein kleines bisschen Englisch«, sagte sie. »Italienisch überhaupt nicht. Bei Sprachen war ich schon immer ein Dussel.«

Zoe, unsere Amerikanerin, lachte betreten, aber immerhin konnte sie ein wenig Spanisch, was bei Italienisch half, und ich hatte durch mein Jahr in Frankreich einiges an Französisch aufgeschnappt. Sarah sprach, soweit ich wusste, nur Englisch.

Camille und Gilbert wechselten zu Französisch, und wir übrigen beteiligten uns je nach Sprachvermögen. Offenbar litt Grietje vor allem unter Einsamkeit und stand, nachdem sie schon so weit gekommen war, kurz davor, das Handtuch zu werfen. Dann vertraute sie uns an – und es schien wirklich vertraulich zu sein, weil sie sichtbar verlegen wirkte –, dass sie aus religiösen Gründen pilgerte.

An diesem Punkt zog Camille sie mit sich an einen freien Tisch, und ihre Körpersprache ließ keinen Zweifel aufkommen, dass sie jetzt allein mit Grietje sprechen wollte.

»Schade«, meinte Zoe. »Da geht mein Cartoon«, hätte sie nicht mehr hinzufügen müssen. Und auch wir anderen mussten uns von der seltenen Gelegenheit verabschieden, die Gesellschaft einer Pilgerkameradin zu erleben.

»Sie kommen bestimmt wieder«, sagte ich.

»Meinst du?« Zoe war skeptisch.

Nach einer Dreiviertelstunde kehrten die beiden tatsächlich zurück, aber nur weil Grietje gute Nacht sagen wollte. Sie wirkte deutlich munterer, während Camille eher gedämpfter Stimmung zu sein schien. Sie zog ihre Fleecejacke vom Stuhl und ging zur Tür. Zoe blieb bei Gilbert, der die Rechnung beglich, während ich Camille folgte.

»Alles in Ordnung?«

»Ja. Aber ich möchte nicht reden.«

Der Regen war zu einem Nieseln übergegangen, und mittlerweile war es dunkel. Ich schaltete meine Handytaschenlampe ein. Schweigend gingen wir den Weg zurück zum Hotel, und kurz davor fasste Camille mich am Arm.

»Jetzt kann ich reden. Ich hatte gerade ein Erlebnis, das ich nicht vergessen … nicht verlieren wollte. Aber jetzt können wir über Essen, Weine und Hotels sprechen.«

»War Grietjes Geschichte interessant?«

»Die Geschichte jedes Menschen ist interessant. Sie pilgert ebenfalls, um für eine Sünde zu büßen – eine Sünde, die meiner nicht unähnlich ist.«

»Sie schien kurz davor, aufzugeben.«

»Das stimmt, aber jetzt wird sie weitergehen. Ich will … nichts ausplaudern … aber meine Geschichte hat sie ein bisschen inspiriert.«

»Wegen deiner Krankheit?«

»Natürlich. Und dass ich Gilbert verziehen habe und zulasse, dass er mich begleitet. Ich habe ihr meine Situation geschildert, und sie ist der Meinung, ich hätte schon genug gebüßt.«

Ich entschied, im Moment nicht weiter darauf einzugehen.

»Hast du sie gefragt, ob sie mit uns zusammen wandern möchte?«

»Nein, natürlich nicht. Dazu habe ich kein Recht – nicht, ohne das vorher mit meinen Freunden zu besprechen. Und mit Gilbert. Aber sie möchte sowieso lieber allein gehen, so wie ich es auch tun würde, wenn ich die Möglichkeit hätte.«

»Oh, danke. Ich gehe auch gern mit dir.«

»Das war kein Witz. Für mich ist dies eine spirituelle Reise, die man nur mit Menschen unternehmen sollte, die ähnlich empfinden. Ich sage das nicht, um euch zu kritisieren. Aber Grietje geht aus denselben Gründen wie ich, also war das heute … Mir fällt das passende Wort nicht ein.«

»Vielleicht, weil du noch nicht weißt, inwiefern es dich beeinflussen wird.«

»Genau. Aber wie auch immer – dieser Einfluss ist enorm.«

27

Zoe

Am nächsten Tag, mit den schneebedeckten Alpen im Rücken, wanderten wir wieder unter strahlend blauem Himmel. Schmale, sanft gewundene Wege durch Mais- und Bohnenfelder wechselten sich mit schmutzigen Schnellstraßen ab, an deren verkehrsreichen Kreuzungen wir jedes Mal darauf hofften, Camilles Gott möge gut auf uns achtgeben.

Wir hörten einige Male den Zuruf »*Buon cammino*«, und in einem Dorf schenkte uns ein Obsthändler eine große Tüte voll Weintrauben. Nachmittags gab es einen leicht verstörenden Moment, als wir an zwei Frauen vorbeikamen, die – stark geschminkt und in sehr kurzen Kleidern – am Straßenrand auf Klappstühlen saßen. Beide waren Schwarze – Migrantinnen? Sie nickten uns zu, aber da keiner von uns ausreichend Italienisch sprach, gingen wir einfach weiter.

Kurz vor Carmagnola schlossen wir zu Gilbert und Camille auf. Wie immer war Gilbert glücklich, wenn er über Essen reden konnte.

»Die italienische Küche … Was die Klischees besagen, stimmt.«

»Hey, das Essen war bisher doch super. Was war mit dem noblen Restaurant dieser Wein-Lady? Und diesem Fischlokal in Sant'Antonino di Susa?«

»Das war nun mal alles so italienisch. Olivenöl, Tomaten, Nudeln …«

»Heute Morgen hast du Sarahs Croissant gegessen«, sagte Camille.

»Da schmeckt man vor allem die Marmelade, nicht das Croissant.«

»Das perfekte Frühstück für Wanderer«, kommentierte Martin. »Koffein als erster, schneller Energieschub, Zucker in der Marmelade für den nächsten, Fett im Croissant als länger anhaltende Reserve.« Ich hoffte, dass er nur einen Scherz machte. Würde er in Sheffield Würstchen zum Frühstück wollen? Hatte er einen Biomarkt in der Nähe? Gab es in England überhaupt Biomärkte? Ich musste mehr über die Gegend in Erfahrung bringen, in der er wohnte. Und mir überlegen, was ich dort machen sollte. Doch im Moment ging es um das Hier und Jetzt, um den *Chemin*; das wahre Leben und die Zukunft waren weit weg.

Ich hatte mich damit abgefunden, Grietjes Geschichte nur aus zweiter Hand zu erfahren, und fragte Camille danach, sobald wir am Morgen losgingen. Wie sich herausstellte, war das ein Fehler.

»Ich kann nicht weitererzählen, was sie mir im Vertrauen gesagt hat. Deshalb sind wir ja auch an einen anderen Tisch gegangen – damit ihr Schicksal nicht in einem Cartoon erscheint und irgendwelche Amerikaner sich darüber amüsieren.«

»Camille … Es wird doch niemand wissen, dass es um sie geht. Ich meine … Cartoons sind doch auch nicht nur zum Lachen. Manchmal sind sie der beste Weg, um eine wichtige Botschaft zu vermitteln. Vielleicht kann ihre Geschichte jemand anderem helfen …« Ich drang nicht zu ihr durch, und nach dem Fettnäpfchen wegen der vergesslichen Köchin in unserem Phantasiehostel am Tag zuvor gab ich lieber auf. »Tut mir leid, Camille – wir sind gerade nicht auf einer Wellenlänge.«

Camille schwieg eine Weile weiter und ließ die Weite des Weges auf uns wirken. »Es ist nicht deine Schuld. Ich wusste nicht, wie du zu diesem *Chemin* kommen würdest … mit welcher inneren Einstellung. Aber jetzt sehe ich, dass es für dich ein Abenteuer ist. Ein romantisches Abenteuer. Und für Martin und Sarah und Bernhard ist es das auch. Ich bin dir dankbar, dass du dabei bist, aber versteh bitte, dass es für mich anders ist. Für mich ist es die einzige Hoffnung.«

Wie sollte ich darauf reagieren? »Meinst du den Papst? Gibt es etwas, das du beichten musst?«

Sie schwieg eine ganze Weile. Dann nickte sie. »Ich habe es gestern Grietje erzählt.«

Ich hatte doch gewusst, dass es da irgendwas Bestimmtes gab. Aber warum hatte Camille es Grietje erzählt und nicht mir? Hatte ich sie enttäuscht, weil ich zugelassen hatte, dass Martin zwischen uns kam?

»Kannst du es auch mir erzählen?«

Camille zuckte die Schultern. »Es geht um … eine Lüge. Ich habe eine schreckliche Lüge erzählt.«

Ganz offensichtlich wollte sie mir nicht sagen, um welche Lüge es sich handelte. Hatte sie Angst, dass ich sie verurteilte? »Hat es dir geholfen, es ihr zu erzählen?«

»Ja, und ich glaube, ihr auch. Das ist es, worauf ich bei einem Pilgerweg gehofft hatte.«

28

Martin

»Dad!«

Das Entsetzen in Sarahs Stimme war unüberhörbar. Verdammt! Ich hatte geduscht und meine Sachen im Zimmer gelassen, damit sie im Bad, das bereits fünf Leute vor mir benutzt hatten, nicht nass würden. Beim Gang durch den Gemeinschaftsbereich trug ich ein Handtuch um die Hüften. Da wir in der Gruppe viel Zeit in unmittelbarer Nähe zueinander verbrachten, achteten wir sehr genau auf Grenzen, aber ich war weniger freizügig bedeckt als am Strand, und Sarah war Familie. Plus, zumindest bis vor kurzem, Medizinstudentin.

Camille, die in ihrer Zimmertür stand, lachte leise auf. Besser gesagt, sie kicherte. Mit anzüglichem Unterton.

»Dad, dein Rücken!«

Dann fiel es mir ein. Zoe und ihre Fingernägel. Der Einsatz derselben war ziemlich effektiv in der Hinsicht, dass sie bewirkten, was ich vermutete, das sie bewirken sollten – allerdings bestand ein feiner Grat zwischen Lust und Schmerz, den sie erst beim zweiten Mal nicht überschritten hatte. Aus Camilles Reaktion war ersichtlich, dass sie genau wusste, woher die Striemen stammten, und ich vermute mal, Sarah wusste es auch. Wahrscheinlich wäre ich ebenso geschockt gewesen, hätte ich so etwas auf Bernhards Rücken entdeckt.

Dazu gab es nicht viel zu sagen. »Tja, auf dem *Chemin* gibt's eben keine Geheimnisse«, murmelte ich und zog mich in unser Zimmer zurück. Zoes Belustigung empfand ich als unangebracht.

Nachdem wir in den üblichen Pärchen schon ein paar Kilometer auf dem Weg nach Carmagnola unterwegs waren, holte uns Gilbert ein, der mit Camille das Schlusslicht gebildet hatte – keuchend und ohne Rucksack.

»Alles in Ordnung mit Camille?«, fragte Zoe besorgt.

»Ich habe etwas vergessen.« Gilbert rang nach Luft. »Ich muss noch mal zurück.«

Um so etwas vorzubeugen, hatte ich sicherheitshalber eine Checkliste angelegt, die ich jeden Morgen vor dem Start durchging, denn es konnte schnell passieren, dass man Ausweis, Ladekabel oder gar Stöcke zurückließ oder vergaß, den Zimmerschlüssel abzugeben. Allerdings hätte ich gedacht, dass Gilbert in dieser Hinsicht noch besser organisiert wäre als ich.

»Brauchst du es denn dringend?«

»Tabletten. Ich wollte nur nicht zurückgehen, ohne euch Bescheid zu sagen. Und ich will Camille nicht allein lassen.«

Das Resultat war, dass wir drei zu Camille zurückgingen und sie und Zoe auf unser Gepäck aufpassten, während Gilbert und ich erneut die Unterkunft aufsuchten. Dazu mussten wir zunächst in den Ort zurück und dann noch die zwei Kilometer zu dem etwas abseits gelegenen *B&B*. Als wir wieder bei Camille und Zoe ankamen, waren wir die Strecke zwischen Unterkunft und Ort sechs Mal gegangen: bei unserer ersten Ankunft, zum Abendessen und zurück, morgens beim Loslaufen, bei der Rückkehr zum Tablettenholen und beim erneuten Loslaufen. Aus zwei Kilometern waren somit zwölf geworden.

Gilbert und ich setzten uns zwar jeden Tag für die Buchungen zusammen, sprachen dabei aber nicht viel über Privates, weil wir uns auf unsere Aufgabe konzentrierten und dann möglichst schnell wieder zu unseren Partnerinnen zurückkehren wollten. Bei den Mahlzeiten und unterwegs hatte er bisher mehr über Wein erzählt als über sich selbst. Er war manchmal ein bisschen mäkelig, dabei aber nie anstrengend – ein sehr umgänglicher Typ also.

In der letzten Nacht hatte Zoe sich viele Gedanken über Camille gemacht, insbesondere über den Grund, weshalb sie diesen Weg ging, der anscheinend in einer nicht weiter bezeichneten Sünde lag. Ich hatte angenommen, dass es dabei um die Abtreibung ging – kaum vorstellbar, dass Camille etwas anderes getan haben könnte, das von der katholischen Kirche noch vehementer verurteilt wurde. Laut Zoe handelte es sich jedoch um einen Betrug: Nicht um *Du sollst nicht töten*, sondern um *Du sollst nicht falsch Zeugnis reden*. Mein Tipp war, dass es dabei um Gilbert ging.

»Gibt es schon Fortschritte bei der Audienz?«, erkundigte ich mich also vorsichtig.

»Ich denke nicht, dass die möglich ist. Und wenn ich das nicht hinbekomme … Sagen wir lieber: Wenn es mir gelingt, wird mir Camille das hoch anrechnen, und es könnte unser Verhältnis nachhaltig verbessern. Wenn du also irgendwelche Ideen hast …«

»Ich fürchte, das ist nicht mein Fachbereich. Wahrscheinlich müsste sie dafür Präsidentin sein oder ein Filmstar …

Das Fußvolk hat wohl kaum eine Chance. Wenn du ihnen gesagt hast, dass sie krank ist und eine heldenhafte Pilgerreise unternimmt, hast du meines Erachtens alles versucht.« Gilbert nickte. »Ist es denn wirklich so wichtig, dass sie den Papst sieht? Sie wird dann tausend Meilen gewandert sein und Hunderte von Kerzen angezündet haben: Ist das nicht Buße genug? Ich meine, wir sind doch alle Sünder.«

»Ja, aber wie du weißt, hat Camille … einen ganz besonderen Fehltritt begangen.«

»Um ehrlich zu sein: Das weiß ich nicht.«

»Hat Zoe es dir nicht erzählt?«

»Zoe weiß auch nicht, worum es geht.«

Gilbert wirkte überrascht und schwieg eine Weile, ehe er antwortete. »Wenn Camille entschieden hat, es Zoe nicht zu sagen, dann kann ich es dir auch nicht sagen, tut mir leid.«

»Ich verstehe. Aber du weißt, was es ist.«

»Ich bin ihr Ehemann. Ich weiß alles – manche Dinge, die ich lieber nicht wüsste, und manche Dinge, die Camille aufgrund ihrer Erkrankung selbst nicht mehr weiß.«

Es gab keinen Grund, Gilbert nicht zu glauben. Ich konnte nur vermuten, dass die Lüge entweder zu schrecklich war und Camille sie deswegen Zoe nicht erzählen wollte, oder – beziehungsweise *und/oder* – die Lüge betraf Zoe selbst. Was war damals – abgesehen von dem ominösen Roadtrip – sonst noch im College passiert? Warum spielte das noch eine Rolle?

Wir hatten das *B&B* erreicht. Die Betten waren abgezogen, die Tabletten – eine ansehnliche Menge – steckten hinter dem Kopfende.

»Die verstecke ich immer, weil Camille vergisst, dass sie sie genommen hat, und dann noch einmal welche nimmt.«

Er drückte zwei Tabletten aus einem Blister und schluckte sie ohne Wasser hinunter. Dann nahm er zwei aus einem Plastikdöschen. »Das sind meine – italienisches Essen ist schlecht für die Verdauung.«

»Wie konntest du sie vergessen?«

»Camille hat … Ist nicht wichtig. Ein Tag ist wie der andere, und ich hatte sie im Geiste schon abgehakt.« Er lachte. »Nicht nur Camille vergisst Dinge und hat Aussetzer. Wir werden alle älter. Camille zeigt uns unsere Zukunft.«

29

Zoe

Gilberts am Zielort erwähltes Lokal lag im Herzen der Stadt, ganz im Gegensatz zu unserer Unterkunft. Wieder einmal. Martin verteidigte sich, während wir die eine Meile zurücklaufen mussten, die wir bereits gegangen waren.

»Die erzählen einem nicht unbedingt, dass ihr *B&B* einen oder mehrere Kilometer außerhalb der Stadt liegt. Und die meisten Touristen haben ein Auto.«

»Möglicherweise bestand auch ein Kommunikationsproblem«, wandte Gilbert ein.

»Ihr erledigt es auf jeden Fall besser, als wir anderen das könnten«, sagte ich. Ich sorgte mich mehr um Camille als um mich, aber ihr schien es gut zu gehen. Seit ihrem Gespräch mit Grietje wirkte sie ruhiger und gefasster.

Nachdem wir die Alpen hinter uns gelassen hatten, waren die Nächte immer wärmer geworden, und mittlerweile konnten wir beim Essen draußen sitzen. Die Tische standen an einer schmalen, mit Kopfsteinpflaster versehenen Gasse, die von der Hauptstraße abging. Der Ort, in dem wir nicht übernachteten, war hübsch: prächtige Kirchen, kleine Geschäfte unter schattigen Arkaden, verblasste Wandmalereien. Camille unterhielt sich mit einem japanischen Pärchen am Nebentisch. Im College hatte sie als Hauptfach Sprachen studiert, und vor den USA war sie einige Zeit in Tokio gewesen, wo ihr Vater als Diplomat gearbeitet hatte.

Mein Restaurant-Italienisch reichte nicht aus, um die Speisekarte zu entziffern. Die *signora* versuchte, die Gerichte zu erklären, allerdings in einer Mischung aus Italienisch und Französisch und so schnell, dass ich nichts mitbekam. Auch Martin wirkte hilflos, und es war schwer zu erkennen, ob Gilbert alles verstanden hatte. Als unsere Platte für sechs Personen serviert wurde, waren jede Menge Würste darauf. Rohe Würste. War das Schweinefleisch? *Rohe Schweinswürste etwa?*

»Wir sollten das erst einmal googeln, bevor wir etwas anderes bestellen«, schlug ich vor, und Bernhard zückte sein Handy. Wer auch immer die Speisekarte verfasst hatte, hatte blumige Ausdrücke wie *Wilder Keiler auf einem Bett Gradisca später Ernte* zusammenkomponiert, anstatt einfach *Wildschwein an Apfelkompott* zu schreiben, was zwar poetischer klang, für Sprachunkundige aber nicht gerade hilfreich war.

Wir hatten vielleicht ein Viertel der ersten Seite geschafft, als ich merkte, dass Camille die Speisekarte mit den zwei Japanern durchging. Dann meldete sich der Vierertisch dahinter zu Wort, und sie redete auch mit diesen Gästen – allerdings weder auf Japanisch noch auf Französisch.

Camille wandte sich kurz um und erklärte: »Das sind Polen. Ihr Italienisch ist auch nicht so gut.«

Fassungslos sprach ich aus, was mittlerweile alle mitbekommen hatten.

»Wie bitte? Camille kann Italienisch lesen?«, fragte Martin nach.

»So sieht es aus.« Wir waren seit fünf Tagen in Italien und

hatten es nicht bemerkt – und sie hatte es mit keinem Wort erwähnt.

»Japanisch und Polnisch spricht sie auch?«, fragte Bernhard.

»Tja, wie ihr alle seht … oder hört.«

Ich sah zu Gilbert. Er musste es gewusst haben. Und Sarah nickte, als wüsste auch sie Bescheid.

Camille beendete ihre Übersetzertätigkeit und kehrte an unseren Tisch zurück.

Bernhard sprach sie auf Deutsch an, und sie antwortete mit gleicher Geschwindigkeit. Ich verstand nichts, außer dass sie den Test offenbar bestanden hatte.

Camille zuckte die Achseln. »Ich habe Englisch, Japanisch und Spanisch studiert. Gestern Abend habe ich mit Grietje Holländisch gesprochen. Mein Holländisch ist nur so lala, aber sie wollte über so persönliche Dinge lieber in ihrer Muttersprache reden. Ich arbeite schon viele Jahre in einer Sprachenschule, da schnappe ich so einiges auf.«

Einer der Polen lehnte sich zu uns herüber und sagte: »Ihre Freundin hat eine sehr gute Aussprache.«

»Ein paar Worte in einer anderen Sprache zu sprechen, ist keine Meisterleistung«, wehrte Camille ab. »In der Medina von Fes kann das jedes Kind, das dich rumführen will.«

»In der Medina von Fes?«, wiederholte Martin nachdenklich, und Camille drehte sich schnell wieder zum polnischen Tisch, als hätte er sie bei irgendwas ertappt. Martin versuchte, nicht zu lachen, und Gilbert sah ihn fragend an. Ich hatte keine Ahnung, worum es ging.

Ich wurde nachdenklich. Camille hatte nach ihrer Abtreibung das Studium abgebrochen. Genau wie ich, als ich schwanger wurde und Manny heiratete, meinen ersten

Mann und Vater meiner Töchter. Wenn sie mir mal von ihrer Arbeit geschrieben hatte, hatte es immer nach Verwaltungsarbeit geklungen.

Nun übersetzte Camille die Speisekarte auch für uns, und ich merkte, wie wenig ich über ihr Leben wusste. Über sie. Wenn ich an sie dachte, dann meistens als Einundzwanzigjährige: die junge, kokette Frau mit dem überdeutlichen französischen Akzent. *Ich arbeite schon viele Jahre in einer Sprachenschule, da schnappe ich so einiges auf.* Soso.

»Camille«, sagte ich, »wenn deine polnische Aussprache so gut ist, ohne dass du das jemals studiert hast, woher kommt es dann, dass dein Englisch …«

Camille sah mich an, als hätte ich sie beleidigt. Wieder einmal. Dann lachte sie. »Du willst, dass ich so spreche: *Howdy, Cowboy – get your gun? The great American way? Go with the flow?*«

Ich starrte sie an. Sie sprach ohne französischen Akzent. Ohne *jeden* Akzent.

Sarah begann zu lachen. »Jetzt klingst du wie Zoe.«

Das tat sie wohl. Sie hatte nie in Kalifornien gelebt. Wie war das möglich?

»Und von den Amerikanern habe ich auch *diesö Engliesch* gelernt.« Jetzt war ihr Akzent ausgeprägter als bei Maurice Chevalier. »Und wenn du 'ast die Wahl zwischön die sexy Franßösiesch *accent* und wie eine Amerikanerin zu klingen – wofür würdest du dich entscheiden?«

30

Martin

Nachdem wir den ganzen Tag über durch Haselnussgärten und vorbei an Gewächshäusern voll roter und gelber Paprika gelaufen waren, übernahm ich meine erste Buchungsschicht mit Camille. Gilbert war sichtlich müde, also nutzte ich die Gelegenheit, ihm vorzuschlagen, dass mich doch seine vielsprachige Frau unterstützen könnte.

»Natürlich. Selbst mir war nicht bewusst, dass sie so viele Sprachen dermaßen gut beherrscht.«

»Und was ist mit dir? Wo hast du Englisch gelernt?«

»Ich habe in der Verwaltung einer Fabrik gearbeitet. Aber mit fünfzig wurde meine Stelle gestrichen, und sie haben mir eine Umschulung bezahlt.«

»Zum Weinhändler?«

»Für die Geschäftsführung von Kleinunternehmen. Was in Frankreich bedeutet, dass man lernt, sich an die Regeln zu halten. Meine Weinhandlung war also eine Kombination aus Hobby und Ausbildung.«

»Lässt du dich da jetzt vertreten?«

»Ich habe das Geschäft verkauft. Vor drei Monaten, als ich erfuhr, dass Camille mich braucht, damit ich mich zu Hause um sie kümmere. Für immer.«

Wir übernachteten an diesem Abend in einem *agritu-*

rismo – dem italienischen Äquivalent für Urlaub auf dem Bauernhof – mit Grill im Hof und, sofern Gilbert und ich uns hinreichend hatten verständlich machen können, einer bereitgestellten Auswahl an Fleisch und Gemüse.

Camille war beim Buchen ganz anders als Gilbert: ohne jede Eile, immer bereit, ein wenig zu plaudern, und mit einer fast koketten Art, mir meine Rolle als Planer zu überlassen, die bei Gilbert im besten Fall komisch gewirkt hätte. Das Einzige, was beide gemeinsam hatten, war der frühe Konsum des Feierabenddrinks.

Ich hatte bisher nicht viel Zeit mit Camille allein verbracht; der Weg vom Restaurant zur Unterkunft, nachdem sie mit Grietje gesprochen hatte, war eine Ausnahme gewesen. Ich hatte genug damit zu tun, mich sowohl um Zoe als auch um Sarah zu kümmern. An Camilles gelegentliche Erinnerungslücken, die sie mit mehr oder weniger plausiblen Erfindungen füllte, hatte ich mich gewöhnt. Sie waren selten ein Problem.

»Meinst du, wir können eine Unterkunft mit Kochstelle finden? Oder magst du nicht, wie ich koche?«

»Ich liebe es, wie du kochst. Zoe übrigens auch.«

»Das sagst du aus Höflichkeit. Sei ehrlich. Es ist mir wichtig.«

»Du bist eine hervorragende Köchin. Was Zoe neulich meinte, war nur, dass es anders ist, wenn man ständig für viele Leute kochen muss, so wie in einem Restaurant oder Hostel.«

»Wir sind sechs, und auf diesem *Chemin* halte ich es für unwahrscheinlich, dass ein Hostel mehr als sechs Gäste auf einmal hat.«

»Da hast du wohl recht. Problematisch sind aber keinesfalls deine Kochkünste, sondern unsere Unterkünfte, die meist nicht für Wanderer oder Selbstverpfleger eingerichtet sind. Die Hostels sind für Geschäftsleute, und Touristen essen lieber auswärts.«

Sie tippte mit dem Finger auf mein Display. »Wir versuchen es hier. Ich glaube, da lassen sie mich kochen.«

Und genau das schien – nach einer ausgedehnten Unterhaltung auf Italienisch – das Ergebnis zu sein.

»Gute Arbeit. Da lohnt es sich dann hoffentlich, dass du kochst.«

»*Martiiien* … immer zu Scherzen aufgelegt.« Sie legte eine Hand auf meine Schulter. Ich musste mir bewusst klarmachen, dass ihr Akzent beabsichtigt war oder zumindest Gewohnheit. Es wäre komisch gewesen, hätte sie wie Zoe geklungen. Sie streckte ihre freie Hand nach der Weinflasche aus.

»Bist du sicher, dass du den noch trinken solltest? Ich meine …«

»Vielleicht nicht. Aber es schmeckt mir, und ich möchte in meinem Leben auch noch etwas Schönes haben.«

Da nahm ich die Flasche und schenkte ihr Glas voll.

»Du bist ganz schön ungezogen, *Martiiien*«, sagte sie, die Hand immer noch auf meiner Schulter, als Zoe hereinkam.

31

Zoe

Wahrscheinlich hätte ich Camille sagen sollen, was ich davon hielt, dass sie mit Martin flirtete. Aber zwischen uns bestand ein Graben, den ich überbrücken und nicht verbreitern wollte. Flirten war früher Camilles Übersprungverhalten gewesen, wenn sie sich unsicher fühlte. Und auch, wenn nicht. Sie hatte sogar mit Manny geflirtet, meinem damaligen Freund. Sogar heftig. Dabei war er überhaupt nicht ihr Typ gewesen. War es nur das, oder verschlimmerten diese weißen Flecken in ihrem Gehirn die Sache noch?

Als Camille und Martin mit der Reservierung fertig waren, ging Martin, um nach dem Grill zu schauen. Wir übrigen setzten uns auf die Gartenstühle und beobachteten, wie sich beim Sonnenuntergang der Schatten nach und nach auf die von Haselnussfeldern überzogenen Hügel des Piemont legte.

»Hat Gilbert vorher schon einmal so etwas wie diese Wanderung unternommen? Körperlich, meine ich?«, fragte ich Camille.

»Sieht er so aus?«

»Er scheint wirklich sein Bestes zu geben.« *Für dich*, wollte ich eigentlich hinzufügen, aber Camille sah mich bereits mit hochgezogenen Augenbrauen an.

»Willst du mir sagen, was für ein feiner Kerl er doch ist?«

»Er unterstützt dich wirklich sehr.«

»Ich habe ihn nicht darum gebeten. Trotzdem muss ich dankbar sein. Und ein schlechtes Gewissen haben.«

Anscheinend war ihr nicht klar, wie viel Glück sie im Grunde hatte. Sie hatte einen guten, verständigen Mann, der sie liebte und sie versorgen wollte, wenn sie selbst es irgendwann nicht mehr könnte. Vielleicht würde sie das einsehen, wenn er es geschafft hatte, sie nach Rom zu bringen. Auch ohne dass der Papst es ihr bestätigen müsste.

Sie unterbrach meine Gedanken. »Wenn ich nicht mehr so lange leben werde, warum soll ich dann Kompromisse eingehen?«

»Hast du mal daran gedacht, einen Spezialisten aufzusuchen? Vielleicht in den Staaten?«

Camille wandte sich an Bernhard und Sarah, die in ihr eigenes Gespräch vertieft waren. »Zoe meint, ich soll einen amerikanischen Arzt aufsuchen. Was haltet ihr davon?«

»Wenn ich für meine medizinische Versorgung die Wahl zwischen den USA und Frankreich hätte«, sagte Sarah, »würde ich Frankreich nehmen.«

Bernhard nickte. »Das amerikanische Gesundheitssystem ist … Wie viel würde es dich kosten, die beste Behandlung bei Multipler Sklerose zu bekommen … also eine Besuchskrankenschwester, Medikamente, Krankenhausaufenthalte?«

»Jemanden, der sich am Ende um mich kümmert, wenn keine Behandlung mehr anschlägt?«, ergänzte Camille.

Sie hatten recht. Ich könnte Camilles medizinische Behandlung in den Staaten nicht bezahlen. Meine eigene Situation war schon nicht besonders toll.

»Habt ihr eine allgemeine Krankenversicherung? In Frankreich?«, fragte ich Camille.

Sie zuckte die Achseln. »Wie Bernhard sagte: Man wird sich um mich kümmern. Wir sind zivilisierte Menschen.«

Martin hatte Probleme, den Grill anzuwerfen: Es war ein selbstgebautes Gestell, das mit Holz befeuert wurde.

Bernhard steckte sein Handy weg und spazierte hinüber. Das würde interessant werden.

»Du musst mehr Luft von unten reinlassen«, sagte er.

»Habt ihr in Stuttgart solche Art von Grill?«, sagte Martin. Bernhard machte kehrt und ging ins Haus.

»Es liegt am Holz«, sagte Martin, während ihm der Rauch ins Gesicht schlug. »Es ist feucht.«

»In L. A. hatten wir einen Kesselgrill«, sagte ich. »Muss man nicht auch Holzkohle dazuschütten?«

»Holzkohle habe ich«, sagte Martin. »Aber erst muss das Holz brennen. Danke für die Hilfe allerseits.«

Bernhard kam zurück und winkte mit einem Päckchen. Feueranzünder. Er grinste. »Sogar bio.«

Sarah beobachtete die beiden. Es erinnerte mich an die Zen-Geschichten über junge und alte Männer – oder waren es Bullen gewesen? Ich dachte, dass Sarah jemanden ausgesucht hatte, der wie ihr Vater war, war nicht unüblich, auch wenn ich es nur schwer nachvollziehen konnte. Ich hatte nie jemanden gewollt, der meinem Vater auch nur im mindesten ähnlich gewesen wäre.

Heute gewann der junge Bulle. Martin beobachtete mit widerwilligem Respekt – oder nur widerwillig –, wie Bernhard das Feuer entfachte, und half ihm dann, die Holzkohle aufzuschichten.

Ich hatte immer noch Sarah im Visier: War da etwa eine leichte Verschiebung ihrer Loyalität zu erkennen? Und als hätte Camille eine Spannung zwischen den Männern gar nicht erst aufkommen lassen wollen, lehnte sie jegliche Hilfe beim Zubereiten des Essens ab. Sie reichte mir die Teller voll Grillgemüse – Zucchini, Aubergine, Paprika und Rote Bete mit Olivenöl und einem Hauch Dijon-Senf auf einem Bett aus Couscous mit Kräutern – mit einem Blick, als wollte sie sagen: »Und? Glaubst du mir jetzt, dass ich vegetarisch kochen kann?«

Die Landschaft änderte sich wieder. Die ersten Tage in Italien war es auf eher flachem Terrain immer wieder durch Gewerbegebiete gegangen, doch nun wanderten wir über sanfte Hügel mit Obst- und Weingärten. Die hüfthohen Weinstöcke trugen üppiges Grün und schwer herabhängende Trauben, die nun, zur Erntezeit, per Hand gepflückt wurden. Gilbert hatte zwar angekündigt, dass das Piemont eine Weinregion sei, aber wir hatten ein Weilchen gebraucht, um diesen Teil der Provinz zu erreichen.

Ich erwischte Martin dabei, wie er Trauben klaute. In den Staaten hätte ich geschmunzelt und selbst welche genommen, aber hier empfand ich das anders. Die Weinbauern waren kleine Familienunternehmen. »Wenn jeder Pilger sich was nimmt …«, sagte ich.

»Dann verlieren sie ungefähr zwei Rispen pro Woche«, erwiderte Martin.

»Im Burgund oder der Champagne wäre das ein schwerer Verlust«, meinte Gilbert. »Aber wir sind in Italien, und dies sind keine namhaften Weinberge.«

Das vielleicht nicht, aber der Boden musste sehr fruchtbar sein. Vor jedem Haus standen Obstbäume, übervoll mit reifen Früchten – sie fielen schon von den Ästen und Zweigen, die über die Zäune hingen, und lagen in süßlich gärenden Haufen auf dem Weg.

»Außerdem glaube ich«, ergänzte Martin, »dass nach antikem römischem Recht die überhängenden Früchte der Allgemeinheit gehören. Zumindest ist das in England so, deshalb nehme ich an, dass es in Italien ebenfalls gilt.« Er zupfte zwei reife Pfirsiche von einem Baum und gab mir einen ab.

Kurz vor unserem Aufstieg nach Neive, der Ortschaft oben am Berg, in der wir übernachten würden, kündigte Bernhard an, dass er und Sarah beim Abendessen nicht dabei sein würden.

»Instant-Nudeln?«, fragte Camille.

»Nein, viel besser.« Sarah öffnete ihren Rucksack, um ihre Sammlung an Pfirsichen, Feigen, Trauben, Birnen und Äpfeln zu zeigen.

Sie würden eine Einfachheit erleben, die wir uns verwehrten. Das Gefühl löste sich auf, bevor ich es greifen und entscheiden konnte, ob ich meine verlorene Jugend vermisste oder den letzten *Camino* oder etwas in meinem jetzigen Leben. Vielleicht spürte ich auch die nagende Sorge, wie mein Leben mit Martin in Sheffield aussehen würde, wenn es keinen *Chemin* mehr gäbe, der uns trug.

32

Martin

Vielleicht lag es an der »Ein Tag nach dem anderen«-Philosophie auf dem *Camino*, aber ich hatte noch nicht viel darüber nachgedacht, wie mein Leben mit Zoe zu Hause in Sheffield weitergehen könnte. Einerseits war die Aussicht darauf, sie immer bei mir zu haben, wunderbar aufregend; andererseits war eine Drei-Zimmer-Wohnung, die einige Meilen außerhalb des Zentrums einer eher für Stahl als für pittoreske Landschaft bekannten Stadt lag, nicht mit einem Hotel zu vergleichen, das Ausblick auf die Weinberge des Piemont bot. Ich rief mir ins Gedächtnis, dass wir im Urlaub waren, und im Urlaub ging es darum, dem Alltag zu entfliehen. Eigentlich hatte die mit Zoe verbrachte Zeit diesen eher unwirklichen Hintergrund. *Der Camino ist nicht das wahre Leben,* hatte sie gesagt.

In Neive lag unsere Unterkunft mitten im Zentrum. Für die Buchung hatte ich Camilles Italienisch nicht gebraucht: Für diese Weingegend gab es in der Spätsaison jede Menge Online-Angebote. Das Hotel war so weit von einer Pilgerunterkunft – und den tristen Arbeiterhostels der letzten Tage – entfernt, wie es nur konnte. Adrett gekleidete Touristen, die sich auf Englisch und Französisch unterhielten, stöberten im Foyer in den Broschüren mit Ausflugsangeboten.

Es war ein heißer Tag gewesen, und die Dame an der Rezeption schlug vor, dass wir vor dem Beziehen unserer Zimmer einen Drink in der Terrassenbar einnehmen könnten. Gilbert sagte umgehend für alle zu.

»Welchen Arneis würden Sie empfehlen?«, fragte er den Kellner, der daraufhin sechs Gläser mit verschiedenen Weinen dieser Rebsorte brachte. Wir ließen sie herumgehen, und Gilbert machte sich Notizen.

»Sie interessieren sich wohl sehr für Wein?«, fragte der Kellner, ein Mann um die vierzig.

»Ich war Weinhändler in Frankreich.«

»Dann repräsentieren Sie und ich ja die zwei großen Weinländer der Welt.«

»Wo ich herkomme, gibt es auch guten Wein: Kalifornien«, meldete sich Zoe zu Wort.

Der Kellner ignorierte sie und wandte sich wieder an Gilbert. »Wenn Sie noch mehr probieren wollen …«

Gilbert wollte das ausdrücklich, wir anderen wollten dagegen lieber auf die Zimmer gehen. Unser Gepäck hatten wir zu einem großen Haufen zusammengestellt, und Bernhard hob Gilberts Rucksack hoch, um an seinen eigenen zu kommen.

»Halt mal kurz«, sagte er und fing an zu lachen, als ich das Ding beinahe fallen ließ. Wenn es *eine* Regel für lange Wanderungen gibt, dann die, mit leichtem Gepäck zu gehen. Zoe hatte bereits bemängelt, dass ich meinen schweren alten Schlafsack, Computer und Werkzeug mitschleppte. Aber selbst damit plus einer vollen Wasserflasche lag ich bei zwölf Kilo. Gilberts Rucksack wog mindestens fünfzehn. Kein Wunder, dass er immer so geschafft war.

Zoe und ich gingen nach oben, duschten, wuschen unsere Kleidung und hängten sie im Badezimmer auf – unser tägliches Abendritual. Es beeinträchtigte ein wenig das feine Ambiente unseres Zimmers.

»Würde ich ein Hostel entwerfen«, sagte Zoe, »würde ich eine Waschküche einrichten. Selbst wenn es nur eine einzige Waschmaschine mit etwas Platz zum Trocknen wäre.«

Zoe hatte recht: Neben der regelmäßigen Reinigung der Alltagsklamotten suchten Pilger immer auch eine Möglichkeit, ihre Fleecepullover, Hosen und Jacken zu waschen. Ein weiterer Punkt auf der Liste für die perfekte Pilgerunterkunft. Irgendwann würde ich meinen Studenten die Aufgabe stellen, ein Hostel zu entwerfen, und danach ihre Ideen mit meinen Notizen aus der Praxis vergleichen.

»Willst du die Kirche besichtigen?«, fragte ich. »Die soll ziemlich beeindruckend sein. Vielleicht fragen wir auch Camille – ob sie wieder eine Kerze anzünden will?«

Ich beobachtete ihre Reaktion. Oh, ja! Sie hatte sehr wohl gemerkt, dass Camille am Abend zuvor mit mir geflirtet hatte. Wenn es sogar mir aufgefallen war, dann hatte es ihr auf keinen Fall entgehen können.

»Du willst sie mitnehmen?«

»Nur wenn es dir recht ist. Eine Prise Camille kann manchmal schon eine Überdosis sein.«

Es war die richtige Antwort gewesen. Zoe lachte, und ich fragte: »Was hat es mit den Kerzen eigentlich auf sich? Ich dachte immer, man zündet die für Verstorbene an. Und nicht jeden Tag eine.«

»Buße. Und ich … Na ja, meine Kerzen sind eher spirituell. So versuche ich, über meinen Platz im Universum nachzudenken.«

Wir spazierten zur Chiesa San Pietro und der Kapelle daneben. Touristenaktivitäten passten zwar nicht zum Pilgern, aber Kirchenbesuche gehörten durchaus zum *Chemin* dazu, und sie zu erkunden, vermittelte ein anderes Gefühl als der Besuch einer Kunstgalerie oder eines Museums. Die Kirche in Neive war architektonisch interessant, und Zoe entdeckte eine Reihe von Ikonen. Eine kleine Papststatue erinnerte uns an unser Ziel.

»Was war dein schönster Moment auf dem *Camino* damals?«, wollte Zoe wissen.

»Abgesehen vom Sex?«

»Ha! Sex kannst du überall haben.«

»Ist das ein Versprechen?«

Zoe sah mich an und lachte. »Du bist sehr ungezogener Mann, *Martiiien.*«

Ich ließ das mal so stehen. Aber ich ahnte, wie sie auf ihre Frage gekommen war. »Vielleicht der Moment, als wir die Touristen in der Kirche herumgeführt haben. Wo du ihnen etwas über die Gemälde erzählt hast und ich einen kleinen Architekturvortrag gehalten habe.«

»Ja, das hat Spaß gemacht. Wahrscheinlich machst du das jetzt die ganze Zeit, oder? Hast du schon Nachrichten zur Beurlaubung von deinem Job?«

»Nein auf beide Fragen. Ich erkläre nichts zur Architekturgeschichte. Eigentlich mache ich genau das Gleiche wie vorher als Ingenieur. Designtheorie. So bin ich an den Job gekommen, und ich kann es ihnen nicht verübeln, dass sie mich genau dafür auch einsetzen wollten.«

»Nicht glücklich?«

»Nach meiner Rückkehr vom *Camino* war das eine der Veränderungen in meinem Leben. Zu der Zeit schien es eine gute Idee. Selbst schuld, wenn ich mich geirrt habe. Man kann nicht alles komplett umkrempeln, nicht mehr in meinem Alter.«

»Wieso nicht?«

»Würdest du mit jemandem zusammen sein wollen, der nicht weiß, wo er hinwill?«

»Besser, als mit jemandem zusammen zu sein, der spürt, dass er auf dem falschen Weg ist.«

Wir liefen weiter durch die Kirche. Wir liefen eine ganze Weile.

»Falls es dir hilft: Ich glaube, mir geht es ähnlich«, sagte Zoe. »Ich habe ja schon erzählt: Mit den Cartoons läuft es nicht mehr so gut.«

»Vielleicht sollten wir Museumsführer werden.«

Zoe lachte. »Da könnten wir wohl eher ein Hostel eröffnen.« Nach einem kurzen Moment fügte sie hinzu: »Aber für den Fall, dass du das auch schon überlegt hattest: nein.«

»Warum nicht? Hättest du keine Lust, das perfekte Hostel zu führen?«

»Das fragst ausgerechnet du? Mister Was-soll-man-an-Sheffield-denn-nicht-Mögen?«

Bei unserer Rückkehr ins Hotel war Gilbert, bei dem mittlerweile auch Camille saß, fast am Ende des Privatlehrgangs über italienische Weine angelangt.

»Kommt dazu«, sagte er. Zoe und ich bekamen ein Glas Barbaresco serviert, dann kündigte er an, dass wir auch hier essen würden.

»Die Kinder essen ihr selbstgepflücktes Obst«, sagte Camille. »Dann können wir über sie lästern.«

Zoe lachte. »Gibt es etwas, das ich nicht weiß?«

»Offensichtlich schlafen sie miteinander. Aber das wusstest du, Martin, oder?« Ich nickte.

»Dann haben jetzt ja alle Sex – außer Gilbert und mir.«

Gilberts Gesichtsausdruck ähnelte dem, den ich an seiner Stelle gemacht hätte. Er stand auf, vermutlich, um seine Verlegenheit zu kaschieren, und deutete in Richtung Toilette. Er war nicht der Typ, der so was öffentlich kommentierte. Ganz im Gegensatz zu Camille, wie es aussah. Warum sprach sie es in der großen Runde an? Wollte sie das tatsächlich mit uns diskutieren?

»Passiert das bei MS öfter?«, nahm Zoe das Stichwort auf.

Camille schüttelte den Kopf. »Es liegt nicht an der MS. Der Teil von mir ist noch intakt. Glaube ich jedenfalls. Gilbert legt sich wirklich ins Zeug, mich nach Rom zu bringen, aber …« Ein so bedeutungsschweres Achselzucken hatte ich selten gesehen.

33

Zoe

Um 7:30 Uhr klopfte Sarah bei uns an. Sie trug schon ihre Wandersachen, war aber barfuß.

»Eine Blase«, erklärte sie ihrem Vater. »Hast du was, das hilft?«

Sie zeigte uns ihre Ferse, an der eine große weiße Blase mit roten Rändern prangte. Sie hätte sich schon eher darum kümmern sollen.

Martin zitierte den Tipp, den auch ich auf meinem ersten *Camino* angewandt hatte. »Ich habe eine Nadel – man zieht einen Faden durch die Blase und lässt ihn drin, um sie auszutrocknen.«

Sarah verzog das Gesicht.

»Auf keinen Fall«, sagte ich. Ich hatte einen großen Vorrat an Blasenpflastern angeschafft, wie sie auf den Pilger-Webseiten empfohlen wurden. Ich stach die Blase mit einer desinfizierten Nadel auf und klebte dann das hautähnliche Pflaster darüber, das rundherum mit ihrer Haut zu verschmelzen schien.

»Nicht abnehmen – das fällt irgendwann von allein ab.«

»Okay«, sagte Sarah. »So fühlt es sich viel besser an. Danke. Vielleicht hast du für Gilbert auch eins übrig? Der hat vor ein paar Tagen mal was von Blasen gesagt.«

Als ich ihn unten traf, ließ ich ihn Schuhe und Strümpfe ausziehen. Seine Füße waren übersät mit Blasen.

»Tun die nicht furchtbar weh?«, fragte ich.

Gilbert zuckte die Achseln. Aber ich würde dafür sorgen, dass Camille erfuhr, was er sich antat.

Während ich die Pflaster auftrug, nickte Sarah zustimmend, konnte sich einen Kommentar jedoch nicht verkneifen: »Ich hätte gedacht, du empfiehlst irgendwelche Kräuter – oder Meditation.« Immerhin lachte sie dabei.

Vielleicht erwartete sie eine Tirade gegen die Pharmaindustrie. Stattdessen sagte ich: »Meditation kann keine Blasen kurieren, aber bei Schmerzen helfen. Ich bin sicher, du weißt um die Bedeutung von Yoga und Meditation als Teil einer ganzheitlichen Therapie bei verschiedenen Erkrankungen. Oder als Entspannungsmethode. Vielleicht probierst du es einfach mal aus?«

Wir hatten an diesem Tag nur fünfzehn Meilen zu bewältigen, aber es fühlte sich länger an. Hinter dem Hotel ging es über gepflasterte Straßen abwärts und durch einen antiken steinernen Torbogen, danach blieben die *Tau*-Zeichen aus, und die Navigations-App führte uns auf Irrwegen kreuz und quer durch steile Weingärten. Es war mächtig heiß: Wann immer ein Wegstück im Schatten lag, gingen wir langsam und im Gänsemarsch hindurch.

Ich hatte eine Menge Wasser dabei, doch da ich nirgends nachfüllen konnte, ging ich sparsam damit um. Was sich am Ende als vorteilhaft erwies.

Ohne jede Vorwarnung sank Camille plötzlich zu Boden. Gilbert kniete sich daneben, und auch Sarah kam dazu. »Was ist los?« Sie setzte ihren Rucksack ab.

»Mir ist komisch im Kopf, und mir sind einfach die Beine weggeknickt.«

Auch ich nahm meinen Rucksack ab. Martin bearbeitete sein Handy, mit dem er vermutlich nach der nächstgelegenen größeren Straße suchte für den Fall, dass wir einen Krankenwagen brauchten.

»Ist dir schwindelig?«, wollte Sarah wissen und legte ihre Hand an Camilles Gesicht, das trocken und gerötet aussah. »Kopfschmerzen?« Sie fühlte ihr den Puls. »Leute, sie braucht dringend Wasser.«

»Ich bin aber nicht durstig«, sagte Camille.

»Trink trotzdem etwas.« Sarah nahm meine Flasche entgegen. »Und das hier ist zur äußerlichen Anwendung.«

Camille zuckte zusammen, als Sarah ihr Wasser über Kopf, Brust und Rücken träufelte, und trank dann unter unseren besorgten Blicken aus ihrer eigenen Flasche. Nach etwa einer Minute atmete sie tief aus und lächelte. »Jetzt geht es mir besser.«

»Bleib hier im Schatten«, ordnete Sarah an. »Ich glaube, das waren erste Anzeichen eines Hitzschlags.« Sie blickte in die Runde. »Wenn es ab jetzt nicht mehr viel Schatten gibt, kann das problematisch werden. Haben wir genug Wasser?«

Zu Camille gewandt, sagte sie: »Meinst du, du kannst weitergehen? Wir könnten auch ein Taxi rufen.«

Camille war bereits dabei, wieder aufzustehen, gestützt von Gilbert.

Bei unserer nächsten Rast in Santo Stefano Belbo besorgten wir Camille gekühlte Getränke und Eiscreme. Sie wirkte wieder ganz entspannt, ihre Gesichtsfarbe war normal.

Kurz vor Ortsende ging sie zum Kerzenanzünden in

eine große, schlichte Kirche, und ich folgte ihr, wie üblich. Während dieses Rituals spürte ich, dass zwischen uns immer noch eine Verbindung bestand, so sehr Camille es sonst auch abtun mochte.

Ich wusste nicht, für wen sie ihre Kerze anzündete, aber während ich auf die flackernde Flamme starrte, dachte ich darüber nach, wie hartnäckig sie darauf bestanden hatte, zu Fuß nach Rom zu gehen, eben weil sie es noch konnte. Ihr Zusammenbruch gemahnte uns alle, dass es keine Garantien gab; jeder von uns konnte durch Verletzungen oder Krankheit zum Abbruch gezwungen werden.

Und warum sollte ich ihren Glauben in Frage stellen, wo ich mich doch ans Universum gewandt hatte, das dann in Form des *Camino* meine tiefe Trauer über Keiths Tod geheilt und mir wieder mehr Selbstvertrauen geschenkt hatte – und die Liebe meines Lebens?

Ich hatte mich so sehr auf ihren Wunsch konzentriert, den Papst sehen zu wollen, dass ich den Weg an sich nicht mehr bedacht hatte. Vielleicht konnte dieser *Chemin* tatsächlich ihr Wunder werden, und vielleicht waren wir alle aus diesem Grund dabei: um zu navigieren, uns zu kümmern und extra Wasser zu tragen. Weshalb auch Martins Tochter dabei sein musste, so sehr sie mich auch nervte.

Ich zündete ebenfalls eine Kerze an. Für Sarah.

Mir fiel ein, dass ich noch etwas tun konnte, um Camille zu helfen. Nachdem wir in unserem Gästehaus in Canelli eingecheckt hatten, kündigte ich an, einen Kurs zu geben.

Martin lachte. »Haben wir denn genug Stifte und Papier?«

»Nicht in Zeichnen, sondern in Meditation. Ich habe schon einige Kurse geleitet. Ich weiß nicht, ob es bei MS hilft, aber es hilft bei vielem anderem, zum Beispiel Stress, der eine Krankheit ja oft noch verschlimmert. Zumindest kann ich versprechen, dass es durch Meditation nicht schlimmer wird.«

»Super Idee«, sagte Sarah. »Ich mache auf jeden Fall mit, wenn das okay ist.«

Und so versammelten wir uns vor dem Abendessen auf der Terrasse. Die Rezeptionistin hatte sogar Matten aufgetrieben. Nur Gilbert war nicht dabei. Er hatte entdeckt, dass es in dem Ort acht Meilen Weinkeller gab, die zum UNESCO-Weltkulturerbe gehörten.

Ich hatte keinen bestimmten Yoga-Meditations-Stil, sondern kombinierte Elemente aus dem Hatha-Yoga, aus Achtsamkeitsübungen und Chakra Dance. Alle Gefühle, die wir nicht verstehen und mit denen wir uns noch nicht vollständig auseinandergesetzt haben – Schuld, Angst, Scham, Schmerz –, bleiben in unserem Körper haften und mindern unsere positive Energie. Vielleicht könnte ich solche Kurse in Sheffield geben. Unsere Truppe könnte eine Vorübung für eine Gruppe arbeitsloser Fabrikarbeiter sein. Ich begann mit einer einfachen Objektmeditation, bei der man sich auf eine einzige Sache fokussierte, meist den Atem, was die Außenwelt abschottet, die uns scheinbar ständig bedrängt.

Ich hatte so viel Übung darin, dass ich mich trotz meiner Vorbehalte gegenüber Sarah tief in mich selbst versenken konnte und genau die Stimme und Worte fand, die in meinen Kursen zu Hause auch die unruhigsten Teilnehmer zur Ruhe kommen ließen. Ich spürte, wie die Spannung um mich herum allmählich nachließ, wie negative Energie sich auflöste. Als wir fertig waren, wirkte Camilles Lächeln so zart und verletzlich, wie ich es noch nie gesehen hatte. Und als ich Sarah eine App für Achtsamkeit empfahl, bekam ich keinen patzigen Kommentar.

34

Martin

»Ich glaube, Sarah hat es gefallen«, sagte ich, als ich mit Zoe wieder auf dem Zimmer war.

»Meinst du?«

»Wenn du ihr die Gelegenheit gibst, nett zu sein, nimmt sie die gerne an.«

Zoe war nicht überzeugt, das konnte ich erkennen – und es ihr auch nicht verdenken. Diese Seite von sich hatte Sarah auf dem *Chemin* noch nicht besonders häufig gezeigt und, um ehrlich zu sein, auch davor schon eine ganze Weile nicht mehr. Aber Zoe könnte sich darüber freuen, dass Sarah Camille etwas Gutes getan hatte – zwei Mal schon, soweit wir wussten. Den Postweg hatte sie Camille fast im Alleingang hinuntergelotst. Ein Hoch auf den *Chemin* und seine magische Kraft, Menschen zu verändern. Und ein bisschen vielleicht auch auf Bernhard.

Am nächsten Morgen sagte Sarah zu mir: »Ich muss mit dir über Camille reden.«

»Gibt es noch ein Problem?«

»Sie hat MS, also wird es immer Probleme geben. Unter anderem beeinträchtigt MS die Fähigkeit des Körpers, mit Hitze klarzukommen. Und Hitze kann MS-Symptome noch verschlimmern.«

»Du willst also sagen, dass diese Reise schlecht für sie ist?«

»Das *kann* sein. Ich denke, insgesamt ist es eine positive Sache, aber wenn sie einen Hitzschlag bekommt, garantiert nicht.« Sie schwieg einige Schritte lang. »Dad, ich bin keine Ärztin, und selbst wenn ich eine wäre … MS ist eine komplizierte Krankheit mit unterschiedlichen Erscheinungsbildern. Das mit der Hitze musste ich gestern Abend nachlesen … Ich habe es nicht gewusst. Und du solltest wissen, dass Gilbert schon *sehr* viel macht; und Camille fragt mich einen Haufen Sachen und … sagen wir einfach, dass uns vieles verborgen bleibt.«

Camilles Schwächeanfall war für uns alle ein Weckruf gewesen. An die Gedächtnislücken und ihr gelegentlich seltsames Verhalten hatten wir uns gewöhnt, aber nun ging es um etwas, das das ganze Vorhaben gefährdete oder noch schlimmer. Wie es aussah, war sie keinen Moment zu spät zu dieser Reise aufgebrochen, womit sie jedoch die Sommerhitze in Kauf nehmen musste. Ich hoffte, der bevorstehende Herbstbeginn und der Aufstieg in den Apennin würden uns kühlere Temperaturen bringen. Andererseits ging es immer weiter Richtung Süden.

»Gilbert wird sicher einen Weg finden, sie hinzubringen«, sagte ich. »Und das ist es, was sie will.«

»Ich weiß, aber …«

»Und du solltest dich nicht verantwortlich fühlen. Du hast uns gewarnt, und ich werde Camille sagen, dass …«

»Das habe ich bereits. Sie scheint zu wissen, was sie tut, aber … Es gibt da diesen Zustand, in den Leute mit MS manchmal verfallen, man nennt ihn *la belle indifférence*. Damit sind ihnen ihre Einschränkungen und was mit ihnen passiert so ziemlich egal.«

»Das ist *belle* daran, oder?«

»Ja. Es ist aber nicht mehr so *belle*, wenn sie leichtsinnige Entscheidungen treffen. Das meinte ich, als ich sagte, sie *scheint* zu wissen, was sie tut. Wann greift man ein und sagt: ›Nein, was du vorhast, ist nicht zu deinem Besten.‹?«

»Wie bei Kindern, meinst du?«

»Ach, Dad!«

Nachdem Zoe wieder zu mir aufgeschlossen hatte, teilte ich ihr mit, was Sarah gesagt hatte. Und überlegte laut, ob man Gilbert vielleicht dazu bringen müsste, auf medizinischen Rat hin den Abbruch dieser Reise durchzusetzen.

»Das denke ich nicht«, meinte Zoe. »Camille ist bei klarem Verstand, die meiste Zeit zumindest, und diese Reise ist das, was sie unbedingt will. Wir alle treffen Entscheidungen, weil wir uns an einem bestimmten Punkt befinden. Wären wir an einem anderen Punkt, würden wir uns vielleicht anders entscheiden.« Sie schwieg eine Weile. »Du weißt schon, dass ich ›Punkt‹ nicht räumlich meine, oder?«

»Nein, ich dachte, du meinst USA gegenüber Frankreich.«

»Haha. Aber das irgendwie auch. Ich frage mich manchmal durchaus, warum Gilbert das alles mitmacht. Ich schätze, du hast mitbekommen, dass Camille hin und her gerissen ist, was ihre Beziehung betrifft.«

»Ich würde sagen: eher her als hin. Sie haben keinen Sex. Und sie hatte das Bedürfnis, es mitzuteilen. Bist du sicher, dass das keine körperlichen Hintergründe hat?«

»Ich glaube, das kommt, weil sie ihn nicht liebt.«

»Wohingegen er sie vergöttert. Ich will sie ja nicht kritisieren, aber er ist doch eine gute Option. Wenn man bedenkt …«

»Ich verstehe. Ich versuche ja auch, sie dahingehend zu bearbeiten. Mir ist klar, dass es in unserem Alter bei der Liebe mehr um praktische Dinge geht als bei Sarah und Bernhard.«

Es war ein weiterer heißer Tag, und Gilbert hatte einen zusätzlichen Liter Wasser dabei, den er über Nacht im Gefrierschrank deponiert hatte. Immer noch beunruhigt, beobachteten wir genau, wie sich Camille verhielt, doch sie schien gut zurechtzukommen.

Der letzte Abschnitt nach Acqui Terme war nicht besonders schön – wir mussten im Gänsemarsch an einer vielbefahrenen Straße entlangmarschieren. Ein paar Kilometer vor dem Ziel holte Bernhard eine Flasche mit Eiswasser aus seinem Rucksack und leerte sie über Sarah aus, die erwartungsgemäß zunächst aufschrie und dann laut lachend Bernhard boxte. Es war eine Weile her, dass ich sie so fröhlich erlebt hatte, und ich musste mir eingestehen, dass dies kein einmaliges Erlebnis für sie war.

Aber musste es denn ausgerechnet Bernhard sein?

35

Zoe

Acqui Terme war einer dieser Orte, die man nicht nach ihrer Einfallstraße beurteilen sollte – die in diesem Fall durch öde Vororte geführt hatte. Neben den üblichen beeindruckenden Kirchen gab es direkt auf dem zentralen Marktplatz antike Bäder und heiße Schwefelquellen. Als wir den Ort am nächsten Tag über belebte Straßen wieder verließen, stellte ich mir vor, wie Caesar auf einer der Mauern saß – wobei er seinen Platz gegen die Tauben verteidigen musste – und sich mit Trauben füttern ließ. Wir konnten im Schatten gehen, und so war ich hinsichtlich Camille etwas entspannter.

Der erste Aufstieg ging über Asphalt, und irgendetwas schien Gilbert zu nerven. Er lief allein und tat sich schwer – daran waren wir gewöhnt –, aber an diesem Tag wirkte er frustriert und verärgert.

Als wir an einem Parkplatz vorbeikamen, blieb er vor einer Mülltonne stehen. Schnaufend lehnte er sich eine Weile dagegen, starrte auf den schmalen Pfad vor uns, der sich zwischen Bäumen steil nach oben wand, und setzte dann den Rucksack ab. Wir alle – einschließlich Camille – standen dabei und beobachteten ihn.

Gilbert packte eine überdimensional große Kosmetiktasche und einen Föhn aus, warf beides in den Mülleimer, setzte den Rucksack wieder auf und marschierte weiter.

Niemand sagte etwas. Ich war mir nicht schlüssig, ob Gilbert ein Heiliger oder ein Dummkopf gewesen war. Oder was es für uns anderen bedeutete: Ich hatte Camilles Rucksack am Anfang überprüfte, aber kein Wort über Gilberts verloren, von dem wir alle wussten, dass er zu schwer gewesen war.

Ich hätte erwartet, dass Camille ihm eine Szene machte, aber sie zuckte nur die Achseln. Dann ging sie zum Mülleimer. Den Föhn ließ sie liegen, aber sie fischte zwei Sachen aus der Kosmetiktasche.

Wie um zu demonstrieren, was Gilbert trotzdem noch mit sich herumschleppte, fielen etwa eine Stunde später im dunklen, feuchten Wald ganze Schwärme von Insekten über uns her. Gilbert zauberte ein Insektenspray hervor und sprühte uns alle ein. Er schien wieder besserer Laune zu sein. Als der Wald sich lichtete, blieb er stehen und sah sich um.

Wie beinahe immer, wenn wir eine Anhöhe oder einen Berg erklommen hatten, wurden wir mit einer phantastischen Aussicht belohnt, so dass ich mir wünschte, ich hätte auch Aquarellfarben dabei.

Zwischen den Bäumen sahen wir etliche eher ältere Männer mit Körben herumwandern, und Gilbert versuchte, sich mit einigen von ihnen in Zeichensprache zu verständigen.

»*Porcini*«, sagte Camille. »Sie sammeln leckere Pilze … Die sind wie Steinpilze, aber groß.«

Wir kamen durch Grognardo, einen kleinen Ort mit kaum mehr als einer Eisdiele, und Camille machte an der ersten Kapelle halt. Sie war verschlossen.

»Wo wir heute übernachten, ist es noch kleiner – da gibt es vielleicht nicht mal eine Kirche«, sagte sie.

Ich sah mich um und entdeckte einen Kirchturm. »Aber wie es aussieht, ist da vorn noch eine.«

Es gab eine weitere Kapelle – und zwei Kirchen, von denen eine geöffnet war. Camille warf den üblichen Euro ein und nahm eine Kerze, doch dann verharrte sie reglos vor der Jungfrau Maria, vor deren Bildnis andere Kerzen flackerten oder erloschen waren. Einige Minuten verstrichen. Ging es ihr gut? Schließlich stellte ich mich neben sie. Wir waren allein, dennoch fühlte ich mich genötigt zu flüstern.

»Ist alles in Ordnung?«

»Ich habe ein Problem.«

Hitzschlag? Dehydrierung? Weiße Flecken in ihrem Hirn?

»Weißt du, wie viele Tage wir noch haben? Bis Rom?«

»Wieso? Fünfzig? Vielleicht sechzig?«

»Dann bin ich früher am Ende, als ich dachte. Vielleicht liegt es an meinem Gedächtnis.«

»Früher am Ende?«

»Mit meinen Sünden«, sagte Camille.

Ich lachte. »Du hast wohl nicht genug gesündigt.« Der Witz kam nicht an, also fügte ich hinzu: »Vielleicht liegt es daran, dass du an manchen Tagen in zwei oder drei Kirchen warst.«

»Ja, vielleicht. Kannst du dir eine für mich überlegen? Aus der College-Zeit?«

»Ähmmm … dass du gekifft hast?«

»Habe ich damit jemanden verletzt?«

»Ich glaube nicht«, erwiderte ich, und diesmal lachte Camille mit mir. Marihuana war für sie ein Aphrodisiakum gewesen.

»Kann ich vielleicht eine für deine Mutter anzünden?«

Ich hatte auf meinem ersten Camino in Conques eine Kerze für meine Mutter angezündet und dann ihr und mir selbst vergeben. Aber dabei war es um uns gegangen, nicht um das, was sie Camille angetan hatte. »Für meine Mutter? Wenn sie noch leben würde, sollte sie sich bei dir entschuldigen. Sie hatte kein Recht …«

»Deine Mutter ist ihrem Glauben treu geblieben, obwohl das bedeutete, dass sie die Liebe ihrer Tochter aufs Spiel setzte. Deine Liebe. Darf ich eine Kerze für sie anzünden?«

Als ich auch meine – und damit zweite – Kerze für meine Mutter anzündete, klang mir das Echo ihrer Anklage im Ohr: *Mörderin*. Ihre Wahrheit war nicht meine gewesen. Camilles Wahrheit aber auch nicht.

Das *B&B* wurde von einem Rentner-Ehepaar geführt, das ein altes Haus speziell für Pilger – *pellegrini* – umgebaut hatte. Ihre themengerechte Fürsorge zeigte sich in den Details: Ausnahmsweise einmal hatte jemand das meiste richtig gemacht, und es gab sogar außergewöhnliche Dinge wie etwa Feuchtigkeitscreme im Badezimmer. Außerdem boten sie an, unsere Kleidung zu waschen und zu trocknen. Bernhard sagte sofort zu, und auch ich folgte Monsieur Chevaliers Rat, freundliche Angebote stets anzunehmen.

Die Besitzer teilten eine Flasche süßen Weißwein mit uns, erzählten von ihrem wahr gewordenen Traum und gaben mir die Erlaubnis, ihre Geschichte für meine Cartoon-Serie zu verwenden, die der *Chronicle* vielleicht drucken würde. Ich hatte gedacht, dass ich eine ganze Reihe Pilger präsentieren könnte – wie bei den Cartoons über meinen *Camino* nach Santiago –, aber das würde ich wohl noch mal überdenken müssen. Vielleicht könnten sich meine kalifornischen Leser ohnehin eher mit einem älteren Ehepaar identifizieren, das relativ spät einen neuen Sinn im Leben gefunden hatte.

Ich dachte, dass die tägliche Zubereitung von Abendessen für Gäste das Anstrengendste wäre.

»Aber nein! So etwas machen wir gar nicht«, sagte der Mann.

»Ist hier denn ein Restaurant in der Nähe?«

»Es gibt hier weder ein Restaurant noch Geschäfte. Unsere Gäste können die Küche benutzen.«

Auch das war ein grandioser Pluspunkt dieser Unterkunft. Sofern man sich vorher Lebensmittel besorgt hatte.

36

Martin

»Überraschung!« Sarah zog eine Tüte aus ihrem Rucksack und leerte den Inhalt auf die Küchentheke. *Porcini.*

Die Überraschung lag für mich nicht so sehr in den Pilzen, sondern in der Wiederholung ihres spielerischen Umgangs mit Enttäuschung und Rettung, so, wie sie es schon bei dem vegetarischen Essen für Zoe eingefädelt hatte. Sie hätte einfach anbieten können, Abendessen zu kochen – was an sich eine Überraschung gewesen wäre –, aber sie hatte heimlich wilde Pilze besorgt und sich vermutlich mit Camille verständigt, dass sie sich ums Essen kümmern würde. Ich wurde erneut daran erinnert, wie unbeschwert sie früher gewesen war.

Bernhard packte weitere Einkäufe aus.

»Wo habt ihr die bloß her?«, wollte ich wissen.

»Geheimnis«, sagte Sarah.

»Da war ein Händler«, sagte Bernhard, »in einem der Dörfer. Pilzsucher dürfen ihre gesammelten Pilze nicht verkaufen. Es kann natürlich sein, dass diese Pilze dann illegal waren.«

»Und vielleicht hochgiftig sind«, fügte Sarah hinzu. »Es gab keine Apotheke mehr, wo wir sie hätten untersuchen lassen können.« Sie schmunzelte.

»Aber leider: kein Wein«, sagte Bernhard. »Der wäre zu schwer zu tragen gewesen.«

Gilbert tat sich schwer, seine Enttäuschung zu verbergen, aber noch schwerer tat sich Sarah, nicht zu grinsen: Pflichtschuldig holten unsere Gastgeber zwei Flaschen, die Camille bei ihnen bestellt haben musste.

Antipasto, *Pasta ai Porcini*, Brot, Salat. Serviert von Sarah und Bernhard, die sichtlich Freude daran hatten, als Gastgeber aufzutreten – ein wenig angeleitet von Camille, die sich in den letzten Tagen deutlich stiller und zurückgezogener gab.

»Es ist also doch möglich«, verkündete ich der Runde, besonders aber Zoe, »alles aufzugeben und neu anzufangen.« Ich meinte das ganz allgemein, aber Bernhard bezog es sofort auf die Leitung eines Hostels.

»Klar … wenn du Geld verlieren willst.«

Die Antwort darauf überließ ich lieber Gilbert. Auch Zoe mochte der Ansicht sein, dass es wichtigere Dinge gab als Geld, doch sie war Amerikanerin. Sie lehnte das Materielle aus Rebellion ab, wohingegen es bei Gilbert kulturell bedingt war.

Und tatsächlich: »Wahrscheinlich hatten sie schon genug Geld. Oder sie halten diese Arbeit für mehr wert als Geld.«

»Man könnte auch andere Möglichkeiten erwägen, sein Geld zu investieren«, sagte Bernhard. »Reisen zum Beispiel.«

»Diese Art von Arbeit macht Spaß, wenn Freunde kommen«, ergänzte Gilbert, »aber es ist lästig, Gäste zu haben, die mit den Fingern schnippen, wenn sie einen bestimmten Kaffee wollen, oder die sich beschweren, wenn ihr Zimmer nicht perfekt ausgestattet ist.«

»Da hast du recht«, sagte Zoe. »In dem vegetarischen

Restaurant in San Francisco waren fast nur Gäste aus der Subkultur – also gegen Ausbeutung, besonders achtsam und so weiter –, aber die konnten trotzdem ganz schön tyrannisch und herabsetzend sein. Mit dem Kaffee hast du absolut recht.«

»Du redest jetzt von Amerikanern«, sagte Sarah. »Die haben doch geradezu den Ruf, tyrannisch zu sein.«

»Aber wir haben eine Servicekultur …«, gab Zoe ruhig zurück.

»Na ja, wegen des Trinkgelds«, sagte Bernhard. »Wer bedient, muss sich alles gefallen lassen, weil sein Einkommen davon abhängt. In Europa haben wir ein anderes System.«

»Was bedeutet«, sagte ich, »dass Pilger hier eher keine schwierigen Gäste sind.«

»Es sei denn, die Amerikaner entdecken diesen Wanderweg«, meinte Bernhard trocken. »Dann geht es hier zu wie auf dem *Camino de Santiago*.« Er schnipste mit den Fingern und sagte laut und mit amerikanischem Akzent: »Bring mir einen Grappa. Aber *presto*!«

Er hatte nicht bemerkt, dass unsere Gastgeber an der Tür standen, vermutlich, um zu sehen, ob wir noch etwas brauchten. Nun beeilten sie sich, uns *digestifs* anzubieten, und wir konnten uns vor Lachen kaum noch halten.

37

Zoe

Cartoon: Ein Pärchen, schon etwas älter, steht lächelnd in der Tür seines Hostels und breitet einladend die Arme aus. Sechs Wanderer begehren Einlass. Zwei sprechen mit den Gastgebern – der Mann hält ihre Rucksäcke, die Frau bietet ihnen Wein an. Die zwei Pilger wirken glücklich. Eine andere Frau wirkt etwas verloren; sie hält ein Kreuz in der Hand und blickt auf den weiteren Weg. Zwei andere der sechs halten sich zaghaft an den Händen, als wären sie viel jünger, als sie tatsächlich aussehen. Der Letzte der Gruppe, ein älterer Mann, wirkt erschöpft, aber entschlossen.

Story: Andrea und Gianna sind seit dreißig Jahren verheiratet. Sie haben aufopferungsvoll in einem Möbelbetrieb gearbeitet und drei Kinder großgezogen. Als Enkelkinder kamen, wurde ihnen bewusst, dass ihr Haus nicht genug Platz bieten würde, um in Ferien und an Feiertagen alle bei sich aufzunehmen, also setzten sie all ihr Erspartes ein, um in ihrem Dorf eine ehemalige Schule zu renovieren. Sie würden diese Investition nicht wieder hereinbekommen und vermutlich auch kein Geld mehr für Urlaube haben, aber die Vorstellung, immer die gesamte Familie einladen zu können, machte das mehr als wett. Doch die Familie kam nicht.

Also öffneten die zwei ihr Haus für Pilger und sind zufriedener als je zuvor. Sich um Haus und Garten zu kümmern und die Weisheit ihrer Lebenserfahrung weiterzugeben, erfüllt die beiden. Und vielleicht werden ihre Kinder diese Weisheit irgendwann einmal auch zu schätzen wissen.

Nachdem es bei Grietje nicht geklappt hatte, war mir die Idee gekommen, nicht Pilger nach ihren Geschichten zu fragen, sondern die Betreiber der Unterkünfte auf diesem Weg. Im Gegensatz zu den Wirten auf dem *Camino de Santiago* konnten sie hier auf dem Assisiweg nicht darauf vertrauen, dass Pilger ihnen ausreichend Einkommen einbrächten. Mein Pilgerpass von damals war voll mit Jakobsmuscheln und religiösen Symbolen, wohingegen die Stempel von hier meist das Symbol des Hotels oder des jeweiligen Ortes zeigten.

Doch über den Auftrag der Zeitung hinaus brauchte ich noch eine Aufgabe im Leben. Im Moment war ich mit dem Pilgern beschäftigt – aber danach? Schon in San Francisco war ich ruhelos gewesen, da wollte ich nicht bald den ganzen Tag in Sheffield allein sein und nichts zu tun haben.

Ich hatte Martin bisher nichts von meinen Bedenken erzählt – ich hatte mich nicht getraut, weil bisher immer nur ich die Bedenkenträgerin gewesen war, was Martin wie Sabotage vorkommen musste. Aber das war ein schlechtes Zeichen. Wenn er mein Lebenspartner werden sollte, mussten wir in der Lage sein, über solche Dinge zu reden. Keith und ich hatten in dieser Hinsicht versagt: Damals hatte *er* die Probleme gehabt und sie nicht mit mir teilen können oder wollen. Mit fatalen Folgen.

Und so nutzte ich an diesem langen Tag entlang der Grenze zwischen dem Piemont und Ligurien – auf gepflasterten Wegen, aber durch spektakuläre Landschaft – die Gelegenheit, um mit ihm zu reden. Ich erzählte Martin alles, was mich beunruhigte, sowohl im Hinblick auf Camille als auch Sarah als auch uns.

»Nicht dass ich dich nicht lieben würde. Aber es fällt mir schwer, mir vorzustellen, wie unser Alltag ganz praktisch aussehen soll.«

Er lachte. »Mit diesem Problem bist du bei mir goldrichtig. Wenn du emotionale Unterstützung gebraucht hättest … nun ja, da gebe ich mein Bestes. Aber was praktische Lösungen betrifft: Das ist mein Metier.«

»Na gut, und was machen wir dann? Du und ich?«

»Zunächst einmal werden wir zusammen daran arbeiten, statt dass du versuchst, allein eine Lösung zu finden. *Beziehe alle Beteiligten mit ein. Ergründe die Absichten und Ziele jedes Einzelnen.*«

»Zum Beispiel: Leben in Sheffield.«

»Vielleicht, aber das habe ja *ich* vorgeschlagen. Deine Aufgabe wäre es, zu hinterfragen: Warum will ich in Sheffield leben? Gibt es da noch ein weiteres Ziel, das ich verfolge? Und warum gerade dieses Ziel? Den ganzen Weg bis tief in meine Psyche.« Martin schien meine Bedenken herunterzuspielen, aber was er sagte, ergab auch einen Sinn. Es tat vor allem gut, zu reden.

»Also gut. Warum willst du in Sheffield leben? Warum willst du, dass *wir* in Sheffield leben?«

»Nun, zum einen wäre da das Wetter.« Er deutete zum Himmel, der sich bewölkt hatte. »Ich meine, so ist es doch viel schöner als in der heißen Zeit vor einer Woche.«

»Du findest wirklich …«

»Eigentlich nicht, nein. Es gibt tolle Pubs. Und Parks. Am Wochenende kann man durch die Moore von Yorkshire spazieren.« Einen Moment lang schien er in Gedanken dort zu sein. »Da liegen meine Wurzeln«, sagte er dann mit deutlichem Yorkshire-Akzent. »Wenn auf den Yorkshire-Hügeln die lila Heide blüht ... Das sollte man nicht verpassen. Nicht zu vergessen: ein gutes Stout! Oder ein frisch erlegtes Moorhuhn ...«

»Was ist denn ein Moorhuhn? Nein, ich will es gar nicht wissen!«

Es bestand kein Zweifel, dass Martin Yorkshire liebte, was irgendwie süß war. Aber vieles, von dem er schwärmte, schien eher im Umland zu liegen und nicht in Sheffield selbst. Ich würde Arbeit brauchen – Cartoons, Yoga-Unterricht, vielleicht noch etwas anderes. Ich war noch nicht mal fünfzig und wollte mich auf keinen Fall von Martin aushalten lassen.

»Ich denke, wir sollten tiefer graben. Was du bisher gesagt hast, hatte nicht unbedingt viel Tiefe.«

Martin lachte. »Bei wem ich gern ein bisschen tiefer graben würde, ist Gilbert. Warum braucht er Camilles Krankheit, damit sein Leben Bedeutung erhält? Ach, übrigens habe ich eine kleine Insiderinformation zu Camille.«

»Etwas, das sie dir bei einem eurer abendlichen Tête-à-Têtes erzählt hat?«

»Ach, komm schon. Sie ist deine Freundin. Und sie macht mich wahnsinnig mit diesem französischen Akzent, jetzt wo ich weiß, dass er nur aufgesetzt ist. Anscheinend hast du sie Gott näher gebracht.«

»Ich?«

»Meditation. Sie hatte Probleme zu beten, und jetzt hat

sie mehr Klarheit. Aber du kennst ja meine Einstellung: Ich würde sagen, beides ist ein und dasselbe, weil sowieso niemand am anderen Ende der Leitung sitzt.«

»Tja, und wie du weißt, stehe ich irgendwo dazwischen. Aber ich freue mich, dass ich helfen konnte.«

»Ich glaube, sie ringt mit irgendetwas, und ihre momentane Zurückgezogenheit ist ein Zeichen, dass sie ihrer Antwort näher kommt. Auch in der Kreativität gibt es solche Phasen der Anspannung, manchmal sogar Unwohlsein, bevor eine Lösung erscheint. Wie bei einer Geburt.«

»Aha. Woher weißt du das so genau?«

»Okay, schlechter Vergleich. Aber was Kreativität betrifft … Es ist das, was ich mache – wozu ich forsche und lehre. Lustig, dass Partner oft gar nicht genau wissen, womit der andere die meiste Zeit des Tages verbringt. Julia hat im Personalwesen gearbeitet und immer von irgendwelchen Prozessen erzählt, aber nie von den eigentlichen Inhalten. Ich kenne mich hervorragend damit aus, Menschen zu führen. Wie du sicher schon gemerkt hast.«

»Ich habe kaum etwas über Schuhe erfahren. Damit hat Keith gearbeitet. Er hatte einen Schuhladen. Ich glaube, ich habe nie wirklich verstanden, was er den ganzen Tag gemacht hat … was ihn den ganzen Tag fertiggemacht hat.«

»In deiner Meditationsstunde haben wir alle etwas gelernt. Einschließlich Respekt. Damit meine ich insbesondere Sarah. Zeig, was du wirklich gut kannst, und die Leute nehmen dich auf einmal ganz anders wahr.«

»Dann gibst du uns demnächst einen Kurs in … Designtheorie?«

38

Martin

Nein, ich wollte keinen Kurs in Designtheorie geben. Aber Zoe ging nach unten, um unseren Gastgeber für ihr Cartoon-Projekt auszuquetschen, und als ich später zum Aperitif zu ihr und den anderen dazustieß, stellte ich fest, dass sie bereits Vorkehrungen getroffen hatten.

Gilbert holte eine Karaffe Rotwein und Gläser von der Bar und führte uns den Korridor hinunter zu einem Konferenzraum – spartanisch eingerichtet mit einem Sitzungstisch und durchgesessenen Stühlen, aber auch mit weißen Schreibtafeln. Das Zimmer wirkte weniger trostlos als die leere Bar mit ihren Resopal-Tischchen und abgewetzten Sofas.

»Die Markierstifte sind ausgetrocknet«, sagte Bernhard. »Kannst du uns auch ohne Tafel unterrichten?« Wollte er mich veräppeln?

»Ich hatte nicht vor, zu unterrichten.«

»Du musst aber«, sagte Camille. »Zoe hat uns etwas über Meditation beigebracht, Gilbert über Wein, und Sarah hilft allen, meine Krankheit zu verstehen. Außerdem gibt es sonst nichts zu tun.«

Bernhard nickte. »Es wäre doch zu schade, wenn ich zwei Monate mit einem Experten der Designtheorie unterwegs bin und nichts von ihm lerne.«

»Ich dachte, du hättest das Ingenieurswesen abgeschrieben?«

»Lass ihn«, sagte Zoe. »Was du mir heute gesagt hast, war inspirierend – gib uns einfach mehr davon.«

»Das hier wird helfen«, sagte Gilbert und schenkte den Wein aus – der offenbar keiner war. »Negroni – ein traditioneller italienischer Cocktail. Die Auswahl an Weinen ist hier leider sehr beschränkt.«

»Aber du hast eine kreative Lösung gefunden«, sagte ich. »Wir sind nämlich ständig kreativ: wenn wir entscheiden, wo wir übernachten, was wir zu Abend essen, was wir sagen, wenn wir an der Reihe sind mit Reden. Manche würden sagen, es ist die typischste Eigenschaft des Menschen.«

Ich hätte mir wie ein Trottel vorkommen können, aber das tat ich nicht – ebenso wenig wie Gilbert, wenn er uns etwas über Wein erklärte. Ich hatte das hier tausendmal gemacht, vor tausend Zuhörerschaften.

»Und was wird zufälligerweise allgemein empfohlen, um Kreativität zu fördern, hm? Gleichförmige körperliche Aktivität. Wie zum Beispiel beim …«

Camille lachte. »Wandern! Da hätten wir mittlerweile ja all unsere Probleme lösen müssen.«

»Wandern, genau. Kommt jemand darauf, welche andere Aktivität auch funktionieren könnte?«

»Dad! Hör auf!«

Ich lieferte eine typische Handbewegung, und Sarah lachte.

Gilbert schenkte sich nach. »Da ja nun mal jeder von uns Probleme zu lösen hat: Was ist der beste Rat, den du einem Anfänger geben würdest? Welchen Fehler sollte man auf jeden Fall vermeiden? Bei Wein würde ich sagen: Wenn du viele Weine probierst, wird dein Gaumen bald nach etwas

Süßem verlangen, folglich wirst du fruchtigere Weine besser beurteilen, aber deinen Kauf später bereuen.«

»Oha, diese Auskunft war den Eintrittspreis schon wert«, sagte ich. »Okay, bei der Kreativität besteht der größte Fehler darin, dass die Leute im Grunde nicht wissen, was sie wollen. Sie formulieren ihre Ziele nicht klar genug und hinterfragen sie nicht ausreichend – und dann wursteln sie herum und suchen Lösungen, ohne zu wissen, was die Lösung überhaupt bringen soll. Camille sprach gerade davon, dass wir unsere Probleme lösen wollen, aber vorher müssen wir erst mal unsere Ziele erkennen.«

Ich sah mich um. »Möchte jemand versuchen ... Okay, ich fange an. Ich habe mich gefragt, was ich nach dieser Wanderung tun will. Ich habe eine Weile gebraucht, um zu kapieren, dass mein wichtigstes Ziel ist, mit Zoe zusammen zu sein, und da mir das jetzt klar ist, scheint mir der Weg dorthin nicht mehr so schwierig.«

Gilbert meldete sich. »Für mich ist es auch leicht. Mein Ziel liegt darin, Camille zu unterstützen. Und seit ich das begriffen habe ...«, er tippte sich gegen den Kopf, »... ist alles andere klar.«

»Ich passe«, sagte Sarah. Ich hatte auch nicht erwartet, dass sie vor mir ihre Seele entblößte.

»Ich muss über meine Zukunft nachdenken«, sagte Bernhard. »Du hast recht damit, dass das Ziel wichtig ist, aber man braucht schon mal Kreativität, um dieses Ziel zu bestimmen.«

»Richtig«, erwiderte ich. »Du brauchst den Fortgeschrittenenkurs.«

»Für mich«, sagte Camille, »stimmt das auch alles. Ich habe diesen Weg in Angriff genommen, weil ich für meine

Sünden büßen wollte – für die eine Sünde, die ich nicht nennen werde. Das war mein Ziel. Ich hatte nicht die Hoffnung, dass ich geheilt werde, weil ich glaube, dass alles, was mit uns geschieht – auch Krankheiten –, einen bestimmten Sinn hat. Aber wenn ich mein Ziel erreicht habe, hoffe ich, dass ich weiterleben werde. Also stelle ich Gott hiermit auch eine Frage, nämlich, was Er möchte, das ich mit dem Rest meines Lebens anstelle.«

»Und hast du das Gefühl, dass du einer Antwort nahe bist?«

»Sehr nahe.«

39

Zoe

Cartoon: Im Hintergrund steht ein riesiges Hotel, dessen vergangener Glanz sich noch erahnen lässt; ein Ort, an dem Familien in den fünfziger Jahren Urlaub gemacht hätten. Nun zeigen sich überall Spuren des Verfalls: ein halb abgebrochener Fensterladen, der Garten von Unkraut überwachsen. Auf dem Rasen steht ein gedeckter Mittagstisch. Der Besitzer und seine Familie bedienen ein Paar, das mit dem Rücken zu uns sitzt – dessen Mercedes aber nicht ins Bild passt. Wir sehen die Familie. Der Eigentümer ist in den Sechzigern, übergewichtig, müde, mit verkniffenem Lächeln. Die Anstrengung, einen schwierigen Gast zufriedenzustellen, ist ihm deutlich anzusehen. Auch seine Frau ist vom Leben gezeichnet. Die Adern an ihren Händen, die das Essenstablett halten, treten hervor, ihre Unterarme wirken sehnig. Zwei Kinder im Teenageralter helfen aus: Das Mädchen wirkt, als würde das Leben an ihm vorbeigehen; der Junge blickt verbittert und sehnsuchtsvoll Richtung Ausfahrt.

Story: Einst war das Hotel ein beliebtes Ziel für Wochenendtouristen und Urlauber, vor allem für die Bewohner des nahegelegenen Genua. Zur besseren Erreichbarkeit wurde extra eine neue Straße gebaut, zwei Brücken führen über

Schluchten, die wie kleinformatige Grand Canyons aussehen, mit schieferigen Erdrutschen und Sturzrinnen zum Fluss hinunter, der schäumend über die Felsen sprudelt. Die Brückengeländer haben Rost angesetzt, am Straßenrand liegen Gesteinsbrocken, der Asphalt ist geborsten. Eine Geisterstraße zu einem Geisterhotel.

Antonio hat es in direkter Linie von seiner Urgroßmutter geerbt. Sein ganzes Leben hat er dort gearbeitet, so wie schon sein Vater vor ihm. Seine Frau war früher an einer Universität beschäftigt, aber die Fahrt war auf Dauer zu weit. Und als sich die Grenzen innerhalb Europas öffneten und die Genueser nicht mehr im Umland Urlaub machten, sondern lieber die internationalen Zentren von Kunst und Geschichte erkunden wollten, musste sie im Hotel mitarbeiten. Das Haus gehört ihnen, aber niemand will es kaufen, und Gäste sind rar. Sie können nur überleben, wenn sie ihre eigene Arbeitskraft einsetzen. Die Vergangenheit hält alle in ihren Klauen.

Ich hatte mich nach dem Essen wieder in den Garten gesetzt, um beim Zeichnen das zentrale Objekt der Geschichte besser im Blick zu haben. Die letzte Wegstrecke und die Landschaft drum herum waren mit das Beeindruckendste unserer bisherigen Wanderung gewesen, dennoch drohte die Traurigkeit der Menschen die wunderbaren Eindrücke zunichtezumachen.

Sarah kam dazu, stellte sich hinter mich und sah mir eine Weile über die Schulter. Wie ging es ihr damit, dass ihr Vater öffentlich erklärt hatte, ich sei das Wichtigste in seinem Leben? Mir persönlich hatte er das so nie gesagt, und ich fragte mich, ob die Information für Sarah ebenso neu war.

»Wirst du noch mehr Meditationen anleiten?«, fragte sie.

Ich hörte auf zu zeichnen. »Camille hat schon gefragt, ob ich heute Abend noch eine mache. Du kannst gern dazukommen.«

»Ich habe diese App benutzt«, sagte Sarah. »Die für Achtsamkeit, nicht für Meditation. Aber ich habe das Gefühl, Meditation wirkt besser.« Sie atmete tief durch. »Ich kann besser schlafen. Und ich mache mir weniger Sorgen um alles Mögliche. Examen zum Beispiel.« Sie lachte. »Die ich ja gar nicht mehr habe.«

»Das ist toll. Aber vielleicht liegt das nicht nur an der Meditation. Es hilft allein schon, sich darüber klarzuwerden, was man will. Ich denke, das war die Botschaft deines Vaters. Und der *Chemin* hat seine eigene Magie: Viele, die ihn gehen, suchen nach Antworten.«

»Vielleicht ist es ein bisschen von allem. Aber ich glaube, das Meditieren hilft. Ich wollte mich nur bedanken.« Sie lehnte sich näher. »Darf ich mal gucken?«

Als hätte sie das nicht schon getan. Ich reichte ihr meinen Skizzenblock.

Sarah nahm sich Zeit, die Zeichnung zu studieren. Zu meiner Überraschung hatte sie feuchte Augen, als sie mir den Block zurückgab.

»Das ist … unfassbar. Sie tun mir so leid«, sagte sie. »Alles geht den Bach runter, und ihnen bleibt nur … sich an den Trümmern ihres Lebens festzuklammern.«

Es sei denn, dachte ich, es kommt ein Rettungsboot. Und dann muss man loslassen, selbst wenn einen das Rettungsboot nur zu einem anderen Ort bringt, um dort von vorne anzufangen.

Während ich zusammenpackte, fiel mir etwas auf. Meine gezeichnete Version von Signor Antonios Frau, die im Gefängnis ihrer Vergangenheit saß … hatte Camilles Augen.

40

Martin

Die mitgeführten Reiseführer behandelten den *Chemin* nach den Regionen, durch die er führte. Wir hatten Beaujolais und die französischen Alpen durchwandert und nun auch das Piemont. Der nächste Abschnitt war Ligurien, wobei wir bereits ein paar Tage an dessen Grenzlinie herumwanderten und spürten – vor allem im Hotel der letzten Nacht –, dass wir uns nicht mehr in wohlhabenden Weingebieten befanden.

Camille und ich bekamen immer schon einen Vorgeschmack, weil wir ja drei Tage im Voraus buchten. Wie es aussah, hatten wir das Ende der Berge zu früh gefeiert: Auch wenn die Höhen im Apennin geringer waren als in den Alpen, gab es jeden Tag erhebliche Auf- und Abstiege. Die Warnungen klangen allzu vertraut: Gebirgslandschaft; spontane Wetterumschläge möglich; für ungeübte Wanderer nicht empfohlen. Wenn man zwischen den Zeilen des französischen Reiseführers las, lautete die Botschaft: *Gelände nicht allzu schwierig, Abgeschiedenheit weitaus bedenklicher.*

Nach Camilles Beinahe-Hitzschlag war zu berücksichtigen, dass es in einem abgelegenen Teil der Berge zu einer Krise kommen könnte – bei schlechtem Wetter und ohne Handyempfang. Allerdings waren wir zu sechst, zwei von uns waren jung und fit, die Unterstützung durch Navigationsgeräte funktionierte recht zuverlässig, wir befanden uns nie mehr als fünfzehn Kilometer – in den meisten Fällen weniger – von bewohnten Regionen entfernt. Es war keinesfalls das tibetische Hochland. Aber es würde eine echte Herausforderung werden, und ich freute mich darauf.

Der erste Tag im ligurischen Abschnitt war einfach: nur zehn Meilen und vierhundert Höhenmeter durch landwirtschaftlich genutztes Gebiet. Der Weg führte über Grate mit herrlichem Blick auf felsig-hügelige Berge um uns herum. Beim letzten Abstieg durch ein Waldstück und unter einer Autobahn hindurch läuteten die Kirchglocken aus dem darunterliegenden Dorf ein Abendständchen. Campo Ligure war der letzte richtige Ort, bevor es endgültig in die Berge ging.

Der Wirt unseres *B&Bs* führte je zwei von uns – nun ja: jedes Paar – zu Appartements in verschiedenen Gebäuden. Zoe ging los, um die Stadt zu erkunden, und ich packte gerade meine Werkzeugtasche aus, um an meinem Karma zu arbeiten, als Bernhard aufkreuzte.

»Wir wissen nicht, wo wir uns zum Essen treffen wollten. Sarah dachte, ich wüsste es, und ich dachte, Sarah wüsste es …«

»Und du hast verloren, als es darum ging, wer das jetzt rauskriegt. Daran gewöhnst du dich besser, wenn du mit Sarah zusammenbleiben willst. Wir treffen uns um sieben in der Pizzeria. Ich glaube, das ist hier sowieso die einzige Option, also hättet ihr uns auf jeden Fall gefunden.«

Ich widmete mich wieder meiner Reparaturarbeit im Badezimmer, aber anstatt zu gehen, blieb Bernhard bei mir.

»Was machst du da?«, wollte er wissen.

»Ich will erreichen, dass der Duschkopf oben bleibt.«

»Dazu brauchst du eine Rohrzange.«

»Ich weiß. Aber die war mir zu schwer, um sie mitzuschleppen.«

»Kann ich die hier nehmen?« Er hob eine schmale Feile auf.

»Wenn du das damit repariert kriegst, bist du ein besserer Ingenieur als ich.«

Anstatt sich um die Dusche zu kümmern, verließ Bernhard das Bad und kehrte wenige Minuten später mit einer Gripzange zurück. »Die hier sollte gehen.«

»Wo hast du die her?«

»Da war ein Abstellraum für den Hausmeister. Ich habe die Feile genommen, um das Schloss zu knacken.«

Die Zange funktionierte wunderbar, und wir teilten das Erfolgserlebnis, als wir die reparierte Dusche ausprobierten.

»Du lagst falsch«, sagte Bernhard.

»Okay, okay. Aber du hast die Feile ja eigentlich nicht benutzt, um …«

»Ich meinte, du lagst falsch damit, dass ich der bessere Ingenieur bin. Das bin ich nicht.«

»Du hast doch immer noch Zeit. Wenn du mal in meinem Alter bist, kannst du vielleicht sagen, dass es zu spät ist. Aber jetzt …«

Bernhard nickte. »Danke, dass du so … tolerant bist, was … meine Beziehung zu deiner Tochter betrifft. Ich mag sie wirklich sehr.«

41

Zoe

»Genießt die Pizza«, sagte Martin. »Vor uns liegt das große Nichts.« Campo Ligure war ein richtiger Ort mit einigen Lokalitäten, wobei an diesem Abend nur die Pizzeria geöffnet hatte, die somit voll und laut war. Kaum zu glauben, dass wir uns am Rande der Wildnis befanden.

Ich hatte mir Italien immer vorgestellt wie … na ja, also, wie Italien, aber nun bekam ich mit, dass die einzelnen Regionen so unterschiedlich waren wie Texas und Maine. Ich fragte mich, ob den anderen die bevorstehende Veränderung ebenso bewusst war wie mir. Bei Martins als Designkurs getarnter Gruppentherapiestunde hatte ich gespürt, dass wir alle inzwischen viel eher bereit waren, etwas von uns preiszugeben, als noch zu Beginn der Reise.

»Wie geht es euch?«, fragte ich in die Runde.

»Gut«, antwortete Gilbert. »Heute war ein leichter Tag. Und wahrscheinlich habe ich das letzte Mal Gelegenheit, Wein aus dem Piemont zu genießen. Jetzt, wo ich mich gerade an die Nebbiolo-Traube gewöhnt habe, wechseln wir in eine andere Region. Ligurien ist eher für seine Oliven bekannt, nicht für seinen Wein.«

»Ich habe Hunger«, war Sarahs Antwort. »Warum ist der Wein immer so schnell da und die Pizza braucht ewig?«

»Damit wir mehr Wein trinken«, antwortete Bernhard. »Das ist Absicht.«

Persönliche Offenbarungen waren das ja nun nicht gerade. Ich versuchte es noch einmal: »Wir haben jetzt ungefähr die Hälfte geschafft, oder?«

»Tag vierunddreißig«, sagte Martin. »Wenn wir uns an den Zeitplan halten, liegen noch etwas über vierzig Tage vor uns.«

»Vielleicht wäre dies trotzdem eine gute Zeit, um Monsieur Chevaliers Reisesegen zu verraten?«

»Ist das nicht eher so wie bei Wünschen an die Zahnfee?«, fragte Sarah. »Wenn man die Wünsche verrät, gehen sie nicht in Erfüllung?«

»Auf dem ersten *Camino* haben wir sie uns auch gegenseitig erzählt«, sagte ich. »Und auf halber Strecke war ich überzeugt, dass sich meine Prophezeiung nicht bewahrheiten würde. Monsieur hatte mir gesagt, ich würde Blasen bekommen und weinen und verändert werden. Hat er euch das auch gesagt?«

»Ich passe«, sagte Sarah. Das war klar.

Bernhard tat es ihr gleich und schüttelte den Kopf.

Gilbert runzelte die Stirn. »Möglich, dass er das gesagt hat. Was er auf jeden Fall gesagt hat, ist, dass ich befreit würde. Mein Hausarzt hat jedenfalls gehofft, dass ich vom übermäßigen Essen und Trinken befreit werde.«

Martin lachte. Ich nahm an, dass es weniger an Gilberts Selbstkritik lag als an der Tatsache, dass wir alle mit demselben Spruch losgeschickt worden waren.

»Und du, Zoe?«, fragte Camille. »Wovon wirst du dich befreien?«

Ich zuckte die Achseln. »Vielleicht vom Karikaturenzeichnen. Pilger und Hostelbesitzer zu zeichnen, finde ich viel schöner, als der Gesellschaft den Spiegel vorzuhalten. Ich wünschte nur, ich könnte mit mehr von ihnen reden.« Mist. Das hätte ich nicht sagen sollen.

»Und Martin?«, fragte sie weiter. Entweder ignorierte sie meine Anspielung auf Grietje einfach, oder sie hatte sie überhört.

»Wenn er mir damit prophezeien wollte, dass ich meinen Job verliere, bin ich mir nicht sicher, ob das wirklich eine Befreiung ist.«

»Dass ich befreit würde, hat Monsieur Chevalier mir auch gesagt. Vielleicht war es ja richtig, uns allen dieselbe Prophezeiung zu geben, denn wir legen sie alle auf andere Weise aus.«

»Was glaubst *du* denn, wovon du befreit wirst, Camille?« Ich bereute es, sobald ich es ausgesprochen hatte. Sie hatte bereits gesagt, sie hege keine Hoffnung, von der Krankheit befreit zu werden, und uns damit sehr viel preisgegeben. Dann wurde mir klar, dass das ohnehin nicht ihre Antwort gewesen wäre. Alle sahen zu Gilbert. Mist, Mist, Mist. Sie hatte uns ihr Intimleben offenbart.

»Dumme Frage«, sagte ich schnell. »Ich schätze, wir alle hoffen …«

Camille hob die Hand, um mich zum Schweigen zu bringen. Sie saß neben Gilbert und nahm seine Hand. »Gilbert wird mich nach Rom bringen. Und jemand, der weitaus spiritueller ist als euer Monsieur Chevalier, wird mir dort *seinen* Segen geben. Und Führung. Und möglicherweise Vergebung.«

42

Martin

»Nur zehn Kilometer«, verkündete ich pflichtbewusst, »aber fünfhundert Höhenmeter, was im Schnitt eine fünfprozentige Steigung bedeutet. Wir werden unsere Beine spüren.«

Bevor es morgens losging, recherchierte ich jedes Mal die Strecke. Der Reiseführer der Assisiweg-Gesellschaft, den ich heruntergeladen hatte, gab neben der Entfernung auch den Höhenunterschied an sowie die gesamten Höhenmeter (die immer mehr betrugen, weil man aufsteigt, absteigt und wieder aufsteigt), außerdem die voraussichtlich benötigte Zeit (was zusammen mit der Entfernung eine Vorstellung davon vermittelte, wie schwierig es werden würde) und natürlich Richtungsanweisungen samt Besonderheiten und Servicestationen. Die Navigationsübersicht war eher lückenhaft und die Kartierung für Italien nicht so umfangreich wie für Frankreich, aber alles andere stimmte zumeist. Und natürlich überprüfte ich den Wetterbericht.

Alle diese Informationen waren wichtig für die Planung und Durchführung der täglichen Laufstrecke bis hin zu der Frage, wie viel Essen und Trinken man mitnehmen musste, ob man dann und wann eine Pause einlegte oder lieber weiterging, um einem Regenguss auszuweichen, und wo man, falls nötig, Hilfe bekommen könnte.

Mit Ausnahme von Bernhard, der auf seinem Handy ständig alles nachprüfte, verließen sich alle auf meine Prognosen, und ich neigte dazu, Informationen lieber so lange zurückzuhalten, bis sie wirklich benötigt wurden. »Nur noch ein paar Kilometer«, »Wir haben den Aufstieg fast geschafft«, »Oben im Dorf auf dem Berg gibt es Getränke«.

»Kontrollfreak«, hatte Zoe dazu einmal bemerkt.

»Ich erzähle jedem, was er oder sie wissen will. Aber es fragt ja niemand. Und ich finde, so funktioniert es ganz gut.«

Das machte mich unausgesprochen zum Anführer, und in der Tat fühlte ich mich dafür verantwortlich, alle sicher zu unserem jeweiligen Ziel zu bringen. Wenn mir das jeden Tag gelang, würden wir sicher in Rom ankommen.

Mit seinen zehn Kilometern gehörte dieser Tag zu den kürzesten der ganzen Reise, mit dem beginnenden Aufstieg in den Apennin jedoch nicht zu den leichtesten. Wir wanderten durch dichten Nebel, der keine Anstalten machte, sich zu lichten: Es fühlte sich an, als wären wir schon in den Wolken unterwegs.

Vielleicht lag es an der kurzen Strecke in Kombination mit neuer Landschaft, aber alle wirkten guter Laune. Beim Frühstück hatten wir ein Pärchen getroffen, das wir aus der Pizzeria vom Vorabend wiedererkannten: Sie hatten gerade ihre Wanderung auf der *Alta Via dei Monti Liguri* beendet, einem vierhundertvierzig Kilometer langen Wanderweg ohne jede religiöse Bedeutung. Auf dem nun folgenden ligurischen Abschnitt überlagerte unser *Chemin* zu weiten Teilen diesen Weg, wobei er die höheren Gipfel ausließ – was vor allem Gilbert sehr freute.

Wir waren fast schon am Ziel, als wir an einem relativ

großen *oratorio* – einer Art Kapelle – vorbeikamen. Die gab es in Italien ziemlich häufig, so wie die Kruzifixe in Frankreich, und mein Reiseführer bezeichnete viele von ihnen als Sehenswürdigkeiten. Camille fasste an das brusthohe Gittertor: verschlossen.

»Gibt es in unserem Ort eine Kirche?«, wollte sie wissen.

»Wir haben zusammen gebucht: Es gibt keinen Ort.«

»Ja, das weiß ich. Dann werde ich hier meine Kerze anzünden«

Sie nahm ihren Rucksack ab und holte eine Kerze heraus. »Ich kann sie ja einfach vor dem Tor abstellen.«

Ohne zu fragen, hob Bernhard sie hoch und setzte sie auf der anderen Seite des Tores wieder ab. Camille quietschte lachend auf.

Gilbert reichte ihr ein Feuerzeug, und sie zündete ihre Kerze an.

Allerdings hatte Bernhard – typisch! – nicht überlegt, wie sie wieder zurückkommen konnte.

Und das erwies sich als gar nicht so einfach. Am Ende streckte ich meine Hände durch die Gitterstreben und machte eine Räuberleiter, und Bernhard und Sarah zogen Camille mit vereinten Kräften an den Armen hoch und hievten sie wieder nach draußen. Camille konnte gar nicht aufhören zu lachen.

»Ist dir eine Sünde eingefallen?«, wollte Zoe wissen.

»Ich habe alles vergessen. Also habe ich die Kerze für Sarah angezündet. Weil ich mich mit Bernhard so amüsiert habe.«

Bernhard guckte zu Zoe. »Du bist dran.«

Zoe guckte zu Sarah. »Ich passe.«

Unsere Hütte hatte etwas von einem Puppenhaus, und auf dem Stempel in unseren Pilgerpässen sah sie tatsächlich danach aus. Sie stand in einem Gemüsegarten mit frei herumlaufenden Hühnern, die immer wieder an unsere Glastür pickten. Neben dem Hauptgebäude, in dem unsere Gastgeber wohnten, wirkte unser Häuschen wie eine Miniaturausgabe. Bernhard und ich mussten uns beim Reingehen sowie unter den Zimmerlampen ducken. An den Wänden standen drei Stockbetten, deren untere Abteile als Sitzgelegenheiten dienten.

»Bezaubernd«, sagte Zoe, und das war es tatsächlich. Blumen in den Blumenkästen, Körbe, die zu tief von der Decke hingen, und überall, wo Platz war, dekorative Kinkerlitzchen. Es war nur alles ein bisschen sehr klein.

»Aber dafür schnell warm«, sagte Bernhard, der anfing, den Kanonenofen zu befeuern.

Zoe lächelte selig, und ich beschloss, mich auf ihre gute Laune einzulassen. »Das perfekte Hostel, oder? Direkt am Weg, kleine Küche und eine enge Gemeinschaft, ob man will oder nicht.«

»Nur eines fehlt«, bemerkte Gilbert, der mit drei Flaschen Wein hereinkam und sich nach einer Sitzmöglichkeit umsah. »Die Signora meinte, wir hätten zwar Wein bestellt, aber kein Essen. Sie spricht ein bisschen Französisch, also habe ich es auf keinen Fall falsch verstanden.«

Ich blickte kurz zu Sarah, ob das wieder einer ihrer Scherze war. Nein. Nach Campo Ligure zurück wären es drei Stunden. Und nach dem ganzen Tag im Nebel hatten wir alle einen Mordshunger.

Camille brach in Tränen aus. Gilbert nahm sie in den Arm, doch sie schüttelte ihn ab. »Das ist meine Schuld.

Ich hatte mit ihr telefoniert. Immer vergesse ich irgendetwas.«

»In den Schränken ist nichts«, sagte Bernhard. »Nur Salz, Olivenöl und Essig.«

»Dann ist es wohl kaum das perfekte *gîte*«, kommentierte Zoe, die damit wohl meinte, ein perfektes *gîte* müsse ein paar Vorräte bereithalten. In ihrer Verzweiflung verstand Camille das natürlich falsch und bezog es auf sich.

»Ich könnte nie die Köchin sein. Ich wäre total nutzlos, weil ich immer alles vergesse.«

»Nicht *alles*«, sagte Gilbert. »Wir haben Wein. Wenn du schon etwas vergisst, dann lieber das Essen. Aber Bernhard: Du hast doch Nudeln, oder?«

»Immer dabei. Zwei Pakete.«

Gilbert reckte den Daumen hoch. »Wenn wir das perfekte *gîte* eröffnen, kümmert sich Bernhard um die Einkäufe. Und wir könnten uns immer bei ihm beschweren, wenn etwas fehlt.«

»Ich habe noch drei Pfirsiche«, sagte ich. Allerdings würden wir sie dann nicht mehr für die Frühstückspause am nächsten Tag haben.

In diesem Moment klopfte unser Gastgeber an die Tür und sagte etwas auf Italienisch. Camille übersetzte. »Der Bauernhof nebenan verkauft Käse. Er ist zweihundert Meter entfernt.«

Mehr Italienisch. »Wir können Paprika, Tomaten und Kräuter aus dem Garten haben. Und Eier von den Hühnern.«

»Brathühnchen wäre auch lecker«, sagte ich und erntete von Zoe prompt einen bösen Blick.

Camille wirkte wieder gefasster, dennoch war ihr anzumerken, dass sie der Fehler arg mitgenommen hatte. Als wäre ihr zum ersten Mal richtig bewusst geworden, was ihre Krankheit bedeutete.

43

Zoe

Um den Käse kümmerten sich Bernhard und Sarah. Mit den frischen Tomaten und dem Basilikum aus dem Garten war es der beste Mozzarella, den ich je gegessen hatte. Camille zauberte ein spanisches Omelett, und als Nachspeise gab es frische Baisers mit Pfirsichen und Sahne vom Bauernhof.

»Ein Hoch auf die Köchin«, rief ich. Und hätte weinen mögen, als ich sah, wie Camille ihre Tränen zurückhalten musste. Gilbert umarmte uns beide.

Bernhard strahlte. »All so was ist ganz normal.«

»Was meinst du?«, fragte Martin.

»Teambildung ist gar nicht so einfach, und es gibt vorhersehbare Stadien. Zuerst *formieren* wir uns – Camille gibt das Konzept der Pilgerreise vor; Gilbert rekrutiert Zoe, die wiederum mich und Martin einbezieht, der wiederum Sarah mitbringt. Dann *normieren* wir uns – wir lernen einander mit unseren Stärken und Schwächen kennen.«

»Ah, das Konzept nach Tuckman«, sagte Martin. »*Forming – norming – storming* ... Danach kommt die stürmische Phase, richtig?«

»Genau, es bläst uns auch mal auseinander.«

Martin lachte. Was ich schön fand, denn ich hatte eher erwartet, dass er Bernhard widersprechen würde.

»Und jetzt«, fuhr Bernhard fort, »fängt das *Performing* an.«

Mit zufriedenem Lächeln lehnte er sich zurück. Ich vermutete, dass er nach Martins Lektion über Kreativität auch seinen Platz im Rampenlicht brauchte. Männer und ihre ständige Suche nach Bestätigung …

»Hat es euch wirklich geschmeckt?«, fragte Camille nach.

»Hervorragend – wie immer«, sagte Sarah.

»Das ist gut«, sagte Camille, »denn ich habe eine Entscheidung getroffen. Dazu, was ich mit meinem Leben anfangen will. Mit dem Rest, der mir noch bleibt.«

»Ich dachte, damit wolltest du warten, bis du den Papst gesprochen hast«, sagte ich.

»Ihr habt euren Monsieur Chevalier, und ich habe den Papst. Aber es gibt noch eine höhere Macht. Heute in der Kapelle habe ich erkannt, was ich tun muss.«

»In der *Kapelle*?«, platzte ich heraus. Ich dachte daran, wie Bernhard sie hochgehoben, wie sie gelacht und geflirtet und sogar vergessen hatte, für wen sie eine Kerze anzünden wollte. Nach einer göttlichen Eingebung hatte das alles nicht ausgesehen.

»Heute Morgen, bevor wir losgingen.«

»Ach, entschuldige, ich hatte an das *oratorio* gedacht.«

Camille lachte. »Da war ich so gut gelaunt, weil ich meine Antwort schon hatte.«

Ich blickte zu Gilbert. Auch für ihn schien ihre Ankündigung neu zu sein. Wir warteten.

»Die erste Idee kam mir nach dem Gespräch mit Grietje. Ihr erinnert euch doch an Grietje?«

»Na klar«, sagte Bernhard.

»Und ihr habt dazu beigetragen … Ich werde das perfekte Hostel eröffnen. Ich werde kochen. Und ihnen Beistand leisten.«

44

Martin

Wir befanden uns in einer anderen Welt. Selbst auf der Staumauer hinter Capanne di Marcarolo herrschte das Gefühl von Abgeschiedenheit – es war sonst niemand unterwegs. Wir wanderten auf schmalen Pfaden durch bergige Landschaft und erhaschten nur einige wenige Ausblicke in die Ferne, bevor wir den zweiten Tag in dichten Nebel gehüllt wurden. Auf einem der Gipfel stand ein Denkmal, das an eine Schlacht im Zweiten Weltkrieg erinnerte. Es war so ganz anders als die Gedenkstätten, die unübersehbar im Zentrum eines jeden französischen Orts standen.

Ein Stück unterhalb des Gipfels, wo der Wind etwas nachließ, blieb ich stehen und nahm Zoes Hand. Wir standen eine Weile einfach nur da und lauschten und ließen den Wald auf uns wirken.

Ich fühlte mich weit von der Zivilisation entfernt und genoss die moderaten Temperaturen. Sarah ging es mittlerweile besser, das Zusammensein mit Zoe war schöner als je zuvor. Aber wie sah es bei Gilbert und Camille aus?

Schuld an Camilles plötzlichem Entschluss, Putzfrau, Zimmermädchen und Sklavin mittelloser, launischer Reisender zu werden, hatte nicht Gott, sondern hatten wir mit unserem Gerede über das perfekte Hostel, in das sie sich zunächst als Köchin und nun offenbar auch als Inhaberin und Seelsorgerin integriert hatte. Außerdem hatten ihr sowohl mein Vortrag über Zielsetzungen als auch Zoes Meditationsübungen eine neue Verbindung zu Gott beschert.

»Wie ernst ist es ihr wohl, was meinst du?«, fragte ich Zoe in der Annahme, die Antwort schon zu kennen. Camille hatte diese Reise vermutlich aus einer Laune heraus begonnen. Am Anfang hatte Zoe ihr Durchhaltevermögen auf drei Tage geschätzt, und doch waren wir jetzt, sieben Wochen später, immer noch Richtung Rom unterwegs.

»Ich bin fast ein bisschen neidisch. Ich phantasiere beim Wandern auch ständig über diese Möglichkeit, und wenn wir irgendwo übernachten, wo noch das eine oder andere liebevolle Detail fehlt, dann denke ich: Ich könnte es hier richtig schön machen. Auf dem ersten *Camino*, wo es mehr echte Pilgerhostels gab, hatte ich das auch schon oft überlegt.«

»Ich kann mir vorstellen, dass es jedem so geht. Wenn ich etwas repariere und dabei merke, dass es einfach nur vernachlässigt wurde, dann denke ich das auch.«

»Im Ernst: Als Camille damit rausplatzte, habe ich über die praktischen Probleme eines solchen Unternehmens nachgedacht – und nicht nur ihre gesundheitliche Verfassung«, sagte Zoe.

»Na komm! Du hast gestern doch am lautesten gejubelt!«

»Ich wollte das erst mal positiv sehen. Aber Bernhard hat recht: Es rechnet sich nicht.«

»Das hat er gesagt?«

»Na klar. Du hast ihn doch gehört. Es gibt keinen verlässlichen Pilgerstrom, aber man muss entsprechend Platz bieten, und das kostet Geld.«

Ich hielt das Offensichtliche dagegen. »Aber viele Leute gehen diese Wege. Ihr wird da schon was einfallen, vielleicht vermietet sie auch mal längerfristig, wie die Leute im alten Schloss …«

»Verstehe«, sagte Zoe. »Aber Camille geht es doch darum, mit einem Haufen Pilger um einen Tisch zu sitzen und über das Leben zu philosophieren. Was sie mit uns nie macht.«

»Das ist ein bisschen unfair. Sie weiß, dass wir alle nicht gläubig sind – in deinem Fall sogar noch schlimmer.«

»Was soll das denn jetzt heißen?«

»Du bist Atheistin. Wir anderen ignorieren die Religion oder akzeptieren Aspekte, die für uns stimmig sind.«

»Nein, das stimmt so nicht. Du hast doch gesehen, dass ich in Kirchen gehe und Kerzen anzünde. Mit der Spiritualität komme ich klar. Solange ich mich nicht mit der Institution befassen muss …«

»Ich wollte nur sagen, dass Camille ihren Glauben bei uns nicht zum Thema macht und uns das ganz recht zu sein scheint.«

»Na gut, ich verstehe«, sagte Zoe. »Aber es gibt noch einen Haken.«

»Gilbert.«

Während Zoe am Abend zuvor mit Camille auf ihren Entschluss angestoßen hatte, hatte ich den Mann beobachtet, der sonst immer dazu aufforderte – und der in die Entscheidung seiner Frau offensichtlich nicht einbezogen worden war. Der hingebungsvolle Ehemann, dem nichts zu viel war, um seine Frau zu unterstützen, hatte ein Gesicht gemacht, als wollte er sagen: »Das geht mir zu weit.«

»Was mich eigentlich überrascht«, fuhr Zoe fort. »Ich meine, die Idee kam spontan, aber nicht überraschend.

Camille kann kochen, sie kann einen Haushalt führen, sie spricht viele Sprachen. Gilbert war mal Geschäftsmann, er kann mit Kunden, mit Geld und mit Regularien umgehen. Es muss ja nicht Italien sein – sie könnten das in Frankreich machen. So verrückt, wie es klingt, ist das Ganze gar nicht.«

»Bis Gilbert nicht mehr mitspielt. Dann hast du eine Frau mit unvorhersehbaren körperlichen wie mentalen Problemen. Sarah meinte, sie werde wohl nie mehr allein leben können, selbst jetzt schon nicht mehr, weil es passieren könnte, dass sie das Gas anlässt oder versehentlich eine Überdosis Medikamente nimmt.« Ich dachte an das eine Mal, als Gilbert und ich zurückgehen mussten, um die vergessenen Tabletten zu holen. »Ich glaube, da gibt es jetzt schon viel, was er uns verschweigt.«

Während wir noch überlegten, wie Camille und Gilbert den Rest ihres Lebens verbringen könnten, holten die beiden uns ein.

»Gibt es ein Problem?«, wollte Gilbert wissen.

»Nein«, antwortete ich und reiste in Gedanken zu dem Moment vor unserer Problemdiskussion zurück. »Wir wollten nur mal innehalten und richtig wahrnehmen, wo wir gerade sind. Manchmal sind wir so sehr mit der Navigation beschäftigt oder damit, wie weit es bis zur nächsten Rast ist oder was wir zu Abend essen sollen, dass wir vergessen, den Moment zu genießen – ›an den Rosen zu riechen‹, wie wir in England sagen.«

»Nicht nur manchmal«, sagte Camille, »die meiste Zeit. Du bist ein weiser Mann.«

»Es klingt jetzt so selbstverständlich, aber als ich das erste Mal gewandert bin, war ich nur auf mein Ziel fixiert – oder zumindest auf das jeweilige Tagesziel – und habe ständig überlegt, was ich nach dem *Camino* machen soll. Ich bin Zoe sehr dankbar, dass sie mir die Augen geöffnet hat.«

Zoe drückte meine Hand, und ich schnupperte demonstrativ an den metaphorischen Rosen um mich herum. Dann ließ ich sie mit Camille vorangehen, während ich mich darauf vorbereitete, einen Mann zu überzeugen, sein Leben umzukrempeln, weil seine Frau eine Eingebung hatte.

45

Zoe

Cartoon: Ein Mann mittleren Alters: behaarte breite Brust; Goldkettchen, die im Halsausschnitt eines zu engen Hemdes zu sehen sind; über die Halbglatze gekämmte Haare; übergroße Armbanduhr; Gucci-Sandalen an den Füßen – die Karikatur eines Italoamerikaners. Mit einer Weinflasche in der Hand steht er im Hof eines dreistöckigen Hauses, das von einer hohen Ziegelmauer mit Sicherheitskameras umgeben ist und eigentlich nicht in die ländliche Umgebung passt.

Seine Gäste – *pellegrini* – fühlen sich offenkundig unwohl, was entweder an der Unterkunft oder an der »Gastfreundschaft« liegt. Ein übergewichtiger Mann kümmert sich um seine Blasen; eine etwas abseits stehende Frau hält Stift und Papier in Händen und wirkt verloren; ein jüngerer Mann betrachtet den *signore* mit unverhohlener Abneigung. Eine Frau, die nur von hinten zu sehen ist, studiert ein Madonnenbild an der Wand – das Gesicht der Madonna leuchtet. Eine jüngere Frau hält der älteren die Hand. Ein Mann mit Bart steht nahe der Frau, mustert die jüngere jedoch mit Besorgnis.

Story: Roberto ist in den USA geboren, aber im Rentenalter zu seinen Wurzeln zurückgekehrt, was er sich über Mieteinnahmen von Touristen finanzieren lassen möchte. Sein Haus ist groß, bunt und mit Plakaten und Fotos aus dem Film *Der Pate* geschmückt.

Die *pellegrini* sind seit einem Monat unterwegs. Sie gehen aus unterschiedlichen Gründen; der *Chemin* verbindet sie zwar, dennoch sind sie weiter voneinander entfernt denn je. Sie suchen nach Sinn und Liebe, erkennen aber, dass ihnen ihr Leben jeweils viele Hindernisse in den Weg legt: Schuld, Verantwortung und die Vergangenheit lasten auf ihnen.

Der *Chemin* bleibt ihnen die Antwort noch schuldig, und diese Unterkunft und ihr Besitzer erinnern sie an die profane Welt, die sie zurückgelassen haben. Wie sollen sie jene Welt in Einklang bringen mit dem Frieden, den sie in Klosterunterkünften und privaten Pilgerherbergen spüren?

Falls ein Dorf einen Vorort haben kann, befand Robertos *B&B* sich in einem solchen am Rand der Wildnis. Hoher Zaun, Kameras, Hinweis auf Wachhund. Ich tippte den Sicherheitscode ein, den wir vorher erhalten hatten, setzte den Rucksack ab und folgte der Wegbeschreibung in der Gemeinschaftsküche zur Einkaufszone, die eine halbe Meile entfernt lag. Ein Wachhund war nicht zu sehen.

Ich hatte angeboten, mich ums Essen zu kümmern, und der Ort hatte groß genug geklungen, um einen Supermarkt zu haben. Hatte er aber nicht. Nur einen winzigen Laden mit Grundausstattung – kaum frische Sachen. Da hatte ich mir leider den falschen Abend ausgesucht, um mit meinen Kochkünsten anzugeben.

»Antipasto«, erklärte ich den anderen, während ich ein paar Gläser Mixed Pickles aufschraubte. »Für die Fleischesser gibt es Salami, danach Pasta mit Pesto. Mehr hatten sie nicht. Als Nachtisch immerhin Bananen. Leider keinen Wein.«

Das war gelogen. Es hatte Wein gegeben, aber ich wusste nicht, was Gilbert davon gehalten hätte, und ergriff die Chance, ihn für einen Abend zur Abstinenz zu zwingen. Zu Hause trank ich nur ein- oder zweimal pro Woche ein Glas, aber seit Anbeginn dieser Reise hatten wir jeden Abend Wein gehabt.

»Eine Meditationsrunde nach dem Essen wird uns beim Einschlafen helfen«, fügte ich hinzu.

Ich hatte noch nicht einmal die Vorspeise serviert, als Roberto erschien. Mit drei Flaschen Wein.

»Immer her mit dem Wein«, sagte Gilbert. »Den werden wir brauchen, um die nächsten Tage in den Bergen zu überstehen.«

»Und um zu schlafen«, sagte Camille.

Hier konnte ich nicht gewinnen.

»Drei Schlafräume«, sagte Camille. »Italiener haben viele Kinder und brauchen deshalb große Häuser. Es darf nur nicht zu viel zu putzen sein, und ein Esszimmer mit separater Küche fände ich besser. Es liegt nahe am Dorfzentrum …«

»Du würdest hier vielleicht umdekorieren wollen«, meinte Martin. Über ihm lauerte Marlon Brando mit dem Zitat: »Rache ist ein Gericht, das man am besten kalt serviert.«

»O ja. Da könnte ich Roberto bestimmt überzeugen.«

Was sagte sie da? Bei Roberto einzuziehen, wäre natürlich ein Weg, in das Hotelgeschäft einzusteigen. Aber sie grinste dabei. Ein Scherz. Seit ihrer Ankündigung war sie bester Laune.

»Du würdest tatsächlich auch in Italien ein Hostel eröffnen?«, fragte ich nach.

»Na klar. Oder in Spanien.«

»Nur wenn es in Frankreich nichts Passendes gäbe«, sagte Gilbert. Auch er lächelte. Ein bisschen.

Ich tat mein Bestes, Martin stumm zu vermitteln, dass ich ihn genial fand.

46

Martin

Gilbert von Camilles Hostelplänen zu überzeugen, war nicht allzu schwer gewesen. Das hatte ich auch nicht erwartet, aber ich freute mich natürlich, dass Zoe mir dafür dankte. Camilles Ankündigung hatte ihn überrascht, und er war mit Sicherheit nicht der Typ, der sich auf etwas einließ, das er nicht gründlich durchdacht hatte. Doch die Hingabe an seine Frau würde immer an erster Stelle stehen.

Wir hatten diskutiert, was dafürsprach: seine Geschäftserfahrung; er konnte das Projekt finanzieren; Camille konnte sich nützlich machen, anstatt nur darauf zu warten, dass die Krankheit voranschritt. Doch ich hatte den Eindruck, dass das Entscheidende war, dass Camille ihn brauchte. Er dagegen schien zu hoffen, das Hostel würde ein Luftschloss bleiben.

Robertos *B&B* hatte eine Waschmaschine, also wuschen wir alles, was ging. Als Camille und ich später im Garten eine Unterkunft für in drei Tagen suchten, waren wir von trocknender Wäsche umgeben. Belustigt stellte ich fest, dass jeder eine andere Vorstellung von funktionaler Unterwäsche hatte. Camille saß in ein großes Badetuch gewickelt. Schwer zu sagen, was mehr Ablenkung bot.

Ich beobachtete, wie unsere E-Mail in den Äther geschickt wurde, begleitet von dem Stoßgebet, dass das Hotel, das in keinem Buchungssystem mehr aufgetaucht war, immer noch existieren möge.

Gilbert brachte uns Wein.

»Gestern Nacht hatten wir Sex«, sagte sie, als er wieder ins Haus ging.

»Du und Gilbert?« Ich wollte sichergehen, dass Camille nicht irgendwas erfand.

»Natürlich! Immer machst du Witze!«

»In dieser kleinen Hütte?«

»Ah … nein, die Nacht davor. In Campo Ligure. Als wir unser eigenes Appartement hatten.«

»Wenn es in der kleinen Hütte gewesen wäre, hättest du es mir wohl nicht erzählen müssen.«

»Haha. Ich wollte wissen, was du davon hältst.«

»Ich glaube, Gilbert würde es mir nie verzeihen, wenn ich dich wieder davon abbrächte. Aber – es geht mich auch gar nichts an. Und ihr beide seid verheiratet.«

»Aber ich will ihm nicht zu viel Hoffnung machen. Ich bin nicht sicher, ob wir zusammenbleiben.«

Ich verkniff mir den Kommentar zur katholischen Haltung hinsichtlich Scheidung. Camille versuchte, sich Gilbert gegenüber anständig zu verhalten. Jedoch …

»Ich denke, wenn du ein Hostel eröffnen willst, wäre es gut, Gilbert mit im Boot zu haben.«

»Da hast du vermutlich recht, aber er würde ja nur mitmachen, um mit mir zusammenzubleiben.«

»Und ist es nicht das, was man sich von seinem Partner wünscht? Dass er bei einem bleibt und dabei hilft, dass man seine Träume verwirklichen kann?«

Das Pling einer eintreffenden Nachricht auf meinem iPad unterbrach unser Gespräch: Die E-Mail war nicht durchgegangen. Ich suchte noch mal nach einer Telefonnummer und fand sie tatsächlich in einem schon etwas älteren *B&B*-Verzeichnis.

Ich tippte die Nummer in mein Handy und reichte es an Camille weiter. Sie lächelte: Die Leitung existierte noch. In dem nun folgenden Gespräch schienen weder Namen noch Daten ausgetauscht zu werden.

»Kein Glück?«

Camille tippte sich gegen den Kopf. »Ich glaube, sie ist nicht sehr gut organisiert. Aber sie sagt, wir sollen einfach kommen, es werde dann schon Raum geben.«

»Einen Raum?«

»Viele Räume. Das sei kein Problem. Vielleicht könnte ich dann ja wieder anfangen, mit Gilbert zu schlafen. Was meinst du?«

Ich sagte ihr – noch einmal –, was ich davon hielt, und fragte mich, welcher Version ich trauen sollte: Sie musste doch wissen, ob sie vor zwei Nächten Sex mit ihrem Ehemann gehabt hatte – oder ob sie es nur wieder in Erwägung zog. Und dann stellte ich die viel wichtigere Frage, über die Zoe und ich bereits gegrübelt hatten – und vielleicht auch Sarah und Bernhard.

»Darf ich fragen, was das Problem ist? Mit Gilbert?«

»Natürlich.« Aber sie zögerte eine ganze Weile, bevor sie antwortete. »Gilbert ist zu … französisch.«

Da hätte wohl keiner von uns widersprochen – ich wunderte mich nur, wieso das für Camille ein Problem darstellte. Allerdings enthielt ihre Antwort gleichzeitig die Aussage: »Und daran lässt sich ja nun mal nichts ändern.«

»Ich hatte wieder Sex mit ihm, weil er aufgehört hat, sich über italienischen Wein zu beschweren.« Aha, zurück zur Gegenwart. »Und … nun ja, es ist nicht unangenehm.« Sie lachte. »Das Leben ist kurz.«

»Dann hast du ihn also noch nicht aufgegeben. Vielleicht, wenn wir ihm auch noch australischen Wein schmackhaft machten …«

»Nun machst du wieder Witze.«

Eigentlich nur halb. Gilbert war Camille treu ergeben, aber er ließ sich auch nicht ausnutzen – ich korrigiere: wenn man an den Föhn dachte, vielleicht doch ein bisschen. Trotzdem blieb er auch sich selbst treu – er war gesellig, charmant, duldsam … es sei denn, es ging um italienischen Wein. Und den Föhn hatte er weggeworfen.

Camille war aber noch nicht fertig. »Wenn Gilbert nicht dabei wäre – glaubst du, Zoe würde mich nach Rom bringen?«

»Natürlich. Zoe und ich und Bernhard und Sarah. Du denkst doch nicht etwa darüber nach, Gilbert nach Hause zu schicken?«

»Nein, aber ich frage mich ständig: Ist Zoe deinetwegen mitgekommen oder wegen mir?«

Es war eine Variation der Frage, die Zoe gestellt hatte, als ich beschloss weiterzugehen. Ihretwegen oder wegen Sarah? Ich zweifelte kein bisschen an meiner Antwort, aber nachdem ich sie ausgesprochen hatte, musste ich dennoch stutzen.

»Sie wusste nicht, dass ich mitkomme. Sie ist deinetwegen dabei.«

47

Zoe

Das Frühstück im *Casa Roberto* bestand aus einfachen Keksen aus einem riesigen Karton und einem Paket Cracker mit Gelee. Bernhards Müsli war aufgebraucht.

»Dafür wird es lange keinen Ersatz geben«, prophezeite Martin. »Jetzt geht es in die Wildnis.«

»Das hast du schon öfter gesagt«, meinte Sarah. »Und trotzdem haben wir bisher die zivilisierte Welt nicht verlassen.«

Roberto erschien, und ich hoffte spontan, er hätte frische Croissants dabei. Aber er brachte nur die Rechnung.

Ich dachte an meine Zeichnung – die Pilger waren offensichtlich wir, aber warum hatte ich mich selbst so abseits und verloren porträtiert?

Unter den wachsamen Augen, nicht Jesu, sondern Dennis Hoppers, hatte Martin mir am Abend zuvor ein Update zu Camilles Problem mit Gilbert gegeben. Es war mir nicht besonders gut gelungen, meine Gefühle zu verbergen.

»Du bist sauer, dass sie es mir erzählt hat und nicht dir, oder?«, sagte er.

»Um ehrlich zu sein: ja. Ich meine …«

»Ich weiß: Du bist eine Seelenverwandte.« Ich konnte sehen, dass er sich seinen weiteren Kommentar verkniff.

»Na los. Sag es.«

»Ich will dich nicht davon abhalten, mit mir zu laufen. Aber ich finde, für Seelenverwandte verbringt ihr ziemlich wenig Zeit miteinander.«

Er hatte recht. Auch mir war das aufgefallen.

»Vielleicht hatte es einen praktischen Hintergrund«, gab Martin zu bedenken. »Vielleicht hat sie Gilbert noch nicht aufgegeben und will ihm eine Botschaft übermitteln – durch mich, weil sie meint, ich stehe ihm näher. So als Mann. Zumindest sind sie immer noch zusammen, und Gilbert schuldet mir einen Drink. Wenn Camille meinen Rat befolgt, werden sie auch ein bisschen vögeln.«

»Vögeln? Nennt ihr das wirklich so? Kann eine englische Frau tatsächlich sagen: ›Mir ist nach Vögeln‹?«

»Vielleicht eher: ›Gegen 'n bisschen Vögeln würd ich mich nich wehren.‹ Oder ›'n bisschen Abwechslung‹.«

Ich musste lachen. »Na dann … Wie wär's denn mal mit 'n bisschen … Abwechslung?«

Hinter dem Dorf kam ein langer, steiler Aufstieg, und wir liefen eine geraume Weile im Gänsemarsch über einen schmalen Grat. Dabei wiesen uns die rot-weißen Markierungen mit dem AV der *Alta Via* den Weg. *Alta* verwies auf die Höhe – an diesem Tag laut Bernhards Smartwatch siebenhundert Meter –, und es waren ein paar mächtig steile Abschnitte dabei. Nur hin und wieder tauchte eine Taube auf, um zu erinnern, dass wir uns gleichzeitig auf dem *Chemin* befanden. Der Tag war mild, und Camille schien keine Probleme mit der Balance zu haben. Wieder einmal ging Dr. Sarah dicht bei ihr.

»Fünfundzwanzig Prozent Steigung«, sagte Bernhard

nach einem kurzen, aber anstrengenden Teilstück, bei dem ich beide Hände brauchte, um mich hochzuziehen. Martin nahm dazu seine Stöcke.

Am Nachmittag ging es durch Wiesen und Wälder bergab, und wir erhaschten einen ersten Blick auf Genua, das am Fuße der Berge vor uns lag. Und dahinter wahrscheinlich das Meer.

Wir holten Camille ein, die gerade allein wanderte – anscheinend hatte sie Sarah vorgehen lassen. Martin beschleunigte und zog an uns vorbei, um mir Zeit mit ihr zu geben.

»*Mon dieu*«, sagte sie. »Jetzt sind wir schon fast an der Riviera.«

Wir blieben stehen und nahmen den Ausblick in uns auf.

»Du bist unglaublich, weißt du das?«, sagte ich.

»Wegen der MS?«

»Das auch. Aber wenn du mich damals, mit zwanzig, gefragt hättest, ob du so etwas schaffen würdest, hätte ich ›Auf keinen Fall‹ gesagt. Und über mich dasselbe – wobei ich es vielleicht sogar in Betracht gezogen hätte. Aber du hattest ja mit Sport rein gar nichts am Hut.«

»Das hier ist kein Sport. Und unser Roadtrip ist schon lange her. Du kennst mich nicht, so wie ich jetzt bin, Zoe.«

Mir fiel ein, dass ich sie nicht zeichnen konnte. Dass Sarah zwischen uns gekommen war. Dass es einen weiteren Grund für ihre Pilgerreise gab, den sie mir nicht erzählen wollte.

»Dann erzähle es mir.«

Wir gingen weiter, und sie schwieg. Ich spürte die Spannung zwischen uns, konnte aber nicht deuten, woher sie kam … warum sie Angst vor mir hatte … oder warum ich Angst vor dem hatte, was sie sagen könnte.

»Ich hatte nie viel Zeit … Ich habe früher nicht viel …

über den Glauben nachgedacht«, sagte Camille dann irgendwann. »Aber als ich meine Diagnose bekam ...« Sie zuckte die Achseln. »Die Gottesdienste haben mir tatsächlich Trost gebracht. Mit Gott fühle ich mich mehr im Frieden als jemals mit einem Mann.«

»Und hilft dir dieser ... Frieden ... mit der MS?«

»Zuerst dachte ich, es sei eine Strafe. Dass ich es verdient hätte.« Camille hob die Hand, um meinen Protest abzuwehren. »Aber mir wird geholfen. Ich bin ein Staubkorn auf dieser Welt ... Aber es tröstet mich, dass Gott einen Platz für mich hat.«

»Und wie passt die Hostelgeschichte da rein?«

»Ich hatte nicht damit gerechnet, dass ich schon auf dem Weg irgendeine Antwort bekommen würde. Aber ich habe gebetet, und mir wurde diese Idee geschenkt.«

»Und Gilbert wird dich unterstützen?« Ich formulierte es als Frage, obwohl ich die Antwort kannte. Ich wollte, dass sie seine große Hingabe an sie anerkannte.

Unvermittelt blieb sie stehen. »Würdest du bei Martin bleiben, wenn er dich betrogen hätte?«

Auch ich blieb stehen; ich konnte mir vorstellen, was nun kommen würde. Endlich wollte Camille sich mir anvertrauen, aber es ging nicht um ihre große Lüge. Doch ich wollte nicht, dass mein Bild von Gilbert zerstört würde. Ich mochte ihn gern. Und was Treue betraf, nahm Camille es doch selbst nicht so genau, verdammt nochmal. Zumindest dachte ich das ... Mist, ich war einfach davon ausgegangen.«

»Gilbert hat dich betrogen?«

»Er ist durchaus kein Heiliger. Vielleicht ist unsere *femme de ménage* dieser Meinung, aber ich nicht.«

»Ihr hattet eine ... Ménage-à-trois?« Mir fiel ein, dass

sie sich gewünscht hatte, er würde mit der Weinexpertin flirten.

»*Ménage* heißt Haushalt. Er ist mit der Putzfrau fremdgegangen. Die ganze Welt denkt, die Franzosen sehen das locker, und vielleicht ist uns auch egal, was unsere Politiker machen. Aber die Putzfrau?«

»Camille! Warum hast du mir das nicht erzählt?«

»Ich habe sie erwischt. Sie trug ein rotes Negligé … was ihr nicht unbedingt gut stand. Welche Frau trägt so etwas zur Arbeit, frage ich dich … zum Putzen! Sie hatte die Hände am Kühlschrank … so … und Gilbert stand hinter ihr, und seine Hose war …«

»Okay, okay! Mehr will ich gar nicht wissen.«

»Ohne jede *Diskretion.* In *unserem* Haus! An unserem *Kühlschrank*! In dem unser Fleisch und Käse …«

Ich nahm Camille in den Arm – nicht nur, um meine Solidarität zu bekunden, sondern auch, damit sie schwieg. Dann ging sie weiter, und ich hatte den Eindruck, dass sie unser Gespräch für beendet hielt. Aber: Wenn sie nicht mit Gilbert zusammenbliebe, wie sollte sie dann ein Hostel führen?

»Könntest du ihm wohl vergeben?«, wollte ich wissen. »Denn wie du schon sagtest: Er flirtet jetzt ja nicht mehr mit anderen Frauen. Ich weiß nicht, ob ich vergeben könnte, wenn es mir passierte, aber es ist immerhin ein christlicher …«

»Er kann gerne flirten«, sagte Camille und winkte ab. »Es spielt keine Rolle. Ich habe versucht, ihm zu vergeben. Und wenn der Papst es mir sagt, werde ich es tun.«

Verdammt. »Was, wenn der Papst dich nicht empfangen kann, Camille?«

Sie lächelte. »Das wird er. Daran glaube ich.«

48

Martin

Nach einem verregneten Tag in den Bergen brauchte es nicht viel, um sich in einer wie auch immer gearteten Unterkunft wohlzufühlen. Für unser Hotel jedoch passte nur ein Wort: trostlos. In dem dreistöckigen Klotz mit ausgebleichter, abblätternder Farbe, auf der die überstrichenen Reparaturarbeiten wie draufgeklatschte Pflaster aussahen, waren wir die einzigen Gäste. Ich hätte ein volles Jahr lang mit meiner Werkzeugtasche herumlaufen können und doch keinen sichtbaren Unterschied bewirkt.

Ich begnügte mich damit, die Vorhangschiene zu reparieren, damit wir nicht von der Morgensonne geweckt würden. Bei zunehmend kühler werdendem Wetter standen wir nicht mehr unter dem Druck, früh aufbrechen zu müssen.

Es war nicht das erste Mal im Apennin, dass wir ein ehemaliges Grandhotel im Zustand des Verfalls erlebten. Vor ein paar Tagen hatte ich mich mit einem Wirt unterhalten, der in vierter Generation ein Gasthaus mit zweiunddreißig Zimmern führte, während Zoe ihn gezeichnet hatte.

Das Geschäftsmodell war recht simpel, wie Bernhard ja bereits festgestellt hatte: keine Bediensteten außer der eigenen Familie; übersichtliche Speisekarte mit kaum frischen Zutaten; Reparaturen nur im Notfall; und wenn in einem

Zimmer die Sanitäranlagen oder der Strom ausfielen, wurde es einfach abgeschlossen. Für immer.

Angesichts Camilles Ambitionen betrachtete ich das Hotel aus einem anderen Blickwinkel. Das Gebäude besaß Potenzial und war vermutlich für einen Spottpreis zu haben. Aber wer sollte die Zimmer bewohnen? Wir hatten auf dem Assisiweg bislang nur drei Pilger getroffen – zwei in Frankreich plus Grietje.

Die erschöpft wirkende Rezeptionistin, die auch das Zimmermädchen war – und zudem womöglich Köchin und Bedienung –, sprach weder Englisch noch Französisch. Doch sie versicherte Camille, unsere Bestellungen für Abendessen und Frühstück – je einmal vegetarisch – seien vermerkt worden.

Dass ich Gilbert dazu gebracht hatte, Camilles Hostelpläne zu unterstützen, schien Zoe Hoffnung zu machen, ich könnte auch die andere Hälfte der Gleichung lösen.

»Männer messen Untreue doch häufig keine große Bedeutung bei. Das musst du Camille nur klarmachen.«

»Und dann reich werden mit Seminaren dazu, wie man so was schafft.«

»Wie schön, dass du auch an die Zukunft denkst!«

Im Voraus zu buchen, erwies sich in diesem Teil der Welt als knifflig: Wäre unser Weg entlang der Küste durch die Cinque Terre verlaufen, hätte es reichlich Unterkünfte gegeben. Diese abgelegene Route bot jedoch nicht viel Auswahl, und die anderen waren es schon gewohnt, dass Camille und ich uns bei unserer Suche für immer längere Zeiten zurückziehen mussten. Irgendwann könnte ich dabei also vorsichtig anfragen, ob sie über Gilberts Untreue reden wolle.

»Irgendwann« ergab sich dann schon am selben Abend.

»Hat Zoe dir erzählt, was Gilbert getan hat?«

»Nur ganz grob. Sie hat angedeutet …«

»Er hatte Sex mit der *femme de ménage*. Gegen den Kühlschrank. Neben Fleisch und *fromage*. In einem lächerlich kleinen roten …«

»Ja, das hat Zoe gesagt. Das muss dich ganz schön schockiert haben.«

»Natürlich. Wen nicht? Was für eine Frau …«

Damit lieferte sie mir einen Ansatzpunkt, auf den ich allerdings nicht stolz war. »Na, wenn sie so zur Arbeit kam, dann hatte sie es wohl darauf angelegt, Gilbert zu verführen.«

»Sarah würde bei so einem Argument bestimmt auf die Barrikaden gehen – aber ich verstehe, worauf du hinauswillst. Männer sind leicht zu manipulieren. Aber sie sollten wenigstens *diskret* vorgehen. Und wenn sie erwischt werden, sollte es ihnen leidtun.«

»Ich bin mir sicher, dass es Gilbert verdammt leidtut.« Und wenn nur deshalb, weil er erwischt worden war.

»Das ist ja das Problem. Er weigert sich, um Verzeihung zu bitten.«

»Gilbert, *mon ami*. Du musst Camille um Verzeihung bitten.« Ich mischte mich in fremde Angelegenheiten ein – aber mit den besten Absichten. Ich glaubte, Gilbert mittlerweile so nahezustehen, dass ich als Freund mit ihm sprechen konnte, ja, dass Camille es sogar von mir erwartete.

Ich hatte mich zu ihm an die Bar gesetzt, und die Wirtin brachte uns eine Flasche Rotwein ohne Etikett. Doch obwohl das Problem – sowie die offenkundige Lösung – nun auf dem Tisch lagen, reagierte Gilbert seltsam ausweichend.

»Das liegt alles hinter uns. Im Hier und Jetzt … geschehen Dinge, über die ich mich nicht näher auslassen möchte, aber du kannst es dir vielleicht denken. Unsere Beziehung hat sich verbessert, und ich bin zuversichtlich, dass alles ins Reine kommen wird.«

»Vielleicht, aber ich kann dir sagen, dass diese Sache immer noch ein Problem für sie ist. Sie hat es Zoe erzählt. Sie hat es mir erzählt. Wie schwer kann es sein, zu sagen: ›Es tut mir leid – ich habe einen Fehler gemacht‹?«

Ich hatte Gilbert nur einmal kurz verärgert erlebt – als er den Föhn weggeworfen hatte –, und auch jetzt blitzte seine Wut nur kurz einmal auf, bevor seine Stimmung in etwas wie Traurigkeit umschlug. Er nahm einen tiefen Schluck Wein.

»Die Sache mit der Haushaltshilfe ist nicht wahr. Ich war gezwungen, sie zu entlassen, was für sie finanziell schwierig und auch peinlich war. Und moralisch absolut falsch. Sie ist ein guter Mensch; würdest du sie kennenlernen, wüsstest du sofort, wie lächerlich diese Geschichte ist.«

»Camille hat sie erfunden?«

»Ich fuhr zum Mittagessen nach Hause, und unsere Haushälterin sagte mir, sie habe … Kleidung von Camille im Kühlschrank gefunden.«

»Rot?«

Gilbert nickte. »Als Camille abends kam, bat ich sie um eine Erklärung. Sie beschuldigte Nadine, sie habe ihr mehrfach Kleider entwendet. Also habe Camille sie im Kühlschrank versteckt. Was, wie du dir denken kannst, überhaupt keinen Sinn ergibt. Vielleicht bei einem Mantel oder einem tollen Abendkleid oder Geld, aber ich bezweifle, dass irgendjemand Unterwäsche stehlen würde. Außerdem war klar, dass unsere Haushälterin im Rahmen ihrer Arbeit den Kühlschrank öffnen würde.«

»Dann war das schon ein Anzeichen ihrer Krankheit? Dass sie das Negligé in den Kühlschrank gelegt und sich dann diese Geschichte ausgedacht hat?«

»Es waren erste Hinweise. Aber das haben wir damals nicht gewusst. Wir haben uns gestritten … und ich bin gegangen. Bin ausgezogen. Im Laufe der Zeit wurde die Geschichte zu der, die sie jetzt im Kopf hat. Als wir später von der Krankheit erfuhren, kehrte ich zu ihr zurück – wie du ja weißt. Es tut mir leid, dass ich gegangen bin, aber ich kann nicht um Verzeihung bitten für etwas, das ich nicht getan habe.«

Wir saßen eine Weile schweigend da und tranken unseren Wein. »Du meinst, sie ist wirklich überzeugt, dass es so passiert ist, wie sie es Zoe erzählt hat?«, fragte ich dann.

»Da bin ich sicher. Camille ist keine Lügnerin.«

»Es kommt für dich also nicht in Frage, um Verzeihung zu bitten? Einfach um des lieben Friedens willen? Du weißt doch, was man sagt: Es ist *ihre* Wahrheit.«

Gilbert schwieg erneut, ehe er antwortete. »Du glaubst mir doch, dass ich alles für sie tun würde, oder?«

»Na ja, bisher bist du verdammt heldenhaft gewesen. Sie ist oben, um sich umzuziehen, und ich kann mir gut vorstellen, dass du ihre Abendkleider durch die Gegend schleppst.«

Er nickte. »Ich wäre auch bereit, ein *gîte* zu führen, wenn das nötig ist. Aber wenn ich ihr gestehe, untreu gewesen zu sein …«, er wechselte zu Französisch, »dann würde es wirklich wahr werden, und ich könnte nicht mehr in den Spiegel sehen.«

Um 19 Uhr saßen wir allesamt an dem für sechs Personen gedeckten Tisch. Zwei weitere Tische waren mit jeweils vier Gedecken versehen. Ein flackerndes Feuer hätte wohlige Wärme verbreiten können, doch der Kamin war leer. An einem Samstagabend.

Die Wirtin war nirgends zu entdecken. Nach einer Weile schlurfte ein etwas schäbig gekleideter Mann um die sechzig herein, blickte zur Theke, und als er dort niemanden sah, ging er in die Küche.

»Ob wohl noch jemand kommt?«, überlegte ich laut.

»Warum sollten sie sich sonst die Mühe machen, weitere Tische zu decken?«, sagte Bernhard.

»Hoffnung?«

»*Et voilà* …«, meinte Sarah. Eine gutgekleidete zierliche Frau um die fünfzig rauschte durch die Tür, warf ihren Regenschirm in eine Ecke und hängte den Mantel auf.

Doch anstatt sich an einen Tisch zu setzen, kam sie zu uns. »*Mi dispiachi, excusez-moi, sorry.* Englisch?«

»*Si*«, sagte Camille – verwirrenderweise.

»Hat meine Schwester sich schon um Sie gekümmert?« Sie wartete unsere Antwort nicht ab; vielleicht wollte sie auch keine. »Wir starten mit *prosciutto*, dann mache ich *pasta. Pasta* mit *pesto* oder *ragú* oder Pilzen, danach Kalbfleisch …«

»Ich bin Vegetarierin«, sagte Zoe. Wie zu erwarten, war die Nachricht doch nicht durchgedrungen.

»Das ist kein Problem. Ich werde *melanzana* machen – Aubergine – mit Mozzarella.«

Und genau das tat sie dann auch – vermutlich ohne jede Hilfe.

Gebracht wurde das Essen, ein wenig unbeholfen, von

dem traurigen Mann. Gilbert schickte ihn auf die Suche nach einem Wein *mit* Etikett, den er dann als deutliche Verbesserung zu unserem Vorabendwein bewertete.

Erst am Ende, als Kaffee und Kuchen auf dem Tisch standen, tauchte unsere Wirtin wieder auf, erkundigte sich, ob alles in Ordnung sei, und brachte uns eine Flasche Grappa – nicht von der Bar, sondern aus der Küche.

Die anderen Tische waren leer geblieben.

»Ziemlich ruhig im Moment«, sagte ich.

»Saisonende.« Sie seufzte. Dann gestand sie: »Mittlerweile ist es immer so ruhig. War der Wein in Ordnung?«

»Ja, er war gut«, antwortete Gilbert.

»Das war die letzte Flasche Barbera. Es ist einfach zu teuer, gute Weine zu lagern nur für den Fall, dass jemand wie Sie vorbeikommt. Unser Barolo ist bestimmt alt und ungenießbar.«

»Könnten wir ihn trotzdem probieren?«, wollte Gilbert wissen. »Wir zahlen gern, auch wenn er schon … müde schmeckt.«

Sie kehrte mit einer Flasche zurück, entkorkte sie und schenkte Gilbert einen Probierschluck ein. Selbst von meinem Platz aus konnte ich sehen, dass er braun war. Gilberts Gesichtsausdruck bestätigte, dass es sich nicht um einen verborgenen Schatz handelte.

Es war geradezu bezeichnend, dass der Wein so lange gelagert hatte, bis er unbrauchbar geworden war. Das Hotel und seine Betreiber würde früher oder später dasselbe Schicksal ereilen.

49

Zoe

Cartoon: Bild 1: Eine alte Frau sitzt allein in einem großen, fast leeren Raum. Die wenigen Möbel sind mit Laken bedeckt. Auf ihrem Schoß liegt ein Fotoalbum; in ihren Augen glitzern Tränen. Sie ist so sehr in Erinnerungen versunken, dass sie das Klopfen an der Tür nicht hört. Bild 2: Draußen gießt es in Strömen. Durchnässt und vor Kälte bibbernd, stehen sechs *pellegrini* vor dem vierstöckigen Haus. Ein junger Mann hat den Arm um eine junge Frau gelegt, um sie vor dem Wetter zu schützen; sie wärmen sich gegenseitig. Eine Frau hämmert gegen die Tür, während ein älterer Mann sich bemüht, seinen Regenmantel als Schirm über ihr auszubreiten, doch der Wind bläst ihm das Ding aus der Hand. Ein anderes Pärchen steht dicht zusammen; sie scheinen zu überlegen, ob sie woanders hingehen sollen.

Story: Alessandra ist mit ihrem Ehemann nach Rom gepilgert, um Gott für die Rettung ihres Kindes zu danken, das seine Leukämie überlebt hat. Sie versprachen Gott, ein Hotel für *pellegrini* zu eröffnen und ein Leben als gute Christen zu führen. Doch nun ist Alessandra allein, ihr Kind wohnt weit entfernt, und sie lebt nur noch in ihren Erinnerungen – und Wünschen, die sich nie erfüllt haben.

Irgendetwas hatte sich verändert. Etwa seit Passo di Giovi, nördlich von Genua, war uns bewusst, dass wir in rauere, unbekannte Gefilde aufbrachen. Martin hatte uns vor dem Gelände gewarnt. Aber nun spürte ich, wie mich die Traurigkeit der zwei Schwestern und ihres schäbig gekleideten Bruders aus der letzten Unterkunft runterzog. Sie erinnerten mich an den Film *Was geschah wirklich mit Baby Jane?*.

Auf meinem ersten *Camino* war ich dem Frühling entgegengewandert. Diesmal liefen wir in den Herbst hinein. Und es lag etwas Trostloses in der Luft, anders als im herbstlichen San Francisco, wo kurz durch den Nebel erhaschte Blicke auf die Golden Gate Bridge oder gar auf San Quentin eher geheimnisvoll wirkten denn als Vorboten düsterer Monate. Ich ging davon aus, dass die letzten sonnigen Tage nun hinter uns lagen.

Eigentlich sollte es an diesem Tag nicht allzu anstrengend werden – nur zehn Meilen –, und wir waren mittlerweile fitter.

»Gilbert sagt, er hat nichts gemacht«, erzählte Martin. »Er ist nicht fremdgegangen … also keine Kühlschrankspielchen. Camille hat sich das ausgedacht – so, wie sie es eben manchmal macht.«

»Und du glaubst ihm?«

Martin nickte. »Du nicht? Ich meine, Camille ist so etwas schon öfter passiert. Sie kann ja nichts dafür …«

»Ich weiß, aber es gibt doch auch Geschichten von Leuten mit psychischen Störungen oder sonstigen kognitiven Einschränkungen, denen erst niemand glaubt, und dann …«

»Ich bin gern bereit, meine Meinung zu revidieren. Aber wenn *sie* davon überzeugt ist, ist es im Grunde egal, ob es stimmt oder nicht. Nehmen wir mal an, er hat es getan, so wie sie glaubt … Ich meine, Untreue muss doch nicht gleich das Ende einer Beziehung bedeuten.«

Ich ließ mir diese Aussage eine Weile durch den Kopf gehen. »Willst du mir damit was Bestimmtes sagen?«

»Nein, ich habe nichts zu beichten. Bisher nicht. Und hoffentlich auch in Zukunft nicht. Aber findest du nicht, es wäre gut für eine Beziehung, wenn man sich schon im Vorfeld darüber verständigt, wie man … also was passiert, wenn einer von uns Mist baut? Verdammt, bevor ich mich jetzt noch tiefer reinreiße … Ich will nur sagen, dass ich heute glaube, ich hätte Julia gegenüber verständnisvoller sein sollen – was ihre Affäre betraf. Nicht dass ich wieder zu ihr zurückwill, auf keinen Fall! Aber ich war ganz schön gemein zu ihr, und danach gab es keinen Weg mehr zurück. Vielleicht kann Liebe – die Liebe der beiden, unsere Liebe – tatsächlich ein bisschen größer sein.«

Ich dachte darüber nach. Im Prinzip hatte er wohl recht, aber ich war nicht sicher, ob ich so was gerade in meinem Kopf gebrauchen konnte, während mir das Wasser den Nacken hinunterlief.

»Einigen wir uns auf ›vielleicht‹ und reden über etwas Erbaulicheres«, schlug ich vor, während ich meine Kapuze neu festband. »Das Wetter ist schon deprimierend genug.«

Martin lachte. »Dann warte den Winter in Sheffield mal ab.« Hatte sich sein Akzent wieder verstärkt?

Doch auch über den berüchtigten »Waschküchennebel«, von dem ich bereits gelesen hatte und der die Stadt quasi tagelang unsichtbar machte, wollte ich jetzt nicht nachdenken, geschweige denn darauf warten. Mir war kalt bis ins Mark.

»Kann jemand sich erinnern, wann wir die letzte Taube gesehen haben?«, fragte Sarah, als wir sie einholten.

»Da war eine, als der Aufstieg losging. Vor einer Meile oder so.«

Ich spähte in die Richtung, aus der wir gekommen waren, aber der Pfad verlor sich im Nebel.

»Vielleicht … an der Weggabelung?«

»Welcher Weggabelung?«

Wir standen auf und neben dem Wanderpfad zwischen Baumwurzeln, Matsch und Kuhfladen (wie kamen denn bloß Kühe hier herauf, oder war das von riesigen Bergziegen?).

Bernhard und Sarah zogen ihre Handys hervor. Mittlerweile waren auch Gilbert und Camille dazugekommen.

»Da entlang.« Bernhard zeigte nach oben.

Keiner rührte sich. »Ich möchte wirklich gerne eine Taube sehen«, sagte ich.

»In dieser Richtung werden wir eine finden.«

Das war ein Argument, aber dorthin gab es keinen richtigen Weg, nur einen mit Gestrüpp überwachsenen Hang. Und noch mehr Kuhfladen.

»Ich gehe zurück«, sagte Martin, »und sehe nach, ob wir eine Abzweigung verpasst haben.«

Bernhard marschierte in die andere Richtung. Nach nicht mal einer Minute war keiner der Männer mehr zu sehen.

»Hier ist eine Taube«, rief Bernhard von oben.

»Eine Taube und ein Weg«, hörten wir Martins Stimme von unten. Wir gingen also zurück. Aber noch ehe wir Martin sahen, sahen wir den Bullen. Direkt auf dem Weg. Und er macht keine Anstalten, sich zu bewegen.

Wir drehten um und gingen doch nach oben.

Den ganzen Tag hatte es immer mal wieder geregnet, aber beim letzten Abstieg begann es plötzlich wie aus Eimern zu schütten. Und ohne schützenden Wald waren wir widerstandslos dem Wind ausgesetzt. Ich fühlte mich ein wenig selbstgefällig in dem Wissen, dass ich mit bestmöglicher Ausrüstung unterwegs und daher gut und warm vor den Elementen geschützt war, nun, da ich die Kapuze befestigt hatte.

Bis meine Schuhe durchweichten. Das Gefühl durchdringender Nässe wurde bei jedem Schritt von einem hörbaren Quatschen begleitet. Dann weichte meine wasserdichte Regenhose durch. Nicht nur dass meine Beine nass und kalt waren, ich schleppte auch noch extra Gewicht mit mir herum. Martin trug Shorts, wie fast jeden Tag, und ich schätzte, dass nasse Beine weniger unbequem waren und kaum noch kälter sein konnten.

Dann lief mir auf einmal auch wieder Wasser in den Nacken, und mir wurde immer kälter. Ich fragte mich, ob Camille mit Kälte wohl dieselben Probleme hatte wie mit Hitze. Wir alle mussten uns durch Matsch kämpfen: Es war schwer zu erkennen, ob es ihr besser oder schlechter ging als dem Rest.

Als wir Scoffera endlich erreichten, goss es immer noch, und wir hatten keine Ahnung, wo wir hinmussten. Der Ort war größer, als Martin gedacht hatte – außerdem war Sonntag und alles geschlossen. Camille wurde immer zittriger, während Martin sie drängte, sich an die Wegbeschreibung zu erinnern, und ich wurde sauer auf Martin, weil er sich nichts aufgeschrieben hatte.

Ein einziger Mensch war unterwegs beziehungsweise stand in einer offenen Haustür, den wir um Hilfe bitten konnten. Es war eine Frau, und Camille und ich gingen zu ihr. Die zwei diskutierten eine Weile auf Italienisch, dann folgte Camille der Frau ins Haus.

»Camille, was …?«

Camille zog die Jacke aus und tropfte der *signora* den Fußboden voll. Die wirkte zwar nicht besonders glücklich darüber, aber schicksalsergeben.

»Das ist Signora Alessandra«, sagte Camille.

Ich brauchte einen Moment, um zu verstehen, was sie meinte: Die *signora* war unsere Wirtin und hatte nach uns Ausschau gehalten. Ich rief die anderen dazu, und bald war aus der Pfütze im Flur ein kleiner See geworden. Die Frau führte uns drei Stockwerke nach oben – alle unsere Unterkünfte, selbst die größeren Hotels, waren mehrstöckig gebaut –, und noch während ich über den langen, dunklen Korridor meine Tropfspur zog, zeichnete ich das Haus bereits in Gedanken. Wir hatten das oberste Stockwerk eines Seitenflügels ganz für uns und waren, wie erwartet, die einzigen Gäste.

»Schalten Sie bitte alle Lichter aus, die Sie nicht brauchen«, bat Alessandra.

Dass wir auch die Heizungen ausschalten sollten, brauchte sie nicht zu sagen – es gab keine.

Nachdem wir uns abgetrocknet und umgezogen hatten – wobei in meinem Rucksack kaum noch ein Stück trocken war, und wenn, dann nicht warm genug, weshalb ich mich in eine der Bettdecken wickelte –, stellte ich mich auf meine Schuhe, aus denen daraufhin das Wasser spritzte.

»Das wäre lustig, wenn du morgen nicht wieder damit laufen müsstest«, meinte Martin.

»Irgendwo habe ich einen Stapel Zeitungen gesehen«, sagte ich. Das war die Standardlösung bei nassen Schuhen, wenn es keine Heizung gab, und selbst wenn, war es eine gute erste Maßnahme. Vermutlich war die *signora* daran gewöhnt, dass Wanderer sie brauchten, und Zeitungen waren billiger als Heizlüfter. Bei sechs Paar Wanderschuhen war der Großteil der Zeitungen schnell verbraucht.

Camille wollte noch einmal mit der Wirtin reden, kehrte jedoch unverrichteter Dinge wieder zurück. »Sie ist verschwunden.«

Ich stand bereits, als Sarah sagte: »Ich gehe mit dir suchen.«

Camille lächelte. »Ist schon gut, Zoe und ich machen das.«

Ein Gefühl von Triumph stieg in mir auf. Wie alt war ich noch mal?

Das Hotel war gespenstisch still und wäre eine tolle Kulisse für einen Horrorfilm gewesen. Lange Flure, ein leerer Raum nach dem anderen. Im Erdgeschoss sahen wir Licht durch einen Türspalt schimmern.

Alessandra überreichte uns die Zutaten für unser Abendessen. Großzügig war etwas anderes: Nudeln, ein Glas Soße, Brot, Butter, Salat. Zwei Hähnchenfilets. Und eine Flasche Wein.

»*Mon dieu*«, murmelte Camille, als wir gingen. »Ich glaube, sie hat kein Geld, um mehr Wein zu kaufen.«

»Hat sie nicht gesagt, ihr Mann sei gestorben? Vielleicht ist das gerade schlechtes Timing.«

»Er starb bei der Hoteleröffnung. Am selben Tag.«

»Ach, du Schande!« Kein Wunder, dass es hier so deprimierend war. »Wie lange ist das her?«

»Sechs Jahre.«

In der kleinen Küche, in der Camille unser spärliches Essen zubereitete, lag auf dem Tisch noch eine der Zeitungen, mit denen wir unsere Schuhe ausgestopft hatten. Die erste Seite fehlte, doch auf der dritten erkannte ich das Hotel und sah genauer hin. Es war ein Artikel vom Tag der Eröffnung mit einem Foto von Alessandra und ihrem Mann. Alle Zeitungen waren von jenem Tag.

Ich zog die Seiten aus meinen Schuhen und strich sie glatt, aber nicht mal mehrfaches Bügeln würde sie wieder in den ursprünglichen Zustand versetzen.

50

Martin

Zoe hatte uns erzählt, womit wir unabsichtlich unsere Schuhe getrocknet hatten. Damit unsere Wirtin ihre zerknitterten Erinnerungen nicht fände, hatte ich sie allesamt in meinen Rucksack und in meine Taschen gestopft und leerte sie nun in den ersten verfügbaren Mülleimer.

»Mist«, sagte Zoe, »ich habe meine in ihren Abfalleimer geworfen. Ich bin diejenige, die das Richtige tun wollte, und nun wird es meine Zeitung sein, die sie findet.«

»Woher soll sie wissen, dass es deine ist?«

»Ich muss zurück.«

Während Zoe umkehrte, um ihre nasse Zeitung aus dem Müll zu fischen, holten wir uns frische Backwaren aus der *panetteria*. Mir ging es relativ gut. Ich hatte in meiner Thermo-Unterwäsche geschlafen und nicht gefroren. Auch die Alkoholpause hatte mir sicher nicht geschadet. Die Weinflasche hatte beim Öffnen gezischt, was Gilbert zunächst auf Nachgärung tippen ließ, bis er das Etikett las. Dann erklärte er, das sei beabsichtigt, weil es sich um einen *frizzante* handelte, einen moussierenden Rotwein. Zur Not konnte man sich wohl daran gewöhnen, dachte ich. Wir probierten jeder ein kleines Gläschen und überließen den Rest Gilbert.

Am Morgen gab es guten starken Kaffee aus der Mokkakanne, und das warme Gebäck jetzt aus der Bäckerei war weitaus leckerer als das schon etwas ältere Brot, das wir in der letzten *albergo* bekommen hatten.

Zoe war schlechter Stimmung, als sie zurückkam. Sie hatte sich eine Ausrede einfallen lassen müssen und behauptet, sie habe etwas vergessen, und unsere Wirtin habe die ganze Zeit misstrauisch hinter ihr gelauert, während sie es natürlich nicht gefunden hatte. Die nasse Zeitung lag also immer noch im Abfalleimer.

»Soll ich dir einen Kuchen oder irgendetwas holen?«, fragte ich sie.

»Du hast alles aufgegessen?«

»Ich hätte ja etwas übrig gelassen, aber …«

»Du hast es nicht.«

»Tut mir leid, das war so lecker. Aber wie gesagt: Ich besorge dir gern noch etwas.«

»Gib dir keine Mühe. Sag mir lieber, wo wir heute übernachten. Damit ich mich schon mal darauf einstellen kann.«

»Ich fand die letzte Nacht gar nicht so schlimm. Dir war doch auch warm genug, oder?«

»Erst als ich schlafen ging. Die Küche war eisig.«

»Härtet dich ab für Yorkshire.« Das hätte ich wohl lieber nicht sagen sollen. »Was ist mit dir, Camille? Würdest du die letzte Unterkunft übernehmen wollen?«

Gilbert warf mir einen bösen Blick zu – unverdient, wie ich fand: Ich tat nichts weiter, als Camilles Phantasien über eine ländliche Idylle mit einer Prise Realität zu würzen.

»Man müsste einiges reparieren, aber im Prinzip …« Du lieber Himmel, sie zog es tatsächlich in Erwägung!

Zoe unterbrach. »Nein. Schlichtweg nein!«

»Alles in Ordnung mit dir?«, fragte ich sie, als die anderen außer Hörweite waren.

»Nicht besonders. Das Hotel war erbärmlich. Und ihr anderen habt alle trockene Schuhe. Ich habe eiskalte Füße.«

Es wurde ein weiterer anstrengender Tag in den Bergen. Aber es gab auch lohnende Momente: kurze Wegstrecken im Sonnenschein; ein wunderschöner schwarz-gelber Salamander, der so gut getarnt war, dass wir ihn beinah zertreten hätten; riesige Spinnweben mit winzigen Wassertropfen und orangefarbenen Bewohnern.

Zoe und Camille kletterten noch ein extra Stück zur Kirche in Barbagelata, während wir anderen warteten.

»Außergewöhnlich!«, sagte Camille, als sie zurückkehrten. »Sie war *très moderne.*«

»Und verschlossen«, fügte Zoe hinzu.

»Gemessen am Kalorienverbrauch, war das unser härtester Tag seit den Alpen«, sagte Bernhard mit Blick auf seine Smartwatch, als wir vor unserer Unterkunft standen.

»Sind wir da?«, wollte Zoe wissen und wünschte sich wahrscheinlich eine Antwort wie: »Nein, das ist nur die verlotterte Kneipe auf dem Weg zum Hilton um die Ecke.«

»Es war die einzige Option. Und montags eigentlich geschlossen. Sie machen nur für uns auf, weil Camille erzählt hat, dass wir *pellegrini* sind.«

»Und wo werden wir essen?«

»Auch hier«, sagte ich mit einladender Handbewegung, als ein robust aussehender Typ in zerrissenen Jeans und Cowboystiefeln die Tür öffnete. Hinter ihm war eine Bar zu erkennen – allerdings mit nur wenigen Flaschen in den Regalen.

Es hatte heute wieder häufiger geregnet, und wir waren ziemlich nass. Zoes Stimmung, die sich zwischendurch gebessert hatte, war wieder im Keller gelandet. Ich hoffte inständig auf eine funktionierende Heizung.

Unser Wirt brachte uns nach oben, und mein Wunsch war

erhört worden: Es gab einen Holzofen, der sicher schon eine Weile brannte, denn das gesamte Stockwerk – ein Schlafzimmer, ein Badezimmer, ein Viererzimmer mit Stockbetten – war gut warm. Zwar nicht besonders ordentlich – ich hatte den Eindruck, das Schlafzimmer war mangels Gästen zu einem Lagerraum umfunktioniert worden, und das Bad wirkte nicht besonders sauber –, aber definitiv warm.

»Das hier ist besser«, kommentierte Camille, die das Haus mit Käuferblick begutachtete. »Du und Zoe könnt das Schlafzimmer haben.«

»Schon gut«, hob ich an, überlegte es mir aber anders. »Danke … Dann habt ihr etwas bei uns gut.«

»Wein?«, fragte Gilbert, als wir uns zum Essen an den Tisch setzten, und sobald wir das verräterische Ploppen hörten, wurde klar, dass der gestrige moussierende Wein keine Ausnahme gewesen war.

»Habt ihr etwas ohne …?«, fragte Gilbert mit erklärenden Handbewegungen und versuchte es dann mit Italienisch. *»Non gazzo?«*

»Nein.«

»Ich fühl mich wie im Wilden Westen«, meinte Sarah und hatte nicht ganz unrecht: Es lag an der Kombination aus einfacher Saloon-Bar, dem struppigen Wirt sowie seiner attraktiven, handfesten Partnerin in ihrem Bauernkleid, die hin und wieder aus der Küche lugte. Witzigerweise befanden wir uns auch im Westen Italiens. Vielleicht hätte Gilbert lieber Whisky bestellen sollen.

»Eher wie in den Appalachen«, sagte Zoe. »Wie lange sind wir noch in Ligurien?«

»Bis nach Aulla«, antwortete ich. »Noch etwa eine Woche.«

Wir bekamen gutes italienisches Essen serviert. Sogar

besser als gut, nach einem so anstrengenden Tag. Auch der Kamin im Esszimmer unten brannte, und wir hatten den Raum für uns, wobei aufgrund der Enge nicht dieses Gefühl von Leere aufkommen konnte wie in den vorigen Hotels.

»Wie in einem Pub in Yorkshire«, erklärte ich Zoe, aber auf ihren Blick hin entschied ich, mich für eine Weile mit derlei Hinweisen auf unser zukünftiges Zuhause zurückzuhalten.

Zunächst bekamen wir eine große Platte Antipasti – die zugegebenermaßen nicht allzu vegetarierfreundlich war –, danach gab es *Pasta ai Porcini* (voll vegetarisch und so üppig, dass Zoe sie auch als Hauptspeise essen konnte), Wildschwein nach Jägerart, grünen Salat und Kuchen.

Nach und nach gewöhnte ich mich an den Geschmack des moussierenden Rotweines. Gilbert, Camille und ich gönnten uns zum Abschluss noch ein Gläschen »Feuerwasser«: einen Grappa.

Nachdem die anderen schon nach oben gegangen waren, blieb Gilbert auf dem Treppenabsatz stehen und hob einen Finger an die Lippen. Das Licht war aus, Sarah und Bernhard lagen im Feuerschein vor dem Kaminofen, ihr Kopf auf seiner Brust.

Der Türknauf vom Kaminofen war abgefallen, und nachdem die beiden zu Bett gegangen waren, nahm ich mir das Ding als Reparaturprojekt vor. Es dauerte länger als erwartet, und ich konnte die Zeit zum Nachdenken nutzen. Ich wusste nicht, wie geschickt sich Gilbert als Heimwerker anstellte, aber hinter einer Theke konnte ich ihn mir durchaus vorstellen, auch beim Feuermachen und beim Servieren der Mahlzeiten, wie bei unserem Wirt heute Abend.

An seiner Stelle hätte ich Camilles Idee wohl als relativ

verlockend betrachtet – so hätte er in den kommenden schwierigen Jahren eine Beschäftigung, die über seine Rolle als häuslicher Pfleger hinausgehen würde. Fast beneidete ich ihn. Vielleicht wünschte ich mir für Zoe und mich einen klareren Plan für die Zukunft.

Als ich in unser Zimmer kam, schlief sie schon.

51

Zoe

Cartoon: Das Hotel sieht aus wie der Set für einen Fünfziger-Jahre-Western. Draußen steht Alberto, mit Stoppelbart und breitkrempigem Hut, ein Gewehr in der einen und Kaminholz in der anderen Hand. Durch die geöffnete Tür ist auf der Theke der Bar ein Fass Bier zu erkennen. Perlita, der ein paar Haarsträhnen aus dem Kopftuch hängen, steht in der Küche und knetet Brotteig, während hinten auf dem Herd etwas überkocht und drei Katzen ihr erwartungsvoll um die Beine streichen.

Story: Als sie das Hotel kauften, waren sie erst ein Jahr verheiratet und kratzten dafür mit Hilfe beider Familien alles verfügbare Geld zusammen. Ihre Eltern zogen fort und starben, und die erhofften Kinder kamen nicht. Das Hotel ist abbezahlt, doch ihre Träume sind versiegt. Ein Jahr geht in das nächste über. Woche für Woche kommen dieselben Leute auf einen Drink oder ein Essen. Nur wenn mal ein *pellegrino* einkehrt, denken sie an früher und dass sie alt geworden sind, ohne es zu merken.

Gemäß unserer Wildwestphantasie hatte ich am Morgen halb mit Würstchen, Speck und Eiern gerechnet sowie mit literweise Kaffee. Den Kaffee bekamen wir auch, aber als Proteinquelle mussten die Reste vom Kuchen herhalten.

Nachdem ich ein paar Minuten mit mir gerungen hatte, nutzte ich vor unserem Aufbruch noch das – hier überraschend verfügbare – WLAN, um dem *Chronicle* meine bisherigen Cartoons zu schicken. Es war nicht ganz das, was ich ihnen angekündigt hatte: nicht die muntere Pilgergeschichte, von der ich ausgegangen war, aber dennoch voll Herz – und Herzzerreißen. Was der *Chemin* auch sonst noch bewirken mochte – er hatte mich mit meinen achtundvierzig Jahren zur bisher besten Arbeit inspiriert. Das könnte ich auch in Sheffield fortsetzen. Im kalten Waschküchenwetter.

Der letzte Cartoon klang noch lange in mir nach, während wir am Fluss entlang durchs Tal wanderten und ihn dann überquerten. Als Martin letzte Nacht ins Bett gekommen war, hatte ich noch nicht geschlafen, aber ich hatte mich auch nicht seiner englischen Fröhlichkeit aussetzen wollen, während ich mich wie in West Virginia fühlte. In den 1950er Jahren. Ich hatte unser Dorf in Minnesota nicht ohne Grund verlassen.

Um die Mittagszeit verabschiedete sich die ohnehin blasse Sonne, und wir wanderten wieder durch neblige Wälder. Der Geruch von Ahornbäumen ließ mich an Pfannkuchen denken, und ich bekam ein bisschen Heimweh. Nach Nachbarn, die sich »*Have a nice day!*« wünschten, nach dem Scheppern der Kabelstraßenbahn in San Francisco und nach dem Geschmack von Salz in der Luft, wenn ich im Nebel einkaufen ging.

Nach den Ahornbäumen kamen andere, und der Weg war vor lauter braunem Laub kaum zu erkennen. Aber verlaufen würden wir uns wohl nicht. Der *Chemin* und ein weiterer Wanderweg kamen hier zusammen, und an den Bäumen und Felsen waren überall gut sichtbar gelbe Kreise angebracht. Zudem mussten wir ständig Straßen überqueren, an denen jede Menge Autos parkten. Der Wald war voll von alten und mittelalten Männern mit Körben.

»*Porcini*«, sagte Gilbert.

Das Hotel in Pratomollo (»Matschwiese«) lag weit oben – zwischen matschigen Wiesen, natürlich –, mitten im Nichts. Ein zweistöckiges rechteckiges Gebäude mit Ausblick auf … Nebel. Wie üblich waren keine weiteren *pellegrini* dort. Allerdings saßen um die zwanzig bis dreißig *Porcini*-Sammler bei einem späten Mittagessen. Und Jäger. Ich fragte mich, wie sie es schafften, nicht die Pilzsucher zu erschießen.

Unsere Zimmer waren einfach und ohne Heizung – und wären wir nicht die einzigen Gäste gewesen, hätte man uns bestimmt in Gemeinschaftszimmer verfrachtet. Aber im Erdgeschoss brannte Feuer im Kamin, und unsere Gastgeber waren sehr sympathisch.

Zum Abendessen gab es Antipasti (dieselben wie am Abend zuvor, aber ausnahmslos mit Fleisch, und so wäre *salumi* die treffendere Bezeichnung gewesen), *Pasta ai Porcini* (lecker, jedoch wieder dasselbe wie am Vorabend), Wildschweineintopf (wiederum fast dasselbe wie tags zuvor und ohne vegetarische Alternative) sowie Kuchen (denselben, den wir zum Frühstück gegessen hatten, auch wenn er lecker war). Wie schwer konnte es sein, ein paar Gemüsekonserven und vegetarische Hauptgerichte im Kühlschrank parat zu halten?

»Wenn Camille ihr Hostel hier betreiben würde«, sagte

Martin zu Sarah, Bernhard und mir, »würde ihr die Pilzsaison das Einkommen aufbessern.«

Camille war nach dem Essen zum Duschen nach oben gegangen, und ich hatte Gilbert dabei beobachtet, wie er einen Plastikstuhl aus dem Garten mitgenommen hatte. Ich nahm an, dass sie damit im Sitzen duschen wollte, und hoffte, dass es sich nur um normale Müdigkeit handelte.

»Wir müssen uns was überlegen«, sagte ich. »Camille will ein Hostel führen, und Gilbert würde sich auch darauf einlassen, aber …«

»Sie denkt, sie braucht ihn nicht, und will ihn nicht dabeihaben«, beendete Sarah meinen Satz.

»Was ziemlich kurzsichtig ist«, kommentierte Martin. »Ich bezweifle, dass sie es allein schafft. Sicher nicht in fernerer Zukunft.«

»Moment mal«, meinte Sarah. »Wenn sie nicht mit ihm zusammen sein will, sollten wir nicht versuchen, sie dazu zu überreden. Sie mag ein paar kognitive Probleme haben, aber sie weiß ganz genau, was sie will, und ihre Wünsche müssen wir respektieren. Und nicht alles so hindrehen, wie wir meinen, dass es das Beste für sie ist.«

»Was, wenn das, was sie will, auf einem Wahn beruht?«, gab Martin zu bedenken. »Einem Wahn, der ziemlich sicher eine Folge dieser kognitiven Probleme ist. Willst du die Geschichte erzählen, Zoe?«

Ich erzählte also die Sache mit dem roten Negligé und dem Kühlschrank.

Sarah nickte. »Sie brauchte eine Erklärung dafür, weshalb sie und Gilbert sich getrennt hatten. Und hat Einzelteile des Geschehens zu einer neuen Geschichte zusammengesetzt.«

»Meinst du, sie glaubt das wirklich?«, wollte Martin wissen. »Also, was ich eigentlich meine, ist: Kann man es ihr wieder ausreden?«

»Hm, da müsste man einen Neurologen fragen. Aber das hat Gilbert doch bestimmt schon versucht.«

»Ich kann mir gut vorstellen, dass sie Gilbert nicht glaubt«, sagte Martin. »Aber sie zu überzeugen, dass es überhaupt nicht passiert ist, wäre natürlich die einfachste Lösung. Und die ehrlichste.«

»Na, dann viel Glück!«

»Ich verstehe deine Bedenken … Und ich will ihr auch nicht die Kompetenz absprechen, aber es kommt mir ziemlich blödsinnig vor, dass sie ihn gehen lassen will. Vor allem mit dem Wunsch, ein Hostel zu führen. Was ist denn nun wichtiger?«

Ich war schon an dem Punkt angelangt, zu dem die anderen erst kommen mussten, aber es war interessant, Martin und Sarah als gleichberechtigte Erwachsene miteinander zu erleben anstatt als Vater und Tochter. Vielleicht würde durch den gemeinsamen Weg auch hier etwas Gutes herauskommen.

»Ich glaube«, sagte ich, »dass wir Camille dazu bringen müssen, ihm zu vergeben. Aber Gilbert kann sie nicht selbst darum bitten, weil … Martin?«

»Es würde aus seiner Sicht an seiner Unbescholtenheit kratzen.«

»Verdammt nochmal«, sagte Sarah, und ich konnte nur zustimmen.

»Okay, wie können wir es schaffen, dass sie ihm vergibt?«, fragte Martin.

Bernhard hatte bisher geschwiegen. »Wir könnten Gilbert helfen, sich eine Geschichte auszudenken, die erklärt, was sie denkt, gesehen zu haben. Seine Hose rutschte runter, und sie stand …« Vielleicht war es doch gut, wieder zu schweigen.

Sarah verdrehte die Augen. »Nur weil ihre Geschichte ein bisschen abgedreht ist, heißt das nicht, dass sie die eines anderen glauben würde.«

»Und wenn wir jemanden dazu bringen könnten, mit ihm zu flirten …?«, begann ich.

»Bloß nichts Kompliziertes«, sagte Martin. »Wir wollen hier keine Komödie aufführen.«

»Wir sollten sie immer wieder daran erinnern, dass sie in einem Hostel Unterstützung braucht«, schlug Bernhard vor.

»Was wir im Grunde die ganze Zeit schon tun. Und zusätzlich weisen wir auf Gilberts Stärken hin«, sagte Martin.

»Ihr könntet das vielleicht ein bisschen subtiler machen als bisher«, sagte Sarah. *»Gilbert ist ja sooo ein toller Typ!«*, fügte sie in Imitation von Martins Stimme hinzu.

»Vielleicht könnten wir sie daran erinnern, dass Gott von uns Vergebung erwartet und dass wir Sünder nicht wegstoßen?« Doch schon, als ich es sagte, war mir klar, dass religiöser Rat aus meinem Munde nicht funktionieren würde.

Vielleicht musste er tatsächlich vom Papst kommen.

52

Martin

Der Regen hatte vorerst aufgehört, und wir gewöhnten uns mehr und mehr an die spartanischen Bedingungen und anstrengenden Strecken, die großteils auf der *Alta Via* verliefen. Obwohl dieser Weg, wie auch der *Chemin d'Assise*, zu den Hauptwanderwegen Europas zählte, waren die wenigen Wanderer, denen wir im reisefreundlichen Monat September begegneten, nur auf Tagestouren unterwegs.

Wir hatten uns angewöhnt, immer paarweise zu laufen und uns nach jeweils etwa einer Stunde neu zu gruppieren, um sicherzustellen, dass in der Zwischenzeit niemand verloren gegangen war. Der Handyempfang war bestenfalls lückenhaft, der Weg nicht zuverlässig markiert und beim Abstieg über viel Gestein oft nur schwer zu erkennen.

Sarah und Bernhard warteten, bis wir anderen sie eingeholt hatten, dann bat Sarah um Ruhe.

»Was hört ihr?«, fragte sie nach etwa einer Minute.

»Ich höre gar nichts«, sagte Camille.

»Genauso ist es. Was hört ihr nicht?«

»Vögel«, stellte ich fest und wunderte mich, dass es Zoe nicht aufgefallen war. Wir befanden uns hier meilenweit von menschlicher Zivilisation entfernt, und doch zwitscherte kein einziger Vogel.

»Es hieß, einen stummen Frühling werde es nie geben«, sagte Zoe in Anspielung auf das Umweltsachbuch von Rachel Carson. »Aber … wow. Du hast recht, Sarah.« Es war das erste Mal, dass ich zwischen den beiden eine Verbindung spürte.

Wir blieben eine Weile sitzen und lauschten. Ich dachte weniger an unsere schlechte Behandlung des Planeten als an die hier vor Ort erkennbare Vernachlässigung, die mit dem Gefühl von Verlust einherging, den Zoe offenbar schon eine Weile spürte. Und den ich durch meine Entschlossenheit, das Pilgern und die angebotene Gastfreundschaft einfach zu genießen, abgewehrt hatte. Aber in ein paar Jahren, wenn die alten Hotels ebenso verschwunden wären wie die Vögel, könnten diesen Pilgerweg nur noch hartgesottene Abenteurer gehen, die sich mit Zelten und Gaskochern begnügten.

Bernhard brach das Schweigen. »Es ist aber nicht Frühling. Es ist Herbst. Einige Vögel werden in den Süden geflogen sein. Die übrigen haben gerade keine Paarungszeit – und verstecken sich vor ihren Feinden. Vögel schweigen nicht ohne Grund.«

Vielleicht. Ich konnte mich nicht erinnern, je in einem Wald gewesen zu sein, in dem keine Vögel sangen.

Nachdem wir Camille und Gilbert ein wenig Vorsprung gelassen hatten, gingen Sarah und ich zusammen weiter.

»Wie läuft es denn mit dir und Zoe?«, wollte sie wissen.

»Ich passe. Das ist doch wohl die richtige Antwort, oder?« Aber weil ich keinen negativen Eindruck vermitteln wollte, fügte ich hinzu: »Alles gut.«

»Okay, du musst nicht antworten, aber … ich möchte nicht, dass du … oder irgendwer verletzt wird.«

»Du brauchst dir um uns keine Sorgen zu machen.« Verteidigte ich mich etwa? O ja, das tat ich. Aber ich war meiner Tochter keine Rechenschaft schuldig.

Dann, ein paar Minuten später: »Hast du ihre Sachen gelesen? Ich meine die Geschichten, die sie zu den Bildern schreibt?«

Hatte ich nicht. Ich war überrascht, dass Zoe sie Sarah gezeigt hatte und mir nicht.

»Nein, ich habe nur die Cartoons gesehen. Ich habe nicht weiter danach gefragt. Wieso?«

»Na ja, in den Cartoons steckt es auch drin, wenn man genau hinsieht. Sie scheint Probleme zu haben. Aber nicht mit dir.«

»Womit denn dann, was glaubst du?«

»Ich glaube, mit Camille. Aber es geht um etwas anderes als nur ihr Mitgefühl wegen der MS.«

»Man setzt sich mit der eigenen Sterblichkeit auseinander. Ehe du dichs versiehst, bist du dreißig.« Ich zwinkerte dabei, aber trotzdem kam die Botschaft an. So wie sie es in dem Alter bei mir getan hätte.

»Ich weiß. Der Abschluss in Medizin fühlte sich immer ewig weit weg an. Wenn ich mich noch spezialisieren will, werde ich mit genau dreißig fertig sein. Und jetzt habe ich ein Jahr verloren.«

Verdammt, das Thema hatte ich eigentlich nicht anschneiden wollen.

Wir hatten Camille und Gilbert schneller wieder vor uns als erwartet, und Sarah streckte ihren Arm vor, um mich zu bremsen. »Guck dir mal Camille an. Schau, wie sie geht.«

Sarah hatte recht mit ihren Bedenken. Wir mussten wieder klettern, und Camille stützte sich jedes Mal, wenn sie ihr linkes Bein belasten musste, schwer auf einen ihrer Stöcke.

Als wir sie eingeholt hatten, fragte Sarah: »Hast du dir einen Muskel gezerrt?«

»Der ist nur müde«, sagte Camille.

Sarah schüttelte den Kopf. Ich wusste, was sie meinte. Einzelne Muskeln wurden nicht »müde«. Sie konnten verletzt, verkrampft oder verspannt sein, aber müde wurde man eher allgemein und nicht einseitig.

»Ich denke, wir sollten für heute Schluss machen. Lass uns in der nächstgelegenen Unterkunft nachfragen.«

»Es geht mir gut«, sagte Camille, klang jedoch wenig überzeugt und tätigte bereitwillig den Anruf. Niemand meldete sich.

»Das Hotel liegt fünf Kilometer entfernt, den Großteil über normale Straßen«, sagte ich. »Sollen wir versuchen, ein Taxi zu bekommen?«

»Es ist nur der Aufstieg, der mir Probleme macht«, sagte Camille, und diesmal wollte ich ihr glauben. Als wir nach fünfhundert Metern die Straße erreichten, schien es tatsächlich wieder besser zu gehen.

Das Hotel lag in dem kleinen Ort Passo del Bocco, und der Parkplatz war voll. Bevor wir eintraten, setzten wir unsere Rucksäcke vor der Tür ab und machten uns ein wenig zurecht.

Das Restaurant war proppenvoll – Jäger und Pilzsammler beim Mittagessen. Wahrscheinlich hatte man das Telefon überhaupt nicht gehört.

Ich konnte eine der Kellnerinnen abfangen.

»Nein. Keine Zimmer«, sagte sie und winkte ab.

»Kein einziges? Komplett ausgebucht?«

Sie machte eine Handbewegung durch den Raum, als wollte sie sagen: »Wir haben schon genug zu tun, ohne uns auch noch um gelegentliche Übernachtungsgäste kümmern zu müssen.«

Ich zeigte auf Camille und bedeutete, dass sie verletzt sei. Schulterzucken.

»*Pellegrini*«, sagte Bernhard, und das Gesicht der jungen Frau änderte sich sofort: *Warum haben Sie das nicht gleich gesagt?*

»Wartet. Trinkt etwas.« Wir wurden an die Bar verfrachtet, bis der größte Andrang vorbei war, dann brachte uns ein Mann nach oben zu den Zimmern. Camille hatte immer noch zu kämpfen und ging jede Treppenstufe mit dem rechten Bein zuerst. Und ohne Rucksack.

Falls das bedeutete, dass die MS ins nächste Stadium überging, könnte ihre Wanderung hier zu Ende sein.

53

Zoe

»Es ist nichts«, sagte Camille. »Ich muss mich nur ausruhen.«

»Es ist schlimmer geworden«, meinte Gilbert. »Ich habe ihren Arzt angerufen, und der sagt, das ist die Krankheit. Es kann wieder besser werden oder auch nicht. Wir müssen abwarten.«

»Ich gebe dir eine Massage«, sagte ich.

Sarah runzelte die Stirn.

»Die wird es auf keinen Fall weiter verschlimmern. Wir sind sechshundert Meilen gelaufen – das spüren wir *alle*.«

Tatsächlich spürte auch ich etwas. Mein linker Oberschenkel brannte. Und war ein wenig taub. Aber ich wollte nicht darüber nachdenken – vielleicht kam das aus Solidarität zu Camille.

»Massage tut gut, selbst wenn sie das Problem nicht löst.« Bernhard zwinkerte Sarah zu. »Selbst wenn es gar kein Problem gibt.«

Ich hatte zwar einen Massagekurs absolviert, kannte ich mich aber mit körperlichen Problemen, die über Muskelkater und Zerrungen hinausgingen, nicht aus. Als Camille entspannt auf dem Bauch lag, fiel mir auf, dass ihr linker Arm dünner war als der rechte. Und ihre linke Hand zitterte leicht, obwohl sie das nicht zu merken schien. Dagegen konnte ich nichts unternehmen, doch ihre Schultern waren verspannt, und sie seufzte wohlig auf, als ich ihr meine Daumen zwischen die Schulterblätter drückte.

Als ich fertig war, stand sie auf – und sackte prompt zu Boden, beziehungsweise: Sie *wäre* gefallen, wenn ich sie nicht aufgefangen hätte. Camille lachte. »Mein Bein macht das manchmal. Schläft einfach ein und vergisst, dass es mich tragen soll.«

Ach, Camille. Ich lächelte gezwungen.

»Das war heute aber nicht das Problem. Ich glaube, es wird wieder gut.«

»Wir können auch langsamer gehen, das weißt du«, sagte ich. »Oder ganz aufhören und später zurückkommen, wenn du wieder kräftiger bist.« Ich klang nicht überzeugend.

»Ich muss es jetzt tun. Mit dir.«

Mich überkam eine ganze Welle von Gefühlen, von denen ich die meisten nicht deuten konnte. Aber es war eines der wenigen Zeichen, die sie mir bislang zu unserer inneren Verbundenheit gegeben hatte – einer Verbundenheit, die über die vielen Jahre der Trennung hinweg Bestand gehabt hatte. Ihr Vertrauen in mich verlieh mir schlagartig Kraft – und haute mich gleichzeitig fast um.

»Camille«, sagte ich, »natürlich bin ich für dich da. Aber Gilbert ist es auch – das siehst du doch, oder? Dieser Mann ist unglaublich. Und er liebt dich so sehr.« Schnell fügte ich hinzu: »Auch wenn er einmal Mist gebaut haben sollte.«

Alles Gute, das meine Massage bewirkt hatte, war mit einem Schlag zunichtegemacht.

»Männer sind erbärmlich. Selbst Martin. Gestern Abend wollte er mit mir über Sex reden.«

Falls das ein Versuch war, vom Thema abzulenken, so war er gelungen.

»Wie bitte?«

»Ich hätte ihm nie von Gilberts *liaison* erzählen sollen. Er wollte alles bis ins kleinste Detail wissen. Wie man es praktisch durchführt. Du weißt, was ich meine, oder? Wie man gegen einen Kühlschrank Liebe macht. Ich hoffe, ich habe dir jetzt nicht eine mögliche Überraschung verdorben.«

»Ach je! Das tut mir leid.« Ich konnte mir vorstellen, was Martin vorgehabt hatte. »Ich glaube, er wollte nur begreifen …«

»Da gibt es nichts zu begreifen.«

»Du bist da ziemlich hart.«

»Wenn Keith sich nicht umgebracht hätte, wärt ihr dann noch zusammen?«

»Ich würde mir gern vorstellen, dass ich, wenn ich in der Zeit zurückreisen könnte, seine Depression rechtzeitig erkannt hätte und ihm hätte helfen können.«

»Das meinte ich nicht. Stell dir vor, er würde hundert Jahre alt werden.«

»Ich … ich weiß nicht.« Ich verstand, worauf sie hinauswollte.

»Also: Wenn du noch einen Tag zu leben hättest, würdest du ihn mit Keith oder mit Martin verbringen wollen?«

»Mit Martin.«

»Ich habe keinen Martin – und werde vielleicht nie einen haben. Aber wenn ich mit Gilbert zusammenbleibe, hätte ich nicht einmal die Chance, einen zu finden.«

»Ist es möglich, dass das, was du suchst, gar nicht existiert? Ich meine, Sarah und Bernhard: Das ist junge Liebe … Verliebtheit … nicht das, was eine Ehe am Laufen hält.«

»Zoe.« Camille schüttelte den Kopf. »Vielleicht kenne ich dich nicht mehr. Wann bist du so überaus praktisch geworden?«

War dies das Ergebnis des *Camino de Santiago* gewesen? Oder lag es an Keiths Tod – und meinem Unvermögen, ihm zu helfen –, dass ich eine Mauer hochgezogen hatte und mich hinter praktikablen Aspekten verschanzte?

»Gott hat mir meinen Glauben geschenkt«, sagte Camille. »Woran glaubst du?«

Sie stand auf, und ich folgte ihr nach unten, wo die anderen in dem vor ein paar Stunden noch von Pilzsammlern überfüllten Restaurant allein vor ihren Speisekarten saßen.

»Ich bin ein neuer Mensch«, verkündete Camille, auch wenn sie immer noch sehr vorsichtig ging. »Und wenn nicht, dann weiß ich jetzt zumindest, wie praktisch Zoe veranlagt ist. Wenn Martin sie nicht heiratet, können sie und Gilbert sich nach meinem Tod zusammentun.«

54

Martin

»Was sollte das denn?«

»Was sollte was?«

»Dass du und Gilbert euch zusammentun könnt?«

Zoe und ich waren wieder auf unserem Zimmer. Wir alle, einschließlich Gilbert, hatten Camilles Kommentar einfach hingenommen, wie so oft, aber jetzt war ich neugierig, was es damit auf sich gehabt hatte.

»Bist du etwa eifersüchtig? Gilbert ist ein wirklich lieber Kerl. Gebildeter Franzose, der springt, sobald seine Frau ihn darum bittet, und ihren Föhn durch halb Europa schleppt. Was sollte man an diesem Mann nicht lieben?«

»Womöglich seine Leber und seinen Kontostand. Mit beiden geht er ganz schön rabiat um.«

»Du bist ja wirklich eifersüchtig.«

»Wir sind zwar alle der Meinung, dass er Gottes Geschenk an die Frauen und die ganze Menschheit ist, aber manche von uns tun dasselbe wie er, ohne es an die große Glocke zu hängen.«

»Würde ich ein Hostel eröffnen wollen, würdest du dann alles dafür aufgeben? Deine Arbeit, Sheffield, *England* … nur, um mir zu helfen? Im Ernst jetzt!«

»Natürlich würde ich das. Wenn es *das* wäre, was du wirklich willst. Wenn du das wirklich mit Leidenschaft verfolgen würdest, wäre das tatsächlich ein besseres Argument als alles, was mir einfallen würde, um dort zu bleiben, wo ich bin.«

»Also gut. Ich will ein Hostel eröffnen.«

Sie sah mir geradewegs in die Augen, aber ich kannte sie gut genug, um zu wissen, dass sie bluffte. Was mich tatsächlich ein bisschen enttäuschte.

»In Italien oder in Frankreich?«

»Spanien gefällt dir nicht?«

»Ganz im Ernst: Was immer deine Träume sind, ich möchte Teil von deinem Leben sein. Das solltest du wissen.«

Zoe ging ins Bad, um sich die Zähne zu putzen, und ich erwartete schon halb, dass sie zurückkäme und von einem wilden Traum erzählte, den ich noch nicht kannte.

»Hattest du schon mal Sex im Stehen?«, fragte sie tatsächlich. »Von hinten?«

Die offensichtliche Antwort wäre gewesen, dass ich mein Bestes geben würde, aber ich ahnte natürlich, aus welcher Ecke das kam. »Ich wollte Camille dazu bringen, dass sie mir haargenau schildert, was sie gesehen hat. Weil ich glaube, dass das, was sie beschrieben hat, technisch unmöglich ist.«

»Ich hoffe, du hattest nicht vor, das zu demonstrieren.« Sie lachte. »Du hast wirklich ein behütetes Leben geführt.«

»Und …?«

Sie deutete auf den Kleiderschrank. »Und das sieht mir sehr wie ein Kühlschrank aus.«

Nach Sarahs Hinweis auf die Abwesenheit von Vogelgezwitscher war uns sein Fehlen bei jeder Rast nun sehr bewusst.

»*Crickets*« sagte man auf Englisch zu dieser Art verhängnisvollem oder betretenem Schweigen, und witzigerweise lieferten *crickets*, also Grillen, die einzig wahrnehmbaren Geräusche.

Wir wanderten durch alpine Wälder und schienen Jäger und *Porcini*-Sammler endgültig hinter uns gelassen zu haben. Andere Pilger hatten wir auf der gesamten Strecke der *Alta Via dei Monte Liguri* bisher nicht gesehen. Übrigens auch keine Radfahrer: Dies waren keine Radwege. Nur wir waren da. Und die Grillen.

Wandern macht einem immer wieder die Umwelt- und Klimaprobleme bewusst. Heute provozierte eine Reihe Windräder auf den Hügelkämmen eine Diskussion über Energiegewinnung. Wie zu erwarten, sprachen Sarah und Zoe sich für erneuerbare Energien aus. Gilbert – immer bemüht, Konfrontationen zu vermeiden – merkte an, die riesigen Flügel seien unästhetisch, und Bernhard – immer auf Konfrontation aus – erklärte, seine Generation sei diejenige, die für die egoistische Kurzsichtigkeit von Gilberts Generation bezahlen müsse.

»Frankreich und Italien sind nicht das Problem«, erklärte Gilbert. »Die Entwicklungsländer fordern, jetzt ebenso auf fossile Brennstoffe zugreifen zu dürfen, wie wir das in der Vergangenheit taten, um unseren heutigen Lebensstandard zu erreichen …«

»Aber warum fossile Brennstoffe? Wenn erneuerbare Energien ökonomisch attraktiver wären, möglicherweise durch Subventionen …«

Bernhard führte es lang und breit aus, und es war schwer, seiner Logik zu widersprechen. Er hatte seine Hausaufgaben gemacht.

Zumindest Gilbert war beeindruckt. »Deine Argumente überzeugen.«

»Ja, Bernhard würde einen guten Aktivisten abgeben«, meinte Zoe.

»Politik interessiert mich nicht«, sagte er. »Aber es gäbe viel zu tun, diese Ideen in die Praxis umzusetzen.«

Ich warf einen kurzen Seitenblick auf Zoe, weil ich ein Lächeln erwartete, und tatsächlich: Da war es. Ganz bestimmt würde sie mich später auf die »transformative Energie« des *Chemin* hinweisen. Und es würde schwer werden, sie zu leugnen.

Unser *B&B* lag gut einen Kilometer abseits des Weges an einer kleinen Obstplantage, aber es war die einzige erkennbare Option. Und wies die traditionelle Einteilung auf: Ein Teil des Hauses war für die Besitzer reserviert und der andere für Gäste, passenderweise mit drei Zimmern.

Camille war begeistert. »Das ist über viele Kilometer in beide Richtungen die einzige Unterkunftsmöglichkeit. Ich habe das Gästebuch durchgeblättert: fast alles Pilger. Die meisten davon Franzosen. Zwei oder drei pro Woche. Das würde mir reichen: Ich hätte nicht die Energie, jeden Tag zu kochen und Lebensberatung zu bieten.«

»Und du hättest reichlich Obst. Das du selbst einmachen kannst.«

»Ja, und den Garten für Gemüse und Kräuter.«

»Vielleicht könnte Gilbert auch Wein anbauen. Und selbst keltern.«

Camille brach in Gelächter aus. »Jetzt machst du wieder Witze. Gilbert und *italienischer* Wein? Etwa *frizzante*? Eher würde er sterben.«

»Was hältst du von der Unterkunft hier?«, fragte ich Gilbert, während wir den Holzofen befeuerten.

»Gefällt mir. Wir haben Gesellschaft, aber auch Privatsphäre. Und die Vermieter beobachten uns nicht bei jedem Schritt.«

»Ich meinte eher: aus Vermietersicht. Mit dir und Camille als Eigentümern.«

»Ich will nicht in Italien leben. Und Camille wird nicht jeden Abend Nudeln kochen wollen. Wenn wir ein *gîte* kaufen, dann in Frankreich.«

Bevor ich ins Bett ging, schrieb ich eine E-Mail an Jim, meinen Immobilienfreund in Cluny. Ich hatte eine Idee. Genauer gesagt zwei.

55

Zoe

Nach dem Abendessen mit unseren Gastgebern, einem Pärchen in den Sechzigern, teilten wir uns den Platz um den Kamin mit unseren zum Trocknen aufgehängten Kleidern. Wie geplant nahm Martin das »Projekt Gilbert« wieder auf, allerdings wiederum wenig subtil.

»Das Paar hier wirkt recht glücklich – sie führen ein gutes Leben. Ich meine, hier im Grünen merkt man kaum, in welchem Land man gerade ist.«

Gilbert schüttelte den Kopf. »Wenn du Nudeln mit Soße zu essen bekommst, besteht daran kein Zweifel.«

»Aber nur weil es so gut war. Nudeln sind doch universell.«

»Das stimmt. Für einen Italiener hat er uns gut bewirtet.«

Renato hatte den angenehmen Teil des Service übernommen: uns Wein eingeschenkt und in Ruhe mit uns zusammen gegessen. Seine Frau, die das wunderbare Essen gekocht hatte, bekamen wir nur kurz zu Gesicht. Sie hatte die meiste Zeit in der Küche verbracht und sechs Gäste und ihren Ehemann versorgt. Um Camilles willen sprach ich es an.

»Na gut, aber er ist derjenige, der früh aufsteht«, setzte Martin dagegen. Da wir mittlerweile weiter südlich und auf weniger Höhenmetern wanderten, wurde das Wetter wieder wärmer, und wir hatten um ein frühes Frühstück gebeten. Dann wurde uns bewusst, dass wir ihnen damit extra Mühe machen würden, und wir wollten die Anfrage zurückziehen, doch Renato bestand darauf, uns um 6:30 Uhr Frühstück zu servieren.

»Camille und ich werden uns mal zu Bett begeben«, sagte Gilbert und stand auf. Sarah und Bernhard erhoben sich ebenfalls, doch Camille blieb sitzen.

Martin und mir war es bisher nicht gelungen, Camille von Gilberts Stärken zu überzeugen.

»Was meinst du: Hofft Gilbert, dass ihm vergeben wird?«, fragte ich sie.

»Von mir oder dem Papst?«

»Vielleicht von Gott? Und dann von dir?«

So wie Camille mich ansah, würde das in nächster Zeit nicht passieren.

»Es wird nicht funktionieren«, sagte ich, als Martin und ich uns schlafen legten.

»Alles hilft ein bisschen«, meinte Martin. »Vielleicht muss sie das mit dem Hostel erst allein probieren und scheitern, bevor sie zu Gilbert zurückgeht oder ihn um Hilfe bittet.«

»Das wäre Gilbert gegenüber nicht besonders fair.«

»Er hat diese Entscheidung selbst getroffen. In der Liebe geht es nicht um Fairness.«

Und Martin hatte gesagt, für mich würde er dasselbe tun. *Wie auch immer meine Träume aussehen mochten, er wollte ein Teil meines Lebens sein.* Noch nie hatte jemand meine Wünsche so ernst genommen. Ich wünschte, ich könnte Camille dazu bringen, Gilberts Hingabe ebenfalls anzuerkennen.

Was natürlich bedeutete, dass ich mit nach Sheffield gehen würde. Ich hatte zunächst damit gehadert, aber das Wo war nicht das Wichtigste. Selbst wenn seine Wohnung neben Fabrikschloten läge und keinen Meerblick hätte. Selbst wenn das Waschküchenwetter jegliche Sicht auf irgendetwas nehmen würde. Nun, da ich eine Entscheidung getroffen hatte, spürte ich meine Anspannung weichen.

Ich hatte mir Sorgen um Camille gemacht, aber in seinem Willen, mich zu unterstützen, war Martin nie ins Wanken geraten – auch wenn er sich gleichzeitig um Sarah hatte kümmern müssen. Ich konnte mit ihm auf eine Weise reden, wie es weder mit Manny noch mit Keith möglich gewesen war. Wenn er keine Antwort gab, dann nur, um sich Zeit zum Nachdenken zu nehmen. Oft sah er Dinge, die ich nicht sah. Mehr als bei unserer ersten gemeinsamen Zeit.

Ich war der Grund, weshalb er sich geändert hatte, auch wenn er nicht damit hatte rechnen können, dass wir wieder zusammenkommen würden. Egal, ob beim Wandern, in Sheffield oder in San Francisco – er war derjenige, mit dem ich zusammen sein wollte. Es ging um den Menschen. Nicht um den Ort. Jedenfalls nicht in erster Hinsicht.

Als mein Handywecker brummte, war es noch dunkel. Die Luft draußen war kühl, und während wir uns unten um den Frühstückstisch versammelten, erschien nach und nach am Horizont ein goldener Schimmer. In der Küche rumorte es und duftete nach frischen Brötchen und starkem Kaffee. Demnach gab Renato ein gutes Beispiel für Gilbert ab.

Doch dann erschien Renatos Frau – deren Namen wir noch nicht einmal erfahren hatten –, und ihr Gesicht sprach Bände: *Männer! Was habt ihr erwartet?*

»Ich glaube aber, sie würde ihn sowieso nie in die Küche lassen«, sagte Camille.

Nach ausreichendem und gutem Schlaf, mit einem ausgewogenen Frühstück im Bauch sowie Obst im Gepäck fühlte ich mich frisch und voller Energie. Die leichte Taubheit in den Beinen war noch da, aber das Brennen war verschwunden. Ich wollte nicht weiter darüber nachdenken.

Bernhard und ich starteten als Erste und nahmen die eine Meile Aufstieg zurück zum Weg kaum wahr. Der Sonnenaufgang tauchte die Berge in blassgelbes Licht, und die Silhouetten der Windräder schufen ein imposantes – und für mich harmonisches – Miteinander von Alt und Neu. Die Kapelle auf dem Gipfel bildete in dieser Komposition ein weiteres spannendes Element.

Als die ganze Gruppe dort angekommen war, gingen Camille und ich hinein, um unser Kerzenritual zu begehen.

Seit unserem Gespräch über Keith und ob ich jetzt noch mit ihm zusammen wäre, hatte ich immer wieder auch an Manny denken müssen, meinen ersten Ehemann, den ich verlassen hatte, als mir klargeworden war, dass er mit der Verantwortung der Vaterschaft nicht klarkam. Hatten wir damals je über Hoffnungen und Träume gesprochen? Vermutlich nur kurz, bevor wir vom Elternsein überwältigt wurden.

Während ich den Blick über die Felder und Wälder schweifen ließ, die teils von Nebelschwaden verhüllt waren, spürte ich eine Ahnung dessen, was mein Schwangerwerden ihn gekostet hatte: die Freiheit, die wir beide verloren hatten. An der Schwangerschaft war er ursächlich genauso beteiligt gewesen wie ich, und ich würde nie im Leben bereuen, meine Töchter bekommen zu haben … aber als ich meine Kerze für ihn anzündete, bat ich damit für meinen Teil der Verantwortung um Vergebung: für das schlechte Timing sowie die Unfähigkeit, überhaupt darüber zu reden.

Camille tat sich schwer beim Gehen und stolperte auf dem Weg nach draußen fast, aber Martin gab mir zu verstehen, dass er, Sarah und Gilbert es im Blick hätten, und so blieben Bernhard und ich auf dem nächsten Abschnitt durch waldige Höhen weiterhin beieinander.

Nach dem spektakulären Sonnenaufgang ging es farbenprächtig weiter mit magischen Kreisen aus roten Fliegenpilzen, die meine Mädchen zu Kinderzeiten begeistert hätten und die nun mich begeisterten. Selbst in meinem Alter hatte ich Spaß daran, mir in diesem Wald eine Märchenwelt auszudenken. Bernhard amüsierte sich über mein Interesse an den Pilzen, und Gilbert wäre es wohl ebenso ergangen – sie waren ja giftig.

»Mir ist auf dieser Reise wichtig, mich eins mit dem Universum zu fühlen – die Kraft der Natur zu spüren und sie mir zu eigen zu machen«, sagte ich.

»Ich genieße die Zeit zum Nachdenken«, sagte Bernhard. »An der Uni kommt man selten dazu.«

»Worüber denkst du denn nach?«

»Was ich mit meinem Leben anfangen soll. Eine größere Frage gibt es wohl nicht.«

Er und Sarah hatten so viel Zeit, das herauszufinden. Zumindest schien es so zu sein. Wo ging die Zeit nur immer hin?

»Beziehst du Sarah in deine Überlegungen mit ein?«

»Ist das deine Frage oder kommt sie von Martin?«

»Meine. Wenn man jung ist, hat man viele Möglichkeiten, viel Energie und Lebensfreude … aber es kann auch schmerzvoll sein. Du kümmerst dich wunderbar um ihre körperlichen Bedürfnisse … Äh, Entschuldigung, ich meinte *Frühstück* und so weiter …«

Bernhard lachte.

»Aber vergiss nicht, dass auch sie auf Sinnsuche ist. Ärztin zu werden, ist ihr enorm wichtig. Als Camille ihren Hitzschlag hatte, war Sarah sofort für sie da.«

»Natürlich. Aber wenn sie der Menschheit helfen will, ist Windenergie sehr effektiv. Hat Sarah dir erzählt, dass ich so was in Erwägung ziehe?«

»Nein, aber du hast gestern sehr leidenschaftlich darüber gesprochen. Was ich toll fand. Aber es geht ja nicht um einen Wettbewerb im Menschenretten.«

»Sie könnte jedenfalls mit mir zusammen nach Afrika gehen. Was bedeuten würde, dass ihr Vater nicht mehr ständig in der Nähe wäre.« Bernhard grinste. »Das wäre eine gute Lösung für uns beide, oder nicht?«

56

Martin

Nach sechs Wochen und einem Tag hatten wir über die Hälfte unseres Weges nach Rom geschafft. Wir waren immer noch im Apennin, wanderten immer noch allein durch wilde und manchmal eindrucksvolle Landschaft, übernachteten in heruntergekommenen Hotels mit unzuverlässiger Heizung, eigenwilligem Service und deftiger italienischer Küche.

Unsere heutige Unterkunft, etwas abseits der Route nahe Berguglíara, war eigentlich eine Pizzeria. Es hätte keinen Sinn, Gilbert diese Unterkunft als Vorbild für ihr eigenes Projekt zu verkaufen, und auch Camille hatte sicher anderes im Sinn. Ihr *gîte* könnte eines Tages eher Konkurrenz zu so einer Pizzeria sein, aber es war natürlich eindeutig ein Vorteil, die einzig verfügbare Anlaufstelle in einem Ort zu sein. Und zudem Pizza zu servieren.

Gut zwei Stunden hatten Camille und ich zu tun, um Unterkünfte für die nächsten Tage ausfindig zu machen: Es ging vor allem darum, die wenigen verfügbaren Möglichkeiten an vernünftige Streckenlängen anzupassen. Das war mehr Arbeit für mich als für Camille, aber sie schien sich zu freuen, dass ich sie überhaupt beteiligte, und war bei ihren telefonischen Anfragen gut darin, ein Nein nicht gleich als solches hinzunehmen. Es machte Spaß, mit ihr zu arbeiten, und meine neugierigen Fragen zu Sex im Stehen schien sie mir mittlerweile verziehen zu haben. Nach unseren Buchungssitzungen musste ich allerdings immer aufpassen: Zoe sollte nicht auf falsche Gedanken kommen und meinen, ich hätte *zu* viel Spaß mit Camille gehabt.

Heute Abend wollte ich erneut ein privates Thema ansprechen und war schon sehr gespannt auf Camilles Reaktion.

»Bist du schon mal in Marokko gewesen?«

Ihr Gesichtsausdruck verriet alles, was ich wissen wollte. Jim hatte mir auf meine E-Mail geantwortet. Seine und Camilles unabhängige Erwähnung der Medina von Fes, seine Anwesenheit beim Abendessen *chez* Camille und seine Erinnerung an den Jesus neben dem Ehebett waren kein Zufall gewesen. Gut, um fair zu bleiben: Letzteres hätte er auch nur aus rein beruflichen Gründen wissen können. Seine sehr offenherzige Antwort per E-Mail ließ darauf schließen, dass ihre Affäre auf ein verrücktes Wochenende in Fes begrenzt gewesen war.

»Wie lange weißt du es schon?«, wollte Camille wissen.

»Erst seit heute. Jim hat mir eine E-Mail geschrieben.«

Sie merkte, worauf ich hinauswollte. »Im Gegensatz zu Gilbert war ich allerdings diskret.«

»Gut, aber ich weiß es jetzt. Und …« Ich deutete himmelwärts.

Sie seufzte. Laut. »Gut, du hast gewonnen. Ich werde Gilbert vergeben. Ich werde ihm die Sache beichten, und das wird ihn glücklich machen. Und dich und Zoe auch.«

Genau das hatte ich erreichen wollen – aber davon, dass wir »gewonnen« hatten, war ich nicht überzeugt.

Nach einer Runde Pizzen suchte ich das Gespräch mit Sarah. Bei unserer Ankunft hatte es einen bedeutsamen Moment gegeben. Zoe und ich waren zur gleichen Zeit wie Bernhard und Sarah eingetroffen, und bevor ich wie üblich für beide Zimmer bezahlen konnte, zückte Bernhard seine Kreditkarte.

»Für unser Zimmer zahle ich.«

»Ich schätze mal, jetzt wirst du für den Rest der Reise ein bisschen mehr Taschengeld haben«, bemerkte Zoe beim Raufgehen. Wann hatten wir das letzte Mal einen Fahrstuhl gesehen? Es war immer der letzte Aufstieg des Tages.

»Meinst du nicht, dass das eine einmalige Sache war?«

Ich brauchte Zoes Antwort nicht abzuwarten. Bernhards Körpersprache hatte vermittelt: *Von jetzt an bezahle ich für Sarah. Du bist nicht länger der wichtigste Mann in ihrem Leben. Ich, Bernhard Müller, überheblicher Dödel aus Stuttgart und dein einstiger Geschäftspartner, habe mit dem lässigen Zücken meiner Kreditkarte die Rolle an mich gerissen, die du seit zwanzig Jahren innehattest. Fick dich, Martin Eden.*

Ich teilte meinen Eindruck mit Zoe, und sie lachte. »Noch altväterlicher geht es wohl nicht mehr. Die beiden haben beschlossen, selbst zu bezahlen. Deine zwanzig Jahre alte Tochter macht endlich Anstalten, sich zu lösen. Ist es nicht das, was du wolltest?«

Tatsächlich war es nicht unbedingt das, was ich wollte. Ich wollte, dass sie sich Klarheit über ihr Leben verschaffte. Ihre Selbständigkeit war noch mal eine andere Geschichte. Da schwärmte Bernhard ein Mal von billigen erneuerbaren Energiequellen in Afrika, und sie hing wie gebannt an seinen Lippen. Demnach konnte ich mir schnell ausrechnen, dass ihre »Loslösung« bedeutete, dass sie den Rest des

Jahres irgendwo in der Dritten Welt als seine Hilfskraft verbringen würde ... denn mehr als eine Hilfskraft könnte sie nicht sein. Bernhard, ob mit oder ohne Diplom, war der Ingenieur.

Andererseits würde es sich bestimmt gut in ihrem Lebenslauf machen, sobald sie sich um die Wiederaufnahme ihres Medizinstudiums bewarb. Dann hätte sie mit Camille drei Monate lang eine Person mit komplexen körperlichen und mentalen Problemen betreut und danach sechs Monate Entwicklungsarbeit in Afrika geleistet: Wenn man in der Medizin noch immer Wert auf Hingabe und Pflichtbewusstsein legte, hätte sie die besten Chancen.

Sarah ging mit mir in die Bar, wo wir uns darauf verständigten, dass ich ihr immer noch Drinks ausgeben durfte.

»Ich werde nicht nach Afrika gehen, Dad.«

»Ihr habt den ganzen Tag davon gesprochen, deshalb dachte ich ...«

»Nein. Aber was hältst du von seinen Ideen?«

Ich atmete tief durch. *Lass dich nicht davon leiten, was du von Bernhard hältst.* »Tatsächlich finde ich, dass so was dringend getan werden müsste. Ich glaube, dass er als junger Kerl ohne entsprechende Ausbildung ... Ich will ihn damit nicht beleidigen, aber er ist erst zweiundzwanzig ...«

»Dreiundzwanzig.«

»... mit einem Abschluss in Wirtschaft. Er könnte ein guter Ingenieur werden, und wenn er mit einem Ingenieursdiplom nach Afrika ginge, dazu vielleicht noch einem Master in erneuerbaren Energien oder Maschinenbaumechanik, dann könnte er eine Menge mehr erreichen als bei einem gewöhnlichen Freiwilligendienst.«

Ich hatte einfach nur laut nachgedacht, fand meine Ideen

aber gar nicht so schlecht. Vielleicht würde Bernhard mir eines Tages dafür danken.

»Genau das haben wir uns auch gedacht, Dad. Auch für mich.«

»Du meinst, du stimmst mir zu?«

»Ja, das auch, aber ich meinte, ich werde ebenfalls Ingenieurswesen studieren. Mit Bernhard. Das ist unser Plan.«

»Ach, du Schande!«, rutschte es mir heraus.

»Ich dachte, du würdest dich freuen. Ich trete damit ja gewissermaßen in deine Fußstapfen.«

»Willst du nicht erst Medizin fertig studieren?«

»Ach, weißt du, das sagen immer alle. ›Schaff dir erst mal eine Grundlage, und tu das, was du *wirklich* tun willst, später.‹ Aber dann sehe ich – ohne dich jetzt beleidigen zu wollen, Dad – Menschen wie dich in ihren Fünfzigern, die das immer noch vor sich herschieben und auf später warten, anstatt einfach zu tun, was sie tun wollen. Als würden sie ewig leben.«

Damit hatte sie nicht unrecht, aber es würde ein interessantes Gespräch mit ihrer Mutter werden.

Nachdem ich nun mein Bestes getan hatte, um mich in aller Leute Leben einzumischen, dachte ich auf dem Weg nach oben in unser Zimmer ein wenig über mein eigenes nach.

57

Zoe

Der Weg nach Passo dei Casoni war ein breiter, von dichtem Farn gesäumter Waldweg hoch am Grat. Gelegentlich gab es Wind und Nebel, aber wir hatten zwischendurch auch immer wieder gute Aussicht.

Der Tag endete erneut in einer Jausenstation für Jäger, wo auf den langen Tischen noch die Reste vom Mittagessen standen. Wir behielten die warme Wanderkleidung vorerst noch an, denn offenbar war die Heizung ausgeschaltet. Als wir nach der Anmeldung zum Duschen nach oben gingen, musste Sarah aufgefallen sein, dass ich kurz das Gesicht verzogen hatte.

»Alles in Ordnung?«

»Ja, ja, alles okay.«

»Heißt: Ich soll mich um meine eigenen Dinge kümmern, richtig?«

Richtig. Ich atmete tief durch. »Es hat eine Weile gedauert, aber jetzt kann ich dir aufrichtig sagen, dass ich mich wirklich freue, dass du dabei bist.«

Sie schien das einen Moment lang verarbeiten zu müssen. Dann sagte sie: »Ich habe kein Problem mit dir und Dad. Ich war nur nicht darauf vorbereitet, dass … na ja, dass ihr zwei euch irgendwie noch … zurechtrütteln müsst.«

Ich musste schmunzeln. In den letzten Tagen hatte ich tatsächlich das Gefühl gehabt, ich hätte mich arrangiert, zumindest gedanklich. »Alte Leute sollten eigentlich wissen, was sie tun, meinst du?«

Sie lachte. »Irgendwie so, ja. Aber erzähl mal, wo es weh tut. Ich bin dir für die Blasen noch was schuldig.«

»Ich hatte nur kurz so ein Ziehen … irgendwie komisch. Aber nicht schlimm.«

Sie wartete. Sie würde wahrscheinlich eine gute Ärztin abgeben.

»So ein Kribbeln und ein Gefühl von Taubheit, und zuerst hat es auch in bisschen gebrannt. Das ging dann weg, aber jetzt ist es wieder da. Vielleicht der Ischiasnerv?« Was laut Dr. Google auf einen Bandscheibenvorfall hindeutete. Nicht toll, aber immer noch besser als Krebs – oder Multiple Sklerose.

»Wo?«

Ich deutete auf die Seite meines Beins.

Sarah runzelte die Stirn. »Das kann kein Ischias sein. Tut mir leid … mehr weiß ich auch nicht.«

Vielleicht also doch etwas Schlimmeres?

Camille war schon im Badezimmer, doch es gab zwei Duschkabinen, und ich nahm die andere.

»Ich habe mich entschieden«, sagte Camille über das Rauschen des Wassers hinweg.

Verdammt. Was kam denn jetzt?

»Ich werde Gilbert vergeben. Und er wird der Hotelmanager.«

Wäre ich nicht nackt gewesen, wäre ich hingegangen und hätte sie umarmt.

»Da wird er sich bestimmt sehr freuen«, sagte ich.

»Es wäre zu viel Arbeit … zu viel Arbeit, die ich nicht tun will und die Gilbert erledigen kann.«

Martin hatte recht gehabt – wir hatten sie überzeugt. Ihr Tonfall machte mich dann aber doch froh, dass ich sie nicht hatte umarmen können.

»Alle Beziehungen brauchen Kompromisse«, sagte ich. »Ich meine … ich habe mich dazu entschlossen, mich mit Sheffield zu arrangieren, zumindest so lange, wie Martin dort seine Arbeit hat. Was bedeutet, eine der großartigsten Städte der Welt zu verlassen.«

»Ja.« Camille trat mit handtuchumwickelten Haaren aus der Dusche. »Aber du machst deinen Kompromiss aus Liebe. Ich habe praktische Gründe dafür.«

Das Abendessen fand zusammen mit der Familie in der überladenen Küche statt – weniger Heizkosten –, in der es nicht nur eine Telefonzelle gab, sondern auch noch einen Papagei im Käfig. Wir saßen paarweise an den nicht zusammenpassenden Tischen, auf denen je ein Liter Wein stand.

Gespräche beim Essen verliefen generell anders als unterwegs. Ich hatte Mühe, die Traurigkeit und das Bedauern abzuschütteln, die mich nach der Unterredung mit Camille überkommen hatten. Ich wünschte, sie könnte Gilbert lieben.

»Sie wird ihr Glück darin finden, Pilgern spirituelle Hilfe anzubieten«, sagte Martin. »Eine Ehe besteht nicht nur aus Herzchen und Blümchen. Wenn sie Gilbert vergeben hat, dann können sie von dort aus zumindest weitermachen und vielleicht gemeinsam etwas finden, das ebenso gut oder sogar besser ist als das, was die meisten Paare haben.«

»Camille würde einwenden: ›Warum sollte ich mich damit zufriedengeben?‹ Sarah und Bernhard würden das auch nicht tun.«

»Das sagst du, aber ich habe mich gestern Abend mit Sarah unterhalten, und es ging die ganze Zeit nur um gemeinsame Pläne und gegenseitige Unterstützung. Ich fühlte mich fast ein bisschen beschämt.«

»Das klingt ja gar nicht nach dir … Ich mache Spaß. Erzähl mehr.«

»Ich erzähle dir mal was von Jonathan.«

Martins Freund aus dem Militär. Ein General oder Colonel, der in einem »alten Kasten« lebte. Ich hatte erst vor kurzem erfahren, dass Martin damit keinen hässlichen Wohnklotz meinte, sondern einen altehrwürdigen Herrensitz. Den dieser Jonathan allein bewohnte. Er hatte im Krieg hier in Ligurien gekämpft.

»Jonathans Familie war stinkreich, aber seine Eltern waren immer kniepig.«

»Heißt das, sie hatten ein Alkoholproblem?«

Nein, eher ein Geldproblem der besonderen Art, erklärte Martin auf mein offenkundiges Verständnisproblem hin.

»Und er hat sich immer eine Eisenbahn gewünscht. Du weißt schon: so eine, für die man beim Aufbauen ein ganzes Zimmer braucht – mit Weichen und Bahnübergängen und Brücken …«

Ich wusste, was er meinte. So ungefähr jedenfalls.

»Er hatte eine Grundausstattung und bekam zum Geburtstag und zu Weihnachten immer ein Teil dazu, aber selbst ein Waggon kostete mehrere Wochen Taschengeld.«

»Und jetzt hat er sich alle Teile gekauft? Und in seinem alten Kasten aufgebaut?«

Martin schüttelte den Kopf. »Nein, das ist ja die Tragödie. Er kauft sich ständig neue Teile und hat wahrscheinlich schon genug, um mehrere Zimmer zu füllen. Aber er stapelt die Kartons nur aufeinander und sagt, irgendwann werde er das dann mal machen.«

Ich fragte mich, worauf Martin hinauswollte.

»Das Gespräch mit Sarah hat mich wieder daran erinnert«, sagte er. »Sie hat mir vorgeworfen, nur zu planen und träumen, anstatt endlich was zu tun.«

»Das stimmt nicht«, entgegnete ich. »Vielleicht vor dem *Camino* … Aber dann bist du deinem Traum gefolgt und hast etwas mit Architektur gemacht.«

Martin zuckte die Achseln. »Ich glaube, das war so ähnlich wie bei Jonathan, der seine Züge und Waggons sammelt. Es war ein alter Traum. Vielleicht nicht das, was ich wirklich will. Ich arbeite zwar mit Architekturstudenten, aber im Grunde mache ich dasselbe wie vorher auf der Ingenieurs-Hochschule. Was ich also sagen wollte: Ich weiß, dass Sheffield nicht das Nonplusultra für dich ist.«

»Ach, ich glaube, Sheffield ist gar nicht so übel. Mit Waschküchenwetter werde ich schon klarkommen.«

»Waschküchenwetter? Das sagt man seit den Sechzigern nicht mehr. Und du meinst London. Sheffield und London sind ungefähr so wie San Francisco und L. A.«

»Du willst Sheffield mit San Francisco vergleichen?«

»Ich will sagen, dass ich überall hingehen würde, wo man mich haben will. L. A., San Francisco … Santiago de Compostela, *wenn du das willst.* Also solange du auch dort bist.«

Er schenkte Wein aus der Karaffe in sein Glas, während er meine Reaktion beobachtete. Ich lächelte. Ich hatte alles, was ich wollte. Aber irgendwo tief in mir drin spürte ich ein leichtes Grummeln.

Und als ich vor dem Schlafengehen meine E-Mails abrief, wurde aus dem Grummeln ein Erdbeben. Der *Chronicle* hatte meine Cartoons abgelehnt.

58

Martin

Nachdem Zoe zu Bett gegangen war, saß ich mit Gilbert vor dem letzten Rest unseres Weines. Auch unsere Gastgeber hatten sich zurückgezogen, und die noch glimmenden Holzscheite im Küchenofen hielten uns einigermaßen warm.

»Wie geht es mit Camille?«

»Nicht besser, vielleicht ein bisschen schlechter. Es schwankt. Unterwegs kommt sie meistens gut zurecht, aber morgens und nachts …«

»Und wie läuft es mit euch beiden? Du hattest gesagt, die Dinge hätten sich gebessert.«

»Unser … also körperlich … läuft es viel besser.« Er lachte. »Nicht so gut wie bei euch.« Er formte mit der Hand eine Kralle und kratzte durch die Luft. »Aber sie ist … schwierig. Diese Hostelidee geht sie völlig irrational an.«

»Was bedeutet …«

»Dass es zu einer Obsession geworden ist. Sie wägt nicht Vor- und Nachteile gegeneinander ab. Sie will sofort eine Entscheidung, was auf einen Kauf in Italien hinauslaufen würde.«

»Und was denkst du?«

»Diese alten Hotels sind nicht geeignet. Der Ankauf wäre günstig, aber die Häuser sind vernachlässigt, und die Atmosphäre hier wäre nicht das, wonach Camille sucht, und … ich will nicht in Italien leben.«

»Der *Chemin* beginnt in Frankreich.«

»Der *Camino* nach Santiago ebenfalls. Wenn sie mir mehr Zeit geben würde, könnten wir uns geeignete Häuser in der Nähe von Cluny ansehen. Und in der Zwischenzeit müssten wir beobachten, wie ihre Krankheit sich entwickelt, und abwägen, ob das Projekt überhaupt durchführbar ist. Kann deine Tochter mir noch mehr Tabletten gegen mein Sodbrennen verschreiben?«

Ich ließ ihn mit dem Themawechsel davonkommen. »Sie ist keine Ärztin.«

»In Italien sehen sie das vielleicht nicht so eng. Ich habe bald keine mehr. Bei all dem italienischen Essen musste ich immer die doppelte Dosis nehmen.«

Ich lachte. »Jeder andere würde sagen, das französische Essen sei zu reichhaltig. Aber wenn ich dir einen Rat geben darf … Camille wird ein bisschen redselig, wenn wir die Reservierungen vornehmen: Sie hat sich gefreut, als du beschlossen hattest, italienischen Wein zu mögen.« Ich zwinkerte. »Sie hat sich sogar *sehr* gefreut – wie du vielleicht gemerkt hast.«

»Du meinst, ich soll mich mehr für die italienische Kultur begeistern?«

»Ich sage nicht, dass du zum Italiener werden sollst. Aber vielleicht könntet ihr dann beide die Reise mehr genießen.«

Er lächelte.

Nun war ich an der Reihe, das Thema zu wechseln. »Hast du dich mal mit der Geographie unserer Route befasst?«

»Inwiefern?«

»Na ja, wenn man mal auf die Landkarte schaut, nehmen

wir nicht gerade den kürzesten Weg nach Rom. Assisi liegt ein ganzes Stück im Osten. Gibt es einen bestimmten Grund, weshalb wir da durchmüssen?«

»Ich glaube nicht. Wir haben den Assisiweg gewählt, weil der durch Cluny verläuft. Natürlich endet er in Assisi – und dort wollten wir dann den Franziskusweg nehmen, der von Florenz über Assisi nach Rom führt.«

»Es gäbe eine andere Option: die *Via Francigena* beziehungsweise den Frankenweg. Ein Pilgerweg, der im englischen Canterbury beginnt und den wir morgen in Aulla kreuzen.«

»Und der wäre kürzer?«

»Von Aulla geht man auf dem Assisiweg fünf Wochen bis nach Rom. Auf dem Frankenweg wären es drei Wochen. Wenn Camille nicht unbedingt nach Assisi muss … Denk darüber nach.«

Gilbert lächelte glücklich. »Dann werde ich keine weiteren Tabletten brauchen.«

Beim Frühstück war Zoe immer noch deprimiert über die Cartoon-Absage. Nach dem, was ich wusste, mussten die meisten Künstler vor ihrem Durchbruch erst unzählige Rückschläge hinnehmen, aber Zoe wies – berechtigterweise – darauf hin, dass sie bald fünfzig werde und diese Hürde eigentlich auch schon übersprungen habe.

»Es fühlt sich mehr an wie gefeuert als abgelehnt«, sagte sie.

»Darf ich dich was fragen?«

»Lass mich raten: Du willst wissen, wie viel Geld mir da jetzt flöten geht?«

»Nicht direkt. Ich denke, du hättest diesen Weg ohnehin

nicht von einem Cartoon pro Woche bestreiten können, egal, wie lange sich die Serie gehalten hätte.«

»Das letzte Mal haben wir zusätzlich ein Buch daraus gemacht.«

»Du kannst auch jetzt ein Buch daraus machen. Ohne dass die Cartoons vorher in der Zeitung erschienen sind.«

»Ich weiß, ich weiß. Es geht auch nicht so sehr ums Geld. Was mich gerade aufrecht hält, ist deine Zusage, mit nach San Francisco zu kommen. Ich weiß, ich kann Meditationen anleiten, und ich habe auch schon überlegt, Zeichenkurse zu geben. Ich habe eine Eigentumswohnung. Ich werde also nicht verhungern.«

»Und was *willst* du machen?«

»Nun, da ich von den Cartoons befreit bin?« Sie lachte. »Du weißt, dass ich gern ein Buch über Pilger und Hostelbesitzer zeichnen und schreiben würde. Mit längeren Geschichten. Und Massagen und Kurse gebe ich auch gern. Aber ich habe gelogen.«

»Wobei?«

»Bei dem, was mich aufrecht hält. Tatsächlich ist es, hier mit dir unterwegs zu sein und darüber hinaus an nichts zu denken. Nicht an San Francisco und nicht daran, was mit Camille passieren wird.«

Gilbert und Camille waren bereits losmarschiert; heute würden wir Aulla erreichen, das Ende des ligurischen Abschnitts. Nach drei weiteren Wochen wären wir in Assisi, oder, falls wir die Stadt ausließen, schon in Rom. Ich eröffnete Zoe diese Option, dann machte sie sich mit Bernhard auf, um mir die Möglichkeit zu geben, mit Sarah zu reden.

»Willst *du* es deiner Mutter sagen, oder soll ich?«

»Dass ich zu Ingenieurswesen wechsle?«

»Und wo du es studieren willst.« Sarah und Bernhard hatten beschlossen, dass sie zusammen studieren und dabei auch gleich eine neue Sprache lernen wollten – also schieden England und Deutschland schon mal aus. Eine neue Sprache mochte nicht der einzige Grund für die Entscheidung gewesen sein.

»Ich sage es ihr«, antwortete Sarah.

»Okay. Darf ich dich was fragen? Du musst auch nicht antworten.«

»Das werde ich wohl trotzdem.«

»Bist du in Bernhard verliebt?«

Sarah lachte. »Damit hatte ich jetzt nicht gerechnet. Was denkst du denn? Ich meine, ich plane, die nächsten vier Jahre meines Lebens mit ihm zu verbringen …«

Das klang nachvollziehbar, auch wenn sie zu Anfang ganz offensichtlich noch nicht in ihn verliebt gewesen war.

»Warum ist das wichtig?«, wollte sie wissen.

»Weil Liebe nicht unbedingt die klügsten Entscheidungen nach sich zieht. Ich schätze, ich will nur sichergehen, dass du das tust, was du auch ohne Bernhard tun würdest.«

»Wie soll man das wissen? Er ist nun mal dabei, also …«

»Darf ich dich noch etwas fragen?«

»Über Liebe?«

»Hat damit zu tun. Kannst du dir irgendetwas vorstellen, das wichtiger wäre? Weshalb du Bernhard – oder in wen auch immer du verliebt wärst – verlassen würdest?«

»Du meinst, wenn meine beste Freundin – meine *Seelenverwandte* – Multiple Sklerose hätte und ihren Ehemann rauswerfen würde?«

»Sehr scharfsinnig kombiniert. Dann kannst du die Frage jetzt ja beantworten.«

»Vielleicht würde ich mich fragen, ob meine Freundin wirklich will, dass ich mich um sie kümmere, oder ob sie mich testen will. Aber wenn ich Camille wäre … Also wenn ich MS hätte, würde ich mir so viele Optionen wie möglich offenhalten wollen.«

»Hm. Zumindest für den Moment hat sie wohl entschieden, dass Gilbert die beste Option ist.«

»Willst du immer noch, dass ich die Frage beantworte?«

»Ich dachte, das hättest du.«

»Wenn ich vor der Wahl stünde … Die meisten Frauen würden dir wohl erzählen, dass sie sich für die beste Freundin entscheiden, aber ich glaube, sie würden doch den Mann nehmen. Ich meine, wenn sie wirklich verliebt wären und es nicht um einen Typen ginge, mit dem sie zwanzig Jahre verheiratet sind und wo die Luft raus ist. Ich glaube also, du bist auf der sicheren Seite, solange du Zoe glücklich machst.«

Ich wanderte eine Weile allein und dachte darüber nach. Es gefiel mir, dass Zoe ein Mensch war, der für eine gute, lebenslange Freundin große Opfer bringen würde. Aber sie und Camille hatten sich … wie oft? … zwei Mal seit ihrer Studienzeit gesehen. Sie schrieben einander so gut wie gar nicht. Selbst jetzt, auf dem Weg, verbrachte Sarah mehr Zeit mit Camille als Zoe, und ich nahm jeden Abend die Reservierungen mit ihr vor. Gilbert verbrachte natürlich die meiste Zeit mit ihr. Zoe kam an vierter Stelle von fünf.

Ich hielt es also nicht für anmaßend, davon auszugehen, dass sie sich im Zweifelsfall für mich entscheiden würde. Und in der Zwischenzeit hofften wir beide, dass es nur ein Test wäre und Gilbert die Rolle beibehalten würde, die er so ehrenhaft übernommen hatte. Camille hatte ihm – zumindest theoretisch – vergeben; selbst wenn es nur vorgetäuscht war, wäre es ein Schritt in die richtige Richtung.

Von Sarahs Entscheidung war ich weniger überzeugt: Sie ließ sich zu sehr von ihrem Gefühl für Bernhard bestimmen. Aber wenn ich es recht bedachte, hatte ich aus genau demselben Grund angeboten, Sheffield aufzugeben und nach San Francisco zu gehen.

59

Zoe

Auf dem Weg nach Aulla gab es jede Menge schöne Momente, die meine Stimmung hoben: Ausblicke auf pittoreske Bergdörfer in der Ferne, Familien beim Sonntagessen in den *albergos* und der gewundene Pfad durch und hinter Meredo über altertümliche Steintreppen. Camille und ich entdeckten eine kleine Kapelle, und sie zündete die letzte Kerze aus ihrem mitgebrachten Vorrat an.

Eine runzlige alte Italienerin, die mir höchstens bis zur Schulter reichte und um die neunzig herum sein musste, hatte uns schon eine Weile von ihrer Haustür aus beobachtet. Mit knorrigen Fingern packte sie mein Handgelenk, redete in schnellem Italienisch auf mich ein und verschwand.

Kaum eine Minute später kam sie zurück und reichte mir eine Kerze. Ich war froh, dass ich kein Italienisch konnte – so musste ich kein schlechtes Gewissen haben, weil ich ihr verschwieg, dass ich nicht katholisch war.

Nichtsdestoweniger hatte unser Ritual mittlerweile eine beruhigende Wirkung, und es fiel mir schwer, mich gegen das Gefühl zu wehren, dass diese Kerze so etwas wie Bestimmung war. Ich dachte an unser Gespräch unter der Dusche und daran, dass ich wirklich großes Glück hatte: Auch wenn ich am Ende einen Kompromiss eingehen müsste, was unseren Wohnort betraf, würde ich ihn aus Liebe eingehen; Martin und ich hätten einander. Camilles Kompromiss war teils praktisch begründet und teils Strafe. Ich zündete meine Kerze für Camille an.

Ich hatte mich bemüht, mir die Absage des *Chronicle* nicht allzu sehr zu Herzen zu nehmen und sie lieber als Chance zu betrachten – was nun für eine Zukunft in San Francisco sprach. Martins Angebot hatte mich mit einer »Wir gehören zusammen«-Freude erfüllt, und nun hätte es sich anfühlen müssen, als wäre das letzte Puzzleteil an die richtige Stelle gerutscht. Doch das tat es nicht, und ich war nicht sicher, was ich davon halten sollte.

Das Gefühl ähnelte dem, das ich gegen Ende meines ersten *Camino* gehabt hatte. Renata, eine der Brasilianerinnen, mit denen ich zusammen gewandert war, hatte mich darauf gebracht, was ich gesucht – und schließlich auch gefunden – hatte: diesen »Ich kann alles schaffen«-Teil von mir, den ich als Keiths Ehefrau verloren hatte. Das Ich, das die Abtreibungsgegner in Saint Louis angeschrien und in L. A. eine Ärztin aufgetrieben hatte, der Camille vertrauen konnte, sowie ein Auto, um sie quer durchs Land dorthin zu fahren.

Das Gefühl jetzt deutete eher darauf hin, dass mich etwas belastete, als dass etwas fehlte.

»Die letzten zwei Wochen waren schwierig«, sagte ich zu Martin in dem Versuch, mir beim Gehen über die Sache klarzuwerden.

»Wegen Camille und ihrer Hostelgeschichte? Weil wir uns bis jetzt noch nicht entschieden haben, wo wir leben wollen?«

Ich schüttelte den Kopf, obwohl bestimmt auch diese

Dinge zu meinem Gefühl der Verlorenheit beigetragen hatten.

»Es war schwer. Nicht nur das Gelände und das Wetter. Das konnte ich irgendwie verarbeiten. Aber … die Leute hier. Diese Plackerei. Kein Wunder, dass der *Chronicle* meine Cartoons nicht wollte. Sie sind wirklich deprimierend.«

»In der Toskana wird es anders sein. Aber … du hast ja schon von Florenz gesprochen … dass du dir da Kunstwerke ansehen willst?«

»Das war mein Plan, als ich hergeflogen bin, ja. Aber jetzt? Beim Wandern kann ich zeichnen und beobachten, aber richtige Kunst … In diesen Sphären befinde ich mich gerade nicht.«

»Na, dann ist wohl auch nicht so schlimm, dass der Assisiweg nicht direkt durch Florenz führt. Allerdings beginnt dort der Frankenweg.«

Und der verlief anders als der Assisiweg. Oder als die *Alta Via*. Oder der *Camino de Santiago*, der auch hier seine Zuführwege hatte. Mehr Wege als Wanderer, wie mir manchmal schien.

Aber Florenz verpassen? Die Uffizien? Michelangelos David? Ich war nicht so traurig, wie ich gedacht hätte. Ein Teil von mir wollte für immer so weiterwandern, wie dieser Holländer, den wir auf dem ersten *Camino* getroffen hatten. Er hatte sein Haus verkauft und wollte mit den Ersparnissen so lange wandern, wie er konnte – und lieber bei etwas sterben, das er liebte, als ein Leben ohne Leidenschaft zu führen.

»Uns bleibt ja immer noch Rom«, sagte ich. »Vielleicht können wir danach eine Woche Florenz besuchen? Uns die Kunst und Architektur ansehen. Uns entscheiden, wo wir leben wollen. Eine Münze werfen …« Im Moment kam mir das alles ziemlich unwirklich vor, denn wir hatten ja noch ein gutes Stück vor uns – jeden Tag gehen und Kleidung waschen, sich Sorgen um Camille machen …

Martin unterbrach meine Gedanken, aber wie sich herausstellte, dachten wir beide an das Gleiche.

»Was Camille betrifft …«

Ich lachte. »Immer geht es um Camille.«

»Ich glaube nicht, dass sie Gilbert jemals vergeben wird. Aber es geht dabei nicht um die Sache mit dem Kühlschrank.«

60

Martin

»Ich dachte, sie *hätte* Gilbert bereits vergeben«, meinte Zoe. »Dank deines Geniestreichs.«

»Ist das dein Eindruck? Dass alles vergeben und vergessen ist und sie von nun an als glückliches Paar weiterleben?«

»Willst du sagen, dass du doch kein solches Genie warst?«

»Wenn ich im Beruf und im Leben eins gelernt habe, dann: Eine Lösung, die zu schön erscheint, um wahr zu sein, ist meist auch keine. Wenn man die Leute mit Logik niederringt, stellen sie sich auf die Hinterbeine und tun doch, was sie wollen – und pfeifen auf Logik. Ich habe dir doch gesagt, dass ich einen Therapeuten habe, oder?«

»Ja, aber ohne Details zu erwähnen. Ich bin neugierig … Du musst natürlich nichts erzählen.«

»Es wird dich nicht überraschen, dass er viel nach unbewusster Motivation bohrt. Ich bin sicher, Camilles Demenz bringt noch eine weitere Dimension in die Sache, aber … sie hat in der Vergangenheit viel Abweisung erfahren, oder?«

»Wenn du den *crétin* meinst – den Typen, der sie geschwängert hatte –, wird sie sicher sagen, dass es gut war, dass er sie verlassen hat. Aber du hast recht: Er hat damals gekniffen, und sie war sehr unglücklich darüber.«

»Es ist *das* zentrale Ereignis ihres Lebens, oder nicht?«

»Ich weiß nicht … Für mich war es eine große Sache.«

»Und du warst dabei nur eine Randfigur – es ging doch eigentlich um sie.«

»Worauf willst du hinaus?«

»Gilbert war derjenige, der sie verlassen hat. Er hat sie abgewiesen. Sie konnte nicht damit umgehen und hat eine Geschichte erfunden – unbewusst –, mit der sie besser klarkommt.«

»Oder sie hat sie erfunden, weil sie sich nicht damit auseinandersetzen wollte, dass sie verrückte Dinge tut … ihre Unterwäsche versteckt und so weiter.«

»Das würde meine Argumentation sabotieren. Aber wenn ihr wahres Problem darin liegt, dass Gilbert sie verlassen hat, wird sie ihm niemals vergeben. Weil das nicht ungeschehen gemacht werden kann.«

»Vielleicht braucht sie nur mehr Zeit.«

»Hat sie je dem Typen vergeben, der sie geschwängert hatte? Wie lange ist das her?«

»Der Kerl hat aber nicht ihren Föhn quer durch Frankreich geschleppt.«

»Ich hoffe wirklich, dass ich unrecht habe und sie tatsächlich nur sauer auf Gilbert ist, weil sie denkt, er habe die Haushälterin gevögelt.«

»Warum wäre das besser?«

»Weil das bedeuten würde, dass sie kein tiefgreifendes Problem mit dem Verlassenwerden hat. Und dass es dann auch kein Problem sein wird, wenn du sie in Rom mit Gilbert zurücklässt.«

Ich beobachtete Zoes Reaktion. O ja. Ich war also nicht der Einzige, der sich Gedanken darüber machte, dass Camille sich doch von Gilbert trennen könnte – als angemessene Vergeltung dafür, dass er sie damals verlassen hatte – und dann als nächste Option auf Zoe setzte.

»Da ist noch etwas, das Camille mir erzählt hat und das ich als nicht besonders wichtig erachtet habe – abgesehen davon, dass du es nie erwähnt hast …«

»Was denn? Was hat sie gesagt?«

»Dass der Typ, der sie geschwängert hatte, eigentlich dein Freund gewesen war, aber du zu ihr gehalten hast, als dann alles schiefging. Die Entscheidung ist wahrscheinlich nicht schwergefallen, wenn man bedenkt, dass der Kerl so offenkundig ein Drecksack war, aber du hast das nie erzählt.«

»Das habe ich nie erzählt, weil es nicht stimmt.« Zoe wirkte völlig verdattert. »Himmel nochmal, sie … konfabuliert sich da wirklich was zusammen. Creighton war ein totaler Schnösel. Für den war ich Luft, und außerdem war ich mit Manny zusammen. *Manny* – den ich dann ja auch geheiratet habe – war damals mein Freund.«

»Und wo ich nun schon mal den Psychologenhut aufhabe … Sie könnte sich diese Geschichte ausgedacht haben, weil du dich damit zwischen ihr und einem Mann entscheiden musstest. Und dich für sie entschieden hast.«

»Okay, Dr. Freud, da bin ich nur froh, dass das im wahren Leben nicht passieren wird, selbst wenn sie nur wegen der Hostelsache mit Gilbert zusammenbleibt. Denk dran: Das Hostel ist eine Botschaft von Gott, und ihr Glaube scheint ja unerschütterlich.«

»Und vielleicht ist es eine Lösung, die ihr erlaubt, mit Gilbert zusammenzubleiben.« Ich hoffte, ich hätte recht.

Damals, zu Beginn unserer Reise, hatte Gilbert gesagt, Camille müsse Zoe in Rom unbedingt dabeihaben. Nun hatte ich Angst, dass die Einzelteile, die Camille sich für ihre Geschichte über Zoe, den *crétin* und vielleicht auch Zoes ersten Mann zusammengeklaubt hatte, in ihrer originalen Form eine schreckliche Wahrheit offenbaren könnten – die mit der großen Lüge in Verbindung stand. Was dann zu einem Abschied von Gilbert führen würde und einem Angebot an Zoe, das sie nicht ablehnen könnte.

Ich wusste, dass Zoe unsere Zukunft durch meine Verantwortung gegenüber Sarah als belastet ansah. Das änderte sich nun, aber ich bekam mehr und mehr das Gefühl, dass unser Schicksal mit dem von Gilbert und Camille verknüpft war.

61

Zoe

Den letzten Streckenabschnitt nach Aulla ging ich mit Camille. Sarah und Bernhard waren, wie üblich, schon vorgegangen, und Martin wanderte mit Gilbert. Es hatte zu regnen begonnen, und wir zogen unsere Regensachen an. Camille tat sich schwer, und ich half ihr, wie man einem Kind helfen würde.

»Bald ist Winter«, sagte sie.

Ich dachte an die dichten grünen Wälder, durch die wir in Frankreich gewandert waren, und stellte sie mir in leuchtend goldenen Schattierungen vor. Hier waren manche Zweige schon kahl. Mir hatte der Wechsel der Jahreszeiten immer gut gefallen, aber in Kalifornien bekam man davon nichts mit.

Ich war so sehr in Gedanken versunken, dass ich nicht merkte, dass auch Camille ganz in sich gekehrt war. Vor dem letzten Abstieg Richtung Stadt waren wir an einem Kloster vorbeigekommen, und danach hatte sie immer wieder an Straßenschildern haltgemacht. Erst als sie das dritte Mal stehen blieb, fiel es mir auf. Und was ich für ein Straßenschild gehalten hatte, war tatsächlich ein Gemälde – Jesus, wie er ans Kreuz geschlagen wurde –, und das Ganze sah aus wie ein übergroßer Briefkasten mit offener Tür. Darüber stand: »XI STATIONE. *Gesù è inchiodato sulla croce.*« Auch ohne Italienischkenntnisse konnte ich mir denken, was es bedeutete.

Camille schien zu beten. Dann brach sie plötzlich ab. »*Merde.*«

»Gibt's ein Problem?«

»Das sind die Stationen eines Kreuzwegs. Sie stellen den Leidensweg Jesu bis zu seiner Kreuzigung dar und helfen Gläubigen, sein Leiden nachzuempfinden.«

»Okay …«

»Es sollte auch mir helfen. Bei meiner eigenen Pilgerreise.«

Ich schwieg und beschloss zu warten. Es dauerte nicht lange.

»*Nom de dieu.* Scheiße, scheiße, scheiße.« Camille warf einen letzten Blick auf das Bild und stürmte davon, ohne an der nächsten Station stehen zu bleiben. Ich eilte ihr nach.

»Ich habe das Gebet vergessen. Was für ein Pilger bin ich nur, dass ich das Gebet vergesse? Wie kann ich je gerettet werden, wenn ich mich nicht *erinnern* kann?«

Das letzte – und vielleicht einzige – Mal, dass ich Camille so aufgebracht erlebt hatte, war damals in Saint Louis gewesen, als der Kerl sie hatte sitzen lassen. Auf unserer langen Autofahrt hin und zurück hatten ihre Wut und ihre Verzweiflung immer dicht unter der Oberfläche gebrodelt.

Ich war froh, dass keiner der anderen dabei war. »Was soll ich denn bloß tun, um Frieden zu finden?«, rief sie. »Bin ich so schrecklich? Was ist mit den gottverdammten Kinderschändern, mit Daesh, Trump und Putin und diesem Typen in Korea?«

Ich blieb dicht hinter ihr. Sie hatte ihren französischen

Akzent fallenlassen. Wahrscheinlich klang sie genau wie ich. An einem richtig schlimmen Tag.

»Warum hast du mir Multiple Sklerose gegeben? Warum bestrafst du mich?«

Da war es also. Es zeigte sich, was sie hinter der Fassade von Gleichgültigkeit und Schicksalsergebenheit wirklich fühlte: Angst und Wut.

Sie erreichte die letzte Station und brach weinend zusammen. Ich hockte mich neben Camille und nahm sie in den Arm, so gut ich es trotz unserer Rucksäcke konnte.

»Ich werde es niemals schaffen, Zoe. Ich kann nicht mehr. Ich will sterben.«

»Camille, atme tief durch.«

»Wie soll ich jemandem spirituelle Hilfe anbieten, wo ich doch selbst so sehr gesündigt habe? Was habe ich mir nur gedacht?«

»Du hast Grietje geholfen.«

»Ich weiß, dass du es weißt«, schluchzte sie. »Ich weiß es.«

»Was soll ich wissen?« Ich schob ihr den Pony aus den Augen.

»Dass ich ihn nicht sehen werde. Ich bin ein Nichts.« Der Akzent war zurück. »Der Papst. Er wird mich nicht empfangen. Es wird keine Erlösung geben.«

»Du hast gesagt, es geht nicht um die Männer in der Kirche«, sagte ich, als sie sich ein wenig beruhigt hatte. »Und Papst Franziskus mag ja ein guter Kerl sein, aber … letztlich war selbst der *heilige* Franziskus auch nur ein Mann. Deine Beziehung zu Gott ist es, die zählt – hast du das nicht gesagt? Dass er dir Frieden geschenkt hat? Ich kann mir vorstellen, dass er in dein Herz sieht und dass es ihm egal ist, ob du den Teil eines Gebets vergessen hast.«

»Aber was wird mit mir passieren?«

Ich wusste nicht, wie ich diese Frage beantworten sollte – während ich gedanklich die Optionen durchging, zog sich mir der Magen zusammen.

»Alle wollen, dass ich nach Hause gehe und sterbe, dass ich bei Gilbert bleibe.« Sie schluchzte wieder laut auf. »*Ich liebe ihn nicht.* Keiner versteht mich, keiner hört mir zu. Nur weil ich krank bin, heißt das doch nicht, dass ich keine Gefühle mehr habe, keinen freien Willen.«

Wie es aussah, bekam Martins Theorie, dass logische Lösungen nicht akzeptiert würden, gerade Beine. Und strampelte und trat um sich.

»Das war doch nur … Er könnte dir helfen, mit dem Hostel. Wenn du das willst.«

»Ich will es aber nicht. Ich werde mir jemand anderen suchen, der mir hilft, wenn es sein muss. Ich will Gilbert nicht.«

Ich dachte daran, wie Martin und ich uns von Anfang an einig gewesen waren, dass Gilbert die beste Option wäre. Aus unserer Sicht. Nicht aus Camilles. Wir alle hatten unsere eigenen Vorstellungen in den Vordergrund gestellt. Außer Sarah, was vermutlich der Grund war, weshalb Camille sich so zu ihr hingezogen fühlte. Anstatt ihr zu helfen, sich ihrer schweren Erkrankung zu stellen, und zu ergründen, was sie für ihr Leben bedeutete, hatten wir sie in Gilberts Richtung geschoben, weil wir ihn mochten – und weil es für uns einfacher war.

Du hältst das hier für ein Abenteuer, hatte Camille gesagt, und sie hatte recht gehabt. Ich war ihrem Ruf gefolgt, aber die Reise war für mich zu einem romantischen Intermezzo geworden. Sie hingegen konfrontierte sich jedes Mal, wenn sie eine Kerze anzündete, mit einer ihrer Sünden oder einem Menschen, den sie verletzt hatte. Und sie litt bereits wer weiß wie lang unter der einen Sünde, die sie dem Papst offenbaren wollte – der sie nicht empfangen würde.

Ich schämte mich. Dass ich mir über ein kleines taubes Gefühl Sorgen machte, dass ich Sarah gegenüber zickig gewesen war und, natürlich, dass ich mich mehr mit Martin und den praktischen Fragen unseres zukünftigen Zusammenlebens beschäftigt hatte als mit Camille. Ablenkungen vom eigentlichen Grund für mein Kommen und warum ich gebraucht wurde.

Bei ihrer Abtreibung war ich als Einzige für sie da gewesen. Bei ihren Fehlgeburten und fehlgeschlagenen In-vitro-Schwangerschaften hatte ich ihr zugehört, ihr geschrieben und sie unterstützt. Ich sollte auch jetzt für sie da sein.

»Ich höre dir zu, Camille«, sagte ich. »Ich höre, was du willst. Und was auch immer es ist: Ich werde dich unterstützen.«

»Bleib bei mir, Zoe.«

»Ich gehe nirgendwohin.«

»Ich wusste, du würdest kommen.«

In düsterer Stimmung setzten wir den Abstieg fort, und der Regen machte es noch schlimmer. Als ein Hund – ohne Leine – mit gefletschten Zähnen auf uns zurannte und böse bellte, stellte ich mich vor Camille und schrie ihn an. Die Besitzerin kam aus dem Haus, um zu sehen, was los war, und fing dann an, *uns* anzubrüllen, anstatt den Hund zurückzupfeifen. Was auch immer Camille auf Italienisch zurückbrüllte, ließ sie verstummen, aber erst nach mindestens zweihundert Metern fühlte ich mich wieder sicher.

»Blöde Kuh«, murmelte Camille.

»Weißt du noch, was wir früher immer über Mary-Lou gesungen haben?«

Camille sah mich erst fragend an, dann lächelte sie. Sarah hatte recht mit dem Kurz- und Langzeitgedächtnis; auch wenn Camille Gebete vergaß – vielleicht hatte sie sie in Wahrheit nie vollständig gekannt –, war der Großteil ihrer Erinnerungen noch intakt.

Den restlichen Weg zum Kloster in Aulla sangen wir das anstößige Lied aus unserer College-Zeit – wahrscheinlich würde Camille dafür irgendwann eine Kerze anzünden müssen – und fügten weitere Strophen über italienische Frauen und ihre Hunde ein. Obwohl es immer noch regnete, kamen Martin und Gilbert aus der Kirche, um uns in Empfang zu nehmen.

Ich mochte Gilbert in seiner liebenswürdigen, leutseligen Art. Ich war überzeugt gewesen, dass er Camille guttat, und dass er sich um sie kümmern wollte, hatte mir diese Last abgenommen. Aber Camille wollte die letzten Tage ihres Lebens nicht mit ihm verbringen. Es war ihre Entscheidung, und ich würde diese Entscheidung auf jeden Fall respektieren und verteidigen, egal, was das für mich bedeutete.

Ich dachte an Liebe und dass Liebe in späteren Jahren anders war als die ungestüme Liebe der Jugend – weil sich ihr immer wieder etwas in den Weg stellen konnte. Für Martin mochte das immer Sarah sein. Für mich war es – aus unerklärlichen Gründen – Camille.

»Du weißt, dass ich immer für dich da bin«, sagte ich zu ihr. »So lange, wie du mich brauchst.«

Camille lächelte, aber ich war mir nicht sicher, ob sie wirklich begriff, was ich meinte.

62

Martin

Zoe und Camille kamen eine halbe Stunde nach uns in Aulla an und wirkten vollkommen erschöpft. Am Ende eines längeren Abschnitts war das nur normal. Wir waren im wahrsten Wortsinn »über den Berg« und hatten den ligurischen Apennin, den Zoe als ziemlich deprimierend empfunden hatte, nun hinter uns gelassen. Für mich war der Weg über den Höhenzug eine erfrischende Abwechslung zu den üblichen Wanderwegen und Orten gewesen.

»Geht es dir gut?«, fragte ich Zoe, während Camille zu Gilbert ging.

»Nicht so ganz. Ich bin ziemlich fertig. Mit allem.« Sie brach ab, und ich hatte den Eindruck, dass sie eigentlich noch mehr sagen wollte und, was immer es auch war, es nichts Gutes verheißen würde.

Wir befanden uns genau an dem Ort, an dem sich der Assisi- und der Frankenweg kreuzten, und als Gruß an die Pilger war hier eine Kirche errichtet worden. Wir ließen unsere Pässe abstempeln und erfuhren, dass pro Jahr zweitausend Pilger durch Aulla kamen. Ich merkte an, dass wir keinen einzigen gesehen hätten.

»Die meisten gehen die *Via Francigena*«, erklärte der Stempelbevollmächtigte. »Nur zwei oder drei Pilger pro

Woche nehmen den *Chemin d'Assise.*« Das erklärte vieles. »Und Sie haben jetzt die Wahl«, fuhr er fort.

Bis kurz hinter San Quirico d'Orcia verlief der Frankenweg mehr oder weniger parallel zur Assisi-Route – umgerechnet etwa zwölf Tage Wanderung. Danach müssten wir uns endgültig für einen Weg entscheiden. »Der Frankenweg ist flacher, einfacher und ein bisschen kürzer«, informierte uns der Mann. Ich wusste ja schon, wofür Gilbert sich entscheiden würde, aber was war mit Camille? Es war *ihre* Pilgerreise, was ich am Anfang ein wenig vernachlässigt, mir nun aber doch noch einmal deutlich bewusst gemacht hatte.

Gilberts Prioritäten betrafen allerdings viel unmittelbarere Dinge. »Wie halten wir es mit dem Abendessen?«

»Bitte keine Pasta mit *porcini* mehr«, sagte Zoe. Das konnte ich gut nachvollziehen, denn die vegetarischen Optionen waren in der Tat recht spärlich und dieses Gericht somit allgegenwärtig gewesen.

»Und kein Wildschweinragout«, ergänzte Sarah. Auch das hatten wir bereits sehr oft gegessen. Es war gut gewesen, sogar exzellent, aber es musste doch mehr als zwei regionale Gerichte geben.

»Der Ort ist so groß, dass wir bestimmt auch Restaurants mit ausländischer Küche finden«, sagte Zoe. »Vielleicht könnten wir zum Mexikaner.« Sie sah Gilbert an. »Oder wird es mal wieder Zeit, französisch zu essen?«

Gilbert lächelte erst ein wenig selbstzufrieden, runzelte dann jedoch kritisch die Stirn, was vermuten ließ, dass mein Rat zur Offenheit gegenüber anderen Kulturen gefruchtet hatte. »Willst du etwa wieder eine *Tartiflette*? Wir sind in Italien, also essen wir italienisch.«

Und das taten wir – in einem feinen, aber nicht zu teuren

Restaurant, das wir uns nach der rustikalen Küche der letzten vierzehn Tage redlich verdient hatten. Gilbert schwärmte, fast schon übertrieben, vom Antipasto, der Pasta, dem Kalbfleisch, sogar dem *gelato*.

Zum Abschluss gab es Grappa. »*Saluti*«, sagte Gilbert und erhob sein Glas. »Camille und ich haben beschlossen, die *Via Francigena* zu gehen. Sie möchte auf einer Pilgerroute nach Rom. Und der Frankenweg ist traditioneller; es gibt ihn seit dem achten Jahrhundert, vielleicht schon länger. Auf jeden Fall ist er älter als der *Camino de Santiago*.«

Camille hatte es mir vor dem Essen schon verraten, damit wir die Zimmer buchen konnten. Allerdings hatte Zoe angedeutet, dass Gilberts Bemühungen wohl schon zu spät kamen. Ich hoffte trotzdem, dass sie noch einen Weg finden würden.

Camilles kritische Haltung war mir nur allzu vertraut. Obwohl ich damit sogar Sarahs Wohlergehen aufs Spiel gesetzt hatte, war ich lange Zeit nicht in der Lage gewesen, Julia ihre Affäre zu verzeihen. Ich hatte damals nicht vernünftig denken können. Vielleicht war es zu viel erwartet gewesen, dass mein Hinweis auf Camilles Techtelmechtel mit Jim den Schaden aufwiegen würde, den Gilberts vermeintliche Affäre angerichtet hatte.

Vielleicht spürten Sarah und Bernhard die Anspannung. »Ich hoffe, es ist für euch okay«, sagte Sarah, »aber Bernhard und ich würden gern weiter den Assisiweg gehen und euch dann für die letzte Etappe in Siena treffen. Ginge das? Wir wären ja nicht weit, falls ihr uns braucht.«

»Natürlich«, sagte Camille. »Ihr habt ja Handys dabei. Wenn es ein Problem gibt, können wir uns melden.«

»Was meinst du?«, fragte ich Zoe, als wir das Restaurant

verließen. Sie war ungewöhnlich still gewesen. »Wir bleiben natürlich bei Camille, oder?«

»Du kannst gern mit Sarah gehen, wenn du möchtest; ich bleibe auf jeden Fall bei Camille. Martin … ich werde so lange bei Camille bleiben, wie sie mich braucht. Es … tut mir wirklich leid.«

63

Zoe

Der Frankenweg mochte einfacher sein, aber *einfach* war er nicht. Zunächst ging es auf einer verkehrsreichen Straße ohne Gehwege aus Aulla hinaus, danach führte ein Wanderweg bergan und bot bald Ausblick auf das Meer. Ich roch das Salz in der Luft, und obwohl es mich an zu Hause erinnerte, hatte ich kein Heimweh mehr. Ich wusste nicht, inwiefern diese Pilgerreise mein Leben beeinflussen würde, aber im Hinblick auf die Zukunft fühlte ich mich stärker als zuvor. Wobei mir beim Gedanken an das bevorstehende Gespräch mit Martin nicht besonders wohl zumute war – das Gespräch, dem ich tags zuvor ausgewichen war, weil ich erst noch verarbeiten musste, was ich Camille versprochen hatte.

Es war merkwürdig ohne Bernhard und Sarah – und nicht ohne eine gewisse Ironie, dass jetzt, wo Martin sich nicht mehr mit seiner Tochter befassen musste, ich mich eher mit Camille befasste. Nun gut, ich denke, dass wir beide uns gedanklich sehr mit Camille befassten.

Ohne Bernhard würde es nun weder Müsli noch Kommentare zum Klimawandel mehr geben oder was die Welt alles falsch machte – und von Sarah gäbe es keine medizinischen Lehrstunden. Ich hoffte sehr, dass wir auch keine mehr brauchen würden. Zum Abschied nach dem Frühstück hatte sie mir noch gesagt, das taube Gefühl in meinen Beinen sei wahrscheinlich *Meralgia paraesthetica* und nicht weiter bedenklich. Ich hätte wohl meinen Rucksack zu tief und zu fest geschnallt, so dass mein *Nervus cutaneus femoris lateralis* am Beckenrand gequetscht worden sei.

Also hatte ich die Schultergurte höher gezogen und den Beckengurt gelockert und spürte schon jetzt keine Taubheit mehr. Ich wünschte, Camilles Probleme wären gleichermaßen einfach zu lösen. Auf jeden Fall gab mir die Entscheidung, bei ihr zu bleiben und sie zu unterstützen, das Gefühl, etwas abgeschlossen zu haben. Es hatte wohl schon länger in mir gegärt und ich zweifelte tief im Innern, dass meine Pläne mit Martin umzusetzen wären. Irgendwie waren sie mir nie real erschienen.

Aber nun hatte ich den Eindruck, dass alle meine Chakren sich im Einklang befanden. Die Last, die ich gespürt hatte, war nicht verschwunden, und ich fühlte mich auch nicht befreit, aber ich hatte erkannt, was mich beunruhigte. Ich würde das Beste aus jedem Tag machen, den ich noch mit Martin hatte, und gleichzeitig versuchen, keine falschen Hoffnungen zu wecken. Das hatten Camille und ich nun gemeinsam.

Sie hatte nichts mehr über ihre Krise verlauten lassen. Kriselte es in der Liebe, beim Glauben oder Selbstvertrauen? Heute Morgen war sie mit Gilbert losgezogen, und sie zündete weiter Kerzen an. Konnte ich hoffen, dass der gestrige Vorfall nur eine momentane Verzweiflung gewesen war? Aber so hatte ich es nicht empfunden.

Auch Martin hatte nichts Konkretes mehr dazu gesagt. Das Erste, was er nach unserem Start am Morgen wissen wollte, war, wie viele Zimmer er buchen solle. Nun, das war vielleicht auch eine Art, das Thema anzusprechen.

»Zwei, falls du den Freiraum brauchst«, erwiderte ich.

»Ist das Projektion?«

»Du hast zu viel Therapie gemacht.« Ich fing an zu lachen, und er schien verunsichert, wie er es aufnehmen sollte. »Wir können uns gern ein Zimmer teilen. Aber ich zahle die Hälfte.«

Martin wirkte traurig. »Das bestehende Arrangement funktioniert doch aber gut. Und Sarah ist nicht mehr da, um irgendwelche Kratzer bei mir zu entdecken.«

Falls nicht noch ein Wunder mit Camille geschah, wären dies unsere letzten drei gemeinsamen Wochen. Ein Teil von mir hätte Camille am liebsten angeschrien – oder ihren Gott. Konnte er nicht einfach dafür sorgen, dass sie sich wieder in Gilbert verliebte? Der Gott meiner Mutter würde sagen, dass genau das geschah, was ich verdiente: Martin zu verlieren, wäre eine Strafe für meine Sünden. Wenn das wirklich passierte, würde ich ihn vermissen. Mehr, als ich es im Moment ertragen konnte, darüber nachzudenken.

Wie es aussah, hatte er die Botschaft verstanden. »Okay. Keine Pläne. Zurück auf Anfang.«

Zurück also zu dem Zustand vor der Telefonzelle auf dem Gipfel zwischen Italien und Frankreich. Ich blinzelte gegen meine aufsteigenden Tränen an und wanderte schneller.

Wir hatten die letzten zwei Monate unter enormem Druck verbracht und fühlten uns immer noch wohl miteinander. Aber ich konnte ihn schlecht bitten zu warten, während ich … nun ja, was? Das war das Problem. Ich wusste es nicht. Camille konnte noch lange Zeit leben. Und wenn es doch schnell mit ihr bergab ginge … ohne Gilbert?

Ich war mir sicher, dass sie immer noch entschlossen war, ein Hostel zu eröffnen, auch ohne Gilbert. Martin kam zwar gut mit ihr zurecht, hatte aber klar zu verstehen gegeben, dass sie ihn wahnsinnig machte. *Eine Prise Camille kann schon eine Überdosis sein.* Das konnte nur schlimmer werden. Ich war ja nicht mal sicher, wie *ich* mit ihr zurechtkommen würde, da konnte ich kaum erwarten, dass er es schaffte. Vielleicht wäre die Situation anders, wenn wir schon vorher ein Paar gewesen wären.

Martin schien meine Gedanken lesen zu können. »Wir werden über alles sprechen. Wenn sich das alles bei dir gesetzt hat.«

Sarzana lag zwar offiziell wieder in Ligurien, aber es war ganz anders als die kargen Bergdörfer zuvor. Zunächst einmal war es viel größer, und seine historische Bedeutung war deutlich zu spüren. Die Mauern der zwei Festungen zeugten von Schlachten und Belagerungen, und wahrscheinlich hätte auch die Altstadt viele Geschichten zu erzählen gehabt.

Zu viert liefen wir an unzähligen Marktständen vorbei über das Steinpflaster zur Kathedrale Santa Maria Assunta. Camille und ich spendeten jede einen Euro und schalteten unsere elektrischen Kerzen ein. Meine war für Martin: Wahrscheinlich hatte er das Gefühl, dass ich ihm ein Unrecht antat, auch wenn ich überzeugt war, dass ich richtig handelte. Danach hielt der Mann, für den ich eine Kerze angezündet hatte, meine Hand, während wir die Kapelle des Kostbarsten Blutes besichtigten und die holzgetäfelte Decke von Pietro Giambelli aus dem 17. Jahrhundert bestaunten.

Auf dem Weg in unser hübsches kleines, modernes Appartement beschrieben wir uns gegenseitig unsere Eindrücke. Ich hatte lange vor dem ältesten bekannten gemalten Kruzifix Italiens aus dem Jahr 1138 verweilt, und Martin hatte wie immer die Architektur begutachtet.

Als er die kleine gotische Fensterrosette beschrieb, sah ich sie durch seine Augen, und es war, als würde dadurch eine weitere Farbe aufleuchten, die ich vorher nicht wahrgenommen hatte. Er musste es nicht aussprechen: *Es war genau wie in Frankreich, an unserem schönsten Tag des Camino.* Er wusste, dass etwas nicht stimmte, und machte es mir so schwer wie möglich, zu sagen, was ich sagen musste. Ein Teil von mir wünschte, er hätte damit Erfolg.

»Ich habe den beiden gesagt, dass wir allein essen gehen, und habe ein hübsches kleines Restaurant gefunden, das dir bestimmt gefällt.« Er grinste. »Soll der beste Mexikaner in ganz Ligurien sein.«

Ja, er würde es mir so schwermachen, wie er nur konnte.

Das Restaurant war nicht nur typisch mexikanisch – ein gemütlicher Raum mit braun-orangen Wänden und bunt bemalten *calaveras*, Totenschädeln, mit denen in Mexiko die Tage von Allerseelen und Allerheiligen begangen werden –, sondern führte auch eine große Auswahl an vegetarischen und veganen Gerichten.

Ich schwelgte noch in meinen veganen *Tostada*, als Martin eine zweite Runde Margaritas bestellte und anschließend fragte: »Was ist denn nun los?«

Ich atmete tief durch. »Camille wollte von Anfang an, dass ich nach Frankreich komme und mit ihr diese Pilgerreise mache. Ich sollte auf jeden Fall dabei sein.«

»Eine Neuauflage eures damaligen Roadtrips? Davon hattest du mir schon erzählt. Aber erzähl es doch noch mal.«

»Sie kam völlig aufgelöst zu mir, weil sie dachte, ihr Leben sei zu Ende, also habe ich ihr geholfen. Es war für uns beide eine einschneidende Erfahrung. Für mich, weil es mir gezeigt hat, was ich erreichen kann und wer ich sein könnte. Ich schaffte es, eine für mich toxische Familie zu verlassen, in der es bei Religion nicht um Liebe oder Vergebung ging, sondern um Einschüchterung und Bigotterie. Der *Camino* hatte mir bewusst gemacht, dass ich diesen Teil von mir verloren hatte … jahrelang, eigentlich. Camille hat mich damals gebraucht, damit ich sie rette – und jetzt braucht sie mich wieder.«

»Bist du sicher, dass es das ist, was sie will?«

»Ein Teil von ihr will nicht wahrhaben, dass sie jemanden braucht, der sich um sie kümmert. Aber solange kein Mann da ist – und ich meine nicht Gilbert, sondern einen Mann, in den sie sich verliebt und er sich in sie – und sie rettet, bin ich ihr Plan A.«

»Und was bedeutet das jetzt für dich? Für uns?«

Ich trank einen großen Schluck Margarita. »Sie kann nicht in den Staaten leben, allein schon deshalb, weil es keine Krankenversicherung gibt. Das bedeutet also, dass ich bei ihr bleibe. Ich weiß, dass das für dich keinen Sinn ergibt. Ich kann nicht erklären, warum ich das tun muss. Ich liebe dich; ich will mit dir zusammen sein …«

Martin sah aus, als wollte er »Ach, tatsächlich?« sagen, und ich konnte es ihm nicht verübeln. Nichts konnte beschönigen, dass ich mich für Camille und gegen ihn entschied. Er rückte mit dem Stuhl ein Stück zurück.

»Ich habe schon einmal versucht, es zu erklären: Camille und mich verbindet etwas ganz Besonderes …«

»Wie Thelma und Louise.«

Ich lachte bitter. Es passte. Auf gruselige Weise.

»Ich weiß, dass du nicht viel von solcherlei Überlegungen hältst, aber ich habe das Gefühl, mein Universum ist aus dem Takt geraten, und dass ich jetzt bei Camille bin, rückt alles wieder zurecht.«

»Und ich weiß, dass du nicht viel von meinen psychoanalytischen Überlegungen hältst …«

»Das stimmt nicht. Das Gegenteil ist der Fall.«

»Nun, ich glaube, ein Therapeut würde sagen – mit seinen professionellen Worten, natürlich –, dass da irgendwas noch nicht geheilt ist.«

»Das würde ich auch sagen. Und dass ich bei Camille bleibe, heilt es.«

»Oder klebt ein Pflaster drüber.«

»So fühlt es sich aber nicht an.«

»Na gut. Ich frage mich nur, was das ist, das geheilt werden muss.«

Martin ließ das so stehen, und wir verfielen in ein ausgedehntes Schweigen, das sich ganz und gar nicht unangenehm anfühlte. Wir hatten uns auf der Reise daran gewöhnt, zusammen zu sein, ohne reden zu müssen.

Allerdings wollte ich die Frage auch nicht ewig im Raum stehen lassen. »Wenn du jemandem hilfst, bist du ihm am Ende etwas schuldig«, sagte ich schließlich. »Und nicht andersherum.«

»Ich weiß, was du meinst. Aber auch, wenn du es nicht hören willst: Ich glaube nicht, dass es um so etwas geht. Was ist die wichtigste Lektion des *Camino*?«

»Ein Tag nach dem anderen. Aber …«

»Kein Aber. Außer dass wir den längeren Weg nach Rom hätten nehmen sollen.«

64

Martin

Gilbert wartete, während ich in Sarzana die Rechnung beglich. Die Frauen waren schon vorgegangen. Ich hatte eigentlich erwartet, dass ich öfter mit ihm zusammen wandern würde, damit Zoe die verlorene Zeit mit Camille wiedergutmachen könnte, aber bislang waren wir in den alten Paarungen verblieben.

Ich hatte Zoe nicht aufgegeben. Mir war nur nicht klar, was sie tun und wie ich da hineinpassen würde. Es gab so viele Variablen, von denen sich die meisten daran orientierten, wie Camille tickte, und damit unzuverlässig waren. Es war immer noch möglich, dass Gilbert den Platz an ihrer Seite einnähme – bei gleicher Eignung ging ich davon aus, dass Camille sich doch eher an einen Mann halten würde als an eine Frau. Es konnte sein, dass sie diese Geschichte ein weiteres Mal umschrieb und dann Zoe auf die Abschussliste setzte. Und wer wusste schon, welche Erkenntnisse sie in Rom überkommen würden? Oder welche sie uns präsentieren würde?

»*Buongiorno!*«, sagte nun ihr Mann und hievte sich den immer noch zu schweren Rucksack auf die Schultern.

Gilberts Bemühungen, seinen inneren Italiener zu umarmen – die so weit gingen, dass er die wichtigsten Wörter zum Bestellen von Essen und Trinken gelernt hatte –, boten uns anderen oft Anlass zum Schmunzeln, und mir war aufgefallen, dass Camille oft in die allgemeine Heiterkeit und das freundliche Frotzeln mit einstimmte.

»Damit wird's bald ein Ende haben«, sagte ich.

»Mit dem Rucksack oder dem Italienisch?«, fragte er. »Heute brauche ich beides, und weiter denke ich nicht.«

Ich lachte. »Oh, du hast auf Zoe und mich gehört. Ein Tag nach dem anderen. Die erste Regel.«

»Nein, die zweite. Die erste ist, keinen Föhn mitzunehmen. Als dein Freund Monsieur Chevalier sagte, der *Chemin* werde mich befreien, war ich tatsächlich beleidigt. Und traurig. Ich dachte, er meint, der Weg werde mich von meiner Pflicht gegenüber Camille befreien. Aber er hat mich von meinen Sorgen über die Zukunft befreit. Ich bin für jeden einzelnen Tag dankbar. Wer weiß schon, wann es Gott in den Sinn kommt, unser Leben zu beenden?«

»Ein guter Gedanke. Sogar für uns beide, wenn ich an unsere jeweiligen Partnerinnen denke.« Ich überlegte, wie viel ich ihm anvertrauen sollte, aber unsere Schicksale waren miteinander verwoben, und wir – oder zumindest unsere Partnerinnen – standen vor ähnlichen Problemen. »Ich fürchte, Zoe wird nach dieser Reise bei Camille bleiben wollen. Um sich um sie zu kümmern.«

»Hat sie das so gesagt?«

»Mehr oder weniger.«

Gilbert nahm sich Zeit, um über die Bedeutung dieser Aussage nachzudenken. »Zoe bleibt besser bei dir. Darauf sollten wir hinarbeiten.«

Ich lachte. »Dem werde ich nicht widersprechen.«

Auch wenn ich das durchaus könnte. Gilbert mochte sich

gern damit abfinden, Camilles zweite Wahl zu sein, wenn Zoe nicht mehr verfügbar wäre, aber ich war nicht sicher, wie ich mich fühlen würde, wenn Zoe nur deshalb bei mir bliebe, weil sie woanders nicht gebraucht wurde.

»Darf ich dir einen Rat geben?«, fragte Gilbert. »Möglicherweise weißt du das schon, aber es ist trotzdem gut, sich hin und wieder daran zu erinnern: Frauen schätzen Beharrlichkeit. Und Beständigkeit. Angst sollte uns nicht davon abhalten.«

Es passte gut zu unserem Motto: *Ein Tag nach dem anderen.* Worüber wollte ich mich beschweren? Es gab wirklich viel schlechtere Möglichkeiten, seine Zeit zu verbringen, als mit Gilbert durch die Landschaft zu wandern, mit Camille Unterkünfte zu reservieren – und ihre Gesellschaft schätzte ich mittlerweile wirklich sehr – und mit Zoe zu gehen, zu essen und zu schlafen.

Meine positive Einstellung hielt bis 17 Uhr – bis ich mich mit Camille zusammensetzte, um die nächsten Reservierungen vorzunehmen.

»Du und Zoe habt Probleme?«

»Wie kommst du darauf?« Nun ja, ich konnte mir gut vorstellen, wie. Sie war den ganzen Tag mit Zoe gelaufen, die ihr erzählt hatte, dass sie sich eine Zukunft mit mir aus dem Kopf geschlagen hatte. Keine Geheimnisse auf dem *Chemin.* Jedoch schien Zoe es nicht als Konsequenz dessen beschrieben zu haben, dass sie sich um Camille kümmern wollte. Nur dass sie zur Verfügung stünde, falls Camille sie brauchte und ihr Angebot annehmen wollte.

Was sie offensichtlich nicht getan hatte. Hatte Camille die Botschaft also nicht richtig verstanden? Ich würde sie bestimmt nicht geraderücken.

Lieber lenkte ich das Gespräch in eine andere Richtung: »Zwischen dir und Gilbert scheint es wieder etwas besser zu laufen.«

»Er ist ein anständiger Mann. Ich sollte dankbar sein, oder? Aber ohne meine Krankheit würde das niemand sagen. Sie würden *Folge deinem Herzen* sagen und nicht *Sei dankbar, dass du jemanden hast.* Und wenn ich ihn verlasse, tue ich ihm sogar einen Gefallen.«

»Ich denke, wenn du ihn aus diesem Grund verlässt, tust du niemandem einen Gefallen. Gilbert sagt, er will bei dir bleiben, und ich glaube ihm. Vielleicht hat er das Gefühl, er müsse den Fehler wiedergutmachen, dass er dich verlassen hat. Als Sühne, sozusagen. Und damit kennst du dich ja aus, oder? Und mit Vergebung.«

Es war ein riskanter Versuch, der ihre Betrugsgeschichte außer Acht ließ. Aber mit der Erwähnung von Sühne hatte ich einen Doppelschlag ausgeführt, der auch die noch nicht näher bezeichnete große Sünde einschloss. Sie schwieg eine Weile.

»Du hast recht«, sagte sie dann. »Auch wenn er es weiterhin ablehnt, sich zu entschuldigen. Was zum Teil der Grund ist, weshalb ich ihm nicht wirklich vergeben kann.«

Ein kleiner Lichtblick. Wenn ich ihn dazu bringen konnte, sich zu überwinden und für die angebliche Affäre um Entschuldigung zu bitten, allein um ihretwillen, würde Camille es sich vielleicht noch einmal überlegen.

War das manipulativ? Aus Eigennutz? Nun, es würde meinen Plänen tatsächlich entgegenkommen, aber ich hatte ihn zu diesem Schritt schon ermutigt, als für mich noch nichts auf dem Spiel stand.

Moralisch richtig wäre es wohl, Gilbert und Camille in

Ruhe zu lassen und einen anderen Weg zu finden. In der Zwischenzeit wollte ich dafür sorgen, dass jeder Tag so gut wurde wie nur irgend möglich. Und niemand konnte mir einen Vorwurf machen, wenn ich Gilbert dabei half, dasselbe zu tun.

65

Zoe

Wir befanden uns in der Stadt Massa, die sich von der ligurischen Küste bis in die Apuanischen Alpen erstreckte. Als ich im Hotel zum Frühstück hinunterging, sah ich, dass Gilbert allein am Tisch saß. Ich holte mir einen Kaffee und setzte mich dazu.

»Ist mit Camille alles in Ordnung?«

Gilbert nickte. »Sie ist noch oben. Martin auch?«

Ich nickte.

»Ich weiß, dass sie darüber nachdenkt, mich zu verlassen. Wenn wir in Rom angekommen sind.«

Mir blutete das Herz. Für ihn. Für Camille. Für mich selbst. Und falls Martin immer noch Hoffnung für uns hegte, dann auch für ihn.

»Hat sie … Weißt du, was sie vorhat?«

»Ich glaube, sie weiß es selbst nicht. Rom … der Papst … Erlösung. Es ist verrückt. Sie hatte schon immer das Bedürfnis, sich an Gott zu wenden, vor allem wenn das Leben schwierig wurde. Aber jetzt? Jetzt kann sie keinen klaren Gedanken fassen. Sie glaubt, da geschieht irgendwie ein …« Er schnipste mit den Fingern. »Sie glaubt, du wirst ihr die Antwort liefern. Sie setzt viel Vertrauen in dich.«

Gilbert dachte also, dass ich in Camilles Vorstellung gleich neben Gott und dem Papst rangierte. Vielleicht war ich aber auch nur besser zu erreichen. Er wollte wohl, dass ich ihr sagte, *er* sei die Antwort. Doch das hatte ich bereits versucht, und es hatte nicht funktioniert. Camille wollte nicht, dass ich ihr eine Antwort lieferte; sie wollte, dass ich selbst die Antwort war.

Wie hatte Monsieur Chevalier sich so sehr irren können? Gut, Camille würde sich wahrscheinlich von Gilbert befreit fühlen. Aber nichts von dem, was ich in meiner Zukunft sah, hatte mit Freiheit zu tun – eher mit den Aufgaben, die einem später im Leben zufielen. Mit dem Wohlergehen anderer. Mit Verpflichtungen. Persönlicher Integrität. Alles gute und wichtige Dinge, aber nichts, das einen befreite.

Camille kam dazu, und ich wartete, bis sie ihren Kaffee getrunken und ihr Croissant gegessen hatte, dann marschierten wir los. Wir waren wieder in der Toskana, am Fuß des Apennins, und unser Weg verlief nur ein oder zwei Meilen von der Küste entfernt.

Ich musste sichergehen, dass sie fest entschlossen war, ihr Leben ohne Gilbert weiterzuführen, bevor ich meines vollständig umkrempelte.

»Zwischen dir und Gilbert scheint es wieder etwas besser zu laufen.«

»Er ist italienischen Gepflogenheiten gegenüber aufgeschlossener, was seine Gesellschaft angenehmer macht, also ja.«

»Vor ein paar Tagen warst du ganz schön böse auf ihn.«

»Nein, das stimmt nicht. Ich war nur sauer, weil alle mich dazu drängen, bei ihm zu bleiben. Auch du.«

»Ich weiß. Es tut mir leid.«

Wir schwiegen eine Weile, dann sagte sie: »Wenn ich

nicht krank wäre, würde ich vielleicht anders denken, aber ich darf dieser Versuchung nicht nachgeben. Wir würden dann beide ständig denken, ich wollte ihn nur deshalb bei mir haben, weil ich Hilfe brauche.«

Es war sehr mutig, so etwas zu sagen, und ein krasser Widerspruch zu meinem Bild von Camille als oberflächliche und … nun ja, auf den eigenen Vorteil bedachte Person. Ich wusste nicht, ob ich an ihrer Stelle es geschafft hätte, nein zu Gilbert zu sagen. Und nun konnte ich nicht nein zu *ihr* sagen.

»Camille, was ich dir angeboten habe … dass ich immer für dich da bin – das habe ich auch so gemeint.«

Sie lachte. »Du solltest dir lieber Gedanken um Martin machen. Wenn du für mich da bist, ist er vielleicht nicht mehr für dich da.« Und dann, ernster und fast vorwurfsvoll: »Ich hatte nicht erwartet, dass du ihn überhaupt mitbringst.«

»Camille … ich meine es wirklich ernst. Wenn du mich brauchst, nach Rom, dann bin ich für dich da.«

»Wenn das so ist, dann danke. Aber: nein. Du hast dein eigenes Leben, du hast Martin. Ich komme schon zurecht.«

Sie meinte das nicht ernst.

»Ich schlage vor, dass wir hier haltmachen«, sagte Martin, als wir das malerische Städtchen Pietrasanta erreichten. Normalerweise kehrten wir mittags nirgends ein, aber Gilbert und Camille waren bereits auf dem Weg ins nächste Café.

»Lass uns später essen«, sagte Martin zu mir. »Hier gibt es viel Kunst zu entdecken.«

Bereits am Ortseingang war mir die mehrköpfige marmorne Chimäre von Alba Gonzales aufgefallen, die in der Hand eine Taube hielt – vielleicht als Verbeugung vor den

Pilgern –, aber es gab noch mehr moderne Skulpturen: ein Mädchen auf einer Schaukel, Tänzer, eine Menschengruppe.

»Außerdem habe ich gelesen, dass wir auf keinen Fall diese Kirche verpassen sollten.« Anstatt zur zentralen Kathedrale deutete Martin zu einer geöffneten Tür abseits der Einkaufsstraße.

Auf den ersten Blick sah es wie eine normale Kirche mit den üblichen Fresken aus. Dann schaute ich genauer hin. »Ist das etwa von Fernando Botero?«

»Anscheinend hat er hier irgendwo ein Haus. Gefallen dir seine Arbeiten?«

»Ob sie mir gefallen?« Wo sollte ich anfangen? »Dieser Mann ist ein Genie.«

»Aber gefallen sie dir?« Martin stand vor einem Fresko, das, verglichen mit allen anderen, die wir bisher gesehen hatten, geradezu respektlos wirkte. Die Figuren waren »typisch Botero«: groß und dick. Der Teufel regierte das Chaos, und eine Gerippefrau trug auf ihrem Totenschädel nach *Calvera*-Art ein breites, rotlippiges Grinsen zur Schau. Am unteren Rand ragte aus einem Trog der Kopf von Adolf Hitler ins Bild. Es entsprach ganz und gar nicht dem, was ich in einer italienischen Kirche erwartet hätte.

»*Gefallen* ist nicht das richtige Wort. Er hat viel in mir ausgelöst. Seine Abu-Ghraib-Gemälde … Diese Arbeiten haben mir beim Zeichnen politischer Cartoons mein Überleben gesichert, weil ich sah, was Kunst in einem politischen Kontext ausrichten kann …«

Ich redete bestimmt fünf Minuten lang, ohne Luft zu holen. Als ich fertig war und wissen wollte: »Hat das deine Frage beantwortet?«, begann Martin zu lachen.

»Und? Inspiration für deine eigenen Cartoons?«

Im Geiste zeichnete ich bereits Pilger, die um der Gesundheit willen diesen Weg gingen, aber aussahen wie Gerippe im *Calvera*-Stil. Vielleicht steckte hier die Idee für ein Buch. Als mir klarwurde, dass die Totenschädelfrau Camille darstellen würde, gefiel mir die Idee weniger gut – auch wenn sie die düstere Stimmung der ligurischen Skizzen wieder aufnehmen würde.

»Und heute Abend«, sagte Martin, »machen wir es ganz auf Pilgerart: In Camaiore, einer uralten Stadt mit rundum erhaltener Stadtmauer, habe ich eine Pilgerunterkunft in einem alten Kloster gefunden. Das mag vielleicht etwas spartanisch werden, aber sie haben sicher einen hübschen Stempel für unsere Pilgerpässe.«

Er tat, was er nur konnte.

66

Martin

Ein erinnerungswürdiger Tag! Und das Ergebnis dessen, dass ich wie ein Tourist geplant und nicht wie ein Wanderer nur alles hingenommen hatte, was sich zufällig ergab. Das Hostel in Camaiore war genau so, wie angekündigt, allerdings waren wir die einzigen Pilger. Camille schwatzte eine Stunde lang mit der Wirtin, mit der sie das Interesse an Sprachen teilte. Wie es aussah, war der Hostelplan – auch ohne Gilbert – noch aktuell. Und an diesem Abend würden wir Lucca erreichen, den Geburtsort von Giacomo Puccini und Gastgeber eines bedeutenden Musikfestivals. Ich plante wiederum in Touristenmanier.

Die Sonne schien, aber es hatte nicht mehr diese drückende Hitze wie noch vor wenigen Wochen, und wir spürten die Nähe des Meeres. So schön die Berge auch gewesen sein mochten – der Regen und die Kälte am Abend hatten unsere Stimmung gedrückt, obwohl mir das zu der Zeit nicht bewusst gewesen war. Und Zoe ging – wiederum – lieber mit mir als mit Camille.

In der Toskana zu Fuß zu gehen, war vollkommen anders, als mit dem Auto zu fahren, und das nicht nur, weil es keine Julia gab, die mich andauernd anblaffte, ich solle weiter links fahren, und die mir die Kreditkarte ständig falsch herum anreichte, wenn ich sie in die alle naslang auftauchenden Mautmaschinen stecken musste. Ganz zu schweigen von einem aufmüpfigen Teenager auf dem Rücksitz. Zu Fuß gestalteten sich die Wege zwischen den Ortschaften ruhig und gelassen, und die Orte selbst boten am Ende des Tages einen spannenden Kontrast und dienten nicht nur als Oasen nach seelenlosen Stunden auf den *autostradas*.

Was den aufmüpfigen Teenager betraf, nahm ich an, dass sie und Bernhard ihre Zeit fernab meines kritischen Blicks nutzen und entscheiden würden, ob ihre Zukunftsphantasie Realität werden könnte. Sofern sie es sich nicht anders überlegten, würde Sarah also wegziehen. Und dann wäre das Einzige, das mich noch in England hielte, mein Job. *Falls* ich ihn immer noch hatte: Mein Antrag auf unbezahlten Urlaub war anscheinend noch nicht bearbeitet worden.

»Wie wäre es mit einer Wohnung in Pietrasanta? Nicht in Sheffield, nicht in San Francisco, sondern ganz woanders?«, wollte ich von Zoe wissen.

Ich musste sie nicht ansehen, um ihren Frust zu spüren.

»Darum geht es nicht«, sagte sie. »Ich habe mit Sheffield eine Weile gehadert. Aber das habe ich überwunden.«

»Dann haben wir ja Fortschritte gemacht.«

Zoe lachte. »Zumindest einen Schritt vorwärts. Ganz ehrlich: Im Moment geht es mir phantastisch. Am liebsten würde ich für immer so weitergehen. Das mit Camille – es ist nicht das, was ich will, aber …«

»Lass es gut sein. Denk einfach nur darüber nach, warum du tun willst, was du nicht tun willst.«

Ein Tag nach dem anderen, hatten wir immer wieder betont, aber an diesem Abend wünschte ich mir eher eine Minute oder eine Sekunde nach der anderen. Es gibt ein Sprichwort, dass das Wissen darum, dass du am nächsten Morgen gehängt wirst, deinen Geist umso aufmerksamer macht. Bestimmt war uns allen vieren bewusst, dass uns die Zeit davonlief, während wir in einer alten Kirche saßen, mit ein paar Touristen und mit prächtigen Renaissancegemälden an den Wänden, und den Kompositionen von Puccini lauschten.

Touristenoper: eine Sopranistin und ein Tenor, die sich mit den bekanntesten Arien abwechselten – doch das war nichts Schlechtes. Der Gesang war mir immer wichtiger gewesen als das Spektakel auf der Opernbühne, und Zoe saß neben mir und hielt meine Hand.

Hier waren wir nun, zwei Paare, denen es an und für sich gut ging, doch in dem jeweiligen Bedürfnis, sich treu zu bleiben, legten sie sich selbst auch Steine in den Weg: Zoe durch ihr Pflichtgefühl gegenüber Camille, Camille durch ihre Kompromisslosigkeit in der Liebe, Gilbert durch seine Weigerung, Absolution für etwas zu erhalten, das er nicht getan hatte. Und ich durch meine Forderung, dass Zoes Liebe zu mir über allem stehen müsse, einschließlich ihrer Verpflichtung gegenüber Camille.

Könnte Gilbert unser aller Probleme lösen, indem er sich entschuldigte, nachdem er schon willens war, für Camille nach Rom zu laufen und ihre Pflege zu übernehmen, wäre die Bitte um Verzeihung bei jemandem, der Opfer einer Sinnestäuschung war, doch wohl eher ein Akt der Freundlichkeit als der Unehrlichkeit. Es sei denn, er wollte am Ende doch nicht den Rest seines Lebens als Camilles Krankenpfleger verbringen.

Und ich? Hatte ich alles versucht? Nichts auf der Welt hatte ich mir mehr gewünscht, als den Rest meines Lebens mit Zoe zu verbringen. War »Wie wäre es mit einem Hostel in Pietrasanta?« das Beste, was ich zu bieten hatte? Sicherlich nicht.

Nach dem Abendessen buchte ich einen Tisch im besten Restaurant in der wohl schönsten Stadt auf unserem Weg, wenn nicht von ganz Italien.

67

Zoe

»Du hast dir den Bart gestutzt.«

Als Martin aus dem Badezimmer unseres netten kleinen Hotels in San Gimignano kam, sah er – auf positive Weise – verändert aus, und ich brauchte einen Moment, um zu erkennen, woran es lag. Auch seine Haare sahen ordentlicher aus: weniger nach Hütehund, mehr nach Architekturdozent.

Wir waren von einem zauberhaften, geschichtsträchtigen toskanischen Ort zum nächsten gewandert: erst Gambassi Terme und nun San Gimignano. Es erinnerte mich an Pérouges, nur ohne die fiese Stadtführung. Alte Pflasterstraßen, die druckluftgereinigt schienen, um einen makellos sauberen Eindruck zu erwecken – vom Konfetti auf den Stufen der Kirche einmal abgesehen.

Im Hotel ließen wir uns erst einmal erschöpft aufs Bett fallen und wurden durch eindeutig zweideutige Geräusche von nebenan gestört. Vielleicht das frischverheiratete Paar, das früh zu flittern begann? Von Camille und Gilbert konnte es nicht stammen, sie waren auf der anderen Seite.

Das Restaurant lag in einer schmalen Gasse abseits des Hauptplatzes, und Martin und ich – nur wir zwei – waren die ersten Gäste. Es war kein typisches Touristenlokal – neben der Speisekarte an der Tür hing ein besonderes Zertifikat: Der *Guide Michelin* hatte es mit einem Stern versehen.

Gilbert und Camille hatten nicht mitkommen wollen, und ich fragte mich, ob Martin ausreichend Auskunft erteilt hatte, was ihnen entginge. Ich fühlte mich unpassend gekleidet. Die Sohle eines meiner Ausgehschuhe hatte sich gelöst und flappte beim Gehen, und das elegante Dekor mit den modernen Gemälden unter Kerzenleuchtern auf grauer Wand verlangte eher nach ein oder zwei Diamanten als nach Tessas Taubenanhänger vom Straßenmarkt.

»Und«, verkündete Martin, während wir uns noch umsahen, »es gibt vegetarische Gerichte.«

Ihm war wohl aufgefallen, dass Vegetarier im *Bistecca-alla-Fiorentina*-Land nicht allzu ernst genommen wurden. Dann bestellte er Champagner – für Italien eine seltsame Wahl. Überhaupt benahm sich Martin an diesem Abend ein wenig seltsam und machte sich übermäßig viele Gedanken darüber, ob mir das Restaurant gefiel.

Er merkte wohl, dass es nicht ganz mein Ding war, aber das Essen war lecker, wenn auch überteuert. Gerade als wir mit den *primi piatti* fertig waren – die ich außerordentlich lobte, damit er sich endlich entspannte –, kam ein weiteres Paar herein.

Bernhard und Sarah.

Der Assisiweg schlängelte sich am Frankenweg entlang und um ihn herum, und es wäre dumm gewesen, ein so malerisches Städtchen auszulassen. Aber dies war auch nicht ihre Art von Lokal.

Wir sprangen auf, absolvierten die Hallos und Umarmungen und Erkundigungen nach dem Befinden, aber irgendetwas stimmte nicht.

»Wo seid ihr untergebracht?«, wollte ich wissen. »Wir sind im …«

Martin unterbrach, bevor sie antworten konnten. »Genießt euren Abend, lasst euch von uns nicht stören«, sagte er. Mir ging auf, dass ich gar nicht wissen wollte, ob sie im selben Hotel übernachteten, möglicherweise auch auf derselben Etage. Obwohl diese Reise unweigerlich sehr viel Nähe mit sich brachte, hatten wir unser Intimleben bislang immer vor den anderen verbergen können. Zumindest hatten die beiden es immer geschafft.

Martin forderte sie nicht auf, an unseren Tisch zu kommen. Als wir uns wieder setzten und Sarah und Bernhard auf der anderen Seite des Lokals Platz nahmen, lehnte ich mich zu ihm hinüber. »Alles in Ordnung?«

»Natürlich. Aber das ist unser Abend.«

»Ich finde, das hier ist gar nicht Bernhards Stil …«

»Sei nicht so sexistisch. Vielleicht hat Sarah das organisiert.«

»Meinst du? Ich habe nur das Gefühl, dass hier etwas Besonderes passiert.«

»Du liebe Zeit«, meinte Martin. »Zum Heiraten sind sie ja wohl noch zu jung. Ich hoffe, Bernhard hat Geburtstag.«

»Vielleicht lassen wir den Nachtisch ausfallen und die zwei allein.«

Martin wirkte ein bisschen sauer – oder eher enttäuscht –, stimmte aber zu. Wir hatten noch eine halbe Flasche Champagner übrig, die er ihnen auf den Tisch stellte, als wir das Lokal verließen.

Am Morgen sahen wir die beiden nicht. Gilbert und Camille starteten als Erste, was sie sich angewöhnt hatten für den

Fall, dass mit Camille etwas passierte. Bislang hatte sie sich wacker geschlagen, am vorigen Abend jedoch wieder gehumpelt.

Wir gönnten uns noch einen weiteren Kaffee – der Espresso schmeckte mir immer besser, und ich trank ihn gern mit etwas mehr heißem Wasser, also einen *caffè lungo* – und machten uns auf den Weg. Nach etwa einer Meile wurde der Pfad zu einem breiten Feldweg, der uns durch hügelige Felder und Wälder führte.

In der Nacht hatte es stark geregnet, doch jetzt war das Wetter perfekt, kühl, aber sonnig, und ganz nach Pilgerart genossen wir schweigend den Weg, die Landschaft und unsere Gesellschaft. Bis wir an einem großen alten Gebäude vorbeikamen, an dem ein ausgebleichtes *Vendesi*-Schild hing. Zu verkaufen. Wir blieben stehen und sahen einander an.

»Kein Berg, den man erst erklimmen muss«, sagte ich.

»Direkt am Weg – am Franken- *und* am Assisiweg.«

»Toller Ausblick.«

»Ausreichend Garten für Camilles Gemüse.«

Ich lachte. »Man muss aber trotzdem ganz schön viel Arbeit reinstecken. Was nicht Gilberts Stärke ist. Und es liegt in Italien. Gilbert möchte nach Frankreich.«

»Gilbert hat nichts zu entscheiden. Hoffen wir mal, dass Camille es gesehen und sich verliebt hat; dass sie dann Gilbert gesagt hat, sie werde dieses Haus mit ihm betreiben, sofern er sich entschuldigt; dass Gilbert seine Chance erkannt hat und gute Handwerker kennt; und dann feiern wir heute Abend ihre neue Zukunft. Das ist doch nun wirklich nicht zu viel verlangt, oder?«

Oder sie verkündete, dass sie es kaufen und mit mir betreiben wolle …

Wir kamen an einen Fluss, und Martin sagte: »Im Reiseführer steht, dass das hier knifflig werden kann, wenn es geregnet hat.«

Man brauchte keinen Reiseführer, um das zu erkennen. Der Weg verschwand im Wasser, und es sah aus, als müssten wir zur anderen Seite schwimmen. Linker Hand wurde der Fluss ein wenig breiter, und man konnte im klaren Wasser den steinigen Grund erkennen. Ungefährlich. Aber ohne nasse Füße nicht zu schaffen.

»Das ist die Stelle, wo der romantische Held vorprescht und seine Angebetete hinüberträgt«, meinte ich grinsend, während ich mir Schuhe und Strümpfe auszog. Mein Reisehandtuch lag im Rucksack ganz unten.

Martin überlegte nicht lang. »Okay, ich mache es. Unter einer Bedingung.«

»Dass ich dir hinterher die Füße abtrockne?«

Martin schüttelte den Kopf – und sank auf ein Knie. »Dass du mich heiratest.«

Hätte er nicht so ernst geguckt, hätte ich gedacht, er mache einen Witz. Ich klappte den Mund auf und wieder zu. Martin sah so verdammt knuffig aus – diesen Hundeblick musste er lange geübt haben.

Er stand wieder auf und gab mir einen kurzen Kuss. »Ja, ich weiß. Ich wollte eigentlich gestern Abend schon fragen, aber … Das Angebot bleibt bis zum Petersdom bestehen. Und bis dahin gehe ich einfach davon aus, dass die Antwort ja lauten wird.«

Mit diesen Worten streute er mir eine Handvoll Konfetti über den Kopf, schwang mich – mit Rucksack und allem – über seine Schulter und marschierte geradewegs durch die Fluten.

Ich wusste, was ich sagen musste, aber hier und jetzt wollte ich nur den Augenblick genießen. Das Universum stellte mich wirklich mächtig auf die Probe.

68

Martin

Jetzt hatte ich wirklich alles getan, und ich fühlte mich ziemlich gut. Der Heiratsantrag kam von Herzen und an einem originellen Ort: Wie alle anderen blieb ich mir selbst damit treu. Ich hatte meine Karten offen ausgespielt, und nun lag es an Zoe, zu entscheiden, was sie daraus machte. Bis dahin würde ich versuchen, die Spielregeln zu lernen. Sobald ich herausbekommen hatte, um welches Spiel es sich handelte.

Wir übernachteten im wunderschönen Ort Strove in einem hübsch renovierten Boutique-Hotel und gingen mit Gilbert und Camille in eine *trattoria*, die jedes Vorurteil erfüllte, außer dass das Essen und der Wein um Klassen besser waren als das, was ich in England bekommen hätte. Ich verglich unweigerlich alles mit dem Toskana-Urlaub damals mit Julia, der – rückblickend betrachtet – bereits in der Endphase unserer Ehe stattgefunden hatte. Mit Zoe war ich sehr viel glücklicher.

Das Problem mit Camilles »müdem Bein« tauchte immer wieder auf, aber wir schafften es jedes Mal bis in die Unterkunft, so dass wir die etwas längere Strecke nach Siena wagten, wo wir mit Sarah und Bernhard verabredet waren. Nur wenige Kilometer vor dem Ziel mussten wir jedoch am Wegesrand pausieren, und Zoe versuchte es mit Massage und Meditation in der Hoffnung, Camille wieder fit zu bekommen.

Nach ungefähr zwei Stunden tauchten Sarah und Bernhard auf, woraufhin Camille sich erhob und für wieder fit erklärte.

Zu sechst begaben wir uns auf die letzte Etappe. Als der Weg schmaler wurde und wir uns automatisch wieder in Pärchen aufteilten, spürte ich Sarahs Frage, noch ehe sie sie stellte: »Kann ich dich mal eben sprechen?« Allerdings fügte sie hinzu: »Zoe kann gern dabeibleiben. Also wenn sie möchte.«

»Wenn es für dich okay ist …« Zoe zögerte.

»Das habe ich doch gesagt. Ich meine: klar.«

Wir ließen die anderen drei vorgehen.

»Geht es dir gut?«, wollte ich wissen.

»Absolut.«

»Das dachte ich mir. Ist irgendwas passiert?«

»Wir haben in San Gimignano heimlich geheiratet.« Fast hätte ich es geglaubt. »Nein, im Ernst: Wir haben über einiges gesprochen. Über Sachen, die uns im Weg stehen.«

»Magst du erzählen?«

»Also wo du schon fragst … vor allem Eltern.«

Das kam nicht überraschend. *»Hast du Eltern, bist du am Arsch …«*

»Dad!«

»Das steht so oder so ähnlich in einem berühmten Gedicht von Philip Larkin. Ich darf *Arsch* sagen, wenn ich einen Dichter zitiere.« Außerdem war meine Tochter jetzt erwachsen, da durfte ich durchaus auch mal vulgär werden.

»Wenn *du* das sagst, klingt es unpassend.«

»Hast du mit deiner Mutter gesprochen?«

»Scheiße, nein …« Sie zuckte zusammen. »Ups … Nein, noch nicht. Ich dachte, du willst den *Chemin* vielleicht lieber in Frieden zu Ende bringen. Jedenfalls, worüber ich mit dir sprechen wollte … Vor einer Weile hast du gefragt, was ich für Bernhard empfinde und wie sich das auf meine Pläne auswirkt.«

»Und du hast mir eine gute Antwort gegeben. Haben sich die Dinge geändert?«

Sie lachte. »Nein, ich würde dir dasselbe sagen, nur entschiedener. Wir sind zusammen, jedenfalls im Moment … und ich werde im nächsten Jahr auf jeden Fall Ingenieurswesen studieren.«

»Tja, ich bin froh, dass du es dir gut überlegt hast.«

»Aber das andere, was du gesagt hast … Ob ich es ohne Bernhard auch machen würde … Das ist echt eine schwierige Frage. Ich schätze, wir richten uns nach der Person, die mit der größten Leidenschaft dabei ist. Und danach, was für die Welt am besten ist.«

Wollte Sarah meine Erlaubnis, einen Rückzieher zu machen? Oder meine Zustimmung, um mehr Sicherheit für ihre Entscheidung zu bekommen?

Während ich noch darüber nachdachte, meldete sich Zoe zu Wort. »Ich denke mal, das fühlt sich nach einer immens wichtigen Entscheidung an. Was es ja auch ist. Aber selbst wenn du die falsche Wahl triffst, kommst du manchmal doch auf das zurück, was du wirklich willst.«

»Dann geht es euch beiden also gut?« Sie lachte. »Das freut mich.«

Was unsere momentane Beziehung betraf, hatte sie recht. Doch so würde es nicht bleiben. Ich ahnte, dass Sarah Ähnliches empfand.

»Bei Camille wird es wahrscheinlich immer wieder auf und ab gehen«, sagte Sarah, als wir am Hotel ankamen. Während Bernhard eincheckte, fiel mir auf, dass etwas anders war. Sie wirkten wie … ein *Paar.* Bernhard und Sarah. Ein unerwartetes Ergebnis meiner zwei *Caminos*.

»Wie lange wird es dauern, bis wir wissen, ob sie sich wieder erholt?«

»Schwer zu sagen. MS ist eine seltsame Krankheit. Vielleicht bewirkt ein Physiotherapeut ein Wunder, vielleicht der Papst. Es spielt sich buchstäblich alles in ihrem Kopf ab, aber sie hat darüber keine Kontrolle. Nach meinem Gefühl kann sie weitergehen, und sie wird es entweder so gerade eben schaffen – oder so gerade eben nicht. Aber das ist nur ein Gefühl.«

»Und wenn das Gefühl trügt«, ergänzte Bernhard, »fahren Sarah und ich mit dem Zug nach Florenz und dann nach Mâcon und kommen mit dem Karren wieder.«

»Mit *welchem* Karren?« Mist, das war mir einfach so herausgerutscht.

»Mit dem besseren natürlich«, sagte Bernhard.

Ich spürte Ärger in mir aufsteigen. Unbegründeten Ärger. »Kannst du nicht mal *einen* Moment …«

»Dad!«

»Was ist das Problem?«, erkundigte sich Zoe, die wie aus dem Nichts mit Camille auftauchte. Camille schien alleine gehen zu können.

»Wir reden gerade davon, den Karren … *einen* der Karren für Camille zu holen«, antwortete ich.

»Ich brauche euren Karren nicht. Es geht mir gut. Ich gehe zu Fuß nach Rom.«

Wenn ich mich in den letzten Tagen schon wie ein Tourist gefühlt hatte, zumindest nachmittags, dann war das in Siena noch mehr der Fall. Die Stadt war übervoll mit speziellen Weinhandlungen, Trüffel-Probierstuben und natürlich Restaurants. Ich brauchte nicht schon wieder Antipasto, Pasta und Steak, und als Camille bei unserer Buchungsrunde – die in dieser Touristengegend schnell beendet war – ankündigte, sie und »die Mädels« würden heute allein ausgehen, war ich über den »freien« Abend gar nicht böse.

Aber auch Gilbert hatte Pläne. »Wir sind unter uns. Drei Männer. Wir sollten eine Bar mit gutem Bier suchen.«

»Ich denke, ich passe«, sagte ich. »Ich sollte mir mal wieder die Haare schneiden lassen.« In Frankreich hatte es in jedem noch so kleinen Dorf einen Friseur gegeben, aber hier waren sie seltener gesät, und man musste schon in einem größeren Ort sein. Bis man allerdings abends fertig war mit Duschen, Umziehen, Vorausbuchungen, Kleiderwaschen …

»Gute Idee«, meinte Gilbert. »Nächste Woche hat Camille Geburtstag, und ich werde ein gutes Restaurant für uns alle suchen. Dem Restaurant wird es letztlich egal sein, aber Camille sicher nicht.«

Er deutete auf Bernhard. »Du auch. Du willst bestimmt nicht warten, bis Sarah sich über dein Aussehen beschwert.«

»Sie kann mir gern die Haare schneiden, wenn sie meint, dass sie geschnitten werden müssen.«

»Wenn du wartest, bis sie das tun muss, wird sie dich für ungepflegt halten. Um seine äußere Erscheinung sollte ein Mann sich selbst kümmern.«

Wir landeten bei einem Friseur mitten in der Altstadt, und weil wir uns nicht informiert hatten und uns nicht verständlich machen konnten oder einfach übers Ohr gehauen wurden, bekamen wir am Ende alle drei das volle Programm: Waschen, Föhnen und den ganzen Schnickschnack.

Gilbert saß in der Mitte. Genau das richtige Setting für ein Gespräch über Beziehungen, die bei uns allen entweder neu oder gefährdet oder, in meinem Fall, beides waren – mit der kleinen Besonderheit, dass Bernhard eine Beziehung mit meiner Tochter hatte.

Gilbert brachte jedoch das Thema zur Sprache, das uns allesamt beschäftigte. »Ich glaube, Camille wird es schaffen. Dank euer aller Hilfe. Aber keiner sollte sich verantwortlich fühlen, falls sie es nicht schafft. Unsere Bemühungen sind der Krankheit egal.«

»Ohne dich wäre sie nie so weit gekommen«, sagte Bernhard. »Wir sehen nur Bruchteile dessen, was du alles machst. Es muss irre anstrengend sein.«

»Ich habe Glück. Die Krankheit ist furchtbar, und doch hat sie mir Zeit mit meiner Frau geschenkt. Ich bin kein praktizierender Katholik, aber ich bin gläubig, und ich tue mich schwer, zu verstehen, dass Camille für dieses Geschenk an mich einen so hohen Preis bezahlen muss.«

Ich fragte mich, ob Gilbert es auch dann noch als ein Geschenk betrachten würde, wenn es Camille schlechter ginge und sie immer mehr Unterstützung brauchte. Als Zoe mich fragte, was ich in solch einem Fall tun würde, hatte ich, ohne zu zögern, geantwortet, dass ich dasselbe tun würde wie Gilbert. Das dachte ich immer noch – allerdings aus der luxuriösen Perspektive, dass es für mich nur hypothetisch war.

»Als wir losgingen«, fuhr Gilbert fort, »dachte ich, ich würde derjenige sein, der es nicht schafft. Mein Arzt hat mir weniger Essen und mehr Bewegung empfohlen … aber nicht die Alpen.« Die Friseure begannen, mit den Scheren zu klappern, und Gilbert schwieg, bis sie fertig waren.

»Er meinte, wenn ich Berge besteigen wolle, sollte ich vorher mein Testament machen. Das habe ich. Und als ich mich mit meinem Sohn getroffen habe, war mir bewusst, dass es das letzte Mal sein könnte. So etwas sollte uns immer bewusst sein. Ich schicke ihm jeden Tag eine Nachricht.«

»Ich hoffe, er weiß das zu schätzen.«

»Kinder lieben ihre Eltern nicht so, wie die Eltern sie lieben. Manchmal, vielleicht, aber ich würde nicht darauf wetten.«

Bernhard lachte. »Sarah hat mich überzeugt, dass mein Vater in dieses Schema passt. Wahrscheinlich stimmt das, aber er ist nicht gut darin … nicht gut in der Umsetzung. Sarahs Vater hat das gleiche Problem, aber nicht so extrem.« Er zwinkerte mir zu – auch wenn zweifellos ein Körnchen Wahrheit enthalten war.

»Es geht bestimmt allen Eltern so«, sagte ich, »dass wir ein Problem damit haben, das Richtige für unsere Kinder zu tun. Allein schon zu verstehen, was sie wollen.«

»Das Problem haben Partner auch«, sagte Gilbert, was unser Gespräch beendete.

69

Zoe

Als die Männer zum Friseur gingen, wollte ich eigentlich über die Piazza del Campo spazieren und zeichnen – vielleicht saßen die Nonnen, die ich gesehen hatte, immer noch ins Gespräch vertieft auf dieser Mauer. Ich wollte Zeit für mich. Martins Antrag hatte mich aus der Bahn geworfen. Vielleicht wollte ich einfach nur dieses gute Gefühl genießen, ohne über die Realität nachzudenken.

Camille hatte andere Ideen. Sie wollte einen »Mädelsabend«: Vorhin auf dem Weg habe sie eine gute Bar gesehen.

Das Lokal befand sich, wie viele der Geschäfte, hinter einer antiken Steinfassade. Es war eher klein und hatte eine Vitrine mit einer breiten Auswahl an Käse und Pökelfleisch. In den drei Fernsehern, die zwischen den Regalen mit Wein und Hochprozentigem hingen, lief Fußball.

Draußen vor dem Fenster standen ein paar Gäste in der Kälte, um zu rauchen. Drinnen saß eine Familie mit Kleinkind, das der Vater bespaßte, während die Mutter dem Säugling die Brust gab. Vom Hochtisch gegenüber der Bar aus konnte man die Leute in der gepflasterten Einkaufsstraße beobachten.

»Bier«, sagte Sarah, pflanzte sich auf einen der Hocker und stützte die Ellbogen auf den Tisch.

»Wir sind zwar in einer Sportbar«, sagte Camille, »aber wir trinken wie Ladys.« Sie deutete zur aufgemalten Getränkeliste an der Wand mit Bellinis, Moscow Mules und weiteren bekannten Cocktails.

»Sex on the Beach«, bestellte Camille beim Barkeeper, der mich an den Puccini-Tenor erinnerte. Sie sah uns kurz an und fügte »*Tre*« hinzu.

Ich hatte mittlerweile entdeckt, dass die bereitgestellten Snacks umsonst waren, und schnappte mir Erdnüsse, Chips und etwas, das sich als gegrillte Artischocken und gefüllte Oliven erwies – deren Füllung leider aus Fleisch bestand. Sarah warf einen Blick auf die Fernseher und schenkte dem Barkeeper ein charmantes Lächeln.

»Können wir den Marathon sehen? Der ist in Santa Marinella, nicht weit von hier, stimmt's?«

Er gab ihr die Fernbedienung, und sie schaltete weiter, bis auf dem Bildschirm ein Trupp Läufer erschien.

»Ich kenne jemanden, der da mitläuft.«

»Also, Sarah, nun erzähl doch mal«, forderte Camille sie auf. »Ist Bernhard der Richtige?«

»Das kommt darauf an, ob du an ›den Richtigen‹ glaubst.«

»Das heißt also, wenn du an den Richtigen glaubst, dann ist er es. Sonst würde es ja nicht darauf ankommen.«

Ich brauchte ein paar Minuten, um die Logik hinter Camilles Erwiderung zu verstehen. Keine Anzeichen von Demenz – sie hatte recht.

Auch Sarah schien es begriffen zu haben. »Bernhard ist das Beste, was mir je passiert ist.«

Camille sah zufrieden aus: Solche Gespräche gefielen ihr. »Und warum? Weil er groß ist? Weil er gut im Bett ist? Nach meiner Erfahrung sind deutsche Männer …«

Sarah lachte. »Weil er anders ist. Nicht festgefahren in irgendeinem Trott.«

»Das kommt, weil er jung ist. Junge Leute sollten ältere nicht nach den Maßstäben der Jungen beurteilen.«

Niemand, der uns zugehört hätte, wäre auf die Idee gekommen, dass Camille demenziell erkrankt war. Klare Auffassungsgabe, keine verdrehten Geschichten, nichts von der Taktlosigkeit, an die wir uns gewöhnt hatten.

»Und du solltest dich nicht zwischen Zoe und deinen Vater stellen.« Als Sarah protestieren wollte, redete sie lauter. »Willst *du* dich etwa um ihn kümmern, wenn er alt und krank und mürrisch wird? Meine Mutter hat meinen Vater rausgeworfen, weil er ein *plouc* war – ein Faulpelz –, und dann hat er bei mir gewohnt. Der reinste Horror!«

Das hatte sie mir nie erzählt. Sie hatte erzählt, ihr Vater, ein Diplomat, habe selten den Kontakt gesucht, selbst dann nicht, wenn er im selben Land war, und dass sie ihn vor seinem Tod kaum gesehen habe.

»Jeden Tag hat er gesagt, ich wäre keine gute Hausfrau, ich könnte überhaupt nicht kochen, nicht mal Kaffee.«

»Das nervt«, meinte Sarah. »Ich glaube nicht, dass mein Dad …«

»Dann wurde er depressiv. Fühlte sich einsam, wenn ich arbeiten ging. Hat mich die ganze Zeit angerufen. Und dann hat er sich umgebracht.«

»O mein Gott, das ist ja schrecklich!«

»Sei also dankbar, wenn irgendeine Frau ihn haben will. Und wenn es seine eigene Entscheidung ist …«

Sarah warf mir einen Blick zu. Dann sagte sie ruhig zu Camille: »Ich werde mich nicht dazwischenstellen.« Sie ging an die Bar.

»Ich dachte, dein Vater wäre an Krebs gestorben«, sagte ich zu Camille. »Und ich dachte, er wäre da immer noch mit deiner Mutter zusammen gewesen.«

»Bauchspeicheldrüsenkrebs. Vom vielen Trinken. Es war seine Entscheidung, also …«

»Hast du dir die Geschichte eben für Sarah ausgedacht?«

Camille runzelte die Stirn, dachte eine Weile nach, dann lachte sie, als hätten wir uns einen Witz erzählt. »Vielleicht ist das einer Freundin passiert.«

Irgendwann verlor ich den Überblick über Zeit und Drinks. Sarah hatte sich den Marathon angesehen, aber der schien irgendwann vorbei, und sie war an der Bar geblieben. Camille und ich redeten über unsere Ehemänner und Kinder, wie wir die schlaflosen Nächte überlebt, die verschiedenen Aufgaben und Anforderungen bewältigt und uns Sorgen über das Älterwerden gemacht hatten, über das Nicht-mehr-attraktiv-Sein, über unsere Kinder, die in einer zunehmend bedrohten Welt aufwuchsen. Es ging um all das, was in Briefen nicht möglich war – Geständnisse und Verletzlichkeiten, die gerade bei Frauen eine überlebensnotwendige Nähe schafften. Endlich konnten wir die Kluft zwischen uns schließen.

»Ich fühle mich ins College zurückversetzt«, sagte ich und drückte ihre Hand. Mir fiel auf, dass ich am meisten geredet hatte.

»Wir haben dich immer Lisa genannt.« Camille war schon ziemlich betrunken, aber nun erinnerte sie sich an etwas, das ich bereits vergessen hatte. Lisa von den *Simpsons.* Damals musste gerade die erste oder zweite Staffel gelaufen sein, und jeder kannte Lisa, diesen unverbesserlichen Gutmenschen.

Sie stellte ihr Glas ab, ein bisschen zu hart. »Du warst so klar und entschieden. Nicht wie meine Freundinnen. Weißt du eigentlich, dass das der Grund war, weshalb ich mich an dich gewandt habe?«

»Um dir zu helfen?«

»*Oui.*« Sie dehnte es: *Ouiiiiiay*. Es folgte eine lange Pause, dann sagte sie: »Es war schrecklich danach. Ich habe es dort nicht mehr ausgehalten. Und dann bist du gleich am nächsten Tag schwanger geworden.«

»Na ja, es hat schon ein bisschen länger gedauert.«

»Und du hast ein Kind bekommen und dann noch eins, und dann bekam ich eins, und dann konnte ich keins mehr kriegen, und sie haben mir Bastien weggenommen, weil ich verrückt war, und hier sitzen wir wieder, und es hat sich nichts geändert.«

Ich war damals die Einzige gewesen, auf die sie sich hatte verlassen können, als sie in einem Wust aus Verrücktheit und falschen Entscheidungen feststeckte – und wie sie schon sagte: Hier saßen wir wieder.

Ich war wohl auch betrunken, und der Alkohol verlieh mir genug Mut für das Versprechen, das ich geben musste. Erneut.

»Ich werde immer für dich da sein. Wir können zusammen ein Hostel eröffnen.«

Ich war nicht sicher, ob sie es gehört hatte. Als ich aufsah, lag ihr Gesicht auf dem Tisch. Und Sarah stand neben ihr.

»Zeit, zurückzugehen, meine Damen.«

70

Martin

Ich war schon eingeschlafen, als Zoe bei dem Versuch, die Nachttischlampe einzuschalten, stolperte und sie polternd mit sich zu Boden riss.

»Scheiße, wer hat seinen Rucksack da hingelegt?«

Ich knipste das Licht an. »Du, schätze ich. Weil es dein Rucksack auf deiner Bettseite ist. Wo kommst du her?«

»Oh, der Herr Kontrollfreak. Wird das dann immer so sein?« Sie versuchte sich am nordenglischen Akzent: »Wo kommße her, du?«

Gilbert, Bernhard und ich hatten unsere Pizza mit einer Flasche Chianti hinuntergespült, aber Zoe schien eine ganze Menge mehr getrunken zu haben. Was ungewöhnlich für sie war.

»Also anscheinend …«

Sie unterbrach mich. »Fang nicht mit ›anscheinend‹ an. Ich muss dir was sagen, bevor ich es vergesse. Es wird dir nicht gefallen.«

»Kann das nicht bis morgen warten? Wenn wir beide nüchtern sind?« Sollte heißen: Wenn die eine von uns nüchtern ist, die es jetzt nicht ist.

»Nein, dann vergesse ich es. Ich bin ein bisschen betrunken.«

»Nur ein bisschen?«

»Nein. Nicht nur ein bisschen. Habe ich das gesagt? Das meinte ich nicht so. Ich meinte, ich bin ganz schön betrunken, aber ich habe ›ein bisschen‹ gesagt, weil du das auch immer sagst. Nicht nur, wenn du betrunken bist.«

Ich ahnte, dass Zoe mich in einer halben Stunde wecken würde, um mir mitzuteilen, dass sich das Zimmer drehte.

»Dann spuck's aus. Was musst du mir sagen?«

»Ich liebe dich immer noch.«

»Aber du musst dich um Camille kümmern, richtig?«

»Scheiße. Woher wusstest du das?«

Am nächsten Morgen sah Zoe mächtig mitgenommen aus, und ich ging runter, um ihr einen Kaffee zu holen. Sarah und Bernhard saßen beim Frühstück, und Sarah stand auf und kam zu mir.

»Kann ich dich kurz mal sprechen? Ohne Zoe?«

Was war aus *Zoe kann gern dabeibleiben* geworden? »Sie ist noch oben. Ihr hattet wohl eine tolle Nacht.«

»Einige von uns, ja. Dad, ich will ganz bestimmt nicht zwischen dir und Zoe stehen, und ich weiß, dass sie gestern betrunken war, aber du musst wissen, dass es nur um sie und Camille geht.«

»Ist schon okay. Ich weiß. Wir werden das klären. Sie versucht unglaublich hartnäckig, das Richtige für ihre beste Freundin zu tun. Das muss man eigentlich bewundern.«

»Was ich sagen will … Camille möchte, dass du und Zoe zusammen seid. Zoe besteht darauf, ihr zu helfen – Camille hat das nie eingefordert.«

Kam das, weil ihre Töchter sie nicht mehr brauchten? Und sie es brauchte, gebraucht zu werden? Was auch immer die zugrunde liegende Motivation war: Zoe verbiss sich geradezu darin, Camilles Pflegerin zu werden, ob Camille das nun wollte oder nicht.

Ich wiederum wollte nicht, dass sie ihre beste Freundin im Stich ließ, diese angeblich Seelenverwandte, nach der sie sich richtete, wenn es ihr in den Kram passte, aber ich wollte, dass wir zusammen Pläne schmiedeten, und nicht, dass sie irgendetwas für sich entschied, ohne es vorher mit mir zu besprechen. Vor allem nicht zwei Tage, nachdem ich ihr einen Heiratsantrag gemacht hatte. Das Mindeste, worum ich bitten konnte, war doch das gemeinsame Bemühen, einen Weg für uns zu finden.

Manchmal ist es am besten, die Dinge direkt anzusprechen. Also sagte ich ihr das alles, mit ziemlich genau diesen Worten, und aus ihrer Reaktion folgerte ich, dass wir unser nächstes Ziel Ponte d'Arbia lieber getrennt ansteuerten.

Ich hatte die Hoffnung nicht aufgegeben – aber ich fragte mich, wie lange ich das noch sagen würde. Ich ging davon aus, dass wir die morgendliche Verstimmung bis zum Abend weggewandert hätten, und bis dahin würde ich Gilbert zumindest fragen, wie er die Situation einschätzte.

Er sprach das Thema noch vor mir an, sobald er sich beim Frühstück zu mir setzte. Zoe war bereits mit Camille aufgebrochen: Ich hoffte, sie hätten genug Wasser und Kopfschmerztabletten dabei.

»Ich habe heute Morgen Camilles Arzt anrufen müssen«, sagte er. »Um mich nach den Auswirkungen von Alkohol auf Multiple Sklerose zu erkundigen.«

»Oh, verdammt. Wie geht es ihr?«

»Der Arzt meinte, es würde den Fortschritt der Krankheit nicht beeinflussen. Du kannst dich übrigens bei deiner Tochter bedanken. Sie hat Bernhard geweckt, und die beiden haben ihr und Zoe geholfen, zum Hotel zurückzukommen. Camille hatte sehr weiche Knie.«

»Hat sie dir gesagt, dass Zoe sich später um sie kümmern will?«

»Ich glaube, das sagt sie nur, um mich abzuwehren. Wenn ich sage, dass sie mich zur Unterstützung braucht, antwortet sie, Zoe werde das machen. Aber ich glaube nicht, dass sie das ernst meint.«

Das passte zu Sarahs Eindruck.

Ein gutes Stück hinter Siena nahmen wir das Gespräch wieder auf. »Ich bin deiner Meinung, dass du die bessere Alternative bist«, sagte ich, »aber die beiden sind schon ewig befreundet … und haben diese Verbindung …«

Gilbert schwieg eine Weile. »Camille hat mich erst in letzter Minute gebeten, Zoe zu kontaktieren. Versteh mich nicht falsch: Sobald sie sich entschieden hatte, dass Zoe mitkommen sollte, bestand sie nachdrücklich darauf. Ich habe die E-Mail ein wenig vage gehalten, um … damit Zoe sich nicht unter Druck gesetzt fühlt.«

Wiederum eine lange Pause. Gilbert schien die richtigen Worte zu suchen.

»Sollen wir Französisch sprechen?«, bot ich an.

»Danke, aber die Sprache ist nicht das Problem. Camille mag dich sehr gern, aber sie ist enttäuscht, dass Zoe dich mitgebracht hat. Sie wollte einen religiöseren … also ich weiß, dass Zoe nicht religiös ist, aber … Camille hat das nicht richtig durchdacht.«

»Tut mir leid, ich komme nicht mehr mit.«

»Du bist nicht religiös, oder?«

Ich schüttelte den Kopf. »Offiziell bin ich Mitglied der anglikanischen Kirche, aber eben nur auf dem Papier. Zoe ist in irgendeiner *Southern-Baptist*-Gemeinschaft aufgewachsen, nur dass die Familie in den Nordstaaten lebte. Waffen und Jesus und die Rettung ungeborener Kinder … vor allem Letzteres.«

Gilbert nickte – langsam und bedächtig. »Du weißt von ihrer Reise damals und was sie bedeutete?«

»Ja. Camille hatte eine …«

»Ja. Du musst berücksichtigen, dass Camille katholisch ist. Wärst du es selbst, würdest du diese Geschichte mit anderen Augen betrachten. Für Camille war es eine schreckliche Sünde – ein Verbrechen. Kann ich dir etwas sagen, das du Zoe nicht weitererzählst?«

»Ich habe vor, Zoe zu heiraten. Mit schwerwiegenden Geheimnissen kann ich nicht in die Ehe gehen.«

»Dann überlasse ich es deiner eigenen Einschätzung, ob du sie verletzen willst oder nicht. Camille hat Zoe damals als sehr konservativ eingeschätzt. Du hast eben den religiösen Hintergrund ihrer Familie beschrieben, und Camille war davon ausgegangen, dass Zoe gleichermaßen dachte. Sie waren nicht enger befreundet, sonst hätte Camille vielleicht eher gewusst, worauf sie sich einlässt. Sie wollte keine Unterstützung für eine Abtreibung; sie wollte Zoes Hilfe, um einen anderen Ausweg zu finden. Sie gibt Zoe keine Schuld … jedenfalls nicht direkt. Ich bin sicher, sie wusste damals selbst nicht, was sie wollte. Aber stell dir vor, du hättest jemanden umgebracht, und niemand anders wüsste davon. Es würde uns verbinden …«

»Thelma und Louise.«

»Wer?«

»Das ist ein Film. Da bringen zwei Frauen einen Mann um, wie du gerade gesagt hast. Aber irgendwie ergibt das für mich noch keinen Sinn. Wenn Zoe ihr schon einmal geholfen hat, wieso bittet sie sie dann erneut um Hilfe?« Ich beantwortete meine eigene Frage mit einem Schuss ins Blaue. »Um ihr die Chance zu geben, es wiedergutzumachen?«

»Genau. Buße. Sie wollte, dass Zoe mitkommt, damit ihnen – beiden – diese gemeinsame Sünde vergeben werden kann.«

»Kein Wunder, dass sie ihr nichts gesagt hat. Zoe betrachtet es nicht als Sünde. Sie hält es für eine gute Sache …«

»Deshalb schlage ich vor, dass du es ihr nicht erzählst.«

Inzwischen sahen wir Zoe und Camille – leicht hinkend – bereits vor uns. Seelenverwandte oder Komplizinnen?

»Diese zwei Frauen im Film«, meinte Gilbert, »finden sie denn Erlösung?«

»Thelma und Louise? Ich denke, man könnte es so sehen.«

71

Zoe

Die Botschaft aus dem morgendlichen Klärungsgespräch mit Martin war angekommen, sie hieß: entweder er oder Camille. Ich schätze, ich hatte das vorher schon gewusst, und Martin hätte es ebenfalls wissen müssen, aber so sauer hatte ich ihn noch nie erlebt. Bis dahin war er der typische Ingenieur gewesen, immer auf der Suche nach einer konstruktiven Lösung, aber wahrscheinlich war es für sein Ego zu viel gewesen, dass ich meine Verpflichtung Camille gegenüber an erste Stelle setzte.

Bei seiner analytischen Art war das auch schwer nachzuvollziehen – ich ging da mehr nach meinem Gefühl. Das ich nicht auf die Weise erklären konnte, wie er es sich wohl gewünscht hätte. Tatsache war, dass in meinem Kopf zu viel rumorte, als dass ich es vernünftig hätte sortieren können.

Ich musste meinen Ärger in aktives Handeln umleiten, indem ich Camille dazu brachte, ihre Bedürfnisse an die erste Stelle zu setzen und meine Hilfe anzunehmen. Ich bezweifelte nicht, dass sie das wollte – was also hielt sie zurück? Stolz? Oder womöglich Sorge um mich?

Es würde ein eher langer Tag werden, und wir wanderten durch die bislang schönste Gegend – mit Ausblick über die Täler und bis zurück nach Siena –, also wartete ich nach meiner Auseinandersetzung mit Martin ein paar Meilen ab und eröffnete dann das Gespräch mit Camille.

»Du hast gestern Abend vielleicht nicht mehr gehört, was ich am Ende gesagt habe. Wir waren ganz schön betrunken.«

»Ich habe dich gehört, Zoe. Ich habe dich jedes Mal gehört. Du denkst, weil ich nicht will, dass Gilbert sich um mich kümmert, würde ich dich brauchen.« Sie ging schneller, obwohl sie mit einem Bein wieder hinkte und fast ins Stolpern gekommen wäre. »Ich will nicht lügen. Ich habe Angst vor dieser Krankheit, Angst, weil ich keine Kontrolle darüber habe, wo die weißen Stellen in meinem Hirn als Nächstes auftreten, aber ich werde nicht zulassen, dass du meine Pflegerin wirst. Ich treffe eine Entscheidung aus Liebe; und ich möchte, dass du das auch tust.«

»Camille, hör mir bitte zu. Du weißt, ich glaube nicht in der Weise wie du, aber ich glaube an eine Art Bestimmung ... Du würdest dazu, glaube ich, sagen: Ich spüre, dass es das ist, was Gott von mir will.«

Sie blieb stehen und fuhr mit zwei Fingern über ihren Mund, wie bei einem Reißverschluss. Schweigend gingen wir weiter bis zum nächsten Dorf, Isola d'Arbia, wo sie vor der kleinen Kirche für ihr übliches Kerzenritual haltmachte.

»Ich werde beten«, sagte sie. »Vielleicht möchtest du mit mir beten.«

War dies die Einführung in mein zukünftiges Leben mit ihr: dass sie sich immer tiefer in ihre Religion verstieg, je mehr ihre Krankheit und ihre Demenz voranschritten?

Ich hatte Kerzen angezündet, aber Beten – selbst das Vortäuschen von Beten – war etwas anderes. Ich versuchte, die unschönen Erinnerungen an meine Kindheit zu verdrängen, die mich spontan überfielen. Das Feinmachen an Sonntagen, die Androhung von Hölle, der Rassismus, die Frauenfeindlichkeit und die Borniertheit unserer kleinen Gemeinde in Minnesota. Und die Heuchelei meines Vaters, der überall Sünde sah, außer bei sich selbst.

Mit dem Aufbruch in mein Studium verließ ich meine Familie und ihre Denkweise, und als wir meine Mutter nach der Abtreibung besuchten, hatte mir ihr geradezu verrückter Ausbruch mit der Androhung ewiger Verdammnis gezeigt, dass ihre Werte nicht meine waren, was mir die Kraft gab, endgültig mit ihr zu brechen.

Die alten und oft prachtvollen katholischen Kirchen auf diesem Abschnitt des *Chemin* waren anders als die Kirchen meiner Kindheit, aber das Niederknien in der Bankreihe hatte ausgereicht. Danke dafür, Camille.

Sie erhob sich und sah mich mit diesem leicht seligen Ausdruck an, den sie nach dem Meditieren und manchmal auch nach dem Anzünden einer Kerze bekam.

»Du hast recht, Zoe. Es ist das, was Gott will. Du wirst dich um mich kümmern.«

Scheiße. Wie wäre es denn damit, zu danken?

Und nun, da es besiegelt war, suchte ein Teil von mir sofort nach einem Ausweg.

»Natürlich werde ich erst einmal ein Visum beantragen müssen und …«

Camille winkte ab. »Die Bürokratie ist mühsam, aber Gilbert weiß, wie das geht.«

Alles geklärt. So einfach. Und Gilbert konnte behilflich sein, seinen Ersatz einzuarbeiten.

Und dann ging Camille allein weiter.

Ich musste mich beruhigen, und Bilder von Camille im

Rollstuhl waren nicht hilfreich. Die ganze Sache mit Frankreich war überwältigend. Ich blieb stehen, setzte den Rucksack ab und reiste in Gedanken zum schönsten Moment zurück, den ich dort erlebt hatte. Es war ein Moment mit Martin gewesen, natürlich, und zwar in dem New-Age-Hotel *Le Nid de la Palombe*, das Taubennest, wo wir uns geliebt und während des Gewitters den Celli gelauscht hatten.

Dann kehrte mein Geist in die Gegenwart zurück. Könnte ich eine Unterkunft wie diese mit Camille führen? Ich nahm sie mit ins Bild und setzte sie in die Küche, während ich mit den Pilgern plauderte, sie zeichnete und ihre Geschichten hörte. Vielleicht könnte eine solche Zukunft tatsächlich funktionieren.

Die Sonne gehe nicht unter über eurem Zorn – das war das Bibelzitat meiner Mutter als Rechtfertigung dafür, meinem Vater wieder einmal nachzugeben. Und ich könnte einen Abend mit Martin in Schweigen nicht ertragen. Es war unfair, aber ich wollte seine Unterstützung, obwohl ich ihn abgewiesen hatte. Nein: obwohl ich mich für etwas Wichtigeres entschieden hatte. So wie er bei Sarah, drei Jahre zuvor.

Er wartete an der Eingangstreppe zu unserem Hotel, ohne seinen Rucksack. Er musste bereits eingecheckt haben.

»Geht es dir besser?«, fragte er. Er lächelte nicht, sah aber auch nicht böse aus.

»Körperlich, ja. Wandern ist wohl eine gute Medizin gegen Kater. Mental, spirituell dagegen …«

Er stand auf und nahm mich in den Arm. Hätte ich weitergesprochen, hätte ich vielleicht gesagt, ich sei mental völlig durcheinander und spirituell ganz ruhig. Ich hatte getan, was ich hatte tun müssen. Was Gott oder das Universum wollten, das ich tat. Martin glaubte an keines von beiden, also würde er nichts davon nachvollziehen können.

72

Martin

»Ich bitte dich nur darum, mir zu helfen, es zu verstehen«, sagte ich.

Zoe mochte ihren Kater bis Ponte d'Arbia überwunden gehabt haben, aber sie war trotzdem in schlechter Verfassung gewesen und war auf mein Angebot eingegangen, ein tiefschürfendes Gespräch auf den folgenden Morgen zu vertagen. Wahrscheinlich hatte sie das Gefühl gehabt, das Unvermeidliche dadurch nur hinauszuschieben. Womit ich kein Problem hatte. Wir werden alle sterben, und bis dahin sollten wir so gut leben, wie es nur geht. Für uns bedeutete das: Pizza mit Camille und Gilbert und danach eine geradezu überraschende Leidenschaftlichkeit. Es ging doch nichts über Gefühlserschütterungen, um das Sexleben wieder anzuheizen.

Und Camilles Äußerungen hatten mir Mut gemacht, was auch zu dem passte, was Gilbert gesagt hatte. »Bitte gib mir nicht die Schuld. Zoe ist es, die das braucht.« *Braucht.*

Ich war also gut gewappnet, als ich nach unserem Aufbruch in Richtung San Quirico d'Orcia um eine Erklärung bat. Am Ende dieses Tages würden sich der Assisi- und der Frankenweg für immer voneinander trennen. Eine Metapher … falls ich sie brauchte.

»Da gibt es nicht viel zu verstehen«, antwortete Zoe. Nach einigem Nachdenken fügte sie hinzu: »Ich kann nicht erwarten, dass du verstehst, was für eine Verbindung zwischen mir und Camille besteht.«

»Das sagst du immer wieder. Aber eigentlich *solltest* du erwarten, dass ich es verstehe. Wenn es am Ende das ist, was uns auseinanderbringt. Oder auch, wenn es das nicht tut. Ich will nicht, dass wir uns trennen, nur weil wir uns nicht ausgesprochen haben. Könntest du ein wenig Geduld mit meinem Ingenieursgehirn haben und mir in einfachen Worten erklären, was deiner Meinung nach gerade passiert?«

Zoe musste eine Weile nachdenken. Nicht zum ersten Mal wurde mir bewusst, dass der *Chemin* dafür gute Voraussetzungen bot. Man spürte nicht denselben Druck wie in einem Café, beim Abendessen oder selbst im Bett. Wir hatten den ganzen Tag Zeit.

Auch ich hatte Muße, um nachzudenken. Was wollte ich Zoe sagen? Ich glaube, in gewisser Hinsicht wollte ich sie dazu bringen, zu sagen, dass ihre Liebe zu mir über allem stand, aber damit würde ich sie zum Lügen zwingen. Ob es mir gefiel oder nicht: Camille stand an erster Stelle. Aber warum?

Zoe setzte den Rucksack ab, holte ihre Wasserflasche heraus und trank einen Schluck. »Deine Frage lautet eigentlich, warum ich mich Camille gegenüber so verpflichtet fühle.«

Ja, das war die bessere Frage. Die richtige Frage. »Und wie auch immer die Antwort lautet: Ein Teil von dir will, dass Gilbert sie verlässt, damit du seinen Platz einnehmen kannst. Um zu beweisen, wie viel dir an ihr liegt.«

Ich war nicht sicher, ob das etwas mit Zoes Töchtern zu tun hatte, die sie nicht mehr brauchten, oder damit, dass

Camille am Ende ihrer schicksalhaften Reise quasi Zoes Mutter als engste weibliche Bezugsperson ersetzt hatte. Solcherlei Vermutungen lagen außerhalb meiner Fähigkeiten als Hobbytherapeut.

Zoe verstaute die Flasche und setzte sich wieder in Bewegung. »Aus emotionaler Sicht möchte ich vielleicht diejenige sein, die sich um sie kümmert. Tatsächlich aber wünsche ich mir, sie würde Gilbert für diese Aufgabe akzeptieren. Doch das wird sie nicht. Es sei denn, der Papst sagt ihr, dass sie das soll.«

»Das ist nicht einfach eine kleine Sache, die du da übernehmen willst. Camille sagt: ›Danke, Zoe, jetzt weiß ich, wie viel ich dir bedeute.‹ Und dann bleibst du für den Rest ihres Lebens bei ihr. Und ich will ja nicht grausam sein, aber nach dem, was Sarah sagt, könnte es ein langes und schweres Leben werden.«

Zoe lachte bitter. »Ich weiß. Ich habe schon mal mit ihr zusammengelebt.«

»Wohingegen Gilbert das unbedingt will: Es ist seine Mission. Er ist die beste Option. Ich meine, das wäre er auch, wenn sie nicht krank wäre.«

»Wenn Camille nicht krank wäre, würde sie ihn überhaupt nicht wollen. Aus ihrer Sicht hat sie ihn rausgeworfen und auch keine Anstrengungen unternommen, ihn zurückzuholen. Ich will mir nicht anmaßen, sie aneinanderzuketten. Camille ist ein bisschen eigensinnig, was ihre Männerwahl betrifft, und das war schon immer so. Ich würde auch nicht wollen, dass jemand auf Biegen und Brechen versucht, mich zu überzeugen.«

»Aber Gilbert sollte die Chance bekommen. Ich glaube, er hat schon Fortschritte gemacht.«

»Er versucht es die ganze Zeit. Aber es reicht nicht. Allerdings gebe ich dir recht: Ich glaube, irgendetwas in mir drängt mich, das zu tun.«

»Vielleicht bietet es dir einen Weg raus aus der Beziehung mit mir? Wenn das so ist, dann sag es mir einfach. Du musst dich nicht zu zwanzig oder dreißig Jahren Krankenpflege verdammen, nur weil du mir keine Absage erteilen willst.«

Zoe blieb stehen und sah mich an. »Martin, das ist nicht der Grund. Ich liebe dich, und es zerreißt mir das Herz. Ich glaube, ich könnte … kann … die Pflege für Camille übernehmen, aber ich bin mir nicht sicher, ob ich es verkraften werde, dich zu verlassen. Und ich verstehe nicht wirklich, warum.«

»Weil du mich liebst, hoffe ich.«

Sie lachte. »Den Teil verstehe ich. Es geht um Camille.«

Sie marschierte wieder los und sprach, ohne mich anzusehen. »Das ist ganz eigenartig. Es ist durchaus nicht so, dass ich zu Hause jeden Tag an sie als meine beste Freundin gedacht habe, und wir hatten ganze Jahre ohne … irgendetwas. Ich wusste nicht einmal, dass sie wieder mit Gilbert zusammen ist.«

Ich spielte weiter den Therapeuten und wartete.

»Vielleicht identifiziere ich mich mit ihr wegen meiner Schuldgefühle Keith gegenüber … in dem Wissen, dass wir nicht zusammengeblieben wären, auch wenn er weitergelebt hätte. Ich glaube, bei ihr und Gilbert ist es ähnlich.«

»Wenn es andersherum wäre, würdest du dann erwarten, dass Camille plötzlich auftaucht und sich um dich kümmert?«

»Hm … nein.«

Zeit, unbequem zu werden. »Würdest du es überhaupt wollen?«

»Ich denke mal … wie ich schon sagte …«

»Ich war bei den Pfadfindern.«

»Wie bitte?«

»Ihr habt in Amerika doch auch Pfadfinder, oder nicht?«

»Du warst also Pfadfinder. Ich hoffe, das führt jetzt zu irgendwas.«

»Wir haben Zeit. Also, bei den Pfadfindern gab es die Devise, dass wir jeden Tag eine gute Tat tun mussten. Und da war dann dieser Junge, der seinem Vater sagt, er komme deswegen eine Stunde verspätet nach Hause, weil er einer alten Frau über die Straße geholfen habe, die klassische gute Tat. Und sein Dad fragt: ›Eine Stunde lang?‹ Und der Sohn antwortet: ›Na ja, eigentlich wollte sie gar nicht rüber.‹«

»Wenn das ein Witz sein soll, dann ist es kein besonders guter.« Zoe unterstrich ihre Kritik mit einem albernen Lachen.

»Es ist ein Vaterwitz. Im wahrsten Sinne des Wortes. Mein Vater hat ihn mir erzählt. Aber verstehst du, worauf ich hinauswill?«

»Wie bei dir und Sarah?«

»*Touché.* Aber … vielleicht will Camille gar nicht, dass du das tust.« Kein Grund, es weiter zu verschweigen. »Sie hat es mir selbst gesagt. Und das nicht nur aus Rücksicht. Sie würde sich auf ewig schuldig fühlen, wenn sie uns auseinanderbrächte, falls das das Ergebnis wäre. Du sagst, du verstehst nicht, was da eigentlich zwischen euch läuft, und ich denke, dass jemand, der euch in den letzten Wochen beobachtet hätte, euch niemals für enge Freundinnen halten würde.«

Ich wollte ergänzen, dass Camilles kleine Showeinlage

mit Zoes amerikanischem Akzent damals im Piemont die Grenze freundlichen Geplänkels deutlich überschritten hatte, aber das wäre vielleicht zu viel gewesen. Sie hatte es auch so verstanden und war dabei, es zu verarbeiten. Endlich.

»Du hast recht. Mit Camille. Sie hat mich immer schon wahnsinnig gemacht. Aber sie glaubt trotzdem, es sei das, was Gott will.«

»Zum Teufel mit Gott. Wenn du es nicht willst und sie es nicht will und ich es nicht will und Hinz und Kunz es nicht wollen, *warum tust du es dann*?«

»Bitte schrei nicht. Wer sind Hinz und Kunz?«

Ich musste lachen, was uns einer Lösung nicht gerade näherbrachte, aber die Spannung rausnahm.

»Entschuldige bitte, ich wollte nicht schreien. Das ist eine Redewendung, wenn jemand x-Beliebiges gemeint ist. Ich glaube, schon aus dem Mittelalter.«

»Dem europäischen Mittelalter.«

»Das Mittelalter *ist* europäisch.«

Sie seufzte und schüttelte den Kopf. »Was glaubst du denn, warum ich es mache?«, fragte sie dann.

»Nur Therapeuten stellen Fragen.«

»Du bist kein Therapeut, du bist mein ... Geliebter.«

»Partner. Eigentlich Verlobter, zumindest bis Rom.«

Sie lachte. »Das klingt tatsächlich schöner.«

»Ich betrachte mich als Supertherapeuten. Meine Superkraft besteht darin, alles offenzulegen, anstatt zu warten, bis du es aus eigenem Antrieb aus deinem Unterbewusstsein ausgräbst.«

»Jetzt sag schon.«

»Also gut. Camille wollte keine Abtreibung – jedenfalls nicht immer. Sie dachte, du würdest es ihr ausreden, weil sie dich als gläubig einschätzte. Stattdessen hast du Himmel und Erde in Bewegung gesetzt, um die Geschichte durchzuziehen. Es spielt keine Rolle, was deine Beweggründe waren; ich bin sicher, sie wollte es letztlich auch; sie hat nichts getan, um dich davon abzuhalten. Und sie war verletzlich und völlig durch den Wind und so weiter und so fort. Camille ist überzeugt, dass sie ihr ganzes Leben lang dafür bestraft wurde. Und du weißt das alles und musst es an ihr wiedergutmachen. Um Erlösung zu finden. Alles natürlich unbewusst, sonst würden wir dieses Gespräch nicht führen.«

Zoe schloss die Augen und atmete dreimal tief durch. Als sie wieder sprach, klang sie ganz fremd. »Ist das alles?«

»Ich denke, das reicht fürs Erste.«

»Wenn da noch was ist, dann sag es mir. Bitte. Bringen wir es hinter uns.«

»Diese große Lüge. Vielleicht gibt es sie, vielleicht auch nicht. Davon hat Camille nichts weiter gesagt, aber ich glaube: Der Grund, weshalb sie sechzehnhundert Kilometer zu Fuß nach Rom geht, um den Papst zu sehen, ist keine Schwindelei. Sie tut es, um für die Abtreibung zu büßen. Und du bist dabei, weil du damals auch dabei warst.«

Ich sah Zoe an. Es gibt einen Grund, weshalb Therapeuten nicht alles offenlegen sollten.

73

Zoe

Für den Rest des Tages wanderte ich allein. Meine erste Reaktion auf Martins Analyse war Wut. Sie stieg so heftig in mir auf, dass ich um jeden fürchtete, der in meiner Nähe war. Das machte mir Angst. Normalerweise werde ich nicht wütend. Wut gehörte meinen Eltern.

Auf dem *Camino de Santiago* hatte ich in meiner Trauer erst gegen Gott und Keith gewütet und dann gegen mich selbst – aber die Wut, die mich überkam, als Martin sagte, Camille würde mir die Schuld an ihrer Abtreibung geben, war anders. Weiß glühend. Wie die meines Vaters, bevor er meine Mutter schlug, meine Brüder und mich.

Ich wusste nicht, warum. Oder gegen wen sie gerichtet war. Martin hätte mir sicher geraten, eine Therapie zu machen. Stattdessen setzte ich mich in San Quirico d'Orcia in die Kirche, allein, und meditierte. Nachdem ich zuvor geschrien und geheult und gegen Bäume getreten hatte.

Das Universum gab mir nicht alle Antworten, aber irgendwann konnte ich zumindest meine Wut begreifen. Camille hatte mich unter falschen Voraussetzungen auf diese Reise geholt. Sie hatte mich in ihr Glaubenssystem eingebunden und wollte, dass ich »gerettet« würde, obwohl ich nichts falsch gemacht hatte.

Meine Wut richtete sich wieder einmal gegen die katholische Kirche – oder Camilles Bereitschaft, sich ihrer Doktrin zu ergeben –, weil sie der Grund dafür war, dass Camille sich all die Jahre schuldig gefühlt hatte wegen einer Tat, die schlichtweg die vernünftigste Lösung gewesen war. Doch sie richtete sich auch gegen Camille selbst, weil sie mich getäuscht und mir den wahren Grund vorenthalten hatte, weshalb sie mich dabeihaben wollte. Ich denke mal, dass das die große Lüge war.

Martin dachte bestimmt, er hätte mir nun den Schlüssel für meine Motivation gegeben. Denn wenn ich verstehen würde, was mich trieb, könnte ich meine Beziehung zu Camille klären – ohne dass ich mich voll und ganz um sie kümmern müsste. Was mich jedoch beruhigte, war, dass ich selbst entschieden hatte, diese Pilgerreise zu unternehmen, und zwar, ohne die Fakten zu kennen. Und dass *ich* daran glaubte, dass das Universum mich hier haben wollte. Es hatte mir Zeit zum Nachdenken über mein Leben geschenkt – und es hatte mir Martin geschenkt.

Alles andere war nicht so einfach. Im Gegenteil: Es war schwer zu akzeptieren, dass Camille und mich im Grunde keine Seelenfreundschaft verband; und noch schwerer, dass sie es sich zur Aufgabe gemacht hatte, meine Seele zu retten; und am allerschwersten, dass ich sie dazu gebracht hatte, etwas zu tun – etwas aus ihrer Sicht furchtbar Schreckliches –, das ihr lebenslang Schuldgefühle verursacht hatte.

Lisa. So hatten sie mich genannt. Sie und der *crétin* und Mary-Lou. Ich spürte eine Welle von Scham, als ich mich daran erinnerte – all die Jahre hatte ich es verdrängt. Ich hatte so sehr dazugehören wollen, zu ihrer coolen Gruppe, in die jeder aufgenommen werden wollte. Aber ich war nur

Camilles versponnene, neunmalkluge Zimmergenossin gewesen. Ihre *fromme* Zimmergenossin.

Fast eintausend Meilen war ich mit ihr gegangen, für sie gegangen, aber in diesem Moment war ich mir nicht sicher, wie ich in ein paar Stunden mit ihr zusammen am Tisch sitzen und essen sollte.

Wir gingen in ein Restaurant mit einem von der Decke hängenden Fahrrad und offenem Kamin. Camille schien nicht aufzufallen, dass ich stiller war als sonst. Martin sah besorgt und traurig aus, ließ mich aber in Ruhe. Immerhin konnte ich nach außen die Fassung wahren.

Am nächsten Morgen verabschiedeten wir uns vom *Tau* und der Taube, die uns von Cluny aus über die Alpen begleitet hatten, weil dieser Pilgerpfad nun Richtung Osten nach Assisi abzweigte, wir aber nach Süden wanderten. Ich würde noch einige Zeit brauchen, um alles zu verarbeiten, und Martin hielt sich mächtig zurück, drängte mich nicht zu Antworten und fragte nicht einmal, wo ich gedanklich gerade war. Wir redeten ein bisschen über Alltägliches: den Weg, die Landschaft, wie Gilbert und Camille zurechtkamen.

Am folgenden Tag lief es ebenso. Und an den nächsten Tagen auch. Es gab Hügellandschaften mit Zypressensilhouetten und grünen Weiden, unvergessliche Ausblicke auf Weinberge, Olivenhaine und uralte Eichen, dazwischen kleine Orte mit geschichtsträchtigen Sehenswürdigkeiten, die oft schon Ruinen waren. Immer wenn ich dachte, ich hätte das perfekte Bergdorf entdeckt, erschien am Horizont das nächste und lag bald über uns.

Abends aß ich meist eine Schüssel *Ribollita*: toskanische

Brotsuppe mit Gemüse. Sie war ein Ausgleich für das Frühstück, das praktisch nur aus Süßspeisen bestand: Kuchen und Gebäck. Und immer *della casa* – hausgemacht –, so dass man nicht nein sagen konnte. Selten konnte ich mit Salat rechnen, das war keine toskanische Spezialität. Ansonsten wurde Pasta serviert, und es war eine ständige Herausforderung, das Fleisch in den gefüllten Teigwaren oder in der Soße zu vermeiden.

Bernhard war in seinem Element. Oft schien er eine halbe Kuh zu verspeisen; die deutsche – oder männliche – Liebe zu Fleisch schien sein Umweltgewissen und Sarahs gutes Beispiel zu übertrumpfen. Ich wanderte auch einige Male mit Sarah und fand es schöner als erwartet. Es lenkte mich von Camille ab.

»Die Zeit zwischen Aulla und Siena war grandios«, sagte sie. Sie wirkte lockerer, offener, irgendwie jünger. Ich war ein bisschen neidisch, freute mich aber für sie.

»*Sarah* war grandios«, ergänzte Bernhard. Er wirkte … älter. Gefestigter. Vielleicht bildete ich mir das alles nur ein.

»Wir haben diese Typen getroffen, die in Afrika gearbeitet haben …«

Die zwei sprühten nur so vor Ideen. Die Leute, die sie getroffen hatten, hatten im Kongo als Freiwillige beim Ausheben eines Brunnens geholfen. Bernhard sprach hin und wieder von den technischen Details, worüber Sarah sich keine Gedanken zu machen schien.

Die Orte wurden kleiner, malerischer und geschichtsträchtiger – und hatten dennoch keine Andenkenläden. In manchen Vororten begleitete uns eine Serenade aus Hundegebell – während wir vorbeigingen, schien einer den anderen abzulösen. Der Rhythmus der Tage ähnelte dem auf dem originalen *Camino*. Ich hatte Zeit zum Nachdenken. Und es gab viel, worüber ich nachdenken musste.

Camille hatte mir nicht gesagt, dass sie meine Seele retten wollte – oder dass sie dem Papst gleich das komplette Sündenpaket übergeben wollte. Ihr war sicher klar gewesen, dass ich dann nicht gekommen wäre und Monate meines Lebens für etwas hingegeben hätte, an das ich nicht glaubte.

Vor allem aber dachte ich über die verrückte Zeit damals in Saint Louis nach, sah sie mit neuen Augen. Dabei gab es einen Moment, der mir immer wieder durch den Kopf ging. Die Abtreibungsgegner hatten sich vor der Klinik versammelt, und Camille war damit nicht zurechtgekommen. Sie war umgekehrt. Das hätte für mich das Zeichen sein müssen, aber stattdessen machte ich über einen Bekannten diesen Typen in L. A. ausfindig und organisierte die Fahrt, und Camille ließ sich darauf ein. Ich hatte mich um alles kümmern müssen, weil sie so verzweifelt gewesen war. *Sie war verzweifelt gewesen.* Sie hatte keine Heldin gewollt. Oder eben eine andere Art von Heldin.

Ich analysierte meine Motive, wendete sie hin und her. Ich konnte mich nicht ganz wieder in die Zwanzigjährige von damals hineinversetzen, aber ich konnte erkennen, dass mein damaliges Handeln darauf beruht hatte, dass ich etwas hatte beweisen wollen.

Und dann, kurz darauf, war ich schwanger geworden und hatte das Kind bekommen. Camille hatte mich danach angerufen, betrunken, aus einer Bar. Wie hatte sich das damals wohl für sie angefühlt? Ihr hatte ich zu einer Abtreibung verholfen, aber für mich hatte ich anders entschieden. Ich weiß, dass ich Lauren behalten hätte, auch wenn Manny nicht bei mir geblieben wäre.

Ob wohl das Wissen darum, dass sie nicht geplant gewesen war, Lauren in irgendeiner Weise beeinträchtigt hatte? Kam vielleicht daher ihr Bedürfnis, jeden Punkt zu gewinnen, sich ständig als würdig und wertvoll zu beweisen? Und was war mit ihrer Distanz zu Tessa – und zu mir? Seltsam, dass meine Gedanken auch in diese Richtung wanderten, aber ich merkte, dass es nötig war.

Nur einmal unterbrach Martin sein Schweigen: »Mach dich nicht fertig wegen deines Zutuns zu etwas, das derart lange her ist. Keiner kann wissen, wozu uns unser Unterbewusstsein in der Vergangenheit motiviert hat – per definitionem. Und wir können uns nicht für die unbeabsichtigten Konsequenzen dessen verantwortlich machen.« Es war ingenieursmäßig-analytisch, aber es half.

Als wir Sutri erreichten, waren wir nun neun Wochen unterwegs, und es war der Abend vor Camilles neunundvierzigstem Geburtstag. Wieder eine altrömische Stadt, aber mit einer Kirche, die in einen Felsen aus Tuffstein geschlagen worden war, genau wie die etruskischen Gräber in der Nähe. Auch ein Amphitheater gab es, aus demselben Tuffstein, das Martin und ich gleich nach unserer Ankunft besichtigten. Wir waren vom Sommer bis weit in den Herbst hinein gewandert und nur noch drei Tage von Rom entfernt. Ich glaube, keiner von uns wollte die Seifenblase zerplatzen lassen; wir würden früh genug Entscheidungen treffen müssen.

Obwohl es mich immer noch tief bewegte, hatte ich das Gefühl, allmählich mit allem klarzukommen, was Martin mir offenbart hatte.

Meine Wut auf Camille war verraucht; ohnehin war es immer nur Wut auf mich selbst gewesen. Was sich nicht geändert hatte, war mein Bedürfnis, ihr zu helfen. Was auch immer die Wissenschaft dazu sagen mochte – Camilles Wahrheit bestand darin, dass ihre Multiple Sklerose die göttliche Strafe für eine Sünde war, zu der ich ihr nie hätte verhelfen dürfen. Es spielte keine Rolle, dass ich nicht ihren Glauben hatte – *sie* glaubte daran. Und wenn, wie Martin gesagt hatte, niemand am anderen Ende saß, der Camilles Gebete hören konnte, dann war Gottes Anweisung, dass ich für sie sorgen sollte, der Ausdruck ihres eigenen tiefen Wunsches.

Bevor wir am nächsten Morgen aufbrachen, überhäuften wir Camille mit Geburtstagsgeschenken – Blumen (Bernhard), Frühstück im Bett (Sarah) und die goldene Taube, die ich ihr in San Francisco gekauft hatte. Meine Taube hatte mich hierhergebracht, mit welchem Ergebnis auch immer; ihre war eine elegantere Version.

Martin überreichte ihr eine kleine, in Geschenkpapier eingewickelte Schachtel. Als sie sie auspackte, lächelte sie. Es war ein Stempel mit Kissen. Er musste ihn online bestellt und irgendwo, vermutlich in Siena, abgeholt haben. Camille drückte den Stempel erst auf das Kissen, dann auf ihren Handrücken und zeigte uns den Umriss einer Taube.

»Für dein Hostel«, sagte Martin.

Sie fädelte meinen Anhänger an die Kette mit ihrem hölzernen *Tau*. Wir hatten nicht wieder über unseren Pakt gesprochen, aber ich dachte an die Wärme zwischen uns, als wir zusammen Kerzen angezündet hatten – eine Wärme, die vorher nicht da gewesen war. Vielleicht spürte sie ebenso wie ich, dass alles so geschehen musste und dass es uns versöhnte. Wir würden klarkommen. Der *Chemin* hatte mir –

ebenso wie der *Camino* – gezeigt, dass ich stark und belastbar war. Ich würde die *courage* – das Glück, den Mut und die Liebe – finden, die ich brauchte, um uns durchzubringen.

74

Martin

Camilles Geburtstagsessen fand im besten Hotel von Campagnano di Roma statt, wo wir auch übernachteten. Es lag an einer alten Römerstraße, der *Via Cassia*, und bereits im Einzugsbereich von Rom, aber ein Naturreservat schirmte uns noch von den dichtbesiedelten Gebieten ab.

Selbst nach Gilberts Standards, und ganz gewiss nach denen einer Pilgerreise, war das Essen erstklassig. Falls Zoe und ich zusammenbleiben würden, hoffte ich, dass sie Gilbert nicht als Maßstab für Restaurantbesuche nehmen würde.

Wir bekamen ein Degustationsmenü serviert, jedoch nicht das reguläre. Gilbert hatte im Voraus bestellt und Camilles bevorzugte italienische Gerichte durchgegeben.

»Gilbert, das muss dich ja ein Vermögen kosten«, konstatierte Camille das Offensichtliche. *Dich*, nicht *uns*.

Gilbert winkte ab und deutete auf den Dekanter. »Das Essen ist günstiger als der Wein. Der aus Italien ist und sein Geld wert. Wenn man italienischen Wein mag. Was wir jetzt ja alle tun.«

Könnte ich mir meinen Anteil auch in Bargeld auszahlen lassen? So wie die anderen guckten, dachten sie wohl dasselbe. Camille aber lächelte. Sie tätschelte Gilberts Hand und blickte in die Runde.

»Ich danke euch allen, dass ihr uns geholfen habt, nach Rom zu kommen. Ich kann kaum fassen, dass wir fast da sind. So viele Kilometer!«

»So viele gute Restaurants«, sagte Gilbert. »Neue Erfahrungen. Besonders hier, in Italien. Eine schöne Art zu leben.«

»Bist du denn nun befreit?«, wollte Bernhard von Camille wissen.

Ihr Gesichtsausdruck war schwer zu deuten. »Das kann ich erst am Ende sagen, wenn ich den Papst gesehen habe.«

»Was ist mit euch zwei?«, fragte ich Sarah und Bernhard. »Mögt ihr uns sagen, wie weit eure ›Reisesegen‹ mittlerweile gediehen sind?«

Die beiden sahen einander an, dann sagte Sarah zu mir gewandt: »Ich fühle mich frei: meine eigenen Entscheidungen zu treffen, meine eigenen Fehler zu machen. Dank Bernhard.«

»Und dem *Chemin.*«

»Ja, und dem *Chemin.*«

»Mir geht es genauso«, sagte Bernhard.

Camille wandte sich wieder an Gilbert. »Du hast mir einen wunderbaren Geburtstag bereitet. Wahrscheinlich der letzte, den ich in vollen Zügen genießen kann.«

Gilbert wirkte nervös wie ein junger Mann, der es gewagt hatte, seine Angebetete in ein teures Lokal einzuladen, und nun die Zustimmung bekam, dass er es richtig gemacht hatte. Um diesen Eindruck weiter zu vervollständigen, zog er nun ein kleines Kästchen aus der Jackentasche – die Art von Kästchen, die in einem typischen Heiratsantragsszenario den Diamantring barg.

Camille lächelte artig, klappte das Kästchen auf, und wie sich zeigte, steckte tatsächlich ein Ring mit einem Diamanten darin – noch dazu mit einem ziemlich großen. Die Essenskosten konnten dagegen tatsächlich nur noch eine Bagatelle gewesen sein.

»Gilbert, wie toll! Der ist wunderschön!«

Kein Zögern, kein Anflug von Unwohlsein. Hatte Gilbert ein Wunder vollbracht?

Das fragte ich Zoe, während Gilbert und Camille – Hand in Hand – ins Foyer vorausgingen.

»Ich glaube, Camille wollte nur nett sein. Und ihn nicht enttäuschen.«

»Ihm Hoffnung machen, bevor sie ihn umso mehr enttäuscht?«

»Das denke ich nicht. Ich glaube, sie wissen beide, was auf dem Spiel steht.«

Und vielleicht aus genau diesem Grund fing Gilbert mich ab, bevor ich nach oben gehen konnte.

»Trinkst du noch einen Digestif mit mir? Bitte.«

Ich hatte mir in diesem Hotel, das ein wenig zu vornehm für Pilger war, einen vergnüglicheren Tagesabschluss mit Zoe ausgemalt und zudem eine E-Mail von Jim bekommen, die ich gern mit ihr besprochen hätte. Doch beides würde nun warten müssen. Zoe wirkte gleichermaßen enttäuscht, nickte aber und verschwand zu den Fahrstühlen.

Gilbert und ich hatten die Bar für uns.

»Cognac«, sagte er, als er mit zwei Gläsern von der Theke zurückkehrte. Genüsslich schnupperte er an seinem.

»Ein wunderbarer Abend«, sagte ich.

»Ja, perfekt. Heute habe ich alles bekommen, was ich mir hätte wünschen können. Der beste Tag meines Lebens.«

»Und morgen?« Oder besser: übermorgen?

»Wie du schon sagtest: Das ist die wichtigste Lektion eines

Pilgerwegs. Ein Tag nach dem anderen. Heute ist perfekt, und an morgen möchte ich nicht denken.« Er schwenkte die blassbraune Flüssigkeit in seinem Glas und blickte hinein. »Wenn ich an das Leben nach Rom denke, selbst in Rom, sehe ich nur schwarz.«

»Du meinst, du siehst verschwommen?«

»Nein, schwarz. Früher waren meine Tage mit Camille … belastet … weil ich immer fürchtete, sie würde mich verlassen. Jetzt genieße ich das Heute. So viel von dem, worüber wir uns Sorgen machen, passiert am Ende gar nicht.«

So weit, so gut. Ich fragte mich, wie unser Gespräch in Rom ablaufen würde, wenn Camille ihm den schlimmsten Tag seines Lebens bereitete. Und vielleicht auch mir.

Gilbert leerte sein Glas. »Ich bin kein Fatalist. Ich habe alles Erdenkliche getan, aber jetzt bin ich fast sicher, wie das Ergebnis ausfallen wird. Aber morgen Abend – heute nicht mehr, weil Camille gleich schläft und weil heute ein perfekter Tag für mich war – werde ich mich bei ihr entschuldigen. Dafür, dass ich sie verlassen habe. Das kann ich so natürlich nicht sagen. Ich werde mich für die Geschichte mit der Haushälterin entschuldigen, weil es das ist, was sie glaubt. Bete für mich, mein Freund.«

75

Zoe

Camille war noch nicht zum Frühstück erschienen, als wir anderen uns bereits zum Aufbruch rüsteten. Gilbert war zwei Mal in ihr Zimmer hochgegangen.

»Sie möchte gern ausschlafen«, hatte er nach dem ersten Mal verkündet.

Nach dem zweiten: »Sie würde gern mit dir reden, Zoe.«

Camille war noch im Bett, aber körperlich schien es ihr gut zu gehen: Sie saß aufrecht, und neben ihr auf dem Nachttisch stand eine halbleere Kaffeetasse. Als sie mich sah, lächelte sie.

»Du und ich, wir müssen reden.«

Ich setzte mich auf den Bettrand, doch sie winkte mich fort. »Nicht hier. Sag den anderen, sie sollen losgehen. Du und ich werden heute den Tag zusammen verbringen.«

»Alles gut«, erklärte ich den vieren, die unten warteten. »Wir sehen uns dann in La Storta.«

Martin zog die Augenbrauen hoch. »Vielleicht holt ihr uns ja vorher ein.«

Sofern sie nicht auf uns warteten, würde das nicht passieren. Camille hatte keine Eile, und nachdem ich sie schließlich aus dem Bett bekommen und mit ihr gefrühstückt hatte, wollte sie im Anschluss noch einen Kaffee trinken.

Hinter Campagnano hatten wir einen wunderbaren Ausblick auf die Gegend, durch die wir zuvor gekommen waren, und wanderten dann durch den großartigen Naturpark Veio. Nachdem wir die letzten Häuser hinter uns gelassen hatten und eine Weile schweigend nebeneinander hergelaufen waren, begann Camille endlich zu reden.

»Du weißt, dass ich nicht mehr mit Gilbert zusammenleben werde. Ich musste mich endgültig entscheiden. Er hat mir einen wunderbaren Geburtstag geschenkt, und ich dachte …«

»… wenn das jetzt das Beste war, dann nein?«

»Ich war durchaus versucht. In vielen praktischen Dingen ist er so gut. Aber ich will nicht, dass meine Krankheit der Grund dafür ist, mich wieder mit ihm einzulassen. Weißt du, dass er sich nie entschuldigt hat?«

»Würde das etwas ändern?«

»Ich möchte nicht über Hypothetisches spekulieren.«

»Hast du es ihm gesagt? Dass es vorbei ist?«

»Noch nicht. Aber er weiß es.«

Sie hatte mal die Bemerkung gemacht, ich würde jetzt so praktisch-vernünftig denken. Nun, jemand musste das ja auch. »Aber er hat sein Geschäft aufgegeben, oder? Hat er denn einen Platz zum Wohnen?«

»Das Haus ist groß genug. Er kann bleiben, bis er etwas anderes gefunden hat. Oder bis ich mein Hostel gefunden habe. Das Leben ist kurz.«

»Wenn ich mal genervt von dir bin, erinnere mich bitte daran, dass du dir und dem, woran du glaubst, treuer bist als jeder andere Mensch, den ich kenne. Und mutig bist du auch.«

Camille lächelte traurig. »Ich bin nicht besonders mutig.

Aber ich habe immer eine Wahl, und meine jetzige Wahl macht Gilbert eben nicht glücklich. Wir waren zusammen auch nicht glücklich, das vergisst er.«

Wir schwiegen eine ganze Weile.

»Du kannst übrigens in Bastiens Zimmer wohnen. Aber wenn du es dir anders überlegen solltest …«

Sie gab mir den Ausweg, den ich gewollt hatte. Warum konnte ich ihn nicht annehmen?

»Warum hast du nicht Mary-Lou gefragt, als du gemerkt hast, dass du schwanger bist?«, platzte ich heraus. »Damals, als du Hilfe brauchtest?« Ich wollte es von ihr hören.

Camille schwieg wieder und sah mich nicht einmal an. Dann blieb sie stehen und drehte sich um. Die Sonne blitzte durch das dunkelgrüne Laub des Baumes hinter ihrem Kopf. Sie sah kaum älter aus als damals, als sie sich stattdessen an mich gewandt hatte.

»Weil ich dachte, ich könnte dir vertrauen, dass du das Richtige tust.« Dann, trotz ihres Hinkens, eilte sie voraus.

Mir ging auf, dass an der Sache von damals etwas war, das zu akzeptieren ich mich weitaus schwerer tat, als dass mein resolutes Handeln mich so stolz und glücklich gemacht hatte: Die Wut meiner Mutter, die uns über Jahre entzweit hatte und die ich ihr erst nach ihrem Tod hatte vergeben können, hatte sich gegen mich gerichtet, nicht gegen Camille. Ich hatte gewollt, dass meine Mutter sich eher für mich als für ihre Überzeugungen entschied, und sie unbewusst dazu gedrängt, diese Entscheidung zu fällen. Camille war quasi nur ein Kollateralschaden gewesen.

Und doch hatte meine Mutter im Hinblick auf Camille recht gehabt, auch wenn ich ihrer beider Haltung, dass es gegen Gottes Willen war, nie würde zustimmen können, weil ich fand, dass eine Frau so etwas selbst bestimmen sollte. Es wäre besser für Camille gewesen, wenn ich ihr dabei geholfen hätte, es ihren Eltern beizubringen. Könnte ich die Zeit mit dem Wissen, das ich jetzt besaß, zurückdrehen, hätte ich diese Reise mit ihr, die ich ironischerweise heute als Dreh- und Angelpunkt meines Lebens, meines Charakters ansah, nie unternommen. Was für ein Mensch wäre ich dann geworden? Hätte diese Version von mir den Ausweg angenommen, den Camille mir nun anbot?

Als ich sie wieder eingeholt hatte, war ein Stück weiter vorn auch Martin zu sehen. Und sofort spürte ich, dass da etwas ganz und gar nicht in Ordnung war.

76

Martin

Gilbert tat sich schwer, und es wunderte mich nicht, dass er stehen blieb, um zu verschnaufen. Doch dann ließ er sich plötzlich zu Boden sacken und lehnte sich gegen den Rucksack, den er noch immer auf dem Rücken trug.

»Sodbrennen«, sagte er. »Mit französischem Essen wäre das nicht passiert.« Dann: »Verrate Camille bloß nicht, dass ich das gesagt habe.«

Sarah kniete sich neben ihn, Bernhard ging in die Hocke. Ich war der Einzige, der alles von oben beobachtete.

»Hast du das schon mal gehabt?«, wollte Sarah wissen.

»Alles in Ordnung«, sagte Gilbert. »Ich muss mich nur ein paar Minuten ausruhen. In meinem Rucksack sind Tabletten.«

Bernhard half ihm, den Rucksack abzusetzen, und zusammen holten sie das Täschchen mit den Medikamenten heraus, für das wir einmal zurückgegangen waren. Gilbert schluckte ein paar davon.

»Wofür sind die?«, fragte Sarah.

»Gegen Verdauungsbeschwerden. In einer Stunde lässt das nach.«

»Hast du irgendwelche Vorerkrankungen am Herzen? Beschwerden?«

»Vorerkrankungen? Nein.« Gilbert schüttelte den Kopf und stieß ein gequältes Lachen aus.

Sarah stand auf und nahm mich beiseite.

»Ich bin beunruhigt, Dad. Das könnte ein Herzinfarkt sein. Ich habe Handyempfang.«

Bernhard kam dazu. »Das ist schon mal passiert. Liegt am Essen. Gestern Abend war es ganz schön ungesund. Selbst ich fühle mich heute nicht wohl.«

»Was, wenn es doch etwas Schlimmeres ist?«

»Wir sind schon kurz vor Rom. Wenn, dann können wir jederzeit schnell Hilfe rufen. Wir sollten erst einmal abwarten, ob es schlimmer wird.«

Wir befanden uns in einem Nationalpark, aber nicht allzu weit von Verkehrsstraßen entfernt. Gilbert kannte seinen Körper vermutlich am besten und schien nicht weiter beunruhigt.

»Wenn wir hier erst abwarten, ob sein Herz stehen bleibt, wird kein Krankenwagen rechtzeitig herkommen können«, sagte Sarah.

Bernhard übernahm das Kommando, zumindest sprach er mit Kommandostimme. »Ich schlage vor, wir warten auf die anderen. Bestimmt geht es ihm bis dahin besser. Wenn nicht, kann Camille auf Italienisch telefonieren und Hilfe arrangieren. Das ist besser, als wenn wir jetzt in Panik verfallen.«

Ich konnte sehen, dass Sarah protestieren wollte, doch sie hielt sich zurück und nickte.

Ich erklärte Gilbert unseren Plan. »Bist du auch dafür?«

»Dass wir auf Camille warten? Ja.«

»Wenn es dir vorher schlechter geht, rufe ich Hilfe«, sagte Sarah. »Du musst mir Bescheid geben, okay?«

Gilbert nickte, und Sarah kniete sich wieder neben ihn.

Nach etwa einer Dreiviertelstunde kamen Zoe und Camille dazu. Soweit ich erkennen konnte, ging es Gilbert nicht besser. »Ich warte nur darauf, dass die Tabletten wirken«, sagte er.

Wir berichteten den beiden Frauen, was passiert war. Camille erzählte von einer Weinverkostung, bei der es Gilbert auch nicht gut gegangen war, aber Zoe unterbrach sie.

»Sarah, was denkst *du*, das wir tun sollten?«

»Na ja, wie Dad schon sagte, hatten wir überlegt …«

»Es ist mir egal, was die anderen gesagt haben. Du kennst dich besser aus als wir. Was denkst *du*, das wir tun sollten?«

»Einen Krankenwagen rufen. Sofort.«

Zoe nahm ihr Handy, Bernhard überprüfte unsere GPS-Daten, und ich ging zu Gilbert, um ihm zu sagen, was wir vorhatten. Ich sah sofort, dass Sarah die richtige Entscheidung getroffen hatte.

Gilbert schwitzte stark und rang nach Luft. Mir fiel wieder ein, was Sarah ihn gefragt hatte.

»Gilbert, sag mir die Wahrheit: Hast du Herzprobleme oder nicht?« *Vorerkrankungen* war ein unpassendes Wort bei einem Mann, der sich vorgenommen hatte, nur von Tag zu Tag zu leben.

Er lächelte. »Mein Herz ist gebrochen.« Dann verlor er das Bewusstsein.

77

Zoe

»Nein, ich werde gehen«, sagte Camille.

Es war nicht klar, ob die Sanitäter sie mitgenommen hätten, selbst wenn sie es gewollt hätte. Martin notierte sich den Namen des Krankenhauses, und wir sahen dem Krankenwagen schweigend nach.

Martin räusperte sich. »Jemand muss ins Krankenhaus fahren. Ich rufe ein *Uber*.«

Sarah weinte, Bernhard stand unbeholfen in einigem Abstand. Camille schien sich emotional abgeschottet zu haben. Sie wollte nur weitergehen.

»Ich bleibe bei Camille«, sagte ich.

Martin war dabei gewesen. »Ich fahre mit Sarah ins Krankenhaus. Bernhard kann bei euch bleiben. Lasst eure Handys an.«

Wir ließen die beiden mit Gilberts Rucksack zurück. Bis La Storta waren es noch ungefähr acht Meilen, und je eher wir dort ankamen, desto besser. Wenn ich bis dahin noch nichts von Martin gehört hätte, würde ich mir etwas einfallen lassen, um Camille zum Krankenhaus zu bringen.

Keiner von uns sagte etwas. Camilles *belle indifférence* schien eingesetzt zu haben. Bernhard wirkte schwer gebeutelt.

»Sollen wir beten?«, fragte er mit Blick zu Camille.

»Gegen Verdauungsbeschwerden? Ich habe sowieso schon gebetet, und von euch glaubt ja niemand, also hätte das wohl wenig Sinn.«

Wir waren vielleicht eine halbe Stunde gegangen, als mein Telefon vibrierte.

»Zoe?«

Er brauchte nichts weiter zu sagen. In meinem Herzen wusste ich es schon.

Einen Augenblick lang dachte ich nicht an Gilbert, sondern an meinen verstorbenen Ehemann Keith. Ein guter Kerl, der es nicht verdient hatte zu sterben. Gilbert war so voller Lebenslust gewesen. Hätte es einen Unterschied gemacht, wenn Camille und ich schneller gegangen und früher bei den anderen gewesen wären, um Sarah zu unterstützen? Hätten wir den letzten Kaffee nicht mehr trinken sollen? Hätte ich mehr drängen sollen, als ich den Krankenwagen rief?

Einen Augenblick lang war ich wie betäubt, stand wie erstarrt und fixierte mein Handy mit leerem Blick, auch nachdem ich aufgelegt hatte.

»Camille, setz dich bitte.« Hinter uns lag ein Felsen, und ich führte sie hin. »Camille, hör zu. Das war Martin aus dem Krankenhaus. Gilbert hatte einen Herzinfarkt.«

»Er hat Verdauungsbeschwerden.«

»Nein, Camille, er hatte einen Herzinfarkt. Sie konnten ihn nicht wiederbeleben.« Ich spürte, wie mir die Tränen über das Gesicht rannen. Armer, treuer Gilbert, der das Leben, das Essen und den Wein geliebt hatte – und Camille. »Es tut mir so leid, Camille, aber er ist gestorben.«

Sie schüttelte den Kopf. *»Il n'est pas mort.«*

Bernhard sackte auf einem Felsen zusammen.

»Der arme Gilbert«, sagte ich und versuchte, meine Stimme unter Kontrolle zu behalten. »Immerhin hat er nicht gelitten. Wir hatten so ein schönes Essen gestern.«

»Organisieren ist seine Stärke.«

Ich legte meine Hand auf ihre, aber sie schien es nicht wahrzunehmen.

»Er hat das italienische Essen und den Wein genossen, *non*?«, sagte sie.

»Ja, das hat er.«

»Du weißt, dass wir Sex hatten?«

»Ja, ich weiß.«

»Ich hatte Angst, dass es falsch sein könnte, aber ich habe mich richtig entschieden.«

Wir schwiegen wieder, aber immer noch war nur ich diejenige, die weinte. Es war schwer einzuschätzen, was in Camille vorging, und ich traute mich nicht, irgendetwas über Gottes Willen zu erwähnen. Das überließ ich lieber einem Geistlichen.

»Ich hätte Sarah unterstützen müssen.« Bernhards Stimme zitterte.

Dazu wollte ich mich nicht äußern, und das merkte er wohl.

»Er ist für mich gelaufen«, sagte Camille plötzlich. »Und er ist gestorben, weil es nichts mehr gab, wofür er leben wollte.«

Nicht viel anders als bei Keith.

Wir blieben eine ganze Weile so sitzen, dann stand Bernhard auf und ging weiter. Camille und ich folgten ihm wenige Minuten später, ohne zu sprechen. Der Weg war … nichts. Ein einfacher Weg durch den Park, dann durch ein paar Vororte. Drei Stunden, in denen Camille fast die ganze Zeit schwieg.

»Willst du reden?«, fragte ich einmal.

Sie nickte langsam. »Ich habe meine Entscheidung getroffen, und Gott sagt: Du kannst jetzt nicht mehr zurück.«

Dasselbe galt auch für mich.

78

Martin

Wir alle – auch Zoe, obwohl sie am entschlossensten reagiert hatte – fühlten uns für Gilberts Tod mitverantwortlich, auch wenn man uns im Krankenhaus versicherte, dass er selbst durch einen früheren Notruf vermutlich nicht hätte gerettet werden können.

Nachdem ich im Krankenhaus die notwendigen Formulare zum Ausfüllen für Camille zusammengesammelt hatte, tat ich mein Bestes, um Sarah zu versichern, sie habe alles in ihrer Macht Stehende getan, aber sie machte sich trotzdem weiter Vorwürfe.

»Ich hätte nicht auf Bernhard hören sollen. Er hat doch keine Ahnung!«

»Ich hätte ihm auch nicht nachgeben sollen. Es tut mir leid. Ich hätte dich bestärken müssen.«

»Ich war mir einfach nicht sicher. Ich hatte Angst, blöd dazustehen, falls sie Hubschrauber schicken und alles und … Zoe hat das wirklich gut gemacht.«

»Das hat sie.«

»Ich werde mich nachher noch bei ihr bedanken, wenn ich sie wiedersehe. Ich habe vorhin nichts gesagt, weil … Es hat ja nun keinen Unterschied mehr gemacht.« Sie lachte bitter. »Du hattest recht mit Bernhard. Sein Vater ist ein Tyrann, und Bernhard will auf keinen Fall so sein wie er – aber nun sieh dir an, was passiert ist.«

»Eine harte Lektion.«

»Du hast gehört, was ich zu ihm gesagt habe, oder?«

Das hatte ich. Sie war unglaublich wütend gewesen. »Ich kann mir vorstellen, dass er sich im Moment nicht besonders gut fühlt.«

»Tja. Im Prinzip hat er einem Sterbenden – unserem sterbenden *Freund* – die Hilfe versagt, nur damit er zeigen konnte, wer der Boss ist. Er sollte sich verdammt nochmal richtig mies fühlen.«

»Wirst du ihm verzeihen?«

»Ich habe gerade gesagt, dass du recht hattest. Da gibt es nichts zu verzeihen. So ist er eben. Ich will ihn nicht in meinem Leben haben. Vielleicht nehme ich das Medizinstudium wieder auf. Damit ich es nicht noch einmal vermassele, wenn so was wieder passiert.«

»Falls es dir in irgendeiner Weise hilft: Ich glaube, Gilbert war darauf vorbereitet. Sowohl unter medizinischen Gesichtspunkten als auch … Camille wollte ihn verlassen.«

»Ich habe seine Notapotheke durchgesehen. Es war ein Herzmedikament dabei. Das hätte er uns sagen müssen.«

»Und wahrscheinlich hätte er diese Reise nicht mit einem Föhn und all den anderen Sachen auf dem Buckel antreten sollen. Sarah, wir alle treffen unsere Entscheidungen selbst, und er war dagegen, dass wir einen Krankenwagen rufen.« Ich wollte nicht, dass meine Tochter oder irgendjemand anders sich die Schuld an Gilberts Tod gab. Wir alle luden uns auch so schon genug Schuld auf.

»Lass uns uns lieber darauf konzentrieren, was wir jetzt tun können«, sagte ich.

»Wir müssen uns um Camille kümmern. Sie sollte mit einem Priester sprechen.«

»Ich glaube, Zoe übernimmt diese Rolle gerade.« Und konnte schon mal für die Zukunft üben, wie es wohl aussah.

»Ich will Zoe ja nicht kritisieren, aber sie ist da vielleicht nicht die …«

»Camille kennt sie zumindest. Im Gegensatz zu einem Priester, den sie noch nie gesehen hat.« Mir kam eine Idee. »Sie hat doch ein Adressbuch, oder?«

Sarah lachte trocken. »Eins aus Papier, ja. Das wird sie wohl bei sich haben.«

»Meinst du?«

Sarah sah mich an, nickte und öffnete die Seitentaschen an Gilberts Rucksack.

79

Zoe

Vier Stunden, nachdem ich Martins Anruf bekommen hatte, erreichten wir das Hotel. Und im Foyer stand … Grietje, die belgische Pilgerin, der Camille sich vor der ligurischen Grenze anvertraut hatte. Sie trug exakt dieselben Sachen wie damals in der *All-you-can-eat*-Pizzeria.

Grietje nahm Camille in die Arme, und nun brach sie doch zusammen.

Martin und Sarah waren ebenfalls schon da. Ich setzte mich mit Martin in die Bar, wo ich meinen ersten Drink bestellte, seit meine Welt vor einer Woche auf den Kopf gestellt worden war. Er erzählte, was im Krankenhaus passiert war und was von Amts wegen weiter geschehen würde. Ich bekam es nicht wirklich mit. Ich hatte das Gefühl, alles würde auseinanderbrechen. Sarah hatte ein Einzelzimmer genommen, Bernhard war am Boden zerstört, und Camille, die bei mir hätte sein sollen, war mit Grietje irgendwohin verschwunden.

Martin erzählte, Grietjes Anwesenheit sei nicht auf ein göttliches Wunder zurückzuführen, sondern auf Telefonate und italienische Zugverbindungen. Allerdings war er nicht sicher, ob Grietje das Camille gegenüber klarstellen würde. Sie hatte erst tags zuvor ihr Pilgerziel Assisi erreicht, und

Martins Anruf war einer schicksalhaften Fügung gleichgekommen.

Ich war nicht ganz glücklich, dass Martin eine Außenseiterin ins Spiel brachte, nachdem wir bis kurz vor Rom auch sehr gut allein aufeinander aufgepasst hatten, aber zumindest gab es mir die Zeit, mit meinen eigenen Gefühlen klarzukommen. Falls das überhaupt möglich war. *Nimm freundliche Angebote an.*

Während ich darüber grübelte, was Camille zugestoßen war, wie es um meine Schuld ihr und Keith gegenüber bestellt war und was Gilberts Tod bedeutete, spürte ich plötzlich den Drang, die Dinge mit meinen eigenen Töchtern geradezurücken. Ich war der Grund für ihren Streit um Keiths Versicherungsgeld gewesen.

Ich rief beide an, bat um Entschuldigung, dass ich meine Meinung zu meinem Anteil des Geldes geändert hatte, und übernahm die Verantwortung für die daraus entstandene Spannung. Bei Tessa war es leicht: »Ich habe zugelassen, dass du die Schuld zugewiesen bekamst, dabei hätte ich sie auf mich nehmen müssen.« Sie protestierte – aber nicht allzu stark.

Bei Lauren war es schwieriger. »Ich hätte dir nie sagen dürfen, dass du das Geld behalten kannst – ich habe zu sehr versucht, unabhängig zu sein. Und dann hätte ich meine Meinung nicht ändern dürfen. Es war nicht Tessas Schuld. Wenn ich zurückkomme, kann ich die Wohnung verkaufen.«

Es herrschte lange Stille, so lang, dass ich schon fürchtete, die Verbindung sei unterbrochen. Dann sagte Lauren: »Das werde ich nie zulassen. Wir kommen schon klar. Tessa hatte recht – es war egoistisch von mir, das Geld überhaupt anzunehmen.«

Mir wurde leichter ums Herz, und ich wünschte, ich hätte beide umarmen können – und hoffte, sie würden sich bald gegenseitig umarmen.

Ich saß wieder bei Martin, als Grietje herunterkam.

»Was ist das?« Sie deutete auf Martins Drink.

»Scotch. Whisky.«

»Ist das stark?«

»Stark genug.«

»Kannst du mir bitte auch einen bestellen?«

Grietje erzählte, dass Camille zurechtkam und sie sich ausgiebig unterhalten hätten.

»Jemand hat ihr gesagt, die Pilgerreise werde sie befreien. Nun fühlt sie sich deshalb schuldig.« Grietje streckte die Hand vor und deutete auf meinen Hals. »Darf ich?« Sie hob einen meiner Anhänger an – die kleine Taube. »Ich habe sie daran erinnert, dass es bei dieser Wanderung nicht um Freiheit geht, sondern um Frieden. Nicht nur für die Welt, sondern für einen selbst.«

Sie ließ die Taube wieder sinken. »Jetzt kannst du ihr sagen, dass ich zu betrunken bin, um mit ihr zur Kirche zu gehen. Es ist besser, wenn sie nicht … Gott aus mir macht. Geh lieber du mit ihr. Kann ich dich darum bitten?«

Camille erwartete mich schon. Sie lag angezogen auf dem Bett, nur ohne Schuhe.

Ich blieb vorerst an der Tür stehen. Mir war ein wenig unwohl. »Wie geht es dir?«

»Besser. Aber ich fühle mich schlecht wegen Gilbert. Ich habe ihn gedrängt, mitzukommen, und deshalb ist er gestorben. Er hat mich so sehr geliebt, dass er für mich gestorben ist. Kein Mann kann mehr tun als das.«

»Martin und ich haben darüber gesprochen. Ich glaube, auch wenn er gewusst hätte, dass das passiert, wäre er mit dir gegangen. Du hast seinem Leben einen Sinn gegeben, und am Ende war er glücklich. Du …«

»Ich werde bald noch kränker, und Gott hat ihn davon befreit, sich um mich kümmern zu müssen.«

»Hat Grietje das gesagt?«

»Nein, das weiß ich selbst. Nach dem, was er mir angetan hat, war er dazu verpflichtet, und nun hat Gott ihn von dieser Last befreit.«

Ich freute mich nicht unbedingt auf ein paar Jahrzehnte mit dieser Denkweise, während ich darauf wartete, dass Gott auch mir den Ausweg zeigen würde, den Er Gilbert gegeben hatte. »Grietje hat vorgeschlagen, dass wir beide in die Kirche gehen.«

Sie stand auf. »Ja, Zoe, du und ich. Wir müssen mit Gott reden.«

Auf dem Weg zum Hotel hatte ich viele Kirchen gesehen, aber Grietje hatte mir eine bestimmte empfohlen. Bald standen wir an einer belebten Kreuzung am Stadtrand und sahen ein kleines und eigentümlich rosafarbenes Gebäude, um das etliche kreuz und quer geparkte Autos standen. Die Kapelle Sant'Ignazio alla Storta.

Ich hatte sie bereits gegoogelt. Hier waren dem heiligen Sankt Ignatius von Loyola im Jahr 1537 Gott und Christus erschienen, und Letzterer sagte zu ihm: *Ego tibi Romae propitius ero* – Ich will in Rom für dich sprechen. Offensichtlich hatte das dann beim damaligen Papst Früchte getragen.

Wir gingen die kleine Anhöhe hinauf und betraten die Kapelle. Wir waren allein: Die Autobesitzer waren keine

Kirchgänger. Im Gegensatz zu den vielen Kathedralen und Kapellen, die wir in den letzten zehn Wochen besucht hatten, war diese hier schlicht, fast karg. Ein Gemälde von St. Ignatius. Nirgends gab es Kerzen zu kaufen, obwohl ein Platz eingerichtet war, wo man welche anzünden und auch Geld spenden konnte. Camille hatte zwei Kerzen mitgebracht. Es war das letzte Mal, dass sie welche brauchte; am nächten Tag wären wir im Petersdom.

Sie reichte mir eine, machte aber keine Anstalten, ihre anzuzünden. »Ich glaube, du bist ein bisschen eifersüchtig auf Grietje«, meinte sie.

»Nein …« Sobald ich es sagte, wusste ich, es war gelogen.

»Weil du immer diejenige sein willst, die mir hilft. Aber du tust es nicht mit reinem Herzen – du tust es auch für dich.« Sie hob die Hand, um meinen Widerspruch zu unterbinden. »Niemand hat ein reines Herz.«

»Du glaubst, dass ich dir damals im College auch aus Eigennutz geholfen habe.«

»Ja, das glaube ich. Ich bin damals zu dir gekommen, weil ich dachte, du wärst auch gläubig, auf amerikanische Weise. Und dass das, was wir getan haben, auch für deine Kirche eine Sünde ist.«

Ich atmete dreimal tief durch. Das war ihre Wahrheit, nicht meine, aber woher hätte sie wissen sollen, dass ich gerade dabei war, der Kirche und allem, was dazugehörte, abzuschwören? »Du wolltest, dass ich es dir ausrede.«

»Ja, dass du mir aus meiner Notlage heraushilfst, sonst hätte ich Mary-Lou oder eine meiner Freundinnen gefragt.«

Martin hatte recht gehabt. Ich konnte dankbar sein, dass ich bereits Zeit gehabt hatte, das alles zu verarbeiten, anstatt ausgerechnet heute, am Todestag ihres Ehemanns, von der

Person, die ich für meine Seelenfreundin gehalten hatte, zu erfahren, dass ich ihr Leben ruiniert hatte. Denn ich war sicher, dass sie es genau so sah.

Jedoch: »Das kann ich nachvollziehen, Camille. Aber weißt du noch, bei meinem ersten *Camino*, als du mir das Geld geliehen und gesagt hast, dass du endlich die Gelegenheit hättest, mir zu danken? Ich meine, als du das gesagt hast …«

»Ich weiß. Ich wollte dir danken, dass du diese Bürde getragen hast. Diese Bürde war meine Schuld. Und ich dachte, du müsstest diese Schuld auch spüren – nicht an dem, was wir getan haben, weil ich weiß, dass du nicht in diesem Sinne glaubst, aber an dem Schmerz, den du mir zugefügt hast. Ich dachte, du hättest das auch so gesehen, weil du immer wieder nachgefragt hast, wie es mir geht – in der Hoffnung, dass mein Leben gut verläuft.«

Ich dachte an ihre Fehlgeburten, die künstliche Befruchtung, die beendeten Beziehungen. Von alldem hatte sie mir geschrieben und mich dadurch wissen lassen, wie verkorkst ihr Leben war und dass sie quasi ihre Strafe abbekam. Und vielleicht hatte sie recht: Vielleicht hatte ich ihr geschrieben, weil ich auf gute Nachrichten hoffte, Nachrichten, die mich aus meiner Schuld entließen. Aber das war mir nicht bewusst gewesen.

Camille nestelte an ihrer Tasche herum, so dass sie mich nicht ansah, als sie hinzufügte: »Ich habe mich bei dir bedankt, weil ich nicht bereit war, dir zu vergeben.«

Darauf war ich nicht vorbereitet gewesen. Ein Teil von mir wollte schreien: *Ich brauche deine verdammte Vergebung nicht!* Aber natürlich brauchte ich sie doch. Wie unbewusst meine Motive auch gewesen sein mochten, Camille war der Kollateralschaden gewesen – und dass es bei dem Besuch bei meiner Mutter auf dem Heimweg um meinen Krempel gegangen war und nicht um ihren, hatte ich immer gewusst. Dennoch hatte die Tirade meiner Mutter sie mindestens ebenso verletzt wie mich.

Camille legte mir die Hand an den Rücken und führte mich nach draußen. Sie war gefasster als ich.

»In der Kirche kann ich nicht rauchen«, sagte sie, »denn dann würde ich noch eine Kerze brauchen.« Zum ersten Mal auf unserer Reise sah ich sie eine Zigarette anzünden. »Ich habe dir gesagt, dass ich diesen Weg gehe, um wegen einer Lüge Vergebung zu erlangen. Das entspricht nicht ganz der Wahrheit. Ich habe dich angelogen.«

»Ist schon in Ordnung. Ich weiß. Du gehst diesen Weg wegen dem, was in L. A. passiert ist.«

Sie nickte. »Ich mache diese Pilgerreise, um den Papst um Vergebung zu bitten. Aber für uns beide. Jetzt bin ich für noch einen weiteren Tod verantwortlich. Er wird mir nicht vergeben – das verdiene ich nicht.«

»Du wolltest mich retten. Aber ich … bin nicht katholisch.« Ich wollte hinzufügen: »Und ich glaube, dass eine Frau selbst bestimmen sollte, was mit ihrem Körper geschieht«, aber dafür war jetzt nicht der richtige Zeitpunkt.

»Ich weiß. Ich habe auch keine Ahnung, wie das gehen soll, aber ich wollte auch dir deine Bürde abnehmen. Ich weiß, dass du nicht an Gott glaubst, aber du glaubst an den *Chemin* …«

Camille ließ die Zigarette zu Boden fallen und trat sie mit einem der Ausgehschuhe aus, die Gilbert für sie getragen hatte. Dann kehrte sie in die Kirche zurück.

Sie hatte recht, vollkommen recht. Ich hatte eine Bürde aus Scham und Schuld mit mir herumgetragen, weil ich

Camilles Dilemma für meine eigenen Zwecke missbraucht hatte. Und das war genau der Grund, weshalb ich mich weiter um sie kümmern musste. Und warum sie mein Angebot angenommen hatte. Damit ich Buße tun konnte.

»Also«, sagte Camille, »du hast recht. Ich hatte keine Lösung, aber ich habe getan, was ich konnte. Und heute hat Gott mir einen Boten geschickt.«

»Grietje?«

»Grietje. Sie hat mir gesagt, was ich zu tun habe. Es ist nicht leicht für mich.«

Ich sah sie an und wusste, was sie sagen wollte. Ich merkte, dass mir Tränen über die Wangen liefen.

»Ich glaube, ich kann es dir ein bisschen leichter machen«, sagte ich. »Können wir erst die Kerzen anzünden?«

Wir stellten sie auf den kleinen Tisch, und sie zündete ihre an.

»Die ist für Gilbert, den ich nicht verdient habe. Und ich war zu stolz, ihn zurückzunehmen. Falls Gott beschließt, uns wieder zusammenzuführen, so will ich seine Entscheidung annehmen.«

Ich zündete meine Kerze an. »Die ist für dich, Camille.« Bilder der damaligen Reise, die mein Leben – unser beider Leben – verändert hatte, tauchten vor meinem inneren Auge auf. Die Wut und Bosheit meiner Mutter, die aus ihren engstirnigen Lehren erwachsen waren und die ihre Wahrheit bildeten – und die ihr Angst gemacht hatten, um mich und um sich selbst. Und Camilles eigene Angst, und dann der verlorene Blick, die Leere, als wäre ihr Licht erloschen. Ich blickte ihr jetzt in die Augen und war nicht sicher, wie viel Verwirrtheit gerade dahinterlag. »Camille.« Ich nahm ihre Hand. »Es tut mir leid.«

Und endlich, nach fast dreißig Jahren, nahm Camille mir die Bürde ab, die das Universum so schwer erschüttert hatte, dass ich den Zugang zu den grundlegenden Wahrheiten über mich selbst verloren hatte und beinahe in ein Leben abgedriftet wäre, das sowohl mich selbst als auch Camille unglücklich gemacht hätte.

»Ich vergebe dir, Zoe.«

80

Martin

»Kann ich dich mal um deinen Rat bitten, Dad?«

Sarah und ich gingen zusammen, so wie hinter uns Zoe und Camille, deren Beziehung sichtbar entspannter geworden war. Bernhard war schon vorausgelaufen – immer noch zerknirscht und ernüchtert.

Wir hatten Grietje eingeladen, das letzte Stück mit uns zu laufen. Angesichts dessen, was sie für Zoe und Camille bewirkt hatte, wollte ich nicht, dass sie verschwand, ohne dass wir ihr noch unsere Dankbarkeit erweisen konnten.

Bevor wir losgingen, hatte ich ihr das überzählige hölzerne *Tau* gegeben, das ich seit dem ersten Tag in Sainte Cécile mit mir herumtrug. Sie war sehr gerührt, und vermutlich dachte sie, es sei Gilberts gewesen. Ich sah keinen Grund, ihr etwas anderes zu erzählen. Sie ging allein, so wie sie es offenbar seit Brüssel getan hatte, aber in Sichtweite.

Wir waren immer paarweise gelaufen, so dass mir Gilberts Abwesenheit kaum auffiel. Ich hatte seiner auf eine Art und Weise gedacht, wie er es sich bestimmt gewünscht hätte, und der Kater ließ nun allmählich nach. Er war dem Ziel so nahe gewesen – aber das spielte jetzt keine Rolle mehr.

Und nun bat Sarah mich um meinen Rat. Der *Chemin* hatte uns tatsächlich *alle* verändert.

»Ich sage dir gern, was ich denke. Aber deine Entscheidungen musst du schon selbst treffen.«

»Ich weiß. Das ist jetzt noch nicht meine Frage, aber willst du wissen, was Monsieur Chevalier zu mir gesagt hat?«

»Dass der *Chemin* dich befreien wird?«

»Ja, ich glaube, das hatte ich auch schon erwähnt. Aber es stimmt tatsächlich. Vielleicht gehe ich doch nicht nach Afrika, aber ich könnte. Ich kann tun, was immer ich will: Ich kann wieder Medizin studieren; ich kann Ingenieurswesen studieren, wo immer ich will …«

»Ich denke, diese Möglichkeiten hattest du schon immer.«

»Ja, aber es fühlte sich nicht so an. Und so ganz stimmt es auch nicht: In der Schule hatte ich die Möglichkeiten nicht, und dann habe ich mich einfach an dem orientiert, was du und Mum erwartet haben …«

»Hast du Eltern, bist du am Arsch!«

»Dad!«

»Wir alle können uns für oder gegen etwas entscheiden. Aber man kann nicht alles haben. Ich meine, du kannst nicht Medizin studieren *und* Ingenieurswesen *und* nach Afrika gehen *und* mit Bernhard zusammen sein. Nicht alles auf einmal. Ich glaube, Monsieur Chevalier hat einfach beobachtet, dass diese langen Wanderungen den Menschen die Chance geben, zu erkennen, was ihnen wichtig ist. Und was nicht. Und das ist die Befreiung.«

»Und dass sie erkennen, dass sie die Freiheit haben, ihre eigenen Entscheidungen zu treffen.«

»Genau.«

»Was, meinst du, soll ich mit Bernhard machen?«

»Ist das deine Frage?«

»Ich weiß, du hältst ihn für einen Arsch, und das kann er auch sein, aber gestern Nacht war er ganz schön fertig.«

»Lass deine Entscheidung davon nicht beeinflussen. Wir waren alle fertig.«

»Er fühlte sich verantwortlich für … Was er nicht war. Aber er fühlte sich richtig mies, weil er mich nicht unterstützt hat.«

»Und das völlig zu Recht. Er und auch ich. Wir haben Fehler gemacht, aber vermutlich hätte nichts, das wir getan hätten, irgendeinen Unterschied bewirkt. Zunächst einmal hat Gilbert selbst entschieden, diesen Weg zu gehen.«

»Ich weiß. Aber Bernhard hat sich an all die Male erinnert, in denen er … Druck auf mich ausgeübt hat … einfach das Sagen übernommen hat. Bei größeren Sachen wie den Windrädern und der Ingenieursgeschichte, aber auch bei kleineren, zum Beispiel, welche Müslimarke wir nehmen. Witzig, woran er alles gedacht hat … Er ist definitiv ein Ingenieur. Und er meinte, wenn ich ihm eine zweite Chance gebe …«

»Zu unseren Erstsemestern sagen wir Folgendes: Alle Ingenieure machen Fehler; die guten wiederholen sie nicht. Aber wir reden hier nicht von Technik. Sich selbst zu ändern, ist schwer.«

»Ich weiß. Aber es war auch meine Schuld. Ich glaube, ich hatte ein bisschen Angst, eigene Entscheidungen zu treffen. Weil gewisse Eltern mir das abgenommen haben. Also: ein Hoch auf Monsieur Chevalier.«

»Und was willst du jetzt tun?«

»Darüber denke ich noch nach. Das ist das Problem mit der Freiheit.« Sie lächelte. »Was ist mit dir?«

»Zurück nach Sheffield, dieselbe Wohnung, derselbe Job.

Ich habe vor ein paar Tagen eine E-Mail bekommen: Sie haben mir meine Auszeit bewilligt.«

»Und Zoe?«

»Ich glaube, sie wird eine Weile bei Camille bleiben. Nicht für immer. Ich könnte mir vorstellen, dass Camille und Grietje sich zusammentun und Pilger aufnehmen. Aber ich hoffe, wenn alles geregelt ist, dass Zoe dann zu mir nach Sheffield kommt.«

»Wow. Der *Chemin* hat auch dich befreit, meinst du nicht?«

Ich war eintausend Meilen gewandert. Wir befanden uns am Stadtrand von Rom – es war unser letzter Tag.

»Was soll ich dir sagen? Dass ich meine Wohnung verkaufe, nach Frankreich ziehe, mit Zoe ein Hostel kaufe, auch mit ihrem Geld, damit wirklich alles auf dem Spiel steht, Camille als Köchin einstelle, wir Kurse zu Architektur und Kreativität und Zeichnen anbieten und dann versuchen, damit fertigzuwerden, wenn Camilles Krankheit voranschreitet und wir einen Pilger pro Woche bekommen und niemand längere Aufenthalte bucht?«

»Na, das klingt doch nach einem guten Plan.«

Ich ließ Sarah allein weitergehen und zog das Tempo an, um Bernhard einzuholen. Es war nicht so einfach wie gedacht: Er war schon ein gutes Stück weiter vorn, und ich musste in Militärweise zwischen fünf Minuten marschieren und fünf Minuten joggen abwechseln.

»Würdest du auf uns warten?«, fragte ich, als ich ihn erreichte. »Wir sollten gemeinsam ankommen.«

Es dauerte einen Moment, bis er nickte. »Und ich sollte mich vorher bei jedem Einzelnen entschuldigen. Ich habe einen furchtbaren Fehler begangen, nur wegen meines Egos. Wie Sarah schon sagte: Du hattest recht, was mich betrifft.«

Autsch.

»Wir machen alle Fehler«, sagte ich und überlegte, wie ich es am besten formulierte. Zwei Ingenieure, die ihre Entscheidungen am Tag nach dem Tod ihres Freundes neu überdachten.

»Ich habe die Situation auch falsch eingeschätzt«, sagte ich nach einer Weile.

»Und Camille … geht es einigermaßen gut?«

»Das wird es.«

»Ich finde, sie sollte Pilgern Unterkunft anbieten. In ihrem Haus in Cluny. Sie erinnert mich an die Frauen, die sich auf dem Weg nach Santiago um mich gekümmert haben.«

Darauf wollte ich nicht weiter eingehen. Aber er hatte recht – ich konnte mir Camille und Grietje und einen halb lebensgroßen Jesus im Gästezimmer durchaus vorstellen.

»Glaubst du, Sarah wird mir verzeihen?«

Schwierige Frage. »Ich glaube, es wird nicht ausreichen, dass du dich bei ihr für deinen Fehler entschuldigst. Sie wird sich überlegen, warum das passiert ist, und darauf achten, dass es nicht wieder passiert.«

»Sie denkt, ich will alles unter Kontrolle haben.«

»Genauso kann man das sehen.«

»Es wird schwer sein, das zu ändern.«

»Das stimmt. Das ist für uns alle schwer. Aber wenn du es schaffst und Sarah mit dir zusammen sein will … Wie heißt es so schön? Dann hast du meinen Segen.«

81

Zoe

Den ersten Ausblick auf Rom und den Petersdom hatten wir vom Monte Mario aus, als es allmählich bergab und durch einen Naturpark ging. Camille war den ganzen Tag nur langsam vorangekommen und häufig gestolpert. Ich war nicht sicher, ob es an ihrer Trauer um Gilbert lag oder ob Gilbert mehr für sie getan hatte, als uns bewusst gewesen war. Ich hatte ihr beim Anziehen geholfen, und sie hatte Schwierigkeiten gehabt, sich für etwas aus ihrer begrenzten Auswahl an Kleidungsstücken zu entscheiden.

Wir machten halt, um den Ausblick zu genießen. Die Ewige Stadt, eine Stadt der Kunst, Geschichte und Religion. Die älteste bewohnte Stadt, in der ich jemals war, in der Michelangelo und Leonardo da Vinci und, lange vor ihnen, der Apostel Paulus gelebt hatten.

Ich sah zu Camille und bemerkte das Leuchten in ihren Augen. Vielleicht würde es ihr reichen, wenn sie diese Herausforderung bewältigt hätte.

Regen setzte ein, und der Abstieg wurde knifflig. Zweimal rutschte Camille auf nassen Wurzeln aus, so dass Martin und Bernhard dicht hinter ihr, Grietje neben ihr und Sarah und ich vor ihr liefen. Als wir endlich unten ankamen, waren wir erleichtert, auch wenn wir nun Wiesen und Wälder gegen Geschäfte und Wohnhäuser der Vororte eintauschen mussten.

Auf der letzten großen Straße Richtung Vatikan, etwa eine halbe Meile vor dem Petersdom, sahen wir vor uns Polizei: acht *carabinieri* auf Motorrädern. Einer von ihnen stieg ab und kam auf uns zu.

»Entschuldigung, wer von Ihnen ist die Witwe?«

Camille zeigte auf mich. Nun, das war nicht falsch.

Der Mann, auf dessen Namensschild Enrica stand, umarmte mich. Ich versuchte, es zu erklären: »Nein, nicht ich – sie!«

Es gab ein wirres Hin und Her, bis wir herausfanden, dass einer der Pfleger aus dem Krankenhaus, in dem Gilbert aufgenommen worden war, Enricas Partner war.

»Wir sind bis hier gekommen«, sagte Martin. »Da nehme ich an, dass wir den Rest auch so schaffen werden.«

Enrica ließ sich nicht umstimmen. Camille sah verständnislos zu, wie die Polizisten uns beim Weitergehen von beiden Seiten flankierten, auch wenn es – vorerst – niemanden gab, vor dem sie uns abschirmen mussten. Doch dann begannen die Leute – in erster Linie vermutlich Touristen –, trotz des mittlerweile strömenden Regens stehen zu bleiben und uns zu beobachten. Sie mussten gedacht haben, dass jede Art von Prozession in Richtung des Petersdoms etwas zu bedeuten hätte.

Es war surreal, und obwohl ich mich vor fast dreißig Jahren von dieser Art Glauben verabschiedet hatte, war diese Erfahrung eindringlicher als alles, was ich aus meinem Leben verdrängt hatte. Meine Beine kamen mir vor wie aus Gummi … als würde ich Tausende von Jahren an Tradition mit mir herumtragen.

»Sind die wegen Gilbert hier?«, wollte Camille wissen. »Auch die Polizei?«

Nur sechs leicht verlotterte Pilger, die tausend Meilen gelaufen waren. Nicht die Ersten und nicht die Letzten, die in der Einsamkeit der Berge, bei Regen und bei Hitze und an geschichtsträchtigen Stätten Erlösung gesucht hatten.

Obwohl wir den Dom über die Dächer hinweg die ganze Zeit hatten sehen können, war es doch wie ein Schock, plötzlich zwischen den riesigen Säulen zu stehen, die das Portal im Halbkreis umgaben. *Wir sind da*, dachte ich. *Camille ist da*. Trotz allem. Als ich ein paar Schritte weiter die Basilika in voller Größe vor mir sah, hatte ich Tränen in den Augen.

Niemand konnte es sehen – ich hatte meine Kapuze nicht aufgesetzt, und mein Gesicht war ohnehin nass. Ob es kalt war, spürte ich nicht – durch den Regen fühlte ich mich jung und verrückt, und trotz Gilberts Tod, oder vielleicht gerade deshalb, spürte ich voller Inbrunst, dass ich lebte.

Die Polizeieskorte begleitete uns bis zu den Stufen des Doms, wo uns einige Männer in Roben erwarteten.

»Madame Morvan?«

Camille sah sie verständnislos an. Grietje hielt ihr die Hand.

Enrica erklärte: »Signora, als Papst Franziskus hörte, was geschehen ist und dass Sie trotz allem Ihre Pilgerreise fortsetzen, bat er uns, eine so besondere Pilgerin zu ihm in die Privataudienz zu bringen.«

Ego tibi Romae propitius ero. Ich fasste an die Taube an meinem Hals, während Camille an ihr Kreuz griff. Der Papst zeigte Erbarmen. Und Gilbert hatte erreicht, was er so hingebungsvoll geplant hatte.

»Das ist sie«, sagte Bernhard zu einem der Männer. »Sie steht unter Schock. Grietje«, er machte eine Handbewegung, »und ich werden ihr helfen.«

Das Begrüßungskomitee bedeutete ihnen, zu folgen. Ich schüttelte den Kopf: Typisch, dass Bernhard sich den zwei gläubigen Frauen anschloss, um diese einmalige Gelegenheit nicht zu verpassen.

Nach ein paar Schritten jedoch blieb er stehen und kehrte zu uns zurück. »Sarah und ich werden mal unsere Urkunden holen.«

Ich sah Sarah an und fragte mich, ob diese Geste wohl ausreichen würde. Und ob die außerordentlichen Ereignisse dieser Pilgerreise – nicht nur Gilberts Tod, sondern auch die Strecke an sich – ihr Leben maßgeblich verändern würden, so wie meine Reise mit Camille und der *Camino de Santiago* mein Leben verändert hatten.

Sie nickte – ohne zu lächeln –, blickte aber kein einziges Mal zu ihrem Vater, als sie und Bernhard sich auf den Weg machten, ihre Pilgerreise gemeinsam zu beenden.

Nun stand ich mit Martin allein.

Vor neunundsechzig Tagen hatte ich in San Francisco in einem Seminar gesessen. Nachdem ich nun die Ereignisse meines Lebens, von denen ich gedacht hatte, dass sie mich definierten, neu betrachtet und bewertet hatte, stand ich hier im Regen auf den Stufen des Petersdoms mit einem Mann, von dem ich einmal gedacht hatte, ich würde ihn nie wiedersehen. Falls ich je einen Beweis für das Mantra gebraucht hatte, nach dem ich zu leben versuchte – dass wir die Kraft haben, unser Leben durch den Glauben an uns selbst und durch Liebe und Vertrauen zu verändern –, dann hatte ich ihn jetzt.

Ich fasste Martins Hand. »Du hast mich etwas gefragt, und du erwartest eine Antwort.«

Martin sah aus, als würde er sich innerlich wappnen. Ich hatte mir die letzten drei Jahre mit ihm entgehen lassen, aber vielleicht war ich jetzt viel mehr in der Lage, ihn wirklich wertzuschätzen. Dank der Taube.

»Ich liebe dich.«

Er schwieg.

»Ich kann nicht versprechen, dass ich nicht manchmal zu meinen Töchtern in die Staaten reisen muss, wenn es Probleme gibt, oder dass ich Camille besuche. Aber ich kann sehr wohl versprechen, dass ich in Zukunft versuchen werde, jede Entscheidung mit dir gemeinsam zu treffen.« Ich hielt inne. »Wenn das Angebot also noch steht, dann sage ich ja, Martin Eden, ich will dich heiraten.«

Es schien eine Ewigkeit zu dauern, bis er etwas sagte.

»Ich liebe dich, Zoe … und Sarah wird mich vielleicht wieder brauchen, aber der *Chemin* hat seine Aufgabe erfüllt und sie frei gemacht, ihre eigenen Entscheidungen zu treffen, da bin ich mir sicher.«

Eine ganze Weile sagten wir dann beide nichts mehr. Es kann sein, dass um uns herum ein paarmal gepfiffen wurde, aber als ich den Kuss beendete, um Luft zu holen, hatte sich eine Menge um uns versammelt und begann zu klatschen.

»Sie hat gerade eingewilligt, mich zu heiraten«, rief Martin, und nun wurde erneut geklatscht und gejohlt.

»Wie weit sind Sie gelaufen?«, fragte eine Frau in meinem Alter, deren Akzent mich an meine Kindheit erinnerte.

»Ungefähr eintausend Meilen«, antwortete Martin.

»Heiliger Bimbam«, sagte der Mann neben ihr. »Dürfen wir mit Ihnen zusammen ein Foto machen?«

Nachdem die Menge sich verlaufen hatte, sah ich Martin wieder an.

»Hat der Weg dich befreit?«

Martin blickte sich um und lächelte. »Ich bin frei, meine eigenen Entscheidungen zu treffen, so wie immer. Aber ich fühle mich weniger an die Vergangenheit gebunden. Und du?«

Monsieur Chevalier hatte am Ende doch alles richtig vorhergesagt. »Camille hat mich von jeglicher Verpflichtung ihr gegenüber befreit … aber sie wird Hilfe und Unterstützung brauchen. Und ich *will* für sie da sein, wenn sie mich braucht.« Schon als ich es sagte, merkte ich, wie unwahrscheinlich das sein würde. Ihre Vergebung hatte das seltsame Band gelöst, das zwischen uns bestanden hatte.

»Sie könnte in unserem Hostel die Köchin sein.«

Martin sah aus, als würde er es ernst meinen.

»Du würdest mit mir ein Hostel führen?«

»Das ist es, was du willst, hast du gesagt. Weißt du noch?«

Ich lachte. »Und jetzt willst du mich darauf festnageln?«

»Nur wenn du das möchtest.«

»Im Ernst?«

Martin nahm sein Handy und öffnete eine E-Mail. Sie war von Jim, dem Immobilienmakler, und es ging um den Kauf der Pilgerunterkunft *Le Nid de la Palombe* – für Gilbert und Camille. Das perfekte *gîte* samt Haus, Garten, Bioverpflegung und hin und wieder dem Klang musizierender Engländer – und in Zukunft vielleicht auch mit Malern und anderen Künstlern, die Martins und meine Workshops und Yogakurse besuchten. Alles, was wir zusätzlich anbieten mussten, waren Massagen, Müsli und zuckerfreien Joghurt. Und Wein von dem Händler, dem Gilbert sein Geschäft verkauft hatte. Wann immer wir davon trinken würden, würden wir auf ihn anstoßen.

Wie oft hatte ich mir gesagt: *Der* Camino *ist nicht das Leben?* Und dass es nicht erstrebenswert sei, dauerhaft am besten Ort zu sein, den ich je erlebt hatte. Dass ich das vergessen sollte. Und nun sagte Martin: *Warum nicht?*

Courage.

Ich schlang meine Arme um seinen Hals und weinte und lachte immer noch, als Camille und Grietje aus dem Petersdom kamen. Camille sah mich an, nickte und lächelte.

Danksagung

Ein Buch zu schreiben, ist wie eine Pilgerreise – vor allem, wenn man es zu zweit unternimmt. Man muss sich darüber austauschen, was wichtig ist – und loslassen, was nicht. Aber natürlich galt es zunächst, einen realen *Chemin* zu bewältigen, auf dem wir erkundeten, wie die Geschichte verlaufen könnte.

Der Assisi- und der Frankenweg boten uns diesen Verlauf. Als wir erschöpft und durchnässt durch die einsamen, traurigen, aber dennoch hübschen Orte in Ligurien wanderten, wussten wir, dass Zoe und Martin hier ihren Tiefpunkt erleben würden. Und die Schönheit – und das bessere Wetter – der Toskana halfen uns, das Finale zu gestalten.

Wir hatten großes Glück, dass wir uns im Februar 2020, als die Zeitungen sich mit immer mehr Berichten über das Virus füllten, das das ganze Jahr dominieren sollte, bereits weit südlich der Lombardei befanden. Wir verließen Rom Anfang März und entkamen bei unserer Rückkehr nach Australien noch knapp der Quarantäne. Der Lockdown gab uns die Zeit zu schreiben – und dabei den ganzen Weg im Geiste erneut zu erleben.

Wie immer sind wir unseren ersten Leserinnen und Lesern zu größtem Dank verpflichtet: Robert Eames, Sue Hughes, Rod Miller, Robert Sachs und Dominique Simsion, die uns halfen, Charaktere und Geschichte weiter zu verfeinern, sowie dem Team bei *Text* und dort vor allem unserem Lektor David Winter und Verleger Michael Heyward.

Viele unserer Leserinnen und Leser sind Wanderer oder Pilger oder zumindest Lesereisende. Ihnen allen wünschen wir: *Bon courage!*

Graeme Simsion
Das Rosie-Resultat
Roman

Nach den Bestsellern »Das Rosie-Projekt« und »Der Rosie-Effekt« geht es weiter: Hudson, Don und Rosies Sohn, ist elf. In der Schule gilt er als Besserwisser, den keiner mag – ein richtiger Außenseiter. Auftritt Don: In dieser Frage ist er Experte, denn er hat schon sein ganzes Leben lang erfahren, was es heißt, Außenseiter zu sein. Und jetzt wird er Hudson Lösungen beibringen, sich anzupassen. In seinem Eifer zu helfen, sorgt Don für einiges Chaos. Und Hudson hat eigene Ideen, was ihm gut tun könnte. Die Suche nach dem Glück führt zu überraschenden Resultaten.
Ein Familienroman, der große Fragen humorvoll stellt: Wie offen sind wir für Menschen, die anders sind?

Aus dem australischen Englisch
von Annette Hahn
384 Seiten, broschiert
978-3-596-70460-6

Weitere Informationen finden Sie auf
www.fischerverlage.de